COIA VALLS (Reus, 1960) es escritora. También trabaja como logopeda. Ha publicado las novelas *La princesa de jade* (2010), premio Néstor Luján de Novela Histórica, y *El mercader* (Ediciones B, 2012), premio de los Lectores de L'Illa dels Llibres, premio a la Mejor Novela en catalán de Llegir en Cas d'Incendi y premio a la Mejor Novela Histórica 2012 de la web Novelas Históricas, traducida a varios idiomas y también adaptada al teatro, así como de *Las torres del cielo* (Ediciones B, 2013), sobre los orígenes del monasterio de Montserrat, y la presente *La cocinera* (Ediciones B, 2014). Su última novela es *Amor prohibido* (Ediciones B, 2015).

En el ámbito de la literatura infantil han visto la luz *Marea de lletres que maregen* (2010) y *L'ombra dels oblidats* (2011). Es administradora del blog *El cuaderno naranja* y en su faceta de actriz ha rodado recientemente, a las órdenes del escritor y cineasta Jordi Lara, el filme *Ventre blanc*.

Título original: *La cuinera*
Traducción: Juan Carlos Gentile Vitale
1.ª edición: mayo, 2015

© Coia Valls, 2014
© Ediciones B, S. A., 2015
 para el sello B de Bolsillo
 Consell de Cent, 425-427 - 08009 Barcelona (España)
 www.edicionesb.com

Printed in Spain
ISBN: 978-84-9070-083-9
DL B 9346-2015

Impreso por NOVOPRINT
 Energía, 53
 08740 Sant Andreu de la Barca - Barcelona

Todos los derechos reservados. Bajo las sanciones establecidas en el ordenamiento jurídico, queda rigurosamente prohibida, sin autorización escrita de los titulares del *copyright*, la reproducción total o parcial de esta obra por cualquier medio o procedimiento, comprendidos la reprografía y el tratamiento informático, así como la distribución de ejemplares mediante alquiler o préstamo públicos.

La cocinera

COIA VALLS

*A Carme Ruscalleda,
como cabeza visible de las mujeres anónimas
que han hecho de la cocina su vida
y se han esforzado durante generaciones
para convertirla en un arte, manteniendo su esencia.*

*Que sea mi alma la cuerda de un laúd
por siempre igual y tensa
y que el destino no me pueda arrancar, decepcionado,
sino una nota, invariable, inmensa.*

MÀRIUS TORRES

Primera parte

Hablaremos de cómo al viaje se llevó un secreto
y lo devolvió, después, casi intacto.

Gonçalo M. Tavares

Cada vez me parezco más a un cangrejo:
con los ojos fuera del cuerpo
voy soñando de costado,
vacilando entre dos almas:
la de agua y la de tierra.

Curozero Muando

La ciudad de Cartagena de Indias, en América, era una de las mejor fortificadas en el último tercio del siglo XVIII. En 1714 los ingleses ya se habían estrellado contra sus defensas naturales, los kilómetros de murallas y los fuertes que la guardaban.

A aquel enclave fundamental para el comercio del Imperio español con las colonias americanas llegó, en 1771, proveniente del Virreinato del Perú, un grupo de personas que querían continuar su camino hacia la Península.

Entre ellas estaba Constança Clavé, una huérfana de dieciséis años que viajaba para reunirse con sus abuelos en Barcelona, y el funcionario real Joaquín de Acevedo, reclamado por el rey Carlos III para recabar información sobre los asuntos de la colonia.

Dada la importancia del funcionario, el mismo gobernador de Cartagena los alojó en su palacio mientras esperaban la puesta a punto de *La Imposible*, la nave de la Real Compañía de Comercio de Barcelona que los llevaría a su destino.

1

Cartagena de Indias, verano de 1771

Constança Clavé no perdía de vista el pequeño baúl que la había acompañado desde Lima. Dentro de aquella caja de madera cerrada con llave viajaba su tesoro, un legado que, estaba segura, le permitiría convertir en realidad sus sueños.

El gobernador acogió a los viajeros en su palacio de Cartagena de Indias, aquella ciudad colonial que controlaba con mano firme. Durante dos días habían disfrutado de comida fresca y de la privacidad de unas habitaciones espaciosas y vacías que el pueblo solo vislumbraba de lejos, sin olvidar los colchones de plumas, las tacitas de porcelana en que tomaba el chocolate, los senderos de alfombras de colores donde los pies parecían pisar las mismas nubes. ¡Nunca les había parecido más cerca el paraíso, después de vivir tantas penurias!

Habrían prolongado la estancia, complacidos por las atenciones del gobernador, pero el destino los conducía a encarar la última parte del trayecto, la que los llevaría definitivamente a casa. Al tercer día, con la esperanza de un cambio radical en sus vidas, recorrieron las calles estrechas que desembocaban en el puerto de la ciudad, donde les esperaba *La Imposible*. Mientras tanto, las campanas de la catedral saludaban el nuevo día.

Al llegar a la escollera descubrieron toda la luz que acompañaría la partida. El mar atrapado en la bahía interior de Cartagena parecía vivir en un profundo letargo, sometido a una docilidad que —lo sabían con seguridad— no formaba parte de su esencia. Un espejismo antes de adentrarse en las frías y bravas aguas del Atlántico.

Ante la escena que se mostraba a sus ojos, Constança Clavé se preguntó si aquella era una ciudad de personas o una ciudad de aves. Eran miles las que sobrevolaban la bahía; palomas, gaviotas, cotorras, ruiseñores y patos de diferentes pelajes, entre las que podía identificar, se lanzaban en picado cada vez que vislumbraban alguna sobra comestible. Las más atrevidas se posaban sobre los fardos que esperaban ser trasladados a las barcazas y, con sus picos agresivos, intentaban penetrar los envoltorios, quizás atraídas por el misterio de su contenido. La chica se dijo que, si de golpe se desencadenara un combate entre hombres y aves, los primeros tendrían muy complicada la victoria.

Nada en Constança delataba la angustia que se había instalado en su pecho aquel 25 de julio. No se lo podía permitir. Sabía perfectamente que del árbol caído todos hacen leña, sobre todo con ella, la intrusa que, a pesar de las ordenanzas, acompañaba a Joaquín de Acevedo, un enviado del rey. Este funcionario estaba lejanamente emparentado con Carlos III y volvía a la corte con su familia después de una estancia de tres años en Lima.

El señor De Acevedo dudaba desde los primeros instantes del papel que le había tocado en aquel asunto. La intervención del virrey a favor de Antoine Champel, su cocinero, no debería haber sido suficiente para aceptar la responsabilidad de cuidar de Constança Clavé. ¿Era oportuna su generosidad? ¿Se arrepentiría de ayudar a cumplir los deseos de quien tan solo había sido un rostro amable durante su estancia en la colonia española? Solo el respeto debido a su superior, por más que sobre el papel no estaba obligado a responder ante nadie que no fuera el mismo rey Carlos III, había obligado al funcionario a aceptar el encargo de acompañar a aquella chica arisca que tanto fastidiaba a su mujer.

Hasta el final de sus días, Antoine había cocinado para el virrey del Perú, el cual no se había visto con ánimos de negarle su última voluntad. De esta manera, el funcionario se había convertido en el protector de la joven Constança, una chica que, tras la muerte de su padre adoptivo, habría sido expulsada de palacio y la sociedad limeña la habría condenado a la prostitución o la pobreza. Los De Acevedo no tenían por costumbre faltar a su palabra, y aún menos contradecir el deseo de un virrey que aún recordaba con nostalgia las comidas afrancesadas del cocinero Champel.

Constança era muy consciente de la inquietud que despertaba en aquellas personas, pero se había mantenido firme, reclamando la dignidad de una posición que nadie parecía reconocerle.

Pero todo eso ya pertenecía al pasado. Mientras avanzaban por la escollera en dirección al barco, Constança pensaba en los últimos días vividos en el palacio del gobernador, un auténtico regalo para su cuerpo, castigado durante el viaje por mar de Lima a Buenaventura, y más aún por las privaciones del tramo final, la travesía por la selva entre Buenaventura y la ciudad donde les esperaba *La Imposible*.

Había dormido como un lirón y se había recreado horas y horas en la enorme bañera que había en su cuarto. El agua dulce con aroma de flores había sido un bálsamo inestimable. Al final del último baño, se había levantado hasta quedar reflejada en el espejo que ocupaba una pared. Los muslos generosos, la joven redondez de sus pechos y la suavidad de la piel perfumada embellecían con creces una figura que despertaría la envidia de cualquier dama.

Se cubrió para secarse mientras imaginaba, turbada y divertida a la vez, la sorpresa que causaría en el funcionario real una exhibición semejante protagonizada por su mujer, aquella estrecha y melindrosa Margarita de Acevedo, que había pretendido hacerle la vida imposible desde que habían zarpado de Lima. Pero no daría más vueltas al veneno que destilaba la noble señora. Constança la había soportado durante dos meses de travesía y, a pesar de su presencia, no renunciaría a un viaje que la llevaba a reunirse de nuevo con su familia.

En el puerto interior de Cartagena de Indias, la única nave de grandes dimensiones era la fragata *La Imposible*. Fondeada al final de la escollera, parecía una catedral acuática. Llegar a ella había sido un recorrido lento y duro, a pesar de que los hombres del gobernador no habían escatimado el uso de la violencia con tal de abrir paso al enviado real y sus acompañantes, deseosos de zarpar rumbo a la Península.

El tránsito de carretas y mulas, que el día anterior trasladaban mercancías hasta los muelles para realizar la carga del barco, era menos intenso. Aún había hombres dispuestos a hacer las faenas más pesadas a cambio de unas monedas; negociaban a pie de calle entre empujones y blasfemias. La mujer del funcionario, Margarita de Acevedo, fruncía el ceño.

Llevaba a sus hijos pequeños cogidos de la mano, mientras el mayor, que se llamaba Pedro, caminaba al lado de su padre. De aspecto quebradizo, el chico contemplaba con miedo desde la escollera la cubierta del barco; un grupo de hombres trabajaba con ahínco para colocar cada cosa en su sitio, con un cuidado especial por proteger la carga de tabaco y algodón que más tarde estibarían en la bodega.

Constança no perdía detalle de la vida que la rodeaba. Mientras se disponían a subir al barco, captaba la intensidad del momento con todos sus sentidos. El bochorno, los olores de grasa y carne putrefacta, el aroma de las especias...

A pesar de que todo la distraía, se esforzaba por seguir el paso de la mujer de Joaquín de Acevedo, que caminaba delante de ella. Sin mediar palabra percibió el sudor ácido deslizándose sobre su cuello, tan espeso que manchaba el vestido oscuro de terciopelo, inapropiado para aquel clima. Pero, por encima de cualquier cosa, por increíble o maravillosa que le pudiera parecer, Constança no soltaba el baúl que contenía el legado de Antoine.

La chica subió la pasarela del barco detrás de los niños. Consciente de que Margarita, apenas pisada la cubierta, se había vuelto para observarla, en ningún instante evitó mostrar la gracia natural de sus muslos, cubiertos por una ligera falda esmeralda larga hasta los tobillos. Aún recordaba su figura desnuda haciendo brillar el mercurio cuarteado en el espejo del palacio del gobernador.

Cuando estuvo a bordo de la fragata de tres mástiles que la llevaría a su destino, tuvo la sensación de que volvía a comenzar. Los días se harían de nuevo interminables mientras surcaban el mar a merced de los vientos y tempestades. Pero había prometido a Antoine que continuaría su camino sin mirar atrás, y pensaba cumplirlo a cualquier precio.

Entonces dedicó una amplia sonrisa a la señora De Acevedo, la cual miró con el rabillo del ojo el pequeño amuleto rojo que seguía tozudamente colgado de aquel cuello joven, presidiendo el generoso escote. Antoine Champel, la persona a quien Constança debía aquella gran oportunidad, un hombre prudente a pesar de sus ideas avanzadas, debía de estar removiéndose en su tumba. Pero el temperamento apasionado de la chica siempre había podido más que sus consejos.

Los dieciséis años de Constança le habían permitido recuperarse mucho mejor de las penalidades del viaje desde Lima hasta Cartagena de Indias. La docena de veces que habían hecho escala en la costa, en pequeños pueblos de pescadores que apenas tenían recursos para su subsistencia, no habían solucionado la falta de alimentos frescos ni la mala calidad del agua, y aún menos el efecto devastador del salobre en la piel. La joven intentaba mantenerse incólume mientras que aquella dama, siempre engalanada como los miembros más detestables de la buena sociedad limeña, se hacía jirones al primer golpe de viento.

La señora De Acevedo no podía ocultar su enfado. De nada le había servido pedirle a su esposo que abandonara a la chica en Cartagena, quizás en alguno de los burdeles que se atisbaban entre las casuchas de los muelles.

—Es una descarada, ¡y todo lo que le suceda lo tendrá bien merecido! —había dicho hacía pocas horas Margarita de Acevedo a su marido—. ¡Ni se cubre el rostro como las mujeres de Lima ni respeta nuestras costumbres!

—¿Por qué debería hacerlo? Nació en Barcelona, nieta de drogueros catalanes de toda la vida, con los cuales el bobo de su padre tuvo la ocurrencia de emparentarse. En Cataluña pasó buena parte de su infancia, así que... —respondió con desgana el funcionario a su mujer antes de prestar atención a las indicaciones del capitán.

—¡No me vengas con historias! —exclamó Margarita sin abandonar aquella pose digna que no siempre se correspondía con su estado de ánimo.

Las características de *La Imposible* no eran las más adecuadas para el transporte de pasajeros. Era una fragata rápida de la Real Compañía de Comercio de Barcelona, la cual tenía permiso para negociar en las colonias americanas siempre que la carga de sus barcos fuera revisada en Cádiz. A la espera de un decreto que liberara los intercambios con América, la Compañía no había podido evitar el compromiso de asegurar el viaje al funcionario de Carlos III. Los marineros advirtieron enseguida que Joaquín de Acevedo no sería el peor engorro que les esperaba: las exigencias con que su esposa se dirigía a ellos no eran un buen augurio.

Pero las cuestiones políticas estaban muy lejos de las preocupaciones de Constança. Así pues, se dedicó a tomar posesión de la cabina improvisada que le habían asignado. El reducto pequeño y mal ventilado era contiguo al de la familia De Acevedo, los dos situados en el castillo de popa. Metió el pequeño baúl de madera con sus escasas pero valiosas pertenencias bajo la litera, a solo tres palmos de distancia del techo. No se quedó a escuchar cómo Margarita ponía el grito en el cielo al ver que sus seis voluminosos baúles, amontonados en la puerta, le entorpecían el paso. Tampoco fue detrás de María de Acevedo, que, desobedeciendo las indicaciones de su madre, corría arriba y abajo haciendo crujir la madera bajo sus pies.

—¡Ya se apañarán! —dijo mientras deshacía el camino para volver a cubierta.

Un fuerte ruido de platos se confabuló con un penetrante aroma de ajos fritos para detener su marcha.

—¡Son las cocinas! Debo de estar muy cerca... —exclamó alelada, abriendo sus enormes ojos azules.

Estaban justo al otro lado de la escalera que comunicaba los tres niveles de la nave. Enormes calderas, peroles de cobre y cazuelas colgaban de los ganchos, y había un montón de recipientes de hojalata esparcidos por el suelo. Constança sonrió. ¿Una feliz coincidencia? ¡Tal vez! Con aire decidido prosiguió el ascenso.

En cubierta vio unas nubes blancas que, heridas de luz, vagaban sobre el horizonte. Elevó la mirada aún más, hasta el cielo cuadriculado por las cuerdas y los mástiles de la fragata. Las hileras de velas blancas eran como larvas gigantescas que no tardarían en mudar. Entonces se encomendó al Dios de sus padres, pero también a Kuraca, el ídolo de los indígenas del que tantas veces le había hablado su amigo Iskay cuando se adentraban en la selva.

El recuerdo la entristeció. ¡Cuánto le habría agradado que hubiera podido acompañarla! Estaba segura de que en Barcelona algún médico habría podido curar aquella enfermedad que lo estaba dejando ciego. ¡Cómo lo echaba de menos! Hincó las uñas en la baranda y, conteniendo una lágrima, tragó saliva.

La lentitud de las maniobras para que *La Imposible* dejara atrás las numerosas bahías que rodeaban Cartagena de Indias y saliera a mar abierto la mantuvo entretenida buena parte de la mañana. La fragata había entrado hasta los muelles por deferencia a la familia del funcionario, en vez de fondear junto a alguna de las fortificaciones que presidían las pequeñas cimas próximas.

Al llegar del viaje por tierra que los había traído de Buenaventura a Cartagena, por caminos que la selva abrazaba con intenciones poco amistosas, Constança había tenido ocasión de admirar la gran bahía que formaba la naturaleza para proteger una de las bases más importantes de la Corona española.

Le había parecido que, lejos de vivir de espaldas a las aguas, la ciudad disponía, caprichosa, de un mar interior. Pero sabía que aquella calma era efímera, que el Atlántico pronto se mostraría en toda su magnificencia cuando las velas de *La Imposible*, preñadas por el viento, impusieran su voluntad.

—Mira, hijo, estas dos hileras de doce cañones nos protegerán en caso de un ataque. ¡No tienes nada que temer! Si bandidos o piratas se acercan con malas intenciones, sus tripas flotarán sobre el agua y su sangre la teñirá de rojo.

Las palabras de Joaquín de Acevedo no tranquilizaron a su

hijo Pedro, al contrario. Aquella experiencia lo contrariaba profundamente, y ninguna de las explicaciones con las cuales intentaban persuadirlo lo haría cambiar de opinión. Sus padres sabían que no le resultaba fácil adaptarse a nuevos espacios y tampoco hacer amigos.

Afortunadamente la brisa le vivificaba el rostro y su amor propio impedía que sus esmirriadas piernas, enfundadas en unos flamantes pantalones, se doblaran. Para Pedro, a sus quince años, aquello era una aventura inútil, y estaba enojado. Se encontraba bien en Lima, sobre todo durante las prolongadas ausencias de su padre, cuando se convertía en amo y señor de la gran casa donde el virrey había instalado a los De Acevedo. Solo en presencia de Margarita se sentía fuerte, pero ahora no tenía ninguna opción. Su madre era capaz de cualquier cosa si alguna idea se le metía entre ceja y ceja.

2

Océano Atlántico, verano de 1771

El despliegue de las velas era el momento más esperado por Constança. Ya lo había presenciado a bordo del paquebote durante el trayecto que los había llevado de Lima a Buenaventura, pero apenas había podido disfrutar de él. Como pasa la primera vez que hueles un aroma y eres incapaz de atraparlo, o cuando descubres un ave extraña en pleno vuelo, todo había sucedido muy rápidamente. Le quedó en la memoria el estrépito de las telas al hendir el viento, como la impronta que deja una tempestad repentina. No había puesto bastante distancia y, asustada, había cerrado los ojos. Los gritos de los marineros habían conseguido desconcertarla. No entendía bien si las carreras de los hombres formaban parte del increíble engranaje de seres humanos y elementos que hacían posible zarpar o era que algo no marchaba según lo previsto.

Esta vez fue diferente. Las dimensiones del barco eran mucho mayores, pero aun así la esbelta figura de la fragata, lejos de apabullarla, la fascinaba. Sintió que formaba parte de una nave robusta, bella y altiva, y sin darse cuenta hinchó el pecho y levantó la barbilla.

El trasiego de las maniobras necesarias para salir del puerto, con los oficiales y tripulantes demasiado ocupados para prestarle atención, le había permitido situarse en el castillo de popa, detrás del timón. En cuanto vio las primeras maniobras del piloto para controlar aquella rueda de los vientos, dio por hecho que el espectáculo sería magnífico.

La tripulación parecía seguir los movimientos de una danza largamente ensayada; todos y cada uno de los hombres conocían muy bien la tarea que les había sido encomendada. El éxito de la operación dependía de su pericia, de la obediencia y la disciplina con que los unos y los otros llevaban a término su cometido. El capitán, un tal Jan Ripoll, un hombre barbudo y desaliñado de edad indefinida, soltaba las órdenes sin ninguna vacilación. El contramaestre, de nariz aguileña y aspecto enfurruñado, era el hombre que aseguraba el cumplimiento de las mismas sin dilaciones. Como en un ejército, cada pieza era fundamental e insustituible.

La fragata hacía rato que había levado anclas. La nostalgia de otros tiempos que quedaban definitivamente atrás se mezcló con la ansiedad que le provocaba un futuro incierto que le aceleraba el pulso. Mientras tanto, una treintena de hombres trepaban por las empinadas escalas de cuerda; en las alturas, los marineros parecían hormigas atrapadas en una telaraña.

Del otro lado de *La Imposible*, en el punto más alejado de la privilegiada atalaya que servía de mirador a Constança, se levantaba el palo de trinquete, y saliendo de la proa, provocadoramente inclinado sobre el mar, estaba el bauprés. La chica no acertaba a distinguir el león de madera con las garras abiertas que dominaba el tajamar en el mascarón de proa, pero adivinaba su expresión, tan orgullosa como la suya. Más cerca, en el centro de la fragata, se elevaba solemne el palo mayor y, a pocos pies de ella, el palo de mesana. ¡Cuántas veces, recorriendo la selva en canoa en compañía de Iskay, habían jugado a capitanear una nave como esa!

Desplegar las velas. Constança se dispuso a vivir el episodio como uno de los que más tarde escogería, uno de aquellos que querría recordar con nitidez al cerrar los ojos definitivamente. Y toda la majestuosidad del velamen al desatarse respondió a sus expectativas. El esqueleto que formaban los palos y las cuerdas se engalanó de blanco con diligencia y, como vientres preñados de vida, las velas dieron volumen y movimiento a la nave. Marineros y oficiales gritaban mientras *La Imposible* se impulsaba con fuerza mar adentro. Tan solo dos horas más tarde la costa se percibía como una línea brumosa difícil de seguir. La familia De Acevedo había salido definitivamente de su cubil. Se disponían a estirar las piernas, como decía Margarita, aunque una vez en cubierta nunca permitía que sus hijos se alejaran más de un palmo de ella.

Entre los presentes destacaba Williams, un hombre calvo de constitución débil y cargado de espaldas. Llevaba unas gafas redondas y menudas detrás de las cuales se adivinaban unos ojos pequeños de color incierto. Constança recordaba haberlo visto durante el embarque, pero creyó que se trataba de algún conocido que despedía a la familia del funcionario. La sorpresa por su presencia aumentó al advertir una mueca divertida y mal disimulada en su rostro. Había sido testigo de lo que Margarita habría calificado de tragedia: a la vista de un grupo de marineros que no estaban de servicio y jugaban a las cartas esperando la hora de comer, el parasol con que la señora De Acevedo pretendía protegerse cedió al primer embate de viento. Después de un gesto de enojo, intensificado por el chasquido de las primeras mofas, lo abandonó en el suelo con despecho. Ahora, sucio y ridículamente vuelto del revés, se había convertido en el juguete preferido de la chiquillada, que se peleaba por montarlo como si se tratara de un caballo. La sonrisa de Williams ante aquella situación había despertado toda la simpatía de Constança.

—¡El agua se ha calentado, es como un caldo de hierbas podridas! —dijo la señora tras escupir con rabia el líquido de su boca—. Por el amor de Dios, ¿es que a nadie se le ha ocurrido tapar el depósito?

Indignada, tomó el camino de la cabina. Su hijo mayor, Pedro, bajó los ojos avergonzado y también se escabulló. Era evidente que Margarita se sentía bastante recuperada después del descanso en el palacio del gobernador y que volvería a presentar batalla, pero también podía ser, esperaba Constança, que las próximas semanas en el mar acabaran amansando a la fiera.

Por los dos respiraderos de la cocina salía un aroma espeso. Constança olió aquel indicio como el perro que sigue un rastro de reconocimiento.

—¡Pollo asado! —dijo sin miedo a equivocarse.

La chica sabía por experiencia que la carne fresca, las verduras y las frutas tenían los días contados a medida que se adentraran en la inmensidad del Atlántico; ya habría ocasión de frecuentar el arroz, las legumbres y el bacalao. No comía nada desde la noche anterior, ya que aquella mañana, en el palacio, la habían despertado con el tiempo justo para salir, mucho después de que la familia De Acevedo hubiera dado buena cuenta del desayuno, la última hospitalidad del gobernador. No haría esperar a los otros comensales, pues.

Pero se equivocaba. Tal como ya había sucedido en el barco anterior, Joaquín de Acevedo fue el único invitado a la mesa del capitán; él y Williams, el señor de las gafas que despertaba tanta curiosidad en Constança, compartirían la mesa con el resto de los oficiales. Margarita, al sentirse excluida, dijo que prefería comer con sus hijos, sin tener que soportar la compañía de marineros, por muy oficiales que fueran. Como si se hubieran puesto de acuerdo siguiendo un protocolo inexistente, alguien anunció con tono burlón que al resto de los viajeros les bajarían la comida a sus dependencias.

—«Sus dependencias»... —repitió la chica con despecho al ver desaparecer al mensajero en dirección a la cocina—. Llegará el día en que deberás tragarte tu menosprecio. ¡Tan cierto como que me llamo Constança Clavé!

Inmediatamente después la joven se volvió intuyendo una presencia...

—¿Y tú qué miras? —espetó.

Pedro no respondió. Estaba sentado en una pila de cuerdas con las manos cruzadas sobre las rodillas y la frente perlada de sudor. La chica no advirtió su mirada de odio.

El pollo asado no estaba mal, pero Antoine Champel le habría sacado más provecho en sus cocinas de Lima. ¡Cómo lo añoraba! Para ella había sido mucho más que un padre adoptivo, le debía todo lo que era. En el plato se notaban los grumos de la harina añadida para espesar el sofrito de cebolla y tomate y, para su gusto, unas peras cociéndose a fuego lento habrían sido un acompañamiento delicioso.

El ruido inconfundible de un vómito en la estancia de al lado detuvo sus cavilaciones, aunque siguió masticando, imperturbable. Ya se había acostumbrado, no era la primera ni la última vez que oía aquel sonido entre mordisco y mordisco. Hacía mucho que el movimiento de la fragata no le revolvía el estómago como los primeros días a bordo, después de zarpar en el lejano puerto de El Callao de su amada Lima. La sensación de que no volvería jamás le produjo un nudo en la garganta.

Entonces oyó que la pequeña de los señores De Acevedo comenzaba a llorar. La histérica de Margarita la hizo callar de mala manera y después, desquiciada, gritó:

—¡Constança! Por una vez podrías ser útil. Ve a buscar al médico.

Aquel hecho repentino fue una revelación para la chica. ¡Un médico! No sabía que viajara ninguno en el barco. Curiosa, dejó el plato sobre el baúl donde se había sentado, el mismo que acogía sus pertenencias.

—¿Se puede saber qué esperas, zorra? Lo encontrarás en el compartimento al lado del comedor del capitán. ¡Corre! —gruñó la señora De Acevedo.

En otras circunstancias, Constança habría mandado a la mujer a freír espárragos, pero bien mirado aquella era una oportunidad. Apoyada en la puerta de la cabina donde viajaba la familia, se calzó las sandalias con estudiada parsimonia y, desafiante, se pasó los dedos por el cuello hasta acariciar el amuleto. A continuación fue en busca de Williams.

Mientras atravesaba los pasillos infectos de la fragata, le venían a la memoria las recomendaciones de Antoine, su insistencia en tomar ciertas precauciones, dado que aquella clase de naves no disponía de médicos.

Su padre adoptivo la había instruido en la preparación de diferentes remedios básicos, recordando que a bordo las medicinas eran muy escasas y que siempre eran administradas según el criterio del capitán.

Aquel chico que justo ahora comenzaba a trabajar en la bodega de *La Imposible* no era marino. Listo y bien plantado, se movía con desenvoltura por tabernas y burdeles; capaz de convencer a una piedra, sabía explotar sus oportunidades, pero casi al mismo tiempo que las conseguía, las malbarataba. No había probado fortuna en el mar, aunque provenía de una familia que, por rama paterna, se jactaba de proceder de los primeros conquistadores; una de las razones, además de la pobreza insoportable, por las cuales sus abuelos habían cruzado el Gran Mar procedentes de Cataluña para instalarse en México.

Había hecho, eso sí, algún viaje siguiendo la costa, movido por la necesidad de escapar por enésima vez de conflictos políticos que con los años se habían ido agravando. Quería sentirse libre en un mundo difícil y hostil en el cual no contaba con la familia adecuada para convertirse en un revolucionario. Solo podía aspirar al torcido de cigarros en alguna isla del Caribe, aquello que había hecho su padre al ver que la vida de su mujer se acababa, antes incluso de que traspasara el umbral hacia un estadio más feliz.

Las dificultades para llegar a Veracruz lo habían dejado exhausto. En la ciudad mexicana estaba demasiado visto, siempre en el punto de mira de los hombres y mujeres respetables por su insistencia en pregonar un México libre, pero no habían conseguido detenerlo. Pronto se dio cuenta de que las noticias de su huida —después del atentado fallido contra el gobernador de Veracruz, aunque su único delito había sido frecuentar la misma taberna que los conspiradores y hablar más de la cuenta— lo habían perseguido hasta Cartagena de Indias. Allí pasó dos meses oculto en el puerto, sobreviviendo gracias a algunos trabajos esporádicos como estibador.

Pero aquella mañana de julio, *La Imposible* atracó en la escollera interior, circunstancia que según sus compañeros de vagabundeo era del todo inusual, y él creyó que la fortuna le sonreía. ¡Y qué sorpresa la de sus camaradas cuando les anunció que al fin se embarcaba! Ninguno de ellos podía creer que Jan Ripoll, capitán que venía precedido por una fama de hombre duro y poco amistoso, lo aceptara en su tripulación.

El chico tenía la piel morena de su madre, pero su aspecto era altivo y despierto, como si la inteligencia formara parte indisoluble de su persona. En su presentación se había aprovechado de las historias que los marineros contaban en las tabernas del puerto de Veracruz. Disfrazado de navegante experto, no había dudado un instante a la hora de aceptar un trabajo a bordo de la fragata. El capitán Ripoll necesitaba hombres jóvenes después del último episodio de fiebres a bordo, y poco más habría podido escoger entre aquellos despojos humanos que pululaban por los muelles.

Se dijo que tendría los ojos bien abiertos, que seguiría los pasos de los hombres más veteranos, pero dudaba de que pudiese mantener la impostura. Pensar que su libertad tenía los días contados si se quedaba en las colonias, que solo podría desaparecer en alguna plantación perdida de las islas, tal como había hecho su padre, le había proporcionado la fuerza suficiente. Al otro lado del Gran Mar iniciaría una nueva vida, quizás en aquella soñada Barcelona de los relatos de sus abuelos, que en su día habían vivido en un pueblo de pescadores denominado Calafell.

Los más de cien hombres de la fragata, entre marineros y oficiales, le permitían un margen de error. Además, su suerte proverbial hizo que lo destinaran al interior de la nave. Comenzó el viaje estibando la carga de tabaco y ayudando en las tareas de conservación, y enseguida hizo amistad con el jefe de bodega, Kirmen, un vasco que contaba historias de barcos fantasma y monstruos marinos. Él le correspondía con otras no menos horripilantes sobre tempestades inauditas en el golfo de México, de tripulaciones barridas de cubierta por vientos más fuertes que la famosa ira de Dios.

Al abrigo de la bodega, no estuvo presente en la partida del barco ni tuvo noticia de las dificultades para abandonar la bahía interior. Cuando la cháchara de su compañero le daba un respiro, pensaba que quizás había llegado el momento de llevar una vida más tranquila, hacerse pescador en alguno de los pequeños puertos que, según decía su abuelo, había por toda la costa al norte de Barcelona. Podría buscar una mujer que le correspondiera, formar una familia y dejar aquella vida errante que, hasta entonces, solamente lo había transformado en fugitivo.

En aquellos instantes no sospechaba que su destino estaba trazado por alguna mano ajena, como aquellas de las que a veces hablaban las viejas de Veracruz durante las noches calurosas de verano.

Las tareas de mantenimiento eran duras. Tenían que minimizar las sacudidas de la nave estibando bien la carga y, sobre todo, evitar que la humedad estropeara las balas de algodón. No quedaba demasiado tiempo para otras cosas. Pero el chico, a pesar de estar entretenido, se dio cuenta de que Kirmen recibía más visitas en aquella bodega de las que consideraba razonables. Cuando la curiosidad rebasó el vaso de lo razonable, se ocultó detrás de unos bidones para oír la conversación que tenía lugar bajo el aroma penetrante de las hojas de tabaco. Se enteró de cosas que necesitaban una explicación. Y no tardó en pedirla.

—Me he embarcado con la idea de cambiar de vida —comenzó con calma, como si fuera otra de sus charlas mientras oían las olas golpeando el casco—. Por eso mismo, no me agradaría que hubiera sorpresas, al menos no más de las que pueda manejar.

Kirmen detuvo su tarea y lo miró con gesto de preocupación. Enseguida volvió la cabeza a ambos lados antes de acercarse al hueco de la escalera para comprobar que nadie los estaba escuchando.

—No entiendo cómo… Ahora bien, si eres uno de esos que van metiendo las narices por todas partes, quizá te hayas equivocado de barco.

—¿Qué decís, Kirmen? Solo he oído cómo hablabais de vuestros asuntos y me ha parecido que me pueden afectar.

—¿Puedo confiar en ti, pues? ¿No nos delatarás? Me caes bien, y no me agradaría que tuvieras que morir demasiado joven.

Aquella advertencia lo dejó muy preocupado; fuera lo que fuese lo que maquinaban, no había duda de que se tramaba algo muy gordo en *La Imposible*. Una vez más su huida no serviría para apaciguar el aura de pendenciero que lo rodeaba. Por unos instantes se alegró de tener aquella oportunidad, pero a medida que iba escuchando lo que planeaban algunos marineros llegó a la conclusión de que aquello era demasiado grave, que si salía mal podrían colgarlos a todos. Y, por lo que le explicaba Kirmen, tan solo tenían a una pequeña parte de la tripulación a su favor.

Era un proyecto casi suicida, y no sabía si quería formar parte de él.

3

Océano Atlántico, verano de 1771

El médico entró en la estancia llevando un maletín y la señora De Acevedo cerró el paso a Constança. Pero aquellas jaulas de madera donde los habían embutido no podían preservar ninguna intimidad; por las hendiduras del tabique que separaba los compartimentos se colaban olores, palabras y gemidos. Qué lejos quedaban los muros gruesos y distinguidos del palacio del virrey en Lima, donde la chica había vivido once años. Dentro de aquellas paredes se había sentido protegida y, a la vez, abandonada. La muerte de su madre, cuando solo hacía un año que estaban en Lima, acabó de raíz con sus juegos y los fue sustituyendo por un silencio espeso que nadie osaba atravesar. Las malditas fiebres se la habían llevado y el mundo nunca más volvería a ser igual.

Su padre no era precisamente afectuoso, y para ahuyentar la añoranza se abocó en cuerpo y alma al trabajo. Por las noches, al abrigo de su cuarto, ahogaba el dolor con alcohol. Ella lo oía tropezar con la cómoda o caer de la cama, pero tenía prohibida la entrada a su habitación. Viajaba a menudo, y cuando permanecía unos días en casa se encerraba a cal y canto para despachar asuntos que calificaba de privados. Si no hubiera sido por la bondad de Antoine, por las largas horas en aquellas cocinas donde aprendió todo lo que ahora sabía, de seguro que habría enloquecido.

La voz de Margarita la devolvió al presente...

—Pero ¿es que no tenéis una medicina que lo cure?

—Deberá tomar infusiones de jengibre durante todo el viaje. Le caerá mejor la comida y la ayudará a vencer el mareo, señora. Vuestro hijo...

—¿Es para eso que mi esposo os ha contratado? ¡Para darle raíces y hacerle brebajes, cualquier brujo habría servido! ¡Fuera de mi vista! Y tú, María, calla de una vez, estoy harta de mocos y llantos. ¡Entre todos me volveréis loca! —gritó sofocada mientras se apartaba de su hija pequeña, que sollozaba en un rincón.

—Estúpida ignorante... —soltó a media voz Constança.

Hizo un gran esfuerzo para no presentarse ante la mujer e informarla de las numerosas virtudes que, desde hacía miles de años, se atribuían a aquella raíz procedente de la India. En Perú ella había visto administrar jengibre, con resultados sorprendentes, y Antoine decía... Antoine... Una bruma espesa le veló la mirada. ¡Siempre Antoine!

—Cuando llegue a casa de los abuelos, les haré flan de jengibre —susurró Constança, y de nuevo sus ojos azules se llenaron de luz, al rescate de la niña que llevaba dentro, pero que pocas veces dejaba entrever.

Apenas recordaba a su familia, a la que no visitaban demasiado durante la infancia, cuando vivían en Barcelona, pero guardaba una viva remembranza de la droguería que regentaban. El establecimiento se abría a la calle con una portalada enorme, con los batientes que quedaban recogidos a los lados. Bajo el toldo se extendía una especie de escaparate repleto de sacos, canastos, garrafas y capazos con avellanas, almendras, arroz y algún cántaro. Pero lo que de verdad la fascinaba era el mosaico de colores y aromas del interior. Dedicaba horas a contemplar los tarros de vidrio, las ollitas para confituras y miel, las cajas de plomo y de hojalata para guardar tabaco, los morteros de bronce y cobre de todas las medidas. A ella le parecía el paraíso.

Solo tenía cinco años cuando emprendieron el viaje a las colonias, y su madre le contaba que el yayo Pau siempre se inventaba historias para mantenerla entretenida. Le dolía que tan solo fuera una silueta en su memoria. De la yaya Jerònima nadie parecía querer hablar. Era la única familia que le quedaba, aparte de un primo al que habían perdido la pista.

La chica se recogió la larga melena oscura bajo un pañuelo de la misma tela que la falda y se dispuso a salir a cubierta. Necesitaba llenarse los pulmones de aire puro y quitarse el olor ácido del vómito que aún rezumaba el suelo de la cabina de los De Acevedo.

En el exterior, Jan Ripoll consultaba el barómetro para deducir el tiempo que haría. Parecía satisfecho. El piloto iba y venía con paso firme. A menudo consultaba el compás de bitácora y, después de hacer sus cálculos, comprobaba que el timonel llevara bien el rumbo señalado por el capitán. Aquella rosa de los vientos siempre había fascinado a Constança. Todo parecía marchar a la perfección, y la joven se abandonó a la contemplación del mar.

Una voz desconocida y oscura le habló al oído, y a continuación se alejó en dirección a babor.

—Nunca os fiéis, señorita.

La chica, intrigada, fue a su encuentro.

—Perdonad, creía que me decíais algo... —dijo con desconfianza.

—Las palabras, ay, se las lleva el viento...

Pero antes de que Constança pudiera articular la queja que le subía de dentro, poco acostumbrada como estaba a que la dejaran boquiabierta, el hombre de piel cobriza y cejas gruesas se quitó la gorra e inclinó ligeramente la cabeza.

—Me llaman Bero. Para serviros...

Correspondió al gesto ofreciéndole la mano y encontró la del marinero encallecida y tan grande que podría haber envuelto la suya. Pero el rostro de la chica expresaba preocupación.

—No os preocupéis que soy gato viejo... —añadió el hombre al advertirlo.

—¿Habéis dicho Bero? —Constança sintió una súbita simpatía por aquel marinero, pero eso ya le había pasado otras veces al acercarse a desconocidos en el palacio del virrey, con resultados muy comprometidos. Ya estaba escarmentada.

—¡Tal como suena! No me preguntéis por qué, nunca he conseguido averiguarlo. Es el mote de la familia. Me parece que si ahora alguien me dijera Pere Samper ni siquiera me daría por aludido.

—Pero, decidme, ¿de quién no tengo que fiarme? —preguntó Constança, a quien importaba muy poco la procedencia de aquel nombre tan ridículo.

—Del mar, señorita, del mar. Primero nos sonríe, después nos acaricia, más tarde, y cuando dejamos de prestar atención, nos amenaza y nos aplasta caprichosamente... —dijo mirando a lo lejos, como buscando en el horizonte rastros de tantas amarguras vividas.

—Perdonad, pero no os entiendo. Por lo que parece, le habéis dedicado la vida al mar. ¿Por qué, entonces, me habláis de él con tanto despecho?

—No os pido que lo entendáis, señorita. Hay cosas que deben vivirse. ¡Es como un veneno! Cuando te abandonas a su poder desde tan pequeño, con el alma cándida, con la inteligencia virgen, te convierte en su esclavo. ¡Te hace irremisiblemente marino para siempre!

Bero tuvo que abandonar la conversación, lo reclamaban para bombear. Era domingo, el día en que toda la tripulación podía tomar un buen baño en cubierta y hacían de ello una verdadera fiesta. Por un momento, la chica deseó ser uno más entre aquellos marineros que ya no le parecían tan inhumanos como el primer día, participar de sus juegos, de su risa franca con bruscos accesos de tristeza...

Después se quedó pensativa. El mar, su infinita monotonía, y a la vez aquella sensación perpetua de cambio, la soledad inmensa de un horizonte que siempre quedaba lejos... Ciertamente era capaz de ejercer un embrujo poderoso; las palabras de Bero sonaban a sentencia: «Nunca os fiéis, nunca os fiéis...»

Tres días después de haber salido de Cartagena de Indias, la fragata estaba en la entrada del canal de la Mona, el paso que utilizaban los barcos para atravesar las islas, dejando a lado y lado Santo Domingo y San Juan de Puerto Rico. Joaquín de Acevedo no veía el momento de presentar sus respetos al rey Carlos III. Con el dinero que, sin ensuciarse las manos, había ganado dando apoyo al comercio de esclavos africanos, pensaba lograr en la corte una posición capaz de tranquilizar a su mujer. Margarita se quejaba de no entender las costumbres de Lima, por más que el virrey Amat se esforzara por convertir la capital en un lugar agradable para los de su clase.

Las prisas por volver a casa habían impedido que viesen el final de las obras de la Alameda de Acho y el Paseo de Aguas, pero lo que más dolía al funcionario era no haber podido asistir a la finalización de la Fortaleza del Real Felipe. Lima se parecía cada vez más, en sus zonas nobles, a algunas ciudades españolas. Pero había que entender que el resto de plazas y calles espantasen a su mujer, por culpa de lo que ella calificaba de «extraña población indígena».

Joaquín de Acevedo ocultó un suspiro. Los indígenas... Él no les tenía tanto rencor, como demostraba la añoranza que en aquellos instantes sentía por haber dejado atrás a Suyay, su amante durante los tres años que había pasado en Lima. Suyay era una chica joven, demasiado joven habrían dicho algunos, pero lo había complacido como nunca había hecho Margarita.

Estas cavilaciones no impidieron que advirtiera la nueva deriva que, sin mediar ninguna orden aparente, había tomado *La Imposible*. Situado a estribor, Joaquín se dio cuenta de que la vista de la isla de San Juan se iba cambiando por la extensión de mar nítido que les había marcado el camino hasta entonces. El capitán parecía ajeno a aquella circunstancia, pero la realidad era que la fragata ponía la proa en dirección a tierra, más concretamente a la isla de Santo Domingo.

—No quisiera meterme en vuestras atribuciones, pero nadie me había dicho que cambiaríamos de rumbo —dijo sin demasiado tacto el funcionario real al capitán, mientras este hablaba en voz baja con uno de sus oficiales.

—Ya sé que el señor tiene prisa por tomar el camino de casa. Yo también la tengo, podéis creerme... Pero mi deber como capitán es prever todas las contingencias.

—¿Cómo es que nos acercamos a la costa de Santo Domingo, entonces? ¡Me debéis una explicación!

Con un gesto, Jan Ripoll indicó al oficial que los dejara solos y se plantó delante de aquel noble, a quien tenía que llevar hasta Cádiz. No lo encaró enseguida, como si se obligara a contar hasta diez antes de responder. Nunca desde que era capitán le habían hablado en aquel tono, ni siquiera sus superiores.

—La seguridad del barco me corresponde a mí y, siempre que hacemos este viaje, cargo bidones con agua fresca en la bahía de Yuma. Como bien sabéis, atravesar el Gran Mar puede ser cosa de un mes o de tres, todo depende de los vientos, de los ataques de los piratas y de la voluntad de Dios. Pero necesitamos agua.

—He podido comprobar que el depósito de la bodega, detrás de la base del palo mayor, está prácticamente lleno, hace tan solo tres días que zarpamos de Cartagena. Me parece del todo inadecuado...

—¡En pocos minutos entraremos en la bahía, capitán! —El mismo oficial había vuelto para recibir instrucciones, y el funcionario real entendió que no sería fácil cambiar las reglas que regían en el barco.

—Como podéis ver, señor, tenemos mucho trabajo —dijo Ripoll, tajante—. Os agradecería que os ocuparais de vuestros asuntos y nos dejarais hacer.

Joaquín de Acevedo pensó que la impertinencia de aquel capitán no tenía límites y se prometió vigilarlo de cerca. Por suerte, nadie había escuchado la conversación, ni siquiera Margarita, que habría reaccionado como una fiera que se lanza sobre su presa. La fragata siguió la línea de la costa durante un tiempo breve hasta que una amplia bahía se mostró a los ojos de los viajeros.

Muy cerca de donde los hombres esperaban con los bidones, había una mujer en la arena; parecía limpiar las redes, quizá para conseguir los restos de pescado que quedaban enganchados. El corazón del funcionario se aceleró mientras pensaba en los primeros tiempos con Suyay, el sonido de su lengua incomprensible, la piel suave en que los dedos solo necesitaban una gota de agua para deslizarse por todo el cuerpo. Constança tenía un aire similar. Aunque no había nacido en Lima, aquella chica recordaba a los indígenas por su altivez y aquellas formas rotundas que no dudaba en usar como un arma demoledora.

Desde que supo por su amigo cocinero que los acompañaría, había creído que tenía posibilidades de hacerla suya, si antes la convencía de trasladarse a Madrid con ellos. Podría tentarla con alguna tarea, tal vez cuidar de los niños. Pero su mujer había desbaratado de entrada cualquier clase de oferta. Odiaba a Constança por su rebeldía y, quizá, porque le recordaba todo aquello que ella nunca podría ser.

El funcionario dejó de lado sus pensamientos para seguir las evoluciones de las barcas que debían trasladar la nueva carga. Los marineros escogidos para estibar los bidones de agua en la bodega hacían grandes esfuerzos para subirlos desde las barcas. Joaquín permanecía en cubierta, pero el capitán había distribuido a sus hombres de manera que le fuera imposible acercarse. Fue el infortunio lo que precipitó las cosas.

Cuando ya subían los últimos bidones, uno de los marineros tropezó contra la amura de babor y el envoltorio y su carga acabaron en el suelo. El golpe hizo que las maderas se abrieran y dejaran a la vista lo que ocultaban, y no fueron precisamente borbotones de agua lo que inundó la cubierta.

Jan Ripoll dirigió una mirada hacia el funcionario, que se hallaba muy cerca del timón. Ambos hombres se aproximaron.

—Así que teníamos necesidad de agua fresca para la travesía... —dijo Joaquín en cuanto advirtió que no los oía nadie—. Yo lo que he visto es cuero y, a pesar de la distancia, me ha parecido de muy buena calidad.

—¡Por todos los demonios! Hay agua en algunos bidones, pero los otros son para negociar si es necesario...

—¿En medio del océano? ¿Acaso pensáis negociar con las bestias marinas? Quizá quieran hacerse botas de cuero...

—Ya sabéis que cuantas más mercancías lleva un barco, más ayuda a la causa del rey —insistió Jan Ripoll con escasa convicción.

—No me vengáis con historias. Apuesto cuarenta sueldos a

que antes de llegar a Cádiz haremos otra escala en la costa; para nuevos suministros, claro. ¿O quizá pensáis ir por las Islas Canarias? Dicen que son el paraíso de los contrabandistas.

—Todo depende de los vientos... —dijo el capitán, que ya veía la imposibilidad de engañar a De Acevedo y sopesaba otras opciones.

—Sí, lo sé, quizá los vientos nos hagan aún más ricos. Porque vos ya sois mayor y no querréis morir en el mar...

Estas últimas palabras hicieron que Ripoll se sentara sobre unas cuerdas e invitara al funcionario a acompañarlo. Se miraron el uno al otro, como gallos que, a pesar del deseo de los espectadores, hubieran hecho el pacto de respetarse.

—¿De cuántas balas de cuero estamos hablando? —preguntó De Acevedo como si fuera lo más natural del mundo—. Quizás en la corte podríamos encontrar un comprador que apreciara su buena calidad. De seguro que estáis pensando en venderlo por cuatro reales. Ya sé cómo os engañan a los marineros.

—¿Y vos, qué queréis a cambio? ¿Y si llegamos a un acuerdo?

—Capitán, un hombre como yo no hace tratos que no sean justos. Tenéis que poner el cuero en mis manos.

—Mucho me pedís, señor.

—Solo se trata de que lo penséis bien. Si hacéis el negocio por vuestra cuenta, quizá ganaréis lo mismo que si me dejáis buscar un comprador. Pero yo intentaré conseguir un precio más elevado y sacaré mi parte. Si todo va como espero, aumentará también vuestra parte, de hecho depende de la calidad de la mercancía. Y si nos va bien eso de trabajar juntos podríamos hacer otros negocios en el futuro, ¿no creéis?

El capitán no se lo rumió demasiado. El barco ya enfilaba la salida de la bahía y el trato no era desfavorable. Nunca había intentado el contrabando a gran escala, pero quizá con un contacto en la corte... El funcionario, por otra parte, pidió la máxima discreción. Nadie debía enterarse de sus negocios; de esa manera podría sufragar los gastos personales que sin duda tendría en Madrid. Estos ingresos inesperados no estarían sometidos a la avaricia de su mujer.

Pero alguien se había situado estratégicamente debajo de la cubierta y la conversación entre los dos hombres había dejado de ser un secreto entre ellos. No advirtieron la presencia de Pedro, demasiado pequeño y esmirriado para su edad.

La Imposible surcaba el mar dejando atrás las islas del Caribe. Ahora todo quedaba sometido al Altísimo o, como le agradaba decir a Jan Ripoll, a la voluntad de todos los demonios.

4

A orillas del río Rímac, Lima, 1764

Siempre que pienso en Iskay el río se apodera sin remedio de mis recuerdos. Lo descubrí junto al Rímac un día triste de otoño, cuando los palacios de la ciudad ya se cubrían de los colores del crepúsculo. Él pescaba con la ayuda de un palo y me quedé mirándolo agazapada entre los árboles.

Llegué a tientas. De hecho, cuando eché a correr no sabía adónde iba, y tampoco me importaba demasiado. Necesitaba huir, desaparecer. Yo tan solo tenía nueve años, él no debía de ser mucho mayor. Enseguida, y en secreto, envidié su alegría, los harapos que cubrían su cuerpo delgado y la desnudez de unos pies que no parecían tener amo.

Durante un rato observé la pericia con que sacaba los peces del agua. Me dejé llevar por el silencio de la puesta de sol y el rumor de las barcas que volvían a la ciudad, pero lo que más atrajo mi atención fue la piedra roja que le colgaba del cuello. Recuerdo también que, al ser descubierta, retrocedí unos pasos.

—¡Estos salvajes no son de fiar! Más vale que te mantengas a distancia.

Eso me habían dicho una y otra vez en palacio.

Pero, bien mirado, tenía poco que perder, y quizá por ese motivo el miedo se desvaneció en el mismo momento en que me miró. Todo él tenía un color intenso, la piel, el cabello, los ojos... Y, extrañamente, todo él irradiaba luz.

—¿Tienes hambre? ¿Quieres uno? —me dijo con aquella sonrisa amplia y las manos extendidas mostrándome la cesta con tres pescados.

—No, gracias.

—¿Te gustaría pescar conmigo?

—No.

—¿Acaso estás enferma?

¡Debía de ser eso! Sí que estaba enferma, muy enferma, porque un nudo en la garganta no me dejaba respirar y notaba un peso en el estómago, como si me hubiera tragado una piedra de aquellas que había junto al río. Asentí con un gesto leve y, ocultando la cabeza entre las rodillas, me entregué a mi pena, de la cual nadie podía curarme.

No sé cuánto tiempo lloré.

Cuando el corazón me dijo basta, cuando sentí que el nudo se había aflojado y respirar ya no era tan difícil, levanté de nuevo la vista. Él seguía a mi lado.

—¿Tu madre lo sabe?

—¿Qué tiene que saber?

—Eso, que estás enferma.

—Mi madre está muerta... y mi padre también. Acaban de darle sepultura.

—Llorar nuestros muertos es bueno...

—Pero es que aún no me lo creo. ¿Por qué nadie quiere explicarme qué ha pasado? ¿Tú tienes padres?

—Me parece que sí.

—¿Te parece? —pregunté abriendo mucho los ojos.

—Vivíamos en el río Chapurí. Unos misioneros se me llevaron, me enseñaron la lengua de los blancos. Pero yo soy de la tribu kandozi —dijo con cierta rabia y mucho orgullo—. Pero, dime, ¿tus padres no eran buenos?

—¡Claro que eran buenos!

—Entonces no deberían hacer el viaje solos. Cuando moría alguien de mi tribu, se sacrificaba un perro o un gallo.

Recuerdo que, al escuchar aquellas palabras, contraje el rostro con cara de asco. Iskay, contrariado, no insistió.

—No te enfades conmigo. Lo siento. ¿Quieres... quieres explicármelo, por favor?

—Vosotros los extranjeros no podéis entenderlo. ¡No entendéis casi nada!

—Explícamelo —rogué con cierta coquetería.

Él dudó unos instantes, pero finalmente me complació.

—Es peligroso enfrentarse al alma del Kunukunu sin compañía.

—¿Al alma de quién?

—El Kunukunu es el espíritu de un búho transformado en ser humano —dijo como quien habla pacientemente a un niño—. Si el muerto es hombre, se le aparece en forma de mujer, y si el muerto es mujer, se le aparece en forma de hombre para intentar... ¡ya sabes!

—¿Qué?

—Pues ¡seducirlos!

No estoy segura de haber entendido entonces lo que quería decir, pero dejé que continuara. Los reflejos del puente iluminado por el último sol comenzaban a teñir el río de naranja.

—Bien, pues, si el alma cae en la trampa cuando llega al mundo de arriba, no es bien recibida por el Kuraka —continuó Iskay—, que es el jefe, o el amo, como decís vosotros.

—¿Quieres decir por Dios mismo?

—No estoy seguro... Entonces la queman y la devuelven a la tierra.

—¿Y qué hacen el gallo y el perro?

—Tienen que espantar al Kunukunu para que el alma pueda pasar tranquila. Cuando por fin llega al mundo de los muertos, se encuentra con sus familiares, los que murieron antes que él —añadió intentando hacerse comprender—. Y ellos le ordenan que baile hasta cansarse.

—¿Y por qué debería bailar?

—Pues, para que los que están en la tierra no se mueran demasiado pronto.

—Me gusta imaginar que mis padres bailan mientras piensan en mí. ¡Los añoro tanto! Mi padre me prometió que nunca me dejaría, pero también se ha marchado.

—Quizás añoraba a tu madre. Quizá le llegó su hora...

—No me lo quieren decir. Piensan que soy tonta o demasiado pequeña. Todo el mundo calla cuando yo llego o cambian de conversación... Pero los he oído murmurar y sé que me ocultan algo. ¡Mi padre no estaba enfermo! Solo bebía de noche, desde que mi madre nos dejó.

Iskay movía la cabeza haciendo pequeños giros a un lado y otro, como hacen los pájaros al examinar algo que no acaban de reconocer. Cuando dejé de hablar, él también dejó a agitarse.

—Cuando muere alguien de mi tribu y los familiares tienen tanta pena como tú y no pueden dormir, llaman a una vieja para que los cure. Les sopla los ojos con tabaco chapeado.

—¿Cómo dices?

—Es tabaco picado y disuelto en agua. De esa manera pueden expulsar sus pesadillas.

—Me parece que no tenemos en palacio. En todo caso, le puedo preguntar a Antoine, el cocinero. Si tiene, ¿serviría igual si me lo sopla él?

—No pierdes nada con intentarlo... Pero no sufras por tus padres. Allá arriba todos son felices, no trabajan y pueden cazar y pescar...

—Mi padre no cazaba ni pescaba.

—¿Qué hacía, entonces? —preguntó Iskay, extrañado.

—No lo sé con seguridad... Hacía lo que el virrey le mandaba, supongo.

—¿El virrey tampoco caza?

—¡No! ¡Es un hombre muy importante! Cazan por él y también le preparan la comida. Antoine Champel, el cocinero de palacio, es muy bueno. Siempre que mi padre salía de viaje por asuntos del virrey, yo me pasaba horas en las cocinas mirando cómo trabajaban. Antoine me explica cosas, pero mi presencia allí es nuestro secreto. Espero que siga siéndolo ahora que...

—Si es tu secreto, ¿por qué me lo cuentas? —replicó Iskay antes de que yo rompiera a llorar.

—No lo sé. Quizá porque tú también me has confiado los tuyos...

Por primera vez, Iskay recogió una lágrima con la punta de los dedos. Desde que mi madre me besaba la frente antes de ir a dormir, nadie me había conmovido con un gesto tan tierno. Cerré los ojos agradecida y me pareció que el mundo era más amable.

Aún hablamos de muchas cosas antes de despedirnos. Le pregunté por la piedra roja que lucía sobre su piel morena, e Iskay sonrió divertido. Se trataba de una semilla hembra, dijo; si hubiera sido macho tendría una mancha negra. Su nombre era *huayruro*, como el árbol al que pertenecía, uno de los más altos y majestuosos.

Me explicó que, de muy pequeño, le habían colgado aquella semilla al cuello, tal como hacían con todos los recién nacidos en su tribu. Creían que así los protegían de las envidias y de todos los espíritus malignos.

—¿Y no os la coméis? —pregunté, curiosa.

—¡Eso podría significar la muerte, es muy venenosa! —exclamó.

¡Cuántas cosas me quedaban por aprender!

El día fue agonizando lentamente e Iskay me mostró el firmamento. Decía que donde ahora se encontraban mis padres también estaban el Zari —el sol—, la Tsupi —la luna— y los Irunlli —las estrellas.

Permanecimos juntos mientras los astros de los que hablaba Iskay se iban mostrando en un cielo que se volvía hacia la noche. Me di cuenta con sorpresa de que una creciente sensación de paz disolvía la piedra que desde hacía unas horas amenazaba con ocupar mi vientre.

Cuando, ya oscuro y negro, llegué a palacio, solo Antoine me esperaba en la puerta.

—Comenzaba a inquietarme... ¿Tienes hambre? ¿Quieres que te prepare algo?

—Si tuvieras un poco de tabaco para soplármelo sobre los ojos...

El cocinero no hizo preguntas ni se rio ante ese pedido que podía parecer absurdo. Me acarició el cabello y yo me dejé llevar como un cachorro cerca de su amo. Después tomamos un chocolate con picarones.

—¿Me enseñarás?

—¿A hacer chocolate?

—Y picarones y...

—Lo que quieras, princesa.

Desde aquel momento, con solo nueve años y huérfana, la cocina se convirtió en mi hogar. Al principio era mi refugio, pero pronto llenó el resto del tiempo que permanecí en Lima, salvo los momentos que pasaba con Iskay.

Antoine fue mi maestro, y el zapallo, el camote y la chancaca, entre otros ingredientes, se convirtieron en mis juguetes. Pero yo aún no sabía nada del significado que todos ellos irían teniendo en mi vida.

5

Océano Atlántico, verano de 1771

A excepción de los marineros, que realizaban tareas demasiado duras para sucumbir a la rutina del viaje, la monotonía se fue instalando a bordo de los pasajeros de *La Imposible*. El chico de Veracruz se sentía cada vez mejor en la bodega, a pesar de la escasa salubridad de aquella parte del barco. Su faena lo excusaba de compartir el ambiente enrarecido que se vivía en cubierta.

Las salidas de tono de Margarita, la desconfianza de algunos tripulantes, convencidos de que allí se cocía algo, y un capitán cada vez más quisquilloso, convertían la zona más profunda de la nave en una especie de paraíso venido a menos. Con el paso de los días había hecho amistad con su compañero Kirmen. Le enseñaba los mejores nudos para sujetar la carga y a cepillar la madera de las piezas que a menudo debían ser sustituidas por el desgaste.

Todo un mundo nuevo se abría ante sus ojos. Solo le preocupaba lo que se estaba gestando en el barco, quizá porque le llegaba a través de indicios, de conversaciones a medias, de sonrisas desagradables. El chico era el primero en mostrarse indiferente. Las insinuaciones de los rebeldes sobre la maldad del capitán, acompañadas de todo un anecdotario cada vez más oscuro, daban significado a su exaltación. No obstante, cierto sentido de la prudencia le advertía al chico que no estaba en el mar, poniendo una distancia casi insalvable entre su destino y el mundo que había conocido, para morir en un motín que no parecía responder a la necesidad de impartir justicia, sino a la venganza.

En los atardeceres de aquel agosto el sol hilaba un extenso manto dorado sobre las olas. El chico aprovechaba cualquier instante para asomar la cabeza, a última hora, asombrado por aquel mar encendido. Se había pasado muchos años esperando que el sol se pusiera detrás de las montañas que rodeaban Veracruz; solo entonces despertaba de su letargo y se adentraba por las calles de la ciudad en busca de incautos que le pagaran una comida en la taberna, o de aventuras que después no querría recordar.

La placidez de un trayecto sin incidencias también se dejaba sentir en la bodega. Los vientos del sur impulsaban la fragata con la fuerza suave y perseverante que siempre desean los marineros. El viaje había llegado a su ecuador sin ningún sobresalto remarcable.

Sin embargo, aquel pacto alcanzado entre Joaquín de Acevedo y el capitán Ripoll no afectaba al deseo de sangre que anidaba en algunos hombres. El chico de Veracruz supo que el motín se precipitaría cuando un marinero bajó a la bodega para explicar a Kirmen que todo estaba preparado, que solo había que esperar el momento oportuno.

—¿Os amotinaréis ahora, por una historia antigua? —se asombró el chico—. Antes deberíais pensar cuáles serán las consecuencias. Un barco no es una ciudad donde se pueda huir y esperar que tus actos despierten la conciencia de la gente. Si el motín fracasa, os juzgarán a todos.

—No sabía que fueras un cobarde, joven amigo. Las aventuras que me has explicado a lo largo de estas jornadas no lo indicaban así. Además, lo que haremos es mucho más inteligente que un motín...

—¿Por qué no me lo explicáis, entonces? Os he dado sobradas muestras de que se puede confiar en mí.

—Quizá tengas razón, ha llegado la hora. Vayamos por partes...

Kirmen lo llevó hasta los fardos de algodón, donde a menudo se tumbaban para soñar en todo aquello que harían cuando acabara el viaje. Él lo imitó, dispuesto a escuchar hasta la última palabra que saliera de aquel experimentado marinero.

—Han pasado tres años, pero un padre nunca puede olvidar a su hijo. Ocurrió después de una larga travesía en que los hombres se sublevaron ante la desvergüenza mostrada por sus superiores. Ya has tenido ocasión de comprobar que estas rutas dan pie al lucro de los más poderosos, pero los oficiales no se quedan atrás. Jan Ripoll era en aquella ocasión capitán de otra nave, la *Tomasa*, una fragata que protegía las costas de Perú de las incursiones inglesas. Un día encontraron a la deriva un barco inglés que transportaba una buena cantidad de oro. La ley del mar establece que estos botines deben repartirse, pero Ripoll se negó en redondo y ofreció a los marineros las migajas, además de amenazarlos si hablaban.

—Y la tripulación se sublevó... Creo haber oído esta historia en Veracruz.

—No sé qué oíste, pero la sublevación quería ser pacífica. Los marineros se negaron a volver al trabajo hasta que se procediera a un reparto justo, pero Ripoll no aceptó sus reclamaciones. Al contrario, armó a los oficiales, además de prometerles una parte del botín. Hubo dos muertos y varios heridos entre los sublevados. Al resto se los confinó en la bodega, y más de treinta tripulantes fueron acusados de rebelión.

—¿Y el capitán los juzgó?

—No directamente. Antes de tomar decisiones de esta naturaleza, hay que contar con el beneplácito del rey. Este apoyó a Ripoll con los ojos cerrados. Entonces sí, muchos fueron sometidos al castigo del cañón, es decir, los azotaron amarrados a los cañones del barco, y a los demás los fusilaron.

—Y entre los muertos estaba el hijo de alguno de vosotros. Lo entiendo, pero esta venganza que proyectáis también se podría haber llevado a cabo en tierra, sin correr tantos riesgos.

—Olvidas que el capitán Ripoll es un hombre rico. Se hace el desvalido, pero en tierra siempre va bien escoltado. En fin, no tienes que preocuparte demasiado. Hoy morirá y nadie sabrá quién ha sido su verdugo. Después navegaremos bajo el mando de su segundo. Es un buen hombre.

Kirmen le pidió que volviera junto a los fardos de tabaco. La normalidad debía reinar en el barco hasta el mediodía, después se haría la voluntad de Dios.

El chico de Veracruz, influido por la religiosidad de su madre, pensó que el ojo por ojo, aplicado de aquella manera tan fría, sin perseguir el bien común, no podía formar parte de las intenciones del Altísimo. Pero obedeció a Kirmen mientras procuraba entender la historia que le habían explicado. Se sentía extrañado de su propia prudencia, pero quería ser una persona nueva, vivir de una manera diferente. Ahora tenía la oportunidad de demostrarse que era capaz de permanecer al margen; y además, si todo salía como preveían aquellos hombres, no habría problemas.

Constança había aprendido que más le valía no confraternizar con la familia De Acevedo. Salvo los encuentros repentinos en cubierta, intentaba quedarse en su cabina y dejar que pasara el tiempo entre ensoñaciones de lo que sería su futura vida en Barcelona, donde seguramente sus abuelos la acogerían con los brazos abiertos. La insistencia en las miradas de algunos marineros comenzaba a preocuparla, pero ningún oficial, ni siquiera el funcionario real, prestaba atención a los hasta entonces leves acosos.

Eran intenciones con muchos puntos débiles. A menudo la chica se sentía inquieta en su estancia, los olores y ruidos se magnificaban. Gracias a Bero, que había añadido un listón de madera a los bajos de la puerta, las ratas ya no le hacían las asiduas visitas de los primeros días, aunque oía sus correteos muy cerca, a veces como si se pasearan al otro lado de la madera y se afanaran por entrar.

Aquella jornada, hacia el mediodía, no fue capaz de resistir más el calor que hacía en la cabina. Constança salió al estrecho pasillo justo cuando Margarita decía a su hijo que era un ser débil, que o bien cambiaba o ella tendría que estar pendiente de sus cosas toda la vida. La chica no se detuvo para oír la respuesta de Pedro; sabía que no la habría. Al contrario, aceleró el paso y subió la escalera que llevaba a cubierta tras cruzar la sala de esparcimiento del capitán, amueblada con una mesa, dos sillas carcomidas, mapas de navegación y un sextante. Le complació que no estuviera y se dirigió hacia el ojo de buey: el horizonte seccionaba el cuadro exterior en una perfecta división de azules. La sensación de libertad que le transmitió hizo volar su imaginación. El sol se esforzaba por calentar la madera gastada de la fragata. La visión aligeró su ánimo.

Enseguida comprobó que no había exagerado. La brisa marina barría la cubierta del barco, muy poco concurrida a aquella hora. En las velas, algunos tripulantes reparaban los estragos del viento, y en proa estaba el capitán con dos oficiales. El hombre que tenía más cerca era el timonel, que parecía dormido sobre aquella rueda inmóvil que habían trabado para que no variara el rumbo.

Se quedó en popa, mirando la estela del barco mientras se abría el cuello del vestido para que la brisa la refrescara. Las aves seguían de cerca a *La Imposible*, a la espera de los restos de comida que los cocineros lanzaban por la borda.

Abandonada a la caricia de aquel viento suave, no prestó atención al capitán. Jan Ripoll caminaba cerca del palo de trinquete, comprobando la sujeción de algunas mercancías que no tenían acomodo en la bodega, como los cabos de estay, la estopa y el alquitrán, que se usaban para reparar la cubierta. Un movimiento repentino del timonel la puso sobre aviso. Pasó muy rápido, casi en el instante en que ella se volvía atraída por una especie de sexto sentido.

Poco después, mientras el capitán acercaba su recipiente de hojalata al depósito de agua, aquel viejo marinero que había perdido a su hijo apareció de improviso a su espalda con un enorme cuchillo. Constança quiso chillar, pero la sorpresa la dejó paralizada. Sus seguidores estaban apostados en diversos puntos de la nave, vigilantes. Desde el principio se había establecido que aquella era una cuestión personal, y que, aparte de la sustitución del capitán, la nave seguiría su rumbo.

La avanzada edad del vengador impidió el éxito del primer ataque.

La suerte proverbial de Ripoll lo acompañó también esa vez. El sol se posó sobre la hoja del cuchillo y se reflejó en el agua del depósito. Después todo se precipitó. El hombre descargó el golpe con intenciones mortales, pero el capitán ya había tenido tiempo de echarse a un lado, de modo que solo resultó herido en un brazo. Uno de los oficiales, que en ese momento se disponía a beber un trago de agua, se dio cuenta de lo que ocurría y dio la voz de alarma.

Nadie supo explicar después por qué lo que debía ser la venganza de un padre deshecho por el dolor se convirtió en un motín. El agresor, muy querido entre la tripulación, pareció despertar la conciencia de aquellos con quienes había compartido su historia. Los hombres que conocían la intentona se precipitaron a cubierta al oír los gritos de alarma, mientras Constança permanecía inmóvil en el castillo de popa.

El resto de la tripulación, hombres jóvenes poco avezados en el mar, se pusieron de parte de los oficiales. El chico de Veracruz había seguido a Kirmen por instinto y dilapidó los buenos propósitos que se había ido haciendo a lo largo del viaje. Su sangre bullía cuando se presentaba un conflicto, como si nada en este mundo fuera más importante que luchar contra la injusticia.

Los oficiales ya habían tomado posiciones en cubierta. Uno de ellos vio que Kirmen esgrimía un arma y no dudó en usar la espada. El jefe de bodega, sorprendido, cayó muerto mientras el chico de Veracruz, al intentar defenderlo, resultó herido en una pierna. Pero sin doblegarse, después de unos instantes de lucha, clavó su navaja al oficial, el cual, aturdido, se golpeó contra la borda de estribor y se precipitó al agua, desapareciendo para siempre engullido por el Gran Mar.

El chico comprobó que nadie había advertido la caída del oficial. Tenía un corte en la pierna y la sensación de que la espada había penetrado a fondo, pero no parecía que le fuera la vida. En otras ocasiones ya había visto heridas mortales y se congratuló de que la sangre no manara a chorros de la suya. Si lo descubrían estaría perdido. Decidió ocultar la navaja entre sus ropas y bajar de nuevo a la bodega; allí había rincones que pocos marineros conocían.

Mientras tanto, sin prestar atención a lo que había pasado con sus compañeros, y a pesar de que se veía que el motín estaba condenado a la derrota, Bero ya cubría a Constança con su cuerpo y una gran maza.

—Volved a vuestra cabina —le dijo mirándola a los ojos, con seriedad y una extraña calma—. Si os descubren aquí arriba no sé qué podrá pasar, los hombres están alterados y son capaces de cualquier cosa. Vos no habéis visto nada. ¿Entendido, señorita?

Al obtener un gesto de asentimiento de la chica, más por instinto que por convicción, el marinero ordenó:

—Seguidme.

Bajaron juntos la misma escalera que el chico de Veracruz y Kirmen habían utilizado para incorporarse a la lucha. Desde los primeros peldaños ya se oían los gritos de Margarita y los sollozos de los pequeños; solo Pedro estaba en la puerta de la cabina que ocupaba la familia. Al verlo, Constança se detuvo delante de él, a pesar de que Bero le tiraba del brazo para meterla en su cabina.

—¡Pedro! ¿Qué haces aquí solo? Vuelve dentro con los tuyos y diles que no salgan hasta que se arreglen las cosas.

El chico se quedó mirándola. Todos sus músculos estaban en tensión, pero en los ojos no tenía miedo, al contrario, traslucían una curiosidad casi enfermiza. Le recordó tanto a ella misma que repitió la orden de una manera más apremiante.

—¡Corre! ¡Ocúltate!

Si no hubiera sido por la firmeza de sus propias piernas, Constança habría rodado escaleras abajo siguiendo el impulso de Bero. Este había cambiado de opinión al oír los gritos de un oficial que había descubierto rastros de sangre en la escalera.

—Ahora quedaos en la bodega —dijo el viejo—. Quizás os pregunten por qué habéis bajado. Debéis mostraros espantada, convencerlos de que al oír los primeros gritos habéis corrido para ocultaros.

—Pero ¿vos qué haréis? ¡Quizás os confundan con un amotinado!

—Ay, niña, ya he pasado unas cuantas de estas. Tranquila, sabré sobrevivir.

Constança no quedó muy convencida, pero le hizo caso, y,

oculta entre los fardos de algodón, dejó que pasara el tiempo. Aún se oían gritos esporádicos en cubierta, mientras se preguntaba qué sería de los niños. Sintió el impulso de subir aquella escalera y convencer a la familia De Acevedo para que bajaran a ocultarse con ella, pero unos pasos en los peldaños hicieron que se mantuviera quieta y en silencio.

Enseguida apareció una figura por el hueco de la escalera y, con solo verle los zapatos, supo que se trataba de Joaquín de Acevedo. Bajaba temblando, con un espadín en las manos y mirando hacia todos lados.

Después de escudriñar la bodega con nerviosismo creciente, se parapetó en un rincón con el espadín preparado. Así permaneció hasta que el capitán Ripoll, con el brazo izquierdo ensangrentado, bajó allí protegido por sus hombres. Todo indicaba que la rebelión había fracasado, pero debían de echar en falta a alguien y por eso registraban el barco. Joaquín de Acevedo no tardó ni un instante en salir de su escondite.

—¡Capitán! ¡Suerte que solamente os han herido! He bajado aquí por si a alguno de los amotinados se le había ocurrido huir del castigo que merece. He creído que así era más útil, dado que en cubierta disponíais de brazos suficientes.

—¿Y habéis encontrado a algún amotinado? —repuso Ripoll con sarcasmo.

—Todo está en orden. ¡Aquí no se oculta ni un alma!

Años más tarde, Constança aún se preguntaba por qué había escogido aquel momento para dejarse ver. Pero los efectos fueron demoledores. De entrada, el capitán miró a De Acevedo como si lo hubiera descubierto en una fechoría. Cuando notó la incomodidad, el noble estalló en una carcajada.

—¡No hay nadie, claro! —comentó mientras se volvía hacia sus hombres, que ya veían cómo el rostro del funcionario se iba poniendo más rojo que el último sol al llegar al horizonte.

En un primer momento, la chica no fue consciente de que había puesto en ridículo al funcionario, pero descubrir a Bero entre los partidarios del capitán la hizo sonreír. ¡Era verdad que el viejo marino sabía sobrevivir en medio de las tempestades!

El viejo se llevó el dedo a los labios para pedirle silencio y después, desde el último escalón, dijo en voz alta para que todos lo oyesen:

—Es bueno comprobar que hay una mujer sensata en este barco. Habéis hecho bien en ocultaros, señora.

—Claro que sí —respondió el capitán, y enseguida se olvidó de Constança. La algazara que montaron sus hombres mientras abrían paso en la escalera a un humillado Joaquín de Acevedo se recordaría durante mucho tiempo.

6

Océano Atlántico, verano de 1771

Parecía que todo volvía a la normalidad cuando de golpe Constança advirtió que el amuleto de Iskay que llevaba colgado del cuello había desaparecido. Como si la hubieran propulsado con un arco invisible, abandonó la litera con la intención de buscarlo hasta dar con él. Significaba demasiado para ella. Sin prestar atención a nada que no fuera su objetivo, recorrió el trayecto desde el castillo de popa hasta la proa, por si durante la refriega hubiera acabado en un rincón. Escudriñó alrededor del molinete que levanta la cadena del ancla y le pareció ver una mancha roja entre las dos palancas, pero solo se trataba de restos de sangre.

Dispuesta a no descansar hasta conseguir el preciado objetivo, recorrió cada madera, cada peldaño, hasta llegar a su escondite en el interior de la bodega.

Al no encontrar ningún rastro, se apoyó en un tabique. Su cuerpo resbaló sobre la superficie rugosa hasta el suelo, y justo en ese momento la pila de paja situada delante de ella se hundió. Los enormes ojos de Constança no parpadearon durante un buen rato. Si hubiera estado en tierra firme habría atribuido el hecho a algún animal, pero allí...

Casi sin respirar, tomó conciencia de lo que ocurría. Uno de los amotinados se ocultaba entre las balas de paja. Vio cómo arrastraba una pierna y se esforzaba por encontrar un lugar donde refugiarse. Estaba encima de una de las maderas que reparaba el maestro carpintero, un rastro de sangre teñía su superficie. El chico de Veracruz no advirtió la presencia de Constança hasta que ella, aterrada, soltó un grito de pánico.

Él se volvió hacia ella protegido por la oscuridad y, con la mano tendida, le tendió el amuleto. Durante unos segundos la inmovilidad de los dos fue absoluta. La desesperación, y después la súplica, se dibujó en el rostro desencajado del joven. Ninguno de ellos habló, pero aquel encuentro sirvió para sellar un pacto tácito.

Constança cogió su tesoro y, deprisa y corriendo, abandonó la bodega recogiéndose la falda para imprimir más velocidad a sus piernas. El corazón le pulsaba en las sienes y toda ella temblaba cuando, por fin, se encontró en los primeros peldaños de la escalera que conducían a su cabina. Se quedó allí unos instantes, necesitaba asegurarse de que nadie más había presenciado aquel pacto secreto. Tras escrutar rápida y nerviosamente entre sacos, bidones y cajas, miró hacia donde se había refugiado el desconocido, pero desde su nueva posición era imposible distinguir su presencia.

Ascendió mirando en todas direcciones. Esta vez no le molestó oír los llantos de la chiquillería, ni los chillidos histéricos de Margarita, al contrario. Los recibió como una especie de bálsamo, como quien vuelve a casa, a un lugar conocido.

La litera le sirvió de refugio; se acurrucó ocupando el menor espacio posible, mientras unas lágrimas silenciosas se le mezclaban con el sudor. Recordó su infancia, cuando a menudo despertaba sola después de una pesadilla y nadie acudía a consolarla.

Sola.

Aquella palabra hizo que se incorporara de un salto. ¡Por mucho que se compadeciera, nadie vendría a rescatarla! Cogió la caja de debajo del camastro y la abrió poco a poco. Allí guardaba su salvoconducto; Antoine le había confiado su legado y ella no lo decepcionaría. Pasó la punta de los dedos por la cubierta de aquellas hojas manuscritas atadas con una cinta roja y se enjugó los mocos con la manga de la blusa. Después se las acercó a la nariz con actitud reverencial, aún conservaban aquel olor a tabaco de pipa y especias tan propio del cocinero. Con los ojos cerrados se concentró en el recuerdo de momentos más felices. Sin prisa, pasó las páginas hasta descubrir una mancha, quizá de aceite, que volvía más transparente el papel.

Constança leyó en voz baja: «... se dejan reposando durante una hora hasta que suelten el jugo amargo...». A continuación, agradecida, devolvió el legajo a su sitio. Su llanto le había servido para liberarse de parte de su acritud, y el reposo ya había sido suficiente, así que apartó aquellos objetos con gesto decidido y del fondo de la caja sacó una bolsita de cuero. Contenía un papel en el que había escrito un solo nombre con perfecta caligrafía: «Pierre Bres.»

Se esforzó en pronunciar con acento francés el nombre de quien sería su nuevo maestro y se juró que no volvería a desfallecer. Su futuro estaba en juego. Bien mirado, había sido una tontería y una temeridad permanecer en la bodega, exponerse a que aquel amotinado se volviera en su contra.

—¡Lo mejor que puedo hacer es dar noticia de su presencia al capitán y terminar de una vez! —dijo en voz alta y con aire resuelto.

Pero las piernas no obedecieron el dictado de sus labios. Aquella expresión de perro acorralado, indefenso, su mirada intensa en la penumbra... Debía tomar una decisión, y debía hacerlo sin demora. No obstante, Constança dejó que el tiempo se adelgazara hasta que su paso resultara inevitable. ¿Por qué arriesgarse? Era un fugitivo, había participado en un motín. Si no lo delataba y lo descubrían, su situación en el barco podría verse seriamente comprometida. La razón se obstinaba en mostrarle el camino correcto, pero todos los argumentos pasaban a segundo plano, pues no lograba liberarse del embrujo de aquellos ojos a los cuales ni siquiera podía ponerles nombre.

—¡Qué susto, querida! ¿Tú y los niños os encontráis bien? Ha sido un episodio muy desagradable, con momentos muy peligrosos, pero gracias a Dios todo está bajo control.

La voz nerviosa del señor De Acevedo, irrumpiendo en la cabina de su familia, precipitó los acontecimientos. Su hija pequeña se le había lanzado a los brazos y, mientras él la acariciaba, prosiguió.

—El capitán ha ordenado que toda la tripulación se reúna en cubierta. Nosotros también estamos convocados. Por cierto, ¿dónde está la chica?

—¡Me importa un pimiento lo que le suceda a tu protegida! ¡Deberías haber estado aquí con nosotros, con tu familia! Incluso tu hijo mayor ha tenido la valentía de quedarse para defendernos —exclamó Margarita plantándole cara; Pedro permanecía en un rincón con una sonrisa enigmática, pero el funcionario nunca prestaba demasiada atención a su primogénito.

—¿Es que no lo entiendes, mujer? ¡He puesto en peligro mi vida buscando a los amotinados! ¡Y, por lo que se refiere a Constança, di mi palabra, y, por tanto, viaja bajo nuestra tutela!

—¡No me hagas reír! Si no eres capaz ni de proteger a tus propios hijos. A mí también me has hecho muchas promesas y no veo que hayas cumplido ninguna.

—No os aflijáis por mí, estoy bien —dijo Constança irrumpiendo de improviso en el escenario donde se libraba la batalla.

Con la mirada serena y el cabello cuidadosamente trenzado sobre los hombros, nada en su aspecto revelaba la angustia vivida poco antes. La señora De Acevedo la miró con despecho, y su hijo Pedro, con una actitud cercana a la admiración.

Subieron a la cubierta, donde los murmullos se esparcían por doquier y el mar se mostraba extrañamente calmo. Al médico contratado para cuidar del hijo del funcionario se le había acumulado el trabajo y estaba acabando el vendaje del brazo del capitán. Había media docena de hombres atados al palo mayor, y a otro lo arrastraban hacia allí sin piedad, con el pelo empapado de sangre. El resto de la tripulación formaba un círculo a su alrededor. Margarita se llevó las manos a la boca y se quedó pálida como la cera. Finalmente, recuperándose, dijo:

—¡Esta no es una escena para que la contemplen las criaturas!

Pero antes de dar dos pasos seguidos, la voz del capitán Ripoll la devolvió a la dura realidad.

—¡Os equivocáis! Esta es una lección que les vendrá muy bien aprender, señora. Soy yo quien da las órdenes en *La Imposible*. Y tengo la facultad de decidir qué es o no es correcto. ¿Entendido?

Ni tan solo el gesto de dolor que lo obligó a protegerse el brazo fue capaz de hacerle flaquear la voz. Un silencio grave reinó sobre la nave unos momentos antes de que Ripoll continuara su discurso, esta vez dirigiéndose a todos los tripulantes.

—¡No perdáis detalle de lo que pasará a continuación, es el castigo para los que se atreven a pedir justicia por su cuenta! Os aseguro que se arrepentirán. No tendré misericordia con ningún hombre que ponga en peligro nuestro destino o la seguridad a bordo. Que os sirva de escarmiento a todos. ¡Abre los ojos, niño! —añadió señalando a Pedro—. Esta oportunidad para crecer quizá no se te presente nunca más.

Entonces dio la orden de azotar a aquel viejo que se había atrevido a emprender un acto tan temerario.

El verdugo fue Martí, el marinero más joven. Sobre él recayó la orden de ejecutar el castigo. Respiraba con dificultad, pero a su malestar se añadió su indecisión. Era la primera vez que se veía obligado a hacer algo semejante. Habría sido más fácil que la víctima fuera un pirata, un asesino arrogante... Pero aquel era solo un viejo destrozado por haber perdido a su hijo, el cual había muerto luchando por un sueldo más justo con el que mantener a su familia.

—¡No tenemos todo el día, marinero! ¿O quizá quieres acompañarlos en su desgracia?

Martí apretó los dientes y llenó los pulmones de aire. El horizonte comenzaba a teñirse de púrpura y las estrellas asomaban cuando el primer grito de dolor del viejo se dejó oír. Su carne magra se desgarró y las costillas quedaron a la vista, ensangrentadas.

Antes del sexto azote perdió el conocimiento. El joven marinero miró al capitán suplicando clemencia, pero Jan Ripoll no dijo ni una palabra. Levantó la barbilla con la autoridad que le confería el cargo y le indicó al joven que llegara hasta el final.

Después del decimoquinto chasquido, Martí dejó caer el látigo al suelo. El hombre no daba señales de vida.

Siempre que se disponía a cerrar los ojos, la imagen de aquel viejo que habían lanzado por la borda y el chasquido con que el agua lo había recibido cobraban vida en la retina de Constança. Por eso su dificultad en conciliar el sueño. Tendida en la litera, mantenía la mirada clavada en un punto del techo, a solo dos palmos de su cuerpo. El mar parecía complacido con la ofrenda que unas horas antes le había sido otorgada. Su ruido feroz se había silenciado, como hacían los antiguos dioses en agradecimiento por un sacrificio.

Tampoco el balanceo suave que el océano provocaba fue capaz de llevar el sueño a los párpados de la chica, que, por encima de tanto horror, se seguía preguntando qué habría sido del marinero oculto en la bodega. No le había visto el rostro... Quizá formaba parte del grupo que seguía atado al palo mayor, o quizá se había desangrado escondido en su madriguera.

Los ronquidos del funcionario real resonaban en las paredes de madera como un trueno previsible y acompasado. Los correteos de las ratas volvían a formar parte de los ruidos con que la noche la recibía.

—Te acabas acostumbrando —pensó en voz alta.

Después de unos minutos se levantó a tientas y, encendiendo la lámpara de petróleo que colgaba de un tabique, se dispuso a salir de dudas. Bajar el último tramo de escalera hasta la bodega era un desafío. Un grupo de marineros hacía guardia en cubierta, mientras que otros descansaban por allí, protegidos del calor en algún rincón, con sus espaldas desnudas reposando sobre la madera. Si la descubrían siempre podría inventarse una excusa, una indisposición, un malestar en el estómago. Ella no suponía ninguna amenaza para nadie, se iba repitiendo mientras descendía poco a poco con los pies desnudos.

Un ruido la alertó cuando ya había llegado abajo. El corazón le palpitaba con fuerza y un jadeo le aceleraba la respiración. Estaba a punto de volver apresuradamente a su camastro cuando oyó el cloqueo de las gallinas. Entre furiosa y divertida, la chica soltó con un bufido el aire contenido.

—¿Se puede saber de dónde habéis salido? —preguntó acercando la lámpara al lugar de donde provenía el guirigay.

Sin perder más tiempo, tapó la jaula con un toldo que cubría los bidones. Cuando se restableció el silencio se dirigió hacia donde había visto por última vez al desconocido.

—¡Hola! ¿Hay alguien? ¿Me oís?

No obtuvo respuesta. Constança dio un paso hacia donde había visto a aquel individuo. Flexionó las rodillas iluminando los espacios entre maderas y vigas. Antes de darse por vencida, volvió a insistir.

—Soy yo. ¿Recordáis? Solo quería saber si...

De pronto se sintió estúpida, era evidente que hablaba sola. Resuelta, dio por finalizado el inútil registro. Cuando ya se había girado en dirección a la salida, una voz la detuvo.

—¡Esperad!

La llama de la lámpara vibró, pero esta vez no era por efecto de la brisa, ni por el bochorno asfixiante que cubría de sudor a Constança.

—¡Dios mío! Si os encuentran...

—Eso no pasará si me ayudáis —la interrumpió una voz débil.

—Pero yo... Vos...

—Yo no tuve nada que ver con el motín. ¡Por favor, no me delatéis! Necesito algo para vendarme la herida y un poco de agua. No os pido nada más.

Quizá no decía toda la verdad, quizás incluso mentía, pero aquella calidez en la voz conmovió a la muchacha.

El miedo ya no le agarrotaba las piernas y subió la escalera con prontitud. Joaquín de Acevedo aún roncaba. Sin dudarlo, abrió la caja y sacó una túnica blanca. Se dirigió a las cocinas con actitud decidida.

Aquel sitio apestaba a rancio. Un par de huesos de cerdo, llenos de moscas, colgaban de un cordel. Constança no quería ni imaginar que fueran los que ponían una y otra vez en la sopa para darle sustancia. Trató de no pensar en ello. Si su padre adoptivo, Antoine, hubiera contemplado un espectáculo tan lastimoso quizá le habría sobrevenido un desmayo. Qué lejos quedaban las cocinas de palacio, donde las cazuelas y ollas relucían como el primer día y los ingredientes eran meticulosamente ordenados y tratados con extremo cuidado.

Con el estómago revuelto, la chica destapó un barril de madera. En su interior unas cajas de hojalata se mostraron a la tenue luz de la lámpara. Si no se engañaba, era allí donde ponían el pan de piedra, aquella especie de galleta hecha de agua, harina, levadura y comino que, después de fermentar, introducían en el horno. Abrió la túnica que llevaba colgada al cuello e hizo un fardo con todas las cosas que pudo meter en ella.

El nuevo encuentro con aquel extraño personaje fue breve. Constança dejó el fardo y una vasija con agua a su alcance antes de marcharse presurosa. No intercambiaron más que unas palabras. De nuevo en la litera, se secó el sudor maldiciendo el momento en que había caído en la trampa. Ser cómplice de aquel muchacho no le podía deparar nada bueno y, a pesar de esta certeza, su voz obraba un inexplicable hechizo en su persona. Una mezcla de curiosidad y cosquilleo que la excitaba.

El alba no tardó en filtrarse entre las rendijas de los tabiques de madera. La chica se esforzaba por disimular sus oscuras ojeras con una actitud resuelta, incluso con una sonrisa poco habitual. En cubierta, Bero la miró de arriba abajo.

—¿Va todo bien, señorita?

—Eso deberíais decírmelo vos —respondió ella con cierta socarronería.

—Pues, ya que lo preguntáis, yo no me ilusionaría demasiado. El humor del capitán es pésimo, y la tripulación está alterada. La manera en que se ordenó deshacerse del pobre viejo fue una grave afrenta. No lo deberían haber privado del honor que sin duda merecía después de toda una vida como marinero.

—¿De qué honor habláis? ¡Intentó matar al capitán!

—Solo era un hombre atormentado que pretendía vengar la injusta ejecución de su hijo.

—¡Callad! ¿No sabéis los problemas que os puede acarrear hablar de esta manera?

De hecho, la réplica de Constança no esperaba respuesta. Solo intentaba proteger a aquel hombre que le había caído bien desde el principio y que parecía el único en quien se podía confiar a bordo.

—Las cosas no se hacen así... —rumió el viejo, y se acabó de un trago aquel café de tercera colada; eran las escurriduras del café servido a popa, pero al menos estaba caliente.

—¡Olvidadlo! Una vez muerto...

Por primera vez, el rostro amable de Bero se transmutó hasta parecer feroz. El hombre cogió a Constança del brazo y la llevó a un lugar más solitario bajo la vela de proa.

—Escuchadme bien, señorita, y no olvidéis lo que os diré. A juzgar por vuestra conducta, habéis disfrutado de una buena educación, pero no os engañéis. ¡Solo habéis visto el mundo por un agujero! Habéis vivido en Lima durante años, pero tampoco la conocíais bien, por lo que parece. ¿Qué sabéis de la humillación de los esclavos que se compran y se venden como si fueran ganado? ¿Habéis visto a un minero que viviera más de cuarenta años? ¡No! Claro, estabais recluida en vuestra jaula de cristal bajo la protección del virrey... o de su cocinero, ¡tanto da! La vida es dura, ya lo iréis viendo. Ese viejo se merecía un funeral más digno, acorde con la manera en que vivió. Ya que no se ordenó poner la nave de proa al viento para detenerla, al menos los marineros habrían podido descubrirse la cabeza en señal de respeto. Pero lo lanzaron al agua como quien se deshace de un saco de inmundicias.

Constança no replicó. Tal vez había acertado en alguna de sus afirmaciones, pero se había excedido. Después de unos minutos de silencio, la joven rompió el hielo:

—¿Dónde están los hombres que participaron en el motín? No los veo por aquí.

—Después de pasar la noche a la intemperie sin una gota de agua, los ataron con cadenas en el rincón más oscuro de las sentinas. No me gustaría estar en su pellejo —respondió el marino sin mirarla.

Constança palideció. ¡En las sentinas! Aquel era el lugar más profundo de la bodega. Pensó que, si hubieran descubierto al fugitivo, el viejo habría oído hablar de ello.

—No os preocupéis. Ahora no están en condiciones de dar más problemas. Podéis estar tranquila.

En algún momento se le había pasado por la cabeza contarle su secreto, pero después de las palabras de Bero, lo desestimó. Estaba herida en su amor propio, pero no le daría el gusto de comportarse como una niña malcriada. Así pues, aguantaría el tipo y se tragaría la hiel.

—¿Os parece que los vientos nos serán favorables hoy? —preguntó mientras fingía despreocupación y dirigía la mirada a la lejanía.

—¡A saber! Es inútil que tratéis de entender el mar. ¡Inútil! —respondió él con vehemencia. Y tras unos instantes de silencio, añadió—: La mar es cambiante, enigmática, diabólica. Como las mujeres. Pero si queréis información más científica, deberéis pedírsela al capitán o al contramaestre. Ellos son los que la interpretan y se guían según los sextantes, los barómetros... No obstante, hay caprichos de esta bella dama que no se reflejan en esos aparatos ni en ningún otro. Creedme, sé lo que digo.

Como si las palabras del viejo marinero hubieran sido una premonición o tal vez un desafío, el viento que hinchaba las velas desapareció en un santiamén. Y todas sin excepción languidecieron serena y tristemente, a merced de un Dios invisible. Ninguna de ellas podía hacer nada para oponerse.

Se detuvieron los trabajos en cubierta y Constança vio cómo los más viejos se hacían la señal de la cruz sobre el pecho.

—¿Qué pasa, Bero? —preguntó alarmada.

—Aún no lo sé —respondió él mirando la línea brumosa donde el cielo y el mar parecían confundirse.

Después todo fue muy rápido. Una franja morada pintó el horizonte y el cielo quedó bajo un manto de bruma y oscuridad.

El viento sopló con furia y trajo gotas de agua en sus ráfagas. Las velas cobraban vida bruscamente y todo eran carreras para cumplir las órdenes del capitán. El contramaestre se esforzaba por que se ejecutaran sin demora.

—¡Plegad las velas, enroscad los acolladores, abrid las portas!

Obligada a ponerse a cubierto, Constança veía que los hombres trepaban por las cuerdas hasta el punto más alto de los palos. Las minúsculas figuras, iluminadas a ráfagas por los rayos, se movían con dificultad y cada tropiezo ponía en peligro su vida.

La chica se encomendó a Dios, convencida de que con una de aquellas embestidas el mar los engulliría a todos.

Un último golpe de viento desgarró las nubes y un pálido rayo de sol iluminó las crestas de espuma que cubrían el mar.

Pocos estuvieron allí para admirar el espectáculo, pero el instante de contemplación fue muy breve. Después del embate brutal a que había sido sometida *La Imposible*, el escenario era aterrador. Como un ejército de hormigas, donde cada una lleva a término su cometido con diligencia, todos los tripulantes ocuparon sus puestos sin vacilar.

Las bombas de agua fijas, situadas entre el palo mayor y la escotilla, no daban abasto. Se diría que pistones y fuelles acabarían sacando humo. Había que reforzar, pues, el achique con dos bombas móviles que los hombres se esforzaban por montar sobre cuatro ruedas pequeñas. Puntualmente se informaba al capitán de la situación en que se encontraban las diferentes dependencias, y él resolvía lo que había que hacer.

Aquel día la comida fue frugal, un trozo de pan con bacalao y unos higos secos. No había tiempo que perder. El último bocado de Constança se interrumpió por un ruido ensordecedor, como si los cañones de cubierta gruñeran todos al mismo tiempo. Pasados unos instantes de incertidumbre, se dispuso a ver con sus propios ojos qué provocaba aquel estruendo. ¡No se lo pudo creer!

Protegiéndose los oídos, observó cómo los mismos hombres que días atrás levantaban espadas se habían convertido en expertos hiladores y, con maestría, reparaban cordajes, redes, obenques y burdas que la tempestad había estropeado. Un extraño artefacto ocupaba parte de la cubierta. Cuatro cuerdas sujetadas por los ganchos respectivos convergían en una gran rueda dentada que se engranaba en cuatro más pequeñas. Un marinero fornido hacía girar la manecilla que enroscaba las cuerdas. El resultado era una nueva malla.

—Nunca habíais visto una *chicharra*, ¿verdad? —preguntó Bero.

La chica ni siquiera parpadeó.

7

Océano Atlántico, verano de 1771

Pedro de Acevedo no se sentía especialmente satisfecho de haber advertido a su madre sobre la conversación que había escuchado entre su padre y el capitán del barco, pero se sintió obligado por la especial relación que mantenía con su madre. Si se pudiera resumir con palabras, sería algo como: «Si estás siempre a mi lado, yo te cuidaré, porque eres una persona débil, hijo mío.»

Los frecuentes episodios asmáticos y el escaso crecimiento de un cuerpo que parecía haber llegado a sus límites encorsetaban al chico, incapaz, por otra parte, de entender el rechazo de su padre. Para este, la paternidad consistía en forjar soldados fuertes y valerosos, para que lo acompañaran en su negocio.

A pesar de su apariencia, Pedro no era una criatura despreciable, al menos por lo que hacía a su inteligencia. En Lima lo habían felicitado a menudo por su capacidad para las matemáticas y era difícil que alguien le ganara en los juegos de mesa. Pero cuando se trataba de usar el cuerpo, necesitaba poner todos los músculos en tensión, de una manera tan extrema que se podía temer una especie de colapso. Después de estos episodios, padecía unos dolores terribles que ningún médico había sido capaz de tratar, hasta que apareció aquel hombre.

—¿Williams? Se hace llamar doctor, pero no pasa de ser un aventurero —refunfuñó Margarita, siempre reticente a hacerlo venir.

—Pero, madre, la verdad es que mejoro con sus brebajes, como tú dices. —Pedro había soportado mucha tensión durante el motín y ahora se resentía.

—Con lo que me has explicado, no sería de extrañar que este hombre también participara en el negocio. No es médico ni nada, tu padre tan solo buscaba una persona de su confianza, ¿no te das cuenta?

Pedro no sabía qué pensar. Era cierto que Williams parecía haber hecho amistad con su padre, pero el chico dudaba de que este pudiera caerle bien a alguien. Lo cual, en ese momento, tampoco le importaba demasiado. Después del castigo a los marineros y de la tempestad, todos en el barco parecían haber enmudecido y tan solo se limitaban a cumplir órdenes.

Por lo que respecta a Constança, aquella joven orgullosa por quien había llegado a sentir admiración, ya solo la consideraba una aprovechada. ¿Y si iba detrás del dinero de la familia? ¿Y si su padre desaparecía con ella y no volvían a verlos? Obligado a dejar su querida Lima, solo pensar en renunciar también a la vida prometida ya resultaba para Pedro del todo insoportable.

Quizá por eso veía natural la propuesta de su madre. Margarita se había dedicado en cuerpo y alma a urdir una venganza contra su marido. Sabía que tenía una amante en Lima, pero que intentara ocultarle el dinero del contrabando que pensaba llevar a término con el capitán Ripoll fue la gota que hizo rebosar el vaso de las ofensas.

—Tú me has contado lo que escuchaste y ahora me toca corresponderte, Pedro. Tengo un plan que nos hará ricos y que, además, me evitará tener que soportar más tiempo esta situación...

Mientras Margarita explicaba cómo se vengaría de Joaquín de Acevedo, su hijo experimentaba sentimientos contradictorios. Quizá tenía razón su madre cuando argumentaba que él era un ser débil. Ya hacía tiempo que lo había entendido; sabía que, por mucho que él se pusiera de su lado, ella nunca reconocería su valía. Su madre no entendía que la debilidad solo anidaba en su cuerpo. Él era un chico valiente, capaz de traicionar, de mentir, quizá de matar, si se presentaba la necesidad y encontraba la manera de vencer sus miedos.

La señora De Acevedo había tenido mucho cuidado a la hora de participarle sus intenciones. Por eso escogió el momento del día en que Constança se escabullía disimuladamente hacia la bodega. Quizá se reunía allí con algún marinero, o con el capitán, o con su marido...

Pero le daba igual. Pronto sería libre. Podría disponer del capital que su esposo había ganado en Lima y, con el tiempo, quién sabe, acercarse a alguno de aquellos nobles solteros que ya no tenían toda la vida por delante. Se sentía joven y pensaba que el dinero le permitiría alcanzar la anhelada felicidad.

Constança, por el contrario, solo se preocupaba por aquel chico que había tomado a su cargo. Si no recibía su ayuda, el hambre, las heridas o la venganza del capitán Ripoll lo encontrarían. Había observado con cuidado las diferentes tareas que se llevaban a cabo en la bodega y sabía a qué hora los marineros relajaban la vigilancia.

A pesar de todo, a menudo se llevaba un buen susto. Como cuando alguien se había quedado trabajando en la bodega, apuntalando unos bidones o reparando alguna herramienta, y en aquellos momentos ella debía ocultarse. A veces pasaban dos o tres jornadas en que no le era posible mantener contacto con el joven marinero. Solo le servía de consuelo comprobar que los alimentos que dejaba entre las mercancías desaparecían.

Pero aquel día los encontró intactos. Espantada, buscó al muchacho por la bodega y estuvo a punto de ser descubierta. Imaginaba las razones que podrían haber determinado la ausencia de su protegido. ¿Habría decidido cambiar de lugar ahora que estaban tan cerca de Cádiz? No tuvo suerte. Regresó a su cabina sin ningún rastro del chico de Veracruz. Le esperaba una buena sorpresa.

—¡Pedro! ¿Qué haces aquí? Sabes que a tu madre no le gustaría...

—Tanto me da. Soy el heredero de los De Acevedo, puedo hacer lo que quiera.

La chica ya conocía sus fanfarronadas, pero se quedó mirándolo con curiosidad. Pedro hizo un gesto con la mano, como para espantar un pensamiento molesto, y se sentó, desafiante, en la cama de Constança.

—A mi madre le caes fatal —dijo sin levantar la vista del suelo—. Pero seguro que ya lo sabes.

—Lo sé, pero no me importa. ¿Has venido a decirme eso?

—He venido porque no sé si me gustas o te odio. Siempre eres tan soberbia, y además eres libre. Cuando desembarquemos en Cádiz tú seguirás camino hacia Barcelona. Podrás disponer de tu vida.

—Ojalá, pero no sé si será posible. En todo caso, te aseguro que lucharé para que se cumplan tus augurios.

—Algunos dicen que eres la amante de mi padre, o que te gustaría...

—¿Entre esos algunos no estará casualmente tu madre? No conozco a nadie más capaz de pensar una estupidez semejante.

—Bien, muy pronto te perderemos de vista y ya no podrás confundirme. Pero he venido a advertirte. Cuídate de mi madre —dijo de pronto, y por primera vez la miró a los ojos—. Me da la impresión de que trama algo gordo, y no le gustas nada. No le pasa como a mí, que tengo mis dudas contigo. A ella...

—Lo sé, le gustaría verme muerta. ¿No es eso?

—Yo te he advertido. No sé por qué lo hago, pero lo que te pase a partir de ahora no es cosa mía.

Constança no entendía del todo aquella advertencia de Pedro. Era como si quisiera hacerle un favor, pero parecía que en el fondo se arrepentía de ello. El chico se levantó de la cama y fue hacia la puerta, pero al pasar a su lado aflojó el paso. Ella se dio cuenta de que la olía.

—Algunas mujeres oléis bien.

La sangre fría que puso en sus palabras hizo estremecer a Constança. Le quedó la sensación de que había ido demasiado lejos, ahora que el fin del viaje, al menos para los De Acevedo, estaba próximo. La desaparición del muchacho de Veracruz pasó a segundo término. Quizás era de ella misma de quien debería cuidarse.

La noticia de que estaban muy cerca de Cádiz se extendió por todo el barco gracias a las voces de los marineros. El destino de los represaliados por la rebelión estaba muy próximo, si es que después de su estancia en las sentinas quedaba alguno con vida.

Entre la bruma que reinaba en el estrecho de Gibraltar avanzaba un barco pequeño. Nadie se dio cuenta hasta que lo tuvieron muy cerca. Traía un mensaje de vital importancia para el capitán Ripoll.

—¡Nave a la vista!

Era medianoche cuando el grito del vigía trepado en la cofa, el punto más alto del palo mayor, alertó a los marineros que estaban de guardia en cubierta. La partida de cartas en torno a una lámpara quedó interrumpida y todos se acercaron a la proa, curiosos. Los monótonos días de navegar entre cielo y agua justificaban el alboroto de aquel hallazgo. Pero las dudas no se desvanecerían hasta que la información se completara. ¿Cuáles eran sus intenciones?

Los tripulantes siguieron la dirección que señalaba el vigía, esforzándose por descubrir entre la bruma aquellas luces verdes y rojas que centelleaban a estribor.

—¡Despertad al capitán! —ordenó el contramaestre, escudriñando insistentemente la oscuridad con la ayuda de un catalejo.

—¿Os parece que son amigos? —preguntó Martí.

—Quizá se hayan quedado sin provisiones —conjeturó otro marinero, tranquilizador.

—Es extraño. Nos encontramos muy cerca de Cádiz. Después de la tempestad, solo nos faltaría un ataque pirata. He oído decir que a veces se apostan en el estrecho y aprovechan las nieblas... —insistió el otro joven.

—¡Basta de cháchara! ¿Alguien ha ido a avisar al capitán o tendré que hacerlo yo mismo? —espetó el contramaestre con cara de pocos amigos, visiblemente inquieto.

Los faroles que colgaban de las jarcias del palo de trinquete de la nave desconocida se fueron haciendo más visibles a medida que las distancias entre los dos barcos se acortaban.

Las carreras del capitán y de una docena de hombres más venidos de las estancias de proa, donde dormían los marineros, llamaron la atención de Constança, que enseguida salió a las escaleras.

—¿Adónde vas ahora?

Era Pedro, que con el pelo alborotado salía a su encuentro.

—¡No tengo por qué darte explicaciones! ¿Ahora te has convertido en el perro pastor de tu madre?

El chico no respondió. Ambos se escrutaron severamente y se dirigieron a cubierta en silencio. La conversación reciente no parecía haber acercado posiciones entre ellos. Se situaron detrás del grupo de hombres que esperaban señales de la nave y fueron testigos del reconocimiento.

—Se hace según las normas de la marinería —explicó Bero, que los había seguido sin decir nada.

Constança esbozó una mueca recordando las duras palabras con que la había increpado días atrás, pero rectificó a tiempo. De hecho, al viejo no le faltaba parte de razón y ella no se podía permitir estar enfadada con todo el mundo.

Observaron juntos cómo los dos faroles de *La Imposible* enviaban señales intermitentes a través de una tapa de hojalata que subía y bajaba.

—¿Nos atacarán? —preguntó Pedro.

—¡Por Dios! No llaméis al mal tiempo, joven. ¡Ya hemos tenido bastantes desgracias! En vez de estrujaros la cabeza con cábalas, mirad y aprended. Cierto número de señales de luz equivale a una pregunta, y la respuesta se hace de la misma manera. ¿Lo veis?

—Pero ¿qué dicen? —insistió el hijo mayor de los De Acevedo.

—Se presentan. Tendremos que esperar.

—¿No sabéis qué dicen? —insistió Pedro, con tono insolente.

Bero apretó los dientes y, finalmente, respondió:

—Si lo supiera, no estaría de marinero raso ni tendría que barrer vuestra basura.

Una bengala les informó poco después de que todo estaba en orden. Pero la alegría de la tripulación, marcada por la esperanza de tocar tierra firme en pocas horas, duró muy poco. El mensaje escrito que recibió el capitán de *La Imposible* provenía del mismo rey, y daba la orden de continuar viaje hasta Barcelona sin pasar por la habitual revisión de las mercancías en Cádiz. La razón era la presencia en la ciudad catalana del mismo Carlos III y su urgencia por recibir las noticias que Joaquín de Acevedo traía de Lima. Todo lo demás pasaba a un segundo plano.

Si bien la reacción de Jan Ripoll fue de enfado, enseguida se dio cuenta de que favorecía sus intereses y, según cómo, los del funcionario real. Este, informado de una circunstancia tan extraña, no tardó en personarse en cubierta. Margarita también estaba presente, unos pasos detrás, mientras Pedro abandonó la compañía de Constança para reunirse con su madre.

—¿Qué son estas órdenes que nos prohíben entrar en Cádiz, capitán Ripoll? —Joaquín pedía explicaciones con tono exigente, como siempre que su mujer estaba cerca.

—Quizá sea yo quien debería preguntaros, funcionario. Es la primera vez que *La Imposible* debe alterar su rumbo de esta manera... Solo espero que haya una buena razón. Los hombres tenían derecho a tocar tierra, aunque fuera durante un par de días.

Joaquín de Acevedo no imaginaba aquella respuesta cortante y se quedó indeciso mientras miraba de reojo a su esposa. Como el capitán se dio cuenta, lo cogió del brazo para llevarlo a un aparte donde nadie los oyera. Ni siquiera Pedro fue capaz de reaccionar con prontitud para espiar lo que se decía en aquella conversación.

—Es el mismo rey quien nos ordena que sigamos el viaje sin dilaciones hasta Barcelona —explicó Jan Ripoll cuando creyó que estaban bastante lejos de todos mientras le mostraba las órdenes escritas.

—¡El rey! —El funcionario le arrancó el papel de las manos; aún disimulaba.

—¡Dejad de alteraros! Mi paciencia tiene un límite, y acabará importándome un pimiento lo que piense vuestra estirada esposa. Somos socios, ¿lo recordáis? Bien mirado, esto incluso podría favorecer nuestros negocios. No hemos tenido que pasar el trance de una revisión de la carga y... Claro, no lo había pensado. ¡Quizás en Barcelona su señoría no tenga tantos amigos y no podrá colocar las mercancías!

—¡Claro que podré! ¡No lo dudéis!

—¡De acuerdo, de acuerdo! Así lo espero. Nuestra futura riqueza ahora está en vuestras manos.

El capitán se alejó, dejando muy enfadado al funcionario, que enseguida mudó su expresión para dirigirse a Margarita. En presencia de Pedro, y muy cerca de Constança, Joaquín de Acevedo magnificó con creces las noticias del cambio de rumbo. Pero en vez de alegrarse por lo que parecía una deferencia del rey con su esposo, la mujer mantuvo su pose de esfinge. Para ella aquello era un contratiempo que alargaría en exceso sus planes, y quién sabe si no debería hacer otros nuevos.

Cuando consideró que ya sabía bastante de aquel cambio inesperado, Constança se retiró a su cabina. Pensaba que el mensaje real era una confirmación de lo que se había dicho poco antes. Debía cuidarse del funcionario y de su familia, sobre todo si, tal como parecía, alcanzaban más poder del que tenían hasta entonces.

La fragata se adentró en la bruma para atravesar el estrecho de Gibraltar. Ponían rumbo a Barcelona y, si todo iba bien, no tardarían más de dos o tres días. El reencuentro con sus abuelos estaba más próximo que nunca, y cada noche ella miraría el nombre de su futuro protector, para no olvidarlo pasara lo que pasase.

Apareció en la puerta como un fantasma surgido de la niebla. Al hijo mayor de los De Acevedo solo se le veían los ojos, y no se quedó demasiado tiempo en el umbral, solo el suficiente para decirle:

—Tienes suerte, Constança, mucha suerte...

Después de aquel susto, solo necesitaron tres días para situarse a las puertas de Barcelona. Ese año el inicio del otoño no fue demasiado severo, se podría haber dicho que los elementos se habían confabulado para que la última parte del viaje fuera especialmente plácida. *La Imposible* surcaba el Mediterráneo con la pericia de los barcos acostumbrados a situaciones mucho más duras, y la tripulación, sin dejar de atender a sus funciones, pasaba el resto del tiempo entre bailes, comidas y juegos de cartas.

Constança, siempre en compañía de Bero, que parecía haberla adoptado mientras no tocaran tierra, seguía de cerca aquel ambiente, del cual también participaba el capitán. Las sensaciones eran contradictorias. Por un lado, si pensaba en los hombres que continuaban atados en las sentinas a la espera de un juicio que podría llevarlos a la horca, Jan Ripoll seguía siendo a sus ojos un ser despiadado, capaz de todo para obtener sus propósitos. Pero, por el otro, era un hombre que compartía sin rodeos los momentos de esparcimiento de sus marineros, convirtiéndose en uno más, dejando hacer siempre que no peligrara el rumbo del barco.

De la familia del funcionario, solo él se dejaba ver en cubierta. De vez en cuando, intentaba aproximarse al capitán para reafirmar su pacto con cavilaciones de última hora. Jan Ripoll, de entrada, reía comprensivo, pero más de una vez debía decirle que lo dejara tranquilo, que era el momento de celebrar con sus hombres un nuevo regreso. La Compañía tenía fama de acabar bien los viajes, en parte gracias a hombres como aquel capitán del cual Constança no sabía qué pensar.

Todo habría ido bien si el chico de Veracruz hubiera dado señales de vida, pero no había noticias de él. Ni tan solo cuando sacó fuerzas de flaqueza y le explicó el caso a Bero obtuvo una respuesta satisfactoria.

—Si me hubierais avisado antes... Quizás haya muerto y su olor se confunde con el aire viciado de la bodega. No podemos saberlo.

—Pero podríais intentarlo. Para vos es más fácil buscarlo. Me preocupa que esté muy enfermo. ¿Y si ha perdido tanta sangre que se ha quedado inconsciente?

—¿Inconsciente? Pues si es así, las ratas ya habrán dado cuenta de él, señorita.

—No es necesario que seáis tan duro.

—¿Y qué queréis, pues? ¿Que os mienta? En estas cosas de hombres quizá vuestra intervención no resulta demasiado adecuada. Lo mejor que podéis hacer es pensar que saltó por la borda mientras pasábamos el estrecho... Ahora estará en alguna taberna de Cádiz, celebrando haber salido con vida.

—¿Creéis que fue así?

La mirada de Bero, y la manera como se desentendió de la cuestión, convencieron a Constança de que quizá no era el mejor interlocutor para hablar del chico de Veracruz. Aquel hombre se había endurecido en el mar y nada le importaba demasiado, salvo su propia supervivencia.

Hacía un día radiante cuando *La Imposible* llegó a las puertas de Barcelona. Todos los marineros ocuparon sus puestos. Se habían acabado los juegos, las incertidumbres y la inquietud. Incluso Margarita se dignó acompañar a su esposo al castillo de proa.

Desde el mar, parecía la ciudad más grande de todas las que había conocido Constança. No recordaba que fuera así cuando se había marchado camino de Lima con poco más de siete años. Ahora su deseo era que sus abuelos se hubieran acercado a los muelles y recibir uno de aquellos abrazos familiares que tanto añoraba, pero también era consciente de que la fragata llegaba allí antes de la fecha convenida. De seguro que sus abuelos estarían en la droguería, tranquilos, pendientes del negocio... ¿O quizás alguien les habría dicho que un enorme barco atracaba en el puerto? ¡Seguro que entonces dejarían todo lo que estaban haciendo para correr a abrazar a su nieta!

Joaquín de Acevedo podía respirar tranquilo. La huérfana estaba sana y salva, tal como deseaba el cocinero del virrey. Fue el único que se acercó a ella para despedirse, tal vez para rubricar el éxito de su empresa.

—Espero que tengáis suerte en vuestra nueva vida —dijo el

funcionario mientras Constança observaba de reojo cómo Pedro y su madre hablaban en voz baja.

—Lo mismo os deseo, señor. —Solo ella sabía cuánta necesitaría.

Poco después, el capitán Ripoll ya había dispuesto el transporte a tierra firme de sus nobles pasajeros; Constança pronto los perdería de vista. Habría podido llorar, y sus lágrimas no habrían sido vertidas solo por la emoción. Una mezcla de melancolía y reto otorgaba al azul de sus ojos un aspecto marino, intrigante, salvaje, profundo... No olvidaría fácilmente las reflexiones de Bero. ¿Qué le depararía el futuro, aquel futuro que se acercaba a la misma velocidad que lo hacían las siluetas aún desconocidas de la ciudad?

La Imposible fondeó en los muelles y los De Acevedo fueron desembarcados, para evidente alegría de la tripulación; finalmente se desharían de aquella fastidiosa compañía. Pero Bero salió al paso de la chica.

—Vos no, señorita. Pondremos otra barca.

—¿Otra barca, decís? —preguntó, altiva, mientras con un gesto elegante dejaba de sujetarse la falda y lo miraba a los ojos.

—No os preocupéis. Ha sido ese escorpión de Margarita, que escupe veneno hasta el final.

—Tenéis razón. Es una auténtica víbora... Pero yo no soy una víctima fácil.

—Más vale que os mantengáis alejada de ella, hacedme caso. Aunque parece que lleváis caminos diferentes, nunca se sabe, nunca...

Constança se quedó contra la borda de babor. No le quería dar el gusto de desaparecer mientras la mujer del funcionario hacía aquellas ridículas posturas para subir a la barca. Pedro, sin que su madre se diera cuenta, antes de marcharse se dirigió a Constança.

—Volveremos a vernos —dijo con tono amenazante.

—Espero que no —replicó la chica, mirándolo por encima del hombro.

Por toda respuesta, Pedro sonrió, pero el capitán ya había comunicado a Constança que había otra barca a su disposición. Como si Jan Ripoll también quisiera castigar el talante orgulloso de Margarita, había botado un bote grande y cuatro hombres la acompañarían, entre ellos Bero. Aún cargaban los pesados baúles de la noble señora cuando la chica ya surcaba el agua sucia camino de la muralla de mar de la ciudad.

Constança también llevaba su equipaje, aquel humilde baúl de madera que Antoine había decorado con la figura de un barco y las palabras «Siempre contigo». Lo cogió con firmeza mientras miraba en dirección a Barcelona. Una sonrisa maliciosa endureció su rostro. Nadie podía sospechar el tesoro que almacenaba; algún día, la ciudad se rendiría a sus pies. Solo necesitaba un poco de suerte, localizar a su contacto, mostrarle de qué era capaz.

Un momento antes de poner el pie en la barca, se despidió de *La Imposible*. Las campanas de la catedral anunciaban los rezos del ángelus mientras una bandada de gaviotas chillaba por encima de su cabeza.

—Ya estoy aquí, abuelos —dijo en voz alta—. Constança Clavé ha vuelto a casa para quedarse.

El precio que pagaría por aquella nueva vida que comenzaba sería muy elevado.

SEGUNDA PARTE

piedad

piedad para aquellos que pretenden el sueño
y acechan los labios y besan las olas
como chisporroteos de bruma

que zarpan sin luna
y olvidan del juicio el ancla en el muelle

y cierran los ojos de la última estrella

piedad

RAMON GUILLEM

1

Barcelona, invierno de 1771

Desterrada a la trastienda de la droguería, Constança se esforzaba por satisfacer las peticiones de su abuela, Jerònima Martí. Le llegaban siempre en forma de gritos o aspavientos, y debía cumplirlas sin demora. La chica pensaba que eran órdenes desprovistas de sentimientos, como quien se dirige a un animal que le molesta y al que menosprecia.

—¿Se puede saber qué haces ahora? —preguntó la mujer, cogiendo con fuerza el brazo de su nieta para apartarla de un empujón de la mesa de mármol donde preparaban los turrones.

—Yo... solo quería mostrarle a Vicenta cómo hacíamos en Lima los...

—Pero ¡qué te has creído! ¿Acaso le pagas tú a Vicenta? Alabado sea Dios, ya lo decía mi madre, en paz descanse... —Interrumpió el rapapolvo para hacerse la señal de la cruz sobre el pecho y luego, dirigiendo la mirada al techo, prosiguió—: ¡De fuera vendrán y de tu casa te sacarán! ¡No volveré a repetírtelo: harás únicamente lo que te mande! ¿Entendido, mocosa?

Constança mantenía la mandíbula en tensión; siempre tenía que hacer un esfuerzo enorme para no replicar a su abuela, pero esta vez el movimiento acelerado de su pecho delataba que la presión era muy grande, quizá demasiado para una joven acostumbrada a un trato más considerado y afable. Siguió los pasos cortos y apresurados de Jerònima volviendo al mostrador. Pero, a medio camino, la mujer se detuvo de golpe para mirarla con gesto adusto y fuego en los ojos.

—¡Ah! Y mientras estés en mi casa, no quiero volver a oírte hablar de lo que hacías o dejabas de hacer en Lima. Eres demasiado orgullosa para no tener dónde caerte muerta, y agradece al cielo que Ventura y yo te hayamos recogido sin esperar nada a cambio. ¡Porque si fuera por el provecho que te sacamos! Y es que en eso has salido a tu madre. ¡Eres una desagradecida! Menos mal que tu abuelo, que en el cielo esté, no ha vivido bastante para ver en qué te has convertido —rezongó, mirándola despectivamente de arriba abajo.

Como si no hubiera parecido que el pecho le estallaría de indignación durante el responso a Constança, en menos tiempo del que se tarda en rezar un padrenuestro la patrona del establecimiento ya atendía servicial y solícita a sus clientes.

—Un tarro de confitura de flor de malvas, unas pastillas de ámbar, anís de matalahúga para los sofocos...

La propietaria de la droguería Martí siempre enumeraba en voz alta los pedidos de los clientes, como si desconfiara de su propia memoria. Constança no podía evitar seguir las cantinelas de la abuela. Después le venían a la cabeza en cualquier momento, incluso se había despertado repitiendo una de aquellas listas. Pero esta vez se dejó caer sobre el banco de madera y se secó el sudor que le resbalaba cuello abajo.

Cinco meses después de su llegada a Barcelona, la chica comenzaba a dudar que aquella matrona de cabello gris y boca torcida fuera capaz de amar a nadie que no fuera ella misma. Incluso pensaba si había merecido la pena volver o bien, al comprobar que nadie la esperaba en los muelles, adentrarse por las calles hasta dar con la droguería. No había sido bien recibida, pero aquella era su abuela y no entendía el motivo de su despecho, el porqué de tanta humillación y rencor.

Ventura era un personaje que la muchacha no se esperaba. Aunque nadie se había molestado en explicárselo al principio, la vieja criada Vicenta lo hizo cuando le cogió confianza. El abuelo Pau, sencillamente, había muerto de unas fiebres, que era un poco como decir «vete a saber». No había sido capaz de encontrar ningún rastro del hombre que le contaba historias de pequeña. Constança solo recordaba su expresión de tristeza el día de la despedida, cuando ella había partido hacia Lima.

Bajo la mirada compasiva de la vieja criada, luchó por no abandonarse al llanto. Los labios le temblaban incontroladamente. De pronto se encontró limpiándose las uñas de manera obsesiva. No le importaba que las púas del pequeño cepillo hiriesen aquella piel fina, y ahora enrojecida, que meses atrás había sido de porcelana.

—Podrías dejar de compadecerte, no tenemos derecho a ello, e ir a la fuente. Necesitamos agua más pura para preparar los dulces —exigió Vicenta con la intención de detener lo que acabaría siendo una carnicería.

La chica se tranquilizó antes de agradecer en silencio los buenos propósitos de la criada. Más de una vez la había ayudado a escabullirse de aquella realidad tenebrosa de la trastienda, aunque fuera por breves instantes. Prestó atención durante un instante a los movimientos de su abuela, y cuando vio que estaba demasiado atareada para darse cuenta de ello, salió a la calle.

La ciudad de Barcelona era tan bulliciosa en aquella zona de la calle Hospital que a Constança aún le costaba orientarse. Cuando salía de la droguería se veía rodeada de personas que iban arriba y abajo, mujeres que hacían la compra en los numerosos puestos que se extendían por el Pla de la Palla hasta más arriba de la plaza del Pi. Había que ir con cuidado con los mendigos, con quienes no te podías descuidar ni un segundo, y eran bastante habituales los soldados que perseguían a las criadas jóvenes de tienda en tienda.

Hacía frío, aquel diciembre amenazaba con ser muy duro, y a ella, perdida dentro de los numerosos harapos que Jerònima le había asignado como uniforme, nunca la perseguía nadie, salvo los comerciantes más desesperados.

—Señora, tengo las cebollas más dulces y los huevos más frescos. ¡Tocadlos, tocadlos, aún están calientes!

Los campesinos y campesinas, tapados hasta las orejas, voceaban su mercancía ofreciéndola a los viandantes en mesas rústicas pero bien puestas, una al lado de la otra. Se disputaban los clientes y, a veces, podían llegar a las manos. Entonces intervenían los guardias.

El aspecto de la joven no era, sin duda, el de una posible compradora para los comerciantes de la zona, y muchos ya conocían su condición, incluso murmuraban lamentándose de que hubiera caído en manos de doña Jerònima Martí. La verdad era que ni siquiera ella se reconocía cuando, por casualidad, se veía reflejada en un espejo. Pero lejos de compadecerse, pensaba en Iskay y entonces recuperaba aquella certeza que el chico de Lima le había enseñado...

—Bajo la capa más miserable puede palpitar el espíritu de una princesa.

Antoine y su madre también se lo habían dicho muchas veces refiriéndose a los indígenas, que a menudo no compartían los mismos gustos y costumbres. Con el recuerdo de su vida en Lima tenía bastante para convencerse.

¡Aquel envoltorio raído no conseguiría pudrir su interior!

Si alguno de los viandantes se hubiera detenido lo suficiente para asomarse al azul de sus ojos, lo habría visto con claridad, pero el aire era gélido y cada uno iba a la suya.

—¡Naranjas dulces como la miel! ¡Solo a dos reales, naranjas dulces como la miel!

Constança cerró los ojos y los recuerdos aparecieron de nuevo con nitidez. ¡Nunca habría pensado que acabaría añorando a los pregoneros de la ciudad de Lima! ¿Cuántas veces había oído al aguador a las nueve en punto de la mañana? Siempre le arrancaba una sonrisa, con la misma cancioncilla...

—«El aguador, cuando el burro está cansado, ¡ah! Anda durico, anda. Anda vivo y diligente. Métase usted a presidente, si no quiere *trabajá*.»

No era momento para nostalgias que no la llevarían a ninguna parte ni a nada bueno. Saldría adelante. ¡Aún no sabía cómo, pero encontraría una escapatoria de aquella vida que no deseaba!

Un revuelo hizo que apresurara el paso Rambla arriba. Constança presenció cómo el pobre naranjero y la cesta de mimbre que llevaba sobre los hombros habían acabado en el suelo, vete a saber si por un tropiezo del vendedor o por un accidente menos fortuito. El caso es que las naranjas habían quedado a disposición de los más rápidos y espabilados, y las peleas no se hicieron esperar. Nadie prestaba atención a los gritos del pobre hombre que, enfadado y con un buen chichón en la frente, intentaba recuperar parte de su mercancía entre maldiciones y amenazas.

—Más vale no llamar al mal tiempo —murmuró para sí poco antes de tener a la vista la fuente de Canaletes.

Había cola para llenar los cántaros, pero ya estaba habituada a esperar y disfrutaba escuchando las historias que contaban las mujeres, sobre todo la de aquel fantasma que se había quedado atrapado en las aguas de la fuente y, según afirmaban, algunas noches se lo podía ver paseando por los alrededores, como si en su deambular dudara qué dirección tomar. Una historia que podría ser perfectamente la de su propia vida.

Le quedaba la esperanza de encontrar a Pierre Bres. Había preguntado tímidamente por él en varias ocasiones, pero no le resultaba fácil salir a buscarlo; los momentos que pasaba en la calle para hacer algún recado eran escasos. Quizá llegaría su oportunidad en el momento menos pensado, aunque ¿cómo podrían informarla sobre ese cocinero francés los sirvientes o los mendigos? Eran los únicos con los que podía hablar sin alarmarlos.

Aún conservaba tres faldas y un vestido nuevo en la maleta, pero no se atrevía a ponérselo por miedo a que su abuela lo hiciera jirones o la obligara a quitárselo de mala manera, como aquel otro con el que había llegado de Lima y ya no había vuelto a ver.

A menudo, como si se tratara de una pesadilla, le repicaban en los oídos las carcajadas de aquella mujer. El día de su llegada, Constança, emocionada y ufana, se había plantado en medio de la droguería y había esbozado una gran sonrisa al darse a conocer como su nieta.

—¡Sí que nos ha salido fina, la chica, miradla! ¿Dónde creerá que va? —exclamó su abuela con una reverencia socarrona y haciendo partícipes de la mofa a la criada y a Ventura.

Después añadió que si pensaba heredar el negocio lo tenía muy mal, que ella ya se lo había dejado claro a la madre de Constança cuando, desobedeciendo sus órdenes, se había marchado a América con el atolondrado marido que la había conseguido con engaños. Doña Jerònima pensaba que no podía haber mayor suerte que tener la oportunidad de dedicar la vida a la tienda, sobre todo cuando se trataba de una herencia que no habías cultivado y que era tu destino por tradición familiar.

—Está escrito y bien escrito en el testamento. ¡O sea que de todo lo que ves no hay nada que te pertenezca, ni ahora ni nunca!

Sin acabar de creerse lo que sucedía, Constança había perdido toda capacidad de reacción. Pero solo cuando la llevaron a su alojamiento tomó conciencia de que nada sería como había previsto; la realidad se impuso con toda la crueldad que reinaba en aquel rincón del mundo.

—¿Te parece que la alcoba será digna de tu categoría? —ironizó hiriente doña Jerònima mientras resoplaba tras subir tantas escaleras.

El palomar rebosaba de pulgas y excrementos, y a Constança se le cayó el alma a los pies incluso antes de entrar. Meses después, con el suelo limpio y las paredes blanqueadas, el rastro de un pasado infecto se manifestaba durante las noches húmedas, cuando a menudo tenía que pelearse con las palomas que volvían en busca de su nido o para hacerse uno nuevo.

Sumida en estos pensamientos, no prestó atención a que el cántaro estaba lleno y derramaba la preciada agua de Collserola que salía de la fuente de Canaletes. Las mujeres que esperaban en la cola la advirtieron enseguida, sin ahorrarse algún empujón que estuvo a punto de hacerle perder el equilibrio. Recordó al pobre naranjero y sujetó el cántaro con fuerza. Si volvía sin el agua le sería imposible justificar su salida, pero si rompía el recipiente la abuela tendría motivos para ordenar a su marido que la azotara.

Era la única suerte que le había tocado en aquella casa. Ventura, unos años más joven que su abuela, se escaqueaba siempre que le era posible y los castigos se resumían en un par de latigazos sin demasiada fuerza.

—Ahora haz un hatillo con esta gasa. Pon las semillas dentro y después lo dejas hervir con los trozos de membrillo. —La criada la aleccionaba de buen grado.

—Me parece que ya puedes dejarme sola. Cuando los clientes prueben esta jalea harán cola. La abuela no tendrá bastantes manos para despacharla —respondió Constança, divertida.

—¡Ni nosotros para hacerla!

Los ratos que pasaba con Vicenta elaborando mermeladas y dulces, que más tarde Jerònima ofrecía en la droguería, eran los mejores. Especialmente en invierno, cuando con el calor de la cocina se estaba muy bien.

—¡Aprendes deprisa, sí, señor!

—Me lo sé de memoria: primero tengo que limpiarlos bien y cortarlos en trozos, y después ponerlos a hervir un buen rato.

—Con las semillas.

—¡Sí! Con las semillas dentro del hatillo y bien tapados.

—Para darle más sustancia... —añadió Vicenta.

—Y más aroma —completó la chica—. Una vez que están ablandados, se pasa por el paño de algodón sin apretar, ya me acuerdo.

—Para que el jugo no se enturbie.

—¡Eso mismo! ¡Después ponemos una libra de azúcar por cada libra de jugo, y lo dejamos al fuego un ratito hasta que llegue a su punto!

—Y...

—Y entonces lo apartamos del fuego y retiramos la espuma. ¡Lo dejamos enfriar y faena hecha!

Vicenta sonrió complacida. Pero la chica congeló el gesto antes de que la jalea cogiera cuerpo y, a continuación, enarcó las cejas.

—¡Tienes que ayudarme!

—Claro. ¿Qué pasa? ¿No decías que ya podía dejarte sola, que tenías mucha mano para las jaleas y mermeladas? —preguntó la criada, que veía cómo Constança seguía con la mirada fija.

—No. No es nada de eso. O, bien mirado, quizá sí...

—¡Quieres hacer el favor de decir lo que sea de una vez, empiezas a ponerme nerviosa!

—¡Quiero que se trate de una sorpresa!

—Entonces no sé qué puedo hacer...

—Tienes que ayudarme a prepararla. No puedo hacerla sola. Eso quería decir.

—¡Constança, me das más miedo que un nublado! —respondió la criada con un tono que recordaba lejanamente al de su madre cuando, de pequeña, le descubría una expresión pilla en el rostro, y quizás algo que tenía en las manos e intentaba ocultar sin éxito. Después, entre resignada y curiosa, dijo—: A ver, ¿qué dices ahora?

—Quiero que la abuela se sienta orgullosa de mí. ¡No soy una inútil! He procurado explicárselo muchas veces, pero no me escucha. Tú no puedes entenderlo, eres demasiado buena. ¡En mi cabeza bullen mil ideas, Vicenta, y necesito desarrollarlas!

—Constança, hazme caso, lo mejor que puedes hacer es...

—¿Traer agua? ¿Limpiar cazuelas? ¿Fregar el suelo o hacer la colada? —iba enumerando la chica cada vez más alterada.

—Tienes un plato en la mesa y no duermes al raso...

—Pero ¡yo no quiero pasarme la vida haciendo de criada!

Vicenta bajó los ojos.

—¡Perdona! ¡No quería ofenderte, de verdad! Es que yo...

—Eres tozuda como tu madre. ¡Te pareces tanto a ella!

—¿Conociste a mi madre? ¡Dime la verdad!

—¡Claro! Llevo aquí toda la vida...

—¿Y por qué nunca me has hablado de ella? ¡Eres un pozo de sorpresas!

—A la patrona no le gusta y no es bueno hacerla enfadar. Ya lo has visto tú misma.

—Ahora no nos escucha, está atareada con la señora De Anguera. Se desvive por complacerla.

—Tiene dinero, y es una buena clienta.

—Cuéntamelo todo, por favor. Yo tengo una imagen borrosa, sus ojos...

—Tan azules como los tuyos, y las mismas manos delicadas.

—¿Por qué la odia tanto la abuela? ¿Se pelearon?

—Nunca le perdonó que se marchara y abandonara el negocio. Tu abuela no pudo tener más hijos. Esta droguería ya la había llevado tu bisabuela, que en paz descanse. Tu abuela lo vivió como una traición a la memoria de la familia, a tantos esfuerzos por levantar el negocio de la nada hasta llegar a ser uno de los más renombrados de Barcelona.

—Pero debía marcharse con mi padre...

—Tu abuela decía que ultramar no era un lugar para una chica honrada, y tampoco veía bien que decidiera criar a su nieta entre salvajes. Ella habría podido esperar a su marido aquí, su misión no era para toda la vida. Pero tu madre no quiso ni oír hablar de ello. Entonces la patrona dijo que, a partir de aquel momento, para ella sería como si se hubiera muerto. Al saber que las fiebres se la habían llevado, rumió que era un castigo del Señor, pero, aparte de hacer decir unas misas por ella, no se volvió a hablar del asunto. Tu regreso la ha trastornado. ¿Lo entiendes?

—Sí... Por eso quiero que las cosas sean como antes. Tengo una idea que puede hacerlo posible. ¿Me ayudarás a llevar a término la sorpresa de la que te hablaba? —preguntó Constança con aquella especie de expresión de no haber roto nunca un plato que desarmaba a la criada.

No hubo manera de sacárselo de la cabeza. Cuando Vicenta supo de qué se trataba, intentó hacerla desistir de todas las maneras posibles, pero se dio por vencida con la esperanza de que la realidad, con toda su crudeza, acabara por abrir los ojos de la joven.

—¡Que Dios nos coja confesadas! —exclamó mientras daba a la joven el dinero destinado a la compra de toda una semana y la veía desaparecer en un santiamén.

Constança tuvo que volver a salir a por un buen manojo de perejil que había olvidado, pero después de toda una tarde en la cocina de los Martí su rostro resplandecía.

Ya eran las nueve pasadas cuando Jerònima y Ventura llegaron a casa. El ruido de la puerta aceleró el corazón de la chica, y también el de Vicenta. Tal como la criada había pensado, la abuela puso el grito en el cielo al verla.

—¿Qué coño haces aquí? ¿Tú le has dado permiso? —preguntó a Ventura; el hombre, como única respuesta, se encogió de hombros—. ¿Quieres hacer el favor de desaparecer de mi vista? Tienes suerte de que esté cansada, que si no...

—Quería daros una sorpresa —insistió, soportando el rapapolvo sin parpadear.

—¡Lárgate y no me lo hagas repetir!

—Espera, mujer, a ver qué es esta sorpresa de la que habla la chica —intervino Ventura con tono conciliador.

Constança abrió las puertas de la sala del primer piso, donde comía la pareja. Dos lámparas de petróleo quemaban humildemente. Una, encima de la cómoda, iluminaba el retrato de una mujer mayor que, según le había dicho Vicenta, era su bisabuela. Pero el centelleo le otorgaba una presencia más bien espectral. La otra, idéntica a la primera, estaba situada sobre el estante debajo de la ventana. Aquella otra llama hacía más claro el trayecto de las gotas al resbalar por los vidrios, ligeramente empañados.

En la calle comenzaba a caer una llovizna gélida. El calor del hogar, encendido hacía un par de horas, invitaba a quedarse allí. Sobre la mesa dispuesta con extremo cuidado también había unos candelabros. Solo salían del armario para las celebraciones y ahora flameaban en torno a la sopera.

Un legajo de papeles, abierto por la primera página, reposaba junto a los fogones, lejos de todas las miradas.

La criada no se movía del umbral de la puerta. Parecía lista para salir corriendo en cualquier momento, y se diría que no respiraba, dada su inmovilidad.

—¿Alguien me puede explicar todo esto? —preguntó Jerònima mirando a Vicenta de hito en hito.

—Ella no quería... No tiene nada que ver, le he pedido que me ayudara —respondió la chica exculpando a la vieja criada, que seguía sin moverse a pesar de que le temblaba el labio inferior.

—¿Y a ti quién te ha pedido nada? No te quiero metiendo la nariz en mi casa. ¡No quiero que toques nada, no quiero que vuelvas a cocinar nunca más!

—Mujer, tranquilízate —intercedió Ventura—. No es bueno para tu salud ponerte nerviosa. ¿Por qué no cenamos? Sea lo que sea, huele muy bien. Puedes seguir con la pelea después, si te parece, pero comienzo a tener hambre.

Aquel hombre conocía bien a su esposa y, cuando veía que torcía la boca más de la cuenta, intentaba pararle los pies. Si seguía por aquel camino, todo el mundo, incluido él mismo, estaría perdido. Pasarían días hasta que la casa volviera a la normalidad, si es que eso era posible. Doña Jerònima se lo pensó, tal vez la venció la sensación de desazón del estómago o el cansancio, y sin dejar de refunfuñar aceptó sentarse a la mesa. Constança hizo el gesto de acompañarlos.

—¡Eso sí que no! —gruñó la mujer, irritada.

—No, abuela. Yo no tengo hambre. Si me lo permitís, os serviré.

Aquellas palabras apaciguaron a doña Jerònima, que finalmente dejó que su nieta dispusiera sobre la mesa todo el festín que había preparado.

—Y yo que pensaba encontrarme la tortilla de hígado y sangre de cada día. Esta joven empieza a gustarme —dijo Ventura tratando de aligerar las cosas.

—Has ido demasiado lejos, jovencita. ¿Os pensáis que ato los perros con longanizas? Que podéis disponer como queráis de...

—¡Basta con el responso! ¡Constança, sirve a tu abuela! ¿A qué esperas?

La chica nunca había visto al hombre de la casa ponerse serio, y la verdad era que resultaba poco creíble, pero aquel día fue efectivo. La primera cucharada de sopa de pan tostado con albondiguillas que Jerònima se llevó a la boca hizo que le cambiara la expresión, antes incluso de que la comida llegara al estómago. Por su parte, Ventura estaba cautivado, mientras que la criada rezaba en la cocina, deseando que sus predicciones fueran erróneas y que aquel día no sucediera nada irremediable en la droguería Martí.

Mientras el matrimonio cenaba, Constança, siempre con cuidado de mantenerse a una distancia prudencial de la mesa, iba relatando cómo había cocinado aquel plato.

—Al caldo de pollo le puse unas hierbas y, cuando hervía, vertí un sofrito de cebolla y un poco de tomate. Después de mezclarlo todo, añadí las albondiguillas. ¿Queréis que os explique cómo las hice?

Ante el silencio de Jerònima y el rostro satisfecho de Ventura, la chica prosiguió con su explicación...

—Hay que mezclar la carne de cerdo y ternera con perejil, orégano, menta, ajo picado, un huevo entero y miga de pan mojada con leche. Claro que las especias son al gusto. Después hacemos las albondiguillas, las enharinamos y las ponemos en la olla; entonces le añadimos un poco de azafrán... ¡Y en el tiempo de un rosario ya lo tenemos listo!

—Tal como lo explicas no parece demasiado complicado —observó Ventura.

—Pero tiene un secreto. La buena cocina está llena de secretos. Mi maestro Antoine siempre lo decía y...

Constança no acabó la frase. Se había dejado llevar por el entusiasmo sin percatarse de que aquel terreno, todo lo que hiciera referencia a Lima, enfurecía a su abuela.

—Quiero decir que... ¡el secreto está en el sofrito! Y eso, el cocinero francés, el cocinero del virrey de Perú, me refiero, lo aprendió de su madre —añadió dulcificando la voz.

Alguien habría dicho que por aquel comedor de la calle Hospital, anticipándose a las fiestas navideñas, había pasado un ángel. Por un momento la tensión del ambiente podría haberse cortado con un cuchillo.

—No es suficiente con hacer la cebolla en la sartén, tenemos que conseguir una confitura. Eso solo es posible invirtiendo tiempo y paciencia... —continuó la joven.

—Tiempo y paciencia es lo que yo no tengo —articuló Jerònima apretando los dientes—. Y te recuerdo que tu tiempo me pertenece. ¡Sube al palomar y cuando luego bajes no te detengas en este rellano, sigue hasta la planta baja, ni siquiera levantes los ojos! ¡Ve directo al trabajo! Aquí no se te ha perdido nada. No entres en mi vida, ninguna de tus malas artes te dará resultado. Y si me desobedeces ten por cierto que saldrás de aquí con los pies por delante y dentro de una caja.

Ventura iba a decir algo, pero el sabor de aquellas albondiguillas deshaciéndosele en la boca sofocó cualquier intención de intervenir para apaciguar el enojo de su mujer.

2

Barcelona, primavera de 1772

Las paredes desnudas del palomar se iban vistiendo de trastos que la chica recogía aquí y allá y devolvía a la vida con un objetivo muy particular. A pesar de que estos detalles conseguían reavivar sus ilusiones, aún tenía muy presente la decepción que había tenido unas semanas atrás.

—No está hecha la miel para la boca del asno.

Ese había sido el único comentario después de renunciar a servir el festín preparado con tanto cuidado para sus abuelos. El único recorrido de Constança antes de salir de la primera planta la había llevado a la cocina. No podía marcharse sin coger el libro que por derecho le pertenecía, ni sin dejar un beso en la mejilla húmeda de Vicenta.

Ahora, cuando todo el mundo en la calle parecía celebrar la llegada de la primavera, el manuscrito de Antoine, con anotaciones de su propia madre, descansaba en el interior de una caja de madera en una de las baldas que había ido colocando metódicamente. Encima, dejaba el papel con aquel nombre que constituía su única esperanza: Pierre Bres, a pesar de que se lo sabía de memoria.

—Quizá todo tenga un sentido oculto que aún no soy capaz de desentrañar. Tal vez necesite tiempo para presentarme ante el maestro, para asimilar todo lo que he aprendido y sacar mis propias conclusiones —se repetía durante el insomnio en aquel espacio diminuto pero sorprendentemente claro, que a menudo imaginaba como un huevo gigantesco donde ella iba creciendo y desarrollándose física y mentalmente para poder enfrentarse al mundo.

Por las noches, intentaba conciliar el sueño, echaba un último vistazo al baúl cerrado a cal y canto que había traído de Lima. Recorría con la mirada el barco de tres palos y enormes velas blancas que Antoine había pintado en la tapa, y después, como si se tratara de una oración, leía las únicas palabras que lo engalanaban: «Siempre contigo.» Aquello le transmitía la fortaleza necesaria para no desfallecer.

Al final de cada jornada, mientras Vicenta ordenaba el establecimiento y Jerònima contaba las ganancias en la trastienda, una tarea que no se podía interrumpir de ninguna manera, la chica hacía su propia búsqueda, por si podía trasladar al palomar algo que ya no sirviera en la droguería. Más tarde, estudiaba las posibilidades de aquellos cachivaches y las adaptaba a sus propósitos. Su «taller», como le gustaba llamarlo, iba tomando forma.

Constança siempre tenía la nariz y la garganta a punto, almacenaba en su cabeza un puñado de olores, texturas y sabores con los cuales quería ir más lejos, tan lejos como le fuera posible.

En la trastienda, aguzaba el oído a todo lo que decían unos y otros. Tomaba nota de los secretos para hacer diversos tipos de comida, de los procedimientos y las recomendaciones que les confiaban las clientas, muy especialmente aquellas que amaban la cocina. Lo apuntaba todo en un legajo que llevaba encima, las dudas que le suscitaban y también los nombres de los ingredientes que no conocía y que se podían leer en las cajas o en las listas de compras. A la menor oportunidad, preguntaba a Vicenta.

Había decidido mostrarse sumisa, no levantar la liebre ni hacer más tentativas que acabaran suponiendo un nuevo disgusto. Tenía a la criada de su parte y, a pesar de que no le explicaba con pelos y señales los secretos de su ambición, disfrutaba de aquel pozo de sencilla sabiduría; incluso, a veces, la exprimía hasta sacarle todo su jugo.

—Y la balanza que siempre he visto abandonada debajo de la leña... ¿te parece que me la podría llevar? Hace tiempo que nadie la usa —preguntó la joven mientras la criada se disponía a llevar las confituras a la estufa, la pequeña habitación donde hacían vapor para ablandarlas.

—Hace muchos años que los señores la dejaron de lado, las medidas grabadas en la barra están medio borradas y se perdió un gancho. No sirve para nada.

—No dirán nada si la cojo, ¿verdad? —preguntó Constança con los ojos brillantes.

Sabía que se la acabaría llevando, pero le parecía justo decírselo a la criada. Al fin y al cabo, si notaban su falta, también ella sería responsable.

—¡Criatura! ¿Qué quieres hacer con ese trasto? Salvo que se lo vendas al trapero...

—No te preocupes, déjame hacer.

—Pero la patrona...

—Ella no sabrá nada. No hago nada malo; tú misma has dicho que es un trasto.

—Pero ella...

—Mira, le diré que necesitamos más espacio. Que en agradecimiento a su generosidad por acogerme, me propongo limpiar el patio del pozo.

Vicenta resopló negando con la cabeza, pero su rostro mostraba resignación.

—Coge lo que quieras... ¡Ya sé que lo harás de todas maneras! Pero, dime, ¿qué tramas ahora?

—¿Has oído hablar de Leonardo da Vinci?

La criada frunció la nariz por toda respuesta.

—Mi preceptor, un hombre de piel oscura y nariz grande y roja que, no sé por qué, siempre moqueaba, me hablaba con frecuencia de él, allá en Lima. Se llamaba Fabrizio, él también era italiano, como el genio.

—¿Y qué tiene que ver ese tal Leonardo con las balanzas? ¡No trates de engañarme, que soy gata vieja!

Constança rio dejando a la vista unos dientes blanquísimos y perfectamente alineados. La perplejidad de aquella mujer delgada y un poco encorvada iba en aumento.

—Yo no pude tener un preceptor como tú. Toda la vida he tenido que trabajar como una mula.

—¡Lo siento, Vicenta! No me reía de eso. Nunca lo haría. ¡De veras que puedes creerme! —dijo la joven, comprensiva—. Reía al recordar que en *La Imposible* conocí a un marinero que usaba esa expresión de ser un «gato viejo». Su apodo era Bero. Un buen hombre, Vicenta. Pienso a menudo en él.

—Eres tú quien tiene que perdonarme. A veces...

—Me parece que se nos ha acabado la cháchara por hoy. Ventura ya está retirando las mesas de la calle y se nos viene encima el trabajo de recogerlo todo. Pero recuérdame que te explique la historia de Leonardo da Vinci. ¡Entonces, quizá me entiendas!

Además de la tienda que doña Jerònima regentaba con mano firme, el establecimiento tenía diversas estancias interiores a las cuales la patrona solo iba en caso de que necesitara algo o para preparar algún encargo para los clientes. Cuando las hojas de las puertas se plegaban, el reino de los armarios, las estanterías y aquel mostrador de nogal con cajoneras quedaba al alcance de Constança. Con la complicidad de la luz tenue de las farolas, hacía y deshacía tantas veces como fuera necesario, y no solo siguiendo las instrucciones de la abuela. Nadie podía negarle el derecho de empaparse de aquel universo que la había hechizado desde muy pequeña.

Una vez que la patrona de la droguería retiraba el dinero del cajón para guardarlo en la gaveta de cobre, ya podía acercarse a limpiar. A la joven, aquel tintineo de las monedas contra el metal, aunque lo oyera de lejos, le recordaba el sonido de los cascabeles de la danza de los *negritos*, como la denominaba su amigo Iskay. Según decía, la bailaban desde tiempos muy lejanos los hijos de los esclavos negros, con la esperanza de poner sonido al sufrimiento silencioso de un pueblo oprimido. ¡Constança no podía imaginar entonces que su situación se acabaría pareciendo tanto a la de ellos!

Pero la libertad, la verdadera libertad, estaba segura, debía ser por fuerza interior, igual que la verdadera soledad. Ella había probado el efecto de las dos y, cuando los cascabeles callaban y el saco con las monedas ya estaba en poder de su abuela, Constança disfrutaba. Ordenaba los tinteros de madera, los cascadores de frutos secos, las cajitas de hojalata para guardar los papeles de estraza, los recipientes de cobre... Como si siguiera un ritual, cada tarde ponía los pesillos para monedas en cajas y pesos con su gaveta, y hacía una lista de los productos que había que reponer. Repasaba las muelas para la pimienta y la vainilla, o las cribas de arroz, y limpiaba las diferentes cucharas para extraer la confitura de los tarros.

Siempre acompañada por la compasiva mirada de la Virgen de la Concepción; allá, en su capillita adornada con flores de seda y cuatro lámparas que ardían noche y día, la chica trajinaba sacos y cajas al lado de la romana, debajo de la polea.

El verbo dormir no era de los más conjugados por Constança. A pesar de las numerosas tareas que realizaba en la droguería, aunque siempre alejada del trato con la gente, su tiempo de descanso transcurría por completo en el palomar que, poco a poco, había habilitado como cuarto. La chica había sido desterrada del resto de la casa desde el comienzo, pero mucho más después del infructuoso intento de seducir a su abuela con un gran banquete.

Había dividido el espacio del que disponía con una cortina facilitada por Vicenta, y había reservado la mitad para su taller, pero una vez removidos los utensilios y vueltos a colocar los ingredientes que, en partes minúsculas, comenzaban a llenar la improvisada despensa, ya solo tenía la posibilidad de soñar. Y ella era de las que sueñan despiertas.

Cuando sentía la necesidad, a menudo acompañada por un ahogo creciente, abría la ventana y, con un salto ágil, salía al tejado. Había tardado en descubrir aquel mundo que, sobre todo, miraba a las estrellas, pero enseguida lo hizo suyo. Bajo la inmensidad del cielo, los anhelos parecían adquirir un aire nuevo, como si el espacio abierto de la noche pudiera hacer posible cualquier cosa. Pero la realidad es que también allí arriba vivía como una prisionera, al menos hasta que oyó la conversación que cambiaría del todo su vida de entonces.

—Según dicen, nuestros tejados hacen camino a través de la ciudad. ¡En Barcelona ya no cabe ni una aguja! Mi hijo, incluso, compra el pan sin salir a la calle, solo debe salvar algunos obstáculos. Pero resulta fácil, con la edad que tiene... —Quien hablaba era Dorotea, una clienta de la droguería que no tenía por costumbre marcharse pronto de la tienda, sin que eso pareciera importar demasiado a la propietaria.

—Lo que decís quizá resulte útil, las calles de esta parte de la ciudad están llenas a rebosar —respondió la abuela con un murmullo después de mirar a uno y otro lado—, pero seguro que no habéis pensado en otra posibilidad: ¿y si estos senderos que decís son aprovechados por los ladrones para acceder a nuestras casas?

—Pues, tenéis toda la razón, Jerònima, pero el consistorio ya se ocupa de estas cosas. Dice mi marido que se han dictado ordenanzas para que no se puedan construir arcos entre las casas para ganar espacio. Y estoy segura de que también acabarán prohibiendo los voladizos de los pisos más altos... ¡Yo casi me puedo dar la mano con la vecina del otro lado de la calle!

—El consistorio, decís... Esos hablan mucho pero hacen poco. ¿Ya sabéis lo de Peret, el hombre que llevaba el asno, el que recogía los perros y gatos muertos para lanzarlos al mar? Se ve que murió la semana pasada, y ya me he encontrado varios animales a primera hora de la mañana en la puerta de la tienda, llenos de moscas y con las ratas rondándolos. Tal como se hacen las cosas, me temo que tardarán en restablecer este servicio.

Dorotea puso cara de no tener demasiado en cuenta esas cuestiones, pero sin duda las consideró con atención. Por su parte, Constança no esperó al fin de la conversación; ya había escuchado bastante y una nueva idea nació en su cabeza: ¡aprovechar aquel camino de tejados que se le ofrecía! Si el rumor era cierto, se le abría un mundo inesperado. Pero debería esperar a la noche, cuando el silencio y la oscuridad se convertían en los mejores aliados.

Al atravesar el marco de la ventana ya tenía decidido que lo intentaría. A veces se había preguntado qué clase de gente vivía en las casas vecinas, cómo era la ciudad durante las horas en que todo el mundo descansaba. Siempre había quien, con cualquier excusa y haciéndose el interesante, comentaba con malicia de aquella otra Barcelona que al anochecer despertaba a la vida. De buen seguro que albergaban el propósito de espantarla; le contaban terribles historias sobre asesinos, prostitutas y criaturas deformes que solo salían a la luz cuando los demás no podían verlos. Quizás había llegado el momento de comprobarlo.

Constança rumiaba que aquello le daría la oportunidad de buscar a Pierre Bres, el cocinero amigo de su padre adoptivo, que ocupaba buena parte de sus pensamientos. Según las noticias que le habían llegado, podía ser que viviera en el barrio de la Ribera, donde los comerciantes se construían sus lujosas casas, pero para ella aquel era un mundo lejano al que sus obligaciones diarias le impedían acercarse.

De pie sobre el tejado, observó bien su entorno. El plan que había trazado era sencillo, solo necesitaba saltar de casa en casa para encontrar una escalera abierta que le permitiera bajar a la calle. Pero su primera impresión no fue nada favorable: el palomar estaba situado en un edificio de tres alturas, no demasiado habituales en ese barrio; quizá lo habían permitido porque hacía esquina con la Rambla, y la calle Hospital no era tan estrecha como otras.

Fue hasta el límite de la propiedad de sus abuelos. Buscó las salidas por todos los rincones posibles y acabó mirando con cierto reparo los tejados más próximos. Había tres. La suerte era que, en uno de ellos, había un palomar parecido al de los abuelos, donde ella estaba ahora, y podría bajar de un salto. ¿Soportaría su peso? Era un riesgo que tenía que correr, y quizás el problema no era tanto este, sino si podría subir en sentido contrario, de manera que dejó el taburete y una cuerda sobre el habitáculo para facilitar el acceso a la vuelta. Necesitaba encontrar a Pierre de la manera que fuese, era su única salida. Esta convicción, que comenzaba a ser obsesiva, despertaba su ingenio y la hacía sentir capaz de superar cualquier obstáculo.

Se descolgó poniendo en práctica las habilidades que Iskay le había enseñado en una época que ahora le parecía muy lejana. No le costó demasiado situarse sobre el otro palomar y, desde allí, desplazar a un rincón más oculto el taburete y saltar a la casa vecina. No era un trayecto sencillo. Los tejados se sucedían, casi siempre al mismo nivel, con pequeños altibajos difíciles de superar. Pero su plan iba más allá. Debía encontrar una puerta abierta en aquel maremágnum de superficies, introducirse en alguna casa ajena y llegar hasta la planta baja, para comprobar si así podía salir al exterior.

Lo intentó varias veces, en vano. Casi todos los vecinos tenían la previsión de atrancar la puerta del terrado, quizá temerosos de los ladrones de los que hablaba su abuela. Había tomado algunos puntos de referencia para no perderse a la hora de volver, pero cada vez le resultaba más complicado entender aquel enredo, en un mar de salientes, chimeneas y construcciones que configuraban un extraño e irregular paisaje.

Un instante después, cuando ya pensaba en rehacer el camino antes de que todas las marcas quedaran fuera de su alcance, oyó el chirrido de la puerta que acababa de empujar. Estaba abierta. No tenía ni idea de adónde conduciría, pero no había llegado tan lejos para desistir.

Fue bajando las escaleras con cuidado, sobresaltada a cada ruido que hacían sus pies sobre los irregulares peldaños de madera. La oscuridad era absoluta, y ella no había tenido la precaución de llevar ninguna vela. Contó los rellanos hasta que, siempre a tientas, encontró otra puerta. Si sus cálculos no la engañaban, debía de dar a la calle. Un hilo de luz tenue se colaba por una rendija con la tan anhelada promesa de libertad.

Constança palpó la madera empujándola por todos los lados que se lo permitía, pero la puerta no cedía. Su desesperación iba en aumento. Quizá se había arriesgado demasiado en aquella aventura nocturna. Tal vez debería volver sobre sus pasos, regresar a la casa de sus abuelos. Apenas se dejaba ver la claridad de una luna menguante. De golpe, dudó sobre qué era lo mejor para su futuro; quizá si no volvía... Pero doña Jerònima era muy capaz de denunciar su desaparición y, mucho antes que eso, subiría al palomar y descubriría su taller secreto. Aquel pensamiento la horrorizó.

Impotente, apoyó la cabeza en la puerta y se fue deslizando hasta caer de rodillas sobre el suelo. Pasó los dedos por su amuleto mientras evocaba un milagro. Quería llorar, pero también sentía rabia, una rabia infinita por su situación, por la muerte prematura de Antoine, por la negativa de Iskay a seguir sus pasos, por haber dejado que la abuela Jerònima la enterrara en aquella casa sin salida.

Y fue entonces cuando se dio cuenta de que, a poco más de dos palmos del suelo, había un cierre. Era un hierro sencillo, como los que se usaban en los establos en Lima. Lo levantó y, sin más dificultades, la puerta quedó entornada después de emitir un extraño crujido. ¡Lo había conseguido!

Constança se levantó, abrió la puerta sin preocuparse por el ruido que producía y se halló en una calle no demasiado estrecha. Por suerte, una lámpara de aceite la iluminaba desde dos casas más allá. No se veía un alma, pero la sensación de libertad que tuvo al cruzar el umbral fue más fuerte que las dudas y el miedo que la embargaban.

Ahora tenía a su alcance lo que buscaba, la ciudad se le ofrecía por primera vez, sin obligaciones, sin recados que le impidieran tomarse su tiempo. Necesitaba aprovecharlo, y se lanzó a correr en dirección a la luz.

Tardó en tranquilizarse, el corazón de la chica latía desbocado en medio de un silencio que no esperaba. Pero poco a poco tomó conciencia de que no solucionaría nada parada bajo la luz como una estúpida mariposa. Cuando sus ojos se acostumbraron a la oscuridad circundante, vio la puerta del Colegio de Cirujanos, donde a veces iba a llevar algún recado.

Así pues, estaba en la calle Hospital. Debía de haber caminado en círculo por los tejados hasta encontrar una escalera más próxima a la droguería. Su rostro se descongestionó y a continuación miró hacia la derecha; no demasiado lejos se adivinaba la claridad que irradiaban las casas de la Rambla. Aunque el miedo remitía, su paso era apresurado; se decía que disponía de una larga noche casi sin luna y, a pesar de este pensamiento, algo la pinchaba por dentro, como si en aquel lapso de tiempo debiera recuperar todo lo que había perdido.

En la Rambla giró en dirección a los muelles y poco después encontró a la izquierda la calle Ferran. Sabía que la llevaría hasta la catedral. A partir de allí, la ciudad era un misterio para ella. Pasó muy cerca de un local donde se oían gritos y carcajadas y, después, vio a dos hombres salir de la calle Quintana. Medio oculta por las sombras, no la descubrieron, pero el olor a alcohol que desprendían la alcanzó de lleno. A veces Ventura tenía ese olor. Nunca lo había visto tambalearse, ni siquiera hablar como los borrachos. Se encerraba arriba de la tienda, como hacía su padre, y por lo único que se podía advertir su ausencia era por el humor de doña Jerònima: se volvía agria como la leche en verano.

Enseguida, cerca de la catedral, tuvo que ocultarse de nuevo; dos *mossos d'esquadra* hacían la ronda. Constança comenzaba a dudar de la eficacia de su salida. Si continuaba evitando a la poca gente que circulaba por las calles, ¿cómo encontraría a Pierre Bres?

Al cruzar la plaza del Àngel, el paisaje urbano y sus rumores cambiaron del todo. Le llegaban voces y varias personas asomaron la nariz por los postigos, la parte superior de los portillos que se abría hacia fuera. Se acercó a una de las casas poniendo su cara más amable, pero como única respuesta la mujer cerró de golpe la improvisada celosía. Las calles se estrechaban y, si no hubiera sido por las tenues claridades que, temblando, también dibujaban contornos sobre los muros, le habría sido imposible orientarse.

Armándose de valor, lo intentó de nuevo. Esta vez probó suerte dirigiéndose a un hombre que la miraba con los ojos muy abiertos, pero solo consiguió que la insultara. Quizá la tomaban por una prostituta: una chica y haciendo aquel recorrido en plena noche... A continuación apareció una matrona detrás del hombre; tiró con fuerza del que debía de ser su marido y comenzó a gritarle con muy malos modos. Constança no perdió ni un segundo en alejarse corriendo; no había entendido lo que decía, pero no debía de ser nada bueno.

De nuevo se sentía desalentada, dubitativa, asustada... Si la detenían, si alguien la relacionaba con la droguería y se lo contaba a Jerònima, estaría perdida. Tan a ciegas fue la carrerilla, que no se percató del lugar adonde la había conducido el espanto. Había dejado un extraño arco justo atrás y, de golpe, aquella garganta de lobo parecía habérsela tragado. Divisó una luz al fondo de la calle, quizás unas teas encendidas, pero no estaba segura.

Algo se movió a su espalda. Estaba muy cerca, podía sentir su presencia. Antes de decidir si se volvía o si echaba a correr, alguien la cogió por los brazos y le sujetó las manos a la espalda al tiempo que le tapaba la boca. Sintió el contacto de un cuerpo fuerte y grande, pero otra figura se plantó delante de ella. El chico, no demasiado mayor que ella, la miró de arriba abajo con lascivia.

—Vaya —dijo mientras Constança hacía todo lo posible por liberarse—, tenemos una nueva vecina, y está de muy buen ver. ¡Sí, señor!

Enfadada, mordió con fuerza aquella manaza plantada en su cara.

—¡Mala puta! ¡Ahora sí que estás perdida! —exclamó el que la sujetaba, doliéndose del mordisco, y le soltó una bofetada que la tiró al suelo.

Aturdida, notó la sangre tibia que le goteó por la nariz, mientras la visión se le hacía borrosa. Sentía cómo, ora uno, ora el otro, le sobaban los pechos con fuerza y le restregaban la entrepierna. Le hacían daño, pero no quería llamar la atención de los guardias y acabar en un calabozo. Tenía que encontrar una salida, pero ¿cuál? La rodeaba la oscuridad, y los dos matones jugaban a marearla, hablando a la vez, presionando sus miembros erectos sobre las nalgas de ella. El llanto acudió a sus ojos, pero eso los divirtió aún más.

—¡Oh! ¡Pobrecilla! ¡Miradla, hecha un mar de lágrimas! ¿Acaso no lo entiendes, zorra? ¡Has tenido suerte! No hay dos muchachos más empalmados en toda Barcelona —dijo el más delgado, riendo mientras se llevaba las manos a la bragueta.

—Deja de hablar y ayúdame a llevarla a ese portal. A la gente tanto le dará lo que le hagamos a una zorra, pero si los despertamos se enfurecerán. Ya sabes la mala baba que tiene la gente de este barrio, nos perseguirían para darnos una paliza —dijo el otro, que había aferrado a Constança por los brazos.

—¡Dejadme en paz! —exclamó ella, dudando que sirviera para algo—. Busco a una persona, y si me hacéis daño os lo hará pagar caro.

—Buscabas a una persona y has encontrado a dos...

—Quizá salgas ganando...

—No sé qué pensará ella de eso...

—¿Por qué no se lo preguntas?

Temerosa porque estaban consiguiendo arrinconarla y el portal oscuro pronto sería su perdición, Constança no se percató de la presencia de otra figura. Apareció de la nada, y el chico de delante, que ahora la arrastraba por el pelo, no imaginó que recibiría el primer golpe. Sonó con fuerza en su cara e hizo que se desplomara en el suelo. Constança quedó libre de pronto y solo atinó a protegerse la cara.

El que la agarraba por detrás, más alto que el otro, hizo el gesto de enfrentarse al recién llegado, pero este desapareció un instante en la oscuridad. Cuando reapareció, esgrimía un sólido garrote. El matón no presentó batalla, se acercó a su compañero, aún confuso, y lo ayudó a incorporarse. Mientras se alejaban, mantuvo el brazo estirado como para protegerse de un inminente garrotazo.

Agotada por el esfuerzo y enfadada por la humillación, Constança se había apoyado en la pared, temblando como una hoja. Por muchas ganas que tuviera, era incapaz de salir corriendo. Aquel hombre joven la había salvado en el último instante, y aparentemente no era de la misma clase. A pesar de todo, le quedó el reparo de pensar que sus agresores podrían haberse ocultado entre las sombras. ¿Y si reaparecían para acabar el trabajo?

—No tengas miedo —dijo su joven salvador—, son unos cobardes y no volverán.

—¿Cómo puedes saberlo? ¿Los conoces?

—Claro que no, pero a los cobardes se los reconoce enseguida, lo llevan tatuado en el rostro y se huelen a millas de distancia.

Se había acercado hasta muy cerca de la cara de ella. Sus ojos brillaban mientras respiraba agitado por la pelea. Si la poca luz no la engañaba, tenía el pelo rojo y rizado. Por unos instantes pensó si no la habría salvado de los atacantes para ponerse en su lugar.

Como si le adivinara el pensamiento, el desconocido se presentó con mucha ceremonia.

—Me llaman Rodolf. Pero tranquilízate, ya ha pasado todo —dijo mientras la cogía del brazo—. Ven, nos sentaremos en aquellas cajas. Te irá bien descansar un rato.

—Te lo agradezco mucho —dijo Constança, que ya había decidido confiar en él.

—Puedes quedarte tranquila. Estoy a tu servicio. Pero no entiendo cómo te arriesgas a andar por aquí a estas horas. La calle de las Filateres es una de las peores de Barcelona, una vez que cruzas el arco es como si entraras en un mundo muy distinto del que has dejado atrás.

—La verdad es que no sé cómo he podido llegar aquí... Sin duda me he perdido —respondió mientras vigilaba la reacción de él y, a la vez, se tocaba los brazos doloridos.

—¿Te han hecho daño? Si es así, cuando los encuentre los pondré en sazón.

—No, déjalo correr... Ya has hecho bastante.

—Pero no puedo permitir...

—¿... que molesten a una prostituta? —Constança sabía que apostaba fuerte, pero quería saber la respuesta.

—No eres una prostituta, de ninguna manera.

—¡Vaya! ¿Y cómo lo sabes?

Rodolf la miró fijamente a los ojos. Ella retrocedió un poco, pero el miedo ya había desaparecido.

—Mírate —dijo, muy serio—. Una furcia no llevaría estas ropas, ni el pelo tan poco arreglado. Sea cual sea tu problema, confía en mí.

—De acuerdo. Estoy buscando a una persona. Y tú podrías ayudarme, tienes aspecto de chico despierto.

—Soy un hombre, muchacha, no te confundas —repuso Rodolf como si lo hubiera herido—. Ya te lo he demostrado, ¿no?

—No quería ofenderte.

—De acuerdo, de acuerdo... ¿A quién buscas?

—Busco a un cocinero. Monsieur Bres. ¿Lo conoces? ¿Has oído hablar de él? —La pregunta encerraba una brizna de esperanza y otra de inquietud.

Rodolf puso una cara extraña y Constança se dijo que no había nada que hacer, pero entonces él la sorprendió.

—Bres, Monsieur Bres... Me suena el nombre, deberás dejar que lo averigüe, conozco a tanta gente... Pero háblame de ti, me lo debes.

Tras unos instantes de vacilación, la chica pensó que no era necesario ocultarlo todo. Pero tampoco le explicaría toda la verdad, de momento. Le dijo quién era, la nieta de los Martí, que ayudaba a su abuela en la droguería. También que su vida en la tienda era un destino temporal. Estaba llamada a cosas más importantes, y subrayó estas palabras. La única barrera entre ella y sus objetivos era localizar a Pierre Bres.

Rodolf la escuchó con atención mientras la repasaba de arriba abajo, pero Constança no se sintió molesta por el escrutinio. Le gustaba aquel chico, parecía decidido y fuerte, también un poco bribón, por más que se esforzara por no hacerlo evidente.

Una claridad tenue comenzó a proyectarse desde arriba de la calle. La chica creyó que provenía de alguna ventana, de un vecino que había oído la cháchara y quería quejarse, pero Rodolf también miró hacia allí. Era el sol, que comenzaba a iluminar los tejados del barrio. De golpe, a Constança le entró una prisa irrefrenable.

—¡Dios mío! ¡Está amaneciendo! Debo volver a casa antes de que lo descubran... ¡Quiero decir que si no me encuentra en mi cuarto, la abuela lo pasará muy mal!

—Un momento, un momento... —Rodolf parecía muy interesado—. ¿De qué hablas? ¿Te has escapado? ¿Te marchas de noche de tu casa como los ladrones?

—Por favor, ¿puedes acompañarme? Seguro que sabes llegar a la calle Hospital. Yo volvería a perderme.

—Bien, si no hay más remedio, llevaremos a la niña a casa.

Lo dijo con ironía, pero aceptó su papel de buen grado, lo cual complació a Constança. Ya de regreso, oyeron pasos y puertas que comenzaban a abrirse. Rodolf miraba atrás todo el rato, como si temiera que aquellos bribones los estuvieran siguiendo. Después, ya cerca de casa, ella decidió que no lo acompañara hasta la escalera por donde había bajado.

—Como quieras, pero si no sé dónde vives no podré decirte dónde está ese tal Monsieur Bres. Claro que puedo pasarme por la droguería...

—¡No, ni se te ocurra, por favor! Confía en mí —le rogó, haciéndose la cohibida. Inmediatamente después, sus facciones se endurecieron antes de exigir—: ¡Tienes que prometerme que no lo harás!

—De acuerdo, no lo haré —respondió el joven con aplomo, mientras Constança pensaba que, si hubiera sido Iskay, tendría los dedos cruzados a la espalda.

Pero las manos de Rodolf se proyectaban hacia delante, como si quisiera abrazarla. Ella fue más rápida. Se adelantó y le dio un beso en la mejilla. Después salió corriendo sin entender por qué había hecho aquella tontería.

3

Barcelona, primavera de 1772

—¿Te ha dicho algo Ventura? —preguntó la criada a la nieta de su patrona.

—¿A mí? No. ¿Qué tenía que decirme?

—He oído que hablaban de las cuentas. Pensaba que quizá lo comentarían contigo.

—No me espantes, ¿falta algo de la caja? Yo nunca tocaría ni un...

—¡No te alarmes! Yo no he dicho eso. Se trata de un decreto por el que obligan a los comerciantes y mercaderes a llevar las cuentas en castellano. ¡Se les viene encima mucho trabajo! Y como tú sabes de letras, Ventura opinaba que podrías echarles una mano.

—Lo haré encantada —dijo la chica, viendo la oportunidad de abandonar los fogones ahora que el calor comenzaba a hacer insufrible estar cerca de ellos.

—¡Espera! Tu abuela no quiere ni oír hablar de ello, de momento. Te lo digo para que estés preparada si surge el tema. Pero ¡no me delates, que yo no quiero discusiones!

—No lo haré, Vicenta. No lo haré. ¿Te imaginas? Si pudiera llevar las cuentas tendría más libertad de movimiento, pero bien mirado... No podríamos estar juntas y sé que, a pesar de todo, añoraría todo esto... De todas maneras, me parece una tontería perder el tiempo en rehacer unos papeles que ya funcionan.

—Déjalo, Constança. Son muy cabezotas.

—¡No lo entiendo! ¿Por qué no podemos hacerlo como hasta ahora? ¡Los números son los mismos y las letras que los acompañan son bastante claras!

—Quieren una única lengua. Creen que así tendrán el control. Ya hace cuatro años el conde de Aranda dictó una real cédula por la cual prohibía la enseñanza del catalán en las escuelas de primeras letras, latinidad y retórica. Se expulsó al catalán de todos los juzgados y se recomendó hacerlo también en las curias diocesanas.

—Pero ¡es la lengua de esta tierra! Es la que hablaba con mis padres... Si dejamos de hablarla, ella también morirá —dijo la chica con cara de tristeza—. ¿Te parece que tienen miedo?

—Mira, ¡no es asunto nuestro! Ya tenemos bastantes problemas. No te metas. ¿De acuerdo?

—Me sorprende la facilidad que tienes para hablar de algunas cosas, Vicenta.

—¡No me descubrirás! Ni siquiera doña Jerònima lo sabe. Se me queda lo que leo y también lo que escucho. El asunto del conde de Aranda fue un buen revuelo. Imposible olvidarlo.

—¡Cómo...! ¿Lo que lees? Ya sé que te defiendes leyendo, pero...

—Hago algo más que defenderme. Pero ese es mi secreto. Algún día te lo desvelaré... Por cierto, ¿qué te ha pasado en el cuello? —preguntó la criada fijando la mirada en la piel enrojecida que se advertía bajo la blusa.

—Nada. Debe de haberme picado un mosquito y me he rascado —dijo, cubriéndose rápidamente para ocultar las marcas que aquellos cafres le habían dejado en prenda. Después de rumiarlo, dijo—: Los problemas forman parte de la vida, no podemos cerrar los ojos y hacer como si no pasara nada. ¡Es el legado de nuestros antepasados y tenemos que protegerlo!

—¡Qué bocazas soy! No debería habértelo dicho. ¡Tengo una idea! ¿Por qué no me cuentas un poco de aquel genio que te tenía robado el corazón?

—¿Un genio? ¡No sé de qué me hablas!

—Sí, mujer, un italiano, me parece recordar. Dijiste que me lo explicarías.

—¡Ah! ¡Leonardo da Vinci!

Constança mudó la expresión de su rostro. Un brillo de agua iluminada por la luna emergió en sus ojos y habló y habló de aquel a quien tanto admiraba.

—Algunos lo tildaban de loco, Vicenta. ¡Quería volar como las aves! Estaba convencido de que un día volar estaría al alcance de los hombres. Hizo muchos dibujos, pruebas que a menudo servían para ridiculizarlo. Pero él no desfallecía, volvía una y otra vez hasta que perdía el interés y se apasionaba por otra cosa.

—¿Y lo consiguió? Volar, quiero decir.

—No del todo, me parece. Mi preceptor decía que hizo construir una máquina que parecía un pájaro gigantesco. Pero ¡tenía tantas cosas que aprender para lograr sus propósitos! No tuvo bastante con una sola vida...

—Pues a mí me parece que me sobra —dijo Vicenta en voz baja.

—¿Sabes qué hacía?

La criada abrió los ojos como una niña a la que su madre narra una historia inventada y ella se rinde sin importarle qué es realidad y qué ficción.

—Compraba cadáveres de delincuentes para estudiar cómo se doblan y se estiran los músculos de las articulaciones. Se hacía llevar restos de cerebros, vísceras...

—Pero eso... ¡eso es asqueroso, denigrante!

—¿Por qué? ¡Piénsalo bien! Aquí, a cuatro pasos, en la calle Hospital, ¿qué edificios hay?

—La casa de los Morera, la de los Cases...

—Sí, claro, y también el hospital, el Colegio de Medicina, el de Cirujanos, el depósito de cadáveres y el cementerio.

—No sé adónde quieres llegar —respondió Vicenta, que ya comenzaba a perder el hilo.

—¿Te parece casualidad que estos edificios estén tan cerca los unos de los otros?

La mujer no respondió. Veía que Constança llevaba su disertación por caminos que no llegaba a comprender y comenzaba a perder el interés.

—Me gustaba más la historia de la máquina de volar —dijo para cambiar de tema, pero la chica no estaba dispuesta a cejar.

—¡Seguro que has oído hablar de ello! Los cirujanos se establecieron aquí para disponer de cuerpos con los cuales estudiar el ser humano. Dicen que necesitan diez cadáveres por semana, y con el cementerio y el hospital están bien servidos. Sin embargo, en verano no pueden hacerlo porque con las barras de hielo no es suficiente para conservarlos.

—¡Basta! —exclamó la criada con cara de asco.

—Todos tenemos que morir un día u otro, Vicenta. ¡Con lo que aprenden, estos estudiosos pueden ayudar a salvar muchas vidas!

—Mira, a mí no me gusta hablar de esto. Conozco a una mujer que asegura que a su marido lo llevaron directamente del hospital a la mesa donde descuartizan los cadáveres. Lo habían operado sin éxito, pero su corazón aún latía.

—¡Bobadas!

—Muy bien, quizá sean bobadas. Pero qué tienes que ver tú con toda esta historia... —Vicenta hacía muecas sin encontrar la palabra que reflejara el rechazo que le provocaba aquella conversación.

—Quiero seguir sus pasos. ¡Eso es lo que quiero hacer!

Viendo la cara de espanto que ponía la criada, Constança rectificó.

—¡Tranquila, mujer! No me refiero a todo eso de los cuerpos. Quería decir que quiero llegar al fondo de las cosas, como hacía Leonardo. Bien, no exactamente de la misma manera... Yo creo que se dispersó. Iba de teoría en teoría, comenzaba cosas que no acababa nunca, pintaba... Pero me interesa su capacidad, la atención que prestaba a los descubrimientos. Me lo imagino haciendo sus propios pigmentos, mezclando polvos de minerales, huevo, aceite y otros ingredientes para obtener las pinturas. Mi preceptor me explicó que dedicaba horas a esa tarea, antes de enfrentarse al cuadro. Pensaba que, cuanto más rica y bien amalgamada, mejor sería la pintura. Y también era un gran observador. Anotaba las cosas en una libreta, como hago yo —dijo mostrando la que llevaba bajo la camiseta y de la cual no se separaba nunca.

A aquellas alturas, la criada ya no sabía qué decir. Esto no preocupaba a la joven, que, apasionada como estaba con su propio discurso, se había abstraído por completo.

—¿Quieres saber por qué no lo envidio del todo? —Sin esperar respuesta, Constança Clavé añadió—: Porque yo no pienso dispersarme. Dedicaré todos mis esfuerzos en una sola dirección, en profundizar en aquello que de verdad me apasiona. ¡La cocina, Vicenta, la cocina!

Días atrás, no había sido demasiado sincera con su amigo Rodolf. ¿Podía considerarlo un amigo? La había salvado de aquellos matones, y también le había dado esperanzas en su búsqueda de Pierre Bres. Sin embargo, ella se había comportado como una chica un poco desagradecida, la nieta de los grandes drogueros de Barcelona, obsesionada por encontrar a un personaje misterioso.

Mientras iba distribuyendo los sacos de algarrobas que habían traído de El Vendrell, dudaba si realmente había conseguido interesarlo. Pero la presencia de la criada en el umbral, con el rostro demudado, hizo que olvidara esas preocupaciones.

—¡Vicenta, por el amor de Dios! Parece que hubieras visto a un fantasma. ¿No habrá entrado una rata rabiosa? Dímelo, porque si es así ya sabes que saldré corriendo...

—No sé qué decirte. Bien mirado...

Constança miró de reojo alrededor, pero algo le decía que no se trataba de eso.

—Me estás asustando. ¿Hay algo que debería saber? ¡Por el amor de Dios, habla de una vez!

La relación con Vicenta era lo más positivo de su vida en la droguería. La vieja criada la trataba como a la hija que no había tenido, y su ayuda era fundamental para hacer el trabajo más soportable. Entre las dos se repartían lo más duro, que Jerònima siempre asignaba a Constança.

En cambio, Ventura era un misterio. Tan pronto la ayudaba a resolver los conflictos con su abuela como se ponía de parte de ella y consentía los castigos. No obstante, como encargado de ejecutarlos, solo le había pegado con la fusta una vez, la primera. A partir de entonces bastaba una mirada de Constança para que el semblante del hombre se llenara de dudas y los fustazos acabaran siendo solo de mentirijillas.

Vicenta continuaba de pie en el umbral. Su inmovilidad hizo que la chica cambiara de actitud.

—¿Hoy no estás de buen humor? —canturreó divertida mientras daba unos pasos de baile en torno a la vieja con la intención de arrancarle una sonrisa.

—¡Calla! —respondió la criada con una firmeza que utilizaba pocas veces—. Estoy pensando si tengo que echarte una bronca o si realmente tienes razón cuando dices que alguien vendrá a buscarte y tu abuela perderá todo el poder sobre ti...

—Me ocultas algo que ignoro y me estás poniendo nerviosa. —Constança detuvo el baile; de pronto, se abrían muchas posibilidades sobre la información que tenía la criada y se le acumulaban en el cerebro.

—Me han dado un mensaje para ti, un chico, más o menos de tu edad, pelirrojo...

—¡Ah! Es eso... —respondió la chica, y soltó una risita.

—¿Es a quien esperas? —La pregunta de Vicenta traslució espanto.

—No, mujer. Es, es... bien, ni yo misma lo sé... —volvió a reír—. ¡Un amigo!

—¿Un amigo? Si se entera tu abuela, te encerrará a cal y canto.

—¿No crees que ya me tiene bastante encerrada? —Constança se puso seria de golpe, sus ojos brillaban—. Explícame de una vez qué te ha dicho. Tengo derecho, ¿no?

La criada, a pesar de sus dudas, sabía que no podía detener la vida. La de ella había sido descabezada muy pronto, cuando le ofrecieron ir a servir en aquella casa, donde ya lo había hecho su madre y antes su abuela. Había pensado que era parte de su destino aceptarlo.

—Ha dicho que te espera esta noche. Pero, criatura, ¿sabes dónde te metes? ¿No eres muy joven para salir sola a esas horas?

—Eso lo dices, Vicenta, porque más allá de los pequeños recados que haces no has tenido demasiadas ocasiones de salir afuera... ¿Me equivoco?

La criada bajó los ojos. No estaba dolida ni ofendida, eran sentimientos que había perdido hacía tiempo. Pero temía el momento en que Constança desapareciera de su vida. Se quedaría de nuevo sola ante los caprichos de una mujer como Jerònima; su existencia dejaría de tener el sentido que la chica le había dado.

No hablaron más. Las dos sabían que hacerlo habría invadido de manera insoportable las razones de la otra. Así, acabaron la faena con un estado de ánimo radicalmente diferente: la alegría radiante de Constança frente a una Vicenta triste y preocupada.

Cuando, ya en el palomar, abrió los pequeños postigos de la ventana, la chica recibió el golpe de aire caliente de finales de mayo como una promesa de felicidad. Su corazón palpitaba con fuerza, expectante por saber si Rodolf tendría novedades sobre Pierre Bres, pero, sobre todo, porque sus temores se habían demostrado infundados. El joven había vuelto y no parecía dar demasiada importancia a la situación, más bien confusa, que Constança le había contado durante su primer encuentro.

Fue en pos de aquella oscura escalera que la conduciría a la calle. Se sentía más segura, y esta vez no había olvidado llevar un cabo de vela para no terminar rodando por efecto de la inquietud que sentía. Nada era diferente en la calle Hospital, salvo la figura que esperaba bajo la lámpara de aceite. Rodolf le dedicó su mejor sonrisa, y ella no se quedó atrás. Unos instantes más tarde caminaban en dirección a la Rambla, sin importarles demasiado la claridad tenue del piso superior de la droguería, donde se recortaba la silueta de Ventura.

—Me muero de curiosidad —dijo Constança después de aceptar la mano tendida de Rodolf, que a cada paso se situaba más cerca—. ¿Has sabido algo de Pierre Bres?

—Pronto, pronto... —respondió el chico haciéndose el interesante—. Me he puesto en contacto con dos amigos muy próximos al mundillo de los cocineros y seguro que tendremos una respuesta.

Constança se detuvo para mirarlo fijamente. ¿La engañaba? Y si era así, ¿le importaba realmente? Aquella libertad repentina le llenaba la vida, y la compañía de Rodolf hacía que sus sueños se dispararan, como si apenas salida de la tienda ya pudiera pasar cualquier cosa. No obstante, dijo:

—Quiero verlos. ¡Llévame!

—¿Cómo dices?

—Quiero que me lleves a conocer a tus amigos. Si pertenecen al mundillo de la cocina, como dices, quizá trabajen en alguna de las casas de comida que hay por la ciudad. ¿Sabes si trabajan en el Hostal de las Naciones? He oído decir que recientemente lo llevan unos italianos llamados Fortis y Malatesta.

—No lo sé con seguridad... De todas maneras, hoy es un mal día para hacer indagaciones.

—¿Por qué?

—No conozco el motivo, pero hoy tienen fiesta.

—¡Mejor! Será más fácil. Iremos a su casa.

—Constança... —Ahora fue el chico quien se detuvo—. No soy nadie especial, pero te he dicho que te ayudaré a buscar a Pierre Bres y lo haré. Tienes mi palabra.

—¿Eso quiere decir que hoy no podremos saber nada de Pierre Bres? —dijo la chica, decepcionada, mientras Rodolf, que advirtió su desilusión, rumiaba a toda prisa.

—Haremos otra cosa, y quizá podrás preguntar por esa persona que te quita el sueño. Iremos a un lugar que te agradará, lo llaman la Puda d'en Manel. Está en el paseo Nacional, y hacen las mejores torrijas que puedas probar en la ciudad. Allí comenzaremos la investigación por nuestra cuenta... ¿Qué te parece?

Constança lo miraba de hito en hito. Se había vestido con la falda amplia de color canela. De las tres que conservaba le pareció la más acertada, dado que le permitía moverse cómodamente a la hora de saltar, y si le molestaba demasiado se hacía un nudo. Sobre los pechos, se había cruzado una ligera tela roja que le cubría la blusa raída. Aquella tela debía de ser la posesión más preciada de Vicenta; pero ni ella misma sabía de dónde había salido. Le agradaba decir que era tan antigua como el mundo y que fue lo primero que había visto al nacer. Quizá por eso le tenía tanta estima y la trataba con tanto cuidado.

Aquella noche no averiguaron nada, solo bebieron y comieron un poco. Las torrijas no estaban del todo mal, pero Constança habría jurado que, una vez fritas, las habían ablandado solo con leche aguada porque, por mucho que se esforzó, no supo encontrar aquel punto de malvasía que las hacía tan especiales. Como no le pareció oportuno hacer ningún comentario, se zampó tres en un santiamén.

Mientras ella se lamía los dedos, el chico contó, medio a escondidas, el dinero que aún le quedaba. Luego solo pasearon con calma por las calles, casi sin hablar. Ella llegó a la conclusión de que aquel joven era muy especial, pero rogó que no quisiera cobrar en especie el favor de la noche anterior, ni las torrijas. Se tranquilizó mientras recorrían aquellas edificaciones fastuosas de la plaza de Sant Miquel, en el nuevo barrio del arenal, que algunos comenzaban a llamar la Barceloneta.

—Lástima que la iglesia esté cerrada a estas horas. Dentro hay un arcángel que tiene tu misma expresión —dijo Rodolf.

Después de un momento en que se miraron con intensidad, ambos jóvenes se refrescaron en la fuente de hierro fundido, rodeada por cuatro farolas recientemente instaladas. Un hombre que apestaba a alcohol dormía tendido sobre un charco.

Siguieron en dirección a la plaza de los Boters, donde parecía concentrarse la actividad militar. Rodolf hacía de guía experto, mientras ella intentaba adivinar todo aquello que le ocultaba la oscuridad.

—Estos son los cuarteles de infantería y de marinería, dicen que pueden alojar a dos mil hombres cada uno.

Pero esta información no pareció impresionar a Constança. Lo que más sorprendió a la chica fueron los bloques de casas, prácticamente idénticas. Una puerta y dos ventanas en la planta baja y un balcón y dos ventanas más en el primer piso.

—Me gustaría tener un balcón como este, de hierro y con barrotes enroscados en el centro y los extremos —dijo, mirándolos boquiabierta—. ¡Y también estas fachadas de colores vivos!

Al llegar a las casas de las Atarazanas, también se detuvo para observarlo todo. La nieta de Jerònima parecía un pájaro al que han abierto la jaula y que, sin saber en qué rama posarse, vuela feliz.

—Las utilizan como almacén, para guardar la barca y los aparejos de pesca —explicó Rodolf ante unas edificaciones más humildes.

La chica dirigió la vista al puerto, perfectamente visible del otro lado, y olió el aire salobre. Un sorbo de añoranza le cerró los ojos para concentrarse mejor en los recuerdos.

—¡Tengo una idea! —la interrumpió su acompañante—. Si volvemos durante el día podremos comer pescado fresco. Un amigo mío tiene una barca y, mientras hacen las reparaciones, comen a menudo las capturas que han hecho. ¿Qué te parece?

Constança sonrió con tristeza, no veía el momento de que todo aquello pudiera suceder.

—Tenemos que volver... —dijo finalmente.

Rodolf la acompañó de nuevo hasta la calle Hospital. Se abrazaron y el chico buscó con ansia sus labios.

—Hoy no. Es muy tarde, y mi abuela se levanta temprano. Mañana, ¿de acuerdo?

Y, sin más, desapareció con la misma prontitud con que había ido a su encuentro.

4

A orillas del río Rímac, Lima, 1767

Hacía meses que a Iskay se le había manifestado una especie de erupción en la piel. Aunque era cada vez más evidente, él no le daba importancia; decía que tal vez había sido el contacto con alguna hierba venenosa o quizás un insecto de los muchos que merodeaban junto al río. Pero a mí me tenía muy preocupada, quién sabe si él no le restaba importancia para no arruinar la relación que teníamos.

Las pequeñas heridas que mayormente se le manifestaban delante y detrás de las rodillas le iban cuarteando la piel y le producían un intenso picor. Uno de los misioneros que lo acogían le había puesto un ungüento, pero las llagas cada vez tenían peor aspecto.

Le prometí que intentaría hablar con un médico, pero ni yo misma sabía cómo acceder a él, por mucho que mi deseo fuera que alguien entendido lo examinara. El virrey tenía un médico personal que se había hecho cargo de mi madre cuando aquellas malditas fiebres se la llevaron. La niña asustada y vacilante que yo era entonces, la que vivía en el palacio de Manuel de Amat con la recomendación implícita de no ser demasiado visible, dudaba cómo podría acercarse a él. Al fin y al cabo, yo solo era una granuja huérfana de doce años que habían tenido la misericordia de no enviar a un orfanato y que se ganaba sus favores procurando no molestar, siempre bajo la custodia del cocinero.

Solo en presencia de Iskay me transformaba, o me fui transformando a medida que pasaba el tiempo. Ahora me daba vergüenza recordar aquel día, cuando me confió su sospecha. Dijo que la maldita enfermedad que le provocaba las erupciones le estaba afectando la vista. No lo hizo apenas nos encontramos. Iskay me conocía lo suficiente para saber que me estropearía la tarde, y esperó a que, cansados de recoger hierbas y correr arriba y abajo, nos sentáramos a comer lo que por la mañana temprano yo había cocinado con Antoine.

—Cierra los ojos y abre la boca —le dije.

Él obedeció y yo, aprovechando que no me veía, me entretuve a contemplarlo detenidamente. Las pestañas se le arqueaban hasta tocarle los párpados y sus labios carnosos del color de las moras esperaban dispuestos. Recuerdo que tuve el impulso de tocarlos, pero no lo hice.

—¡No los abras, eh!

Iskay sonrió de nuevo y yo deposité sobre su lengua un trocito de pastel.

—Lo haremos como tú siempre me explicas. ¡No vale tragárselo! Debes descubrir qué hemos puesto. ¿Me prestas atención?

Mi amigo paseó el dulce por la boca. Ahora hacia un lado, ahora hacia el otro, llevándolo en dirección al paladar o usando los dientes para saber más de su consistencia. Unos instantes después de hacer aquellas muecas que me hacían reír, arrugaba la frente y arqueaba las cejas mientras rumiaba sus predicciones.

—Yo diría que lleva... ¡maní!

—¡Y yo diría que me estás tomando el pelo!

—De acuerdo, de acuerdo. ¿Me das una segunda oportunidad?

Iskay repitió el ritual previo, solo para hacerme reír de nuevo. Entonces, con expresión grave, simulando ser un personaje entendido en la materia, aventuró:

—Este manjar tan delicioso está hecho con harina y yuca. ¡Quizá también incluye anís y canela!

—¡Muy bien! Pero ¿qué lleva dentro?

—A ver, es blando y dulce...

—¿Te rindes?

—Quizá sea...

—¡Ríndete, anda!

Él asintió y yo me precipité:

—¡Manjar blanco! Solo leche, azúcar y polvillo de vainilla. Es la primera vez que no se me corta. Antoine me ha dicho que él no lo habría hecho mejor. ¿Verdad que es buenísimo?

Fue entonces cuando decidió revelarme su pérdida de visión. En un primer momento no me lo quise creer, pero sabía que mi amigo no haría bromas con un asunto tan serio.

—Algo se podrá hacer, ¿no? ¡Hablas como si no te importara!

—No es eso, Constança. Claro que me importa, por eso mismo tengo que tratar de no perder los nervios. Adaptarme. ¡Te harías cruces de las cosas que he aprendido!

Sin ser capaz de escucharlo, me puse a llorar, y fue él quien tuvo que consolarme.

Al hacerme mayor, tomé conciencia de que siempre lloramos pensando en nosotros. Cuando alguien se marcha, en realidad nuestras lágrimas se vierten por ese trozo nuestro que se lleva, por lo que éramos cuando lo teníamos al lado. Porque vivimos a través de los que amamos y, cuando nos dejan, también desaparece de alguna manera todo lo que compartimos con esa persona.

Estaba segura de que a partir de entonces ya no sería el mismo, me sentía triste y furiosa a la vez. Podríamos seguir corriendo por la orilla del río, pescando con las manos o con aquellas pequeñas lanzas que Iskay afilaba cada día, hasta que se acortaban tanto que el juego era encontrar un palo adecuado para hacer otra. No entendía por qué todos los seres que de verdad me importaban se escabullían, como si la felicidad nunca me fuera a ser concedida, por un motivo u otro.

—¡Venga! No me gusta verte así. Por favor, Constança —rogó con voz zalamera mientras yo pensaba que mi nombre ya no sonaría tan bien en otros labios.

—¿Cómo quieres que me lo tome, Iskay? Me dices que cada día ves menos y quieres que esté contenta... ¿Qué haremos si pierdes la vista?

—¡Jugaremos a adivinar, como con el pastelillo? ¿No lo entiendes? Cuanto menos veo, más tengo que concentrarme en sentir, en escuchar lo que me rodea. He descubierto muchas más cosas de las que te piensas. No es tan solo la vista la que te hace ver la verdad de las cosas.

—No sé qué quieres decir —respondí sollozando.

—Pues, fíjate bien. Ahora mismo sabemos que tenemos cerca un cuculí. No lo he visto, pero su canto delicado es inconfundible. A ti te reconocería entre mil personas antes de verte. ¡Sé que te aproximas por el rumor que haces cuando caminas y percibo tu olor mucho antes de que llegues!

—¿El olor?

—¡Sí! Tienes un olor dulce con un punto picante.

—¿Cómo el jarabe de arce?

—Quizá sí... —Pensó un momento—. Pero añadiéndole la pulpa de la guanábana.

En cuanto llegué a palacio, me faltó tiempo para decirle a Antoine que quería un zumo de aquel fruto.

—Pero ¿qué te ha picado ahora? ¿No prefieres que te haga un helado?

—¡No quiero que lo mezcles!

Me lo bebí muy despacio, en soledad, y me prometí que no le haría muecas. Como siempre, Iskay tenía razón: la guanábana tenía un punto ácido, pero la base dulce era más intensa.

—¡Este es el olor que tengo para él! —exclamé satisfecha.

Entonces me prometí una cosa: no importaba el esfuerzo que tuviera que hacer, pero no dejaría que aquel punto de amargor se apoderara de mí.

Poco a poco la rabia del primer momento se disolvió en una especie de compasión que influyó en los siguientes encuentros con Iskay. La única que ponía trabas para disfrutar era yo misma. Me esforzaba por no demostrarlo abiertamente, pero la lástima y el temor también deben de tener un olor propio, porque él podía notarlos desde lejos.

A menudo, y de manera maquinal, me adelantaba para cogerle esto o aquello, objetaba que estaba cansada si su propuesta de excursión era demasiado larga y, sobre todo, no permitía que me acompañara al palacio del virrey al ponerse el sol. Tampoco sabía si preguntar por su enfermedad, y cuando me buscaba los ojos me resultaba difícil no desviar la mirada. Un pequeño punto manchaba de blanco su pupila.

Antoine me había dicho que le llevara unas hojas de mejorana para aromatizar un guiso. No era una planta que se encontrara fácilmente en aquellos parajes, pero Iskay conocía todos los rincones.

—Las hojas para Antoine y las flores para ti —dijo mientras me enredaba una en el pelo.

Después me hizo sentar sobre una piedra; él también lo hizo. Era un día de finales de primavera y el río bajaba arrastrando ramitas. Aquel año había llovido mucho. El cielo estaba de un azul intenso y por doquier revoloteaban pequeñas mariposas de colores. Me llamaron la atención un par que parecían perseguirse y que tenían una mancha roja; tan roja como el amuleto que siempre colgaba del cuello de Iskay. ¡Nunca he vuelto a ver tantas ni tan bonitas!

—Aún puedo verlas, Constança. A veces parecen chiribitas que se acercan y se alejan, pero las he grabado en la memoria y los dibujos que no consigo distinguir los completo cuando cierro los ojos.

—Lo siento...

—Deberíamos hablar de ello. No soy un desvalido. Me gustaría poder preguntarte sin que te sintieras incómoda y que tú también lo hicieras abiertamente.

—Pero irás a que te vea el médico, ¿no? Antoine ya ha hablado con...

—Haré lo que quieras, pero mientras encuentran un remedio, deja que sea yo quien guíe tus pasos. ¡Soy un par de años mayor! —exclamó divertido.

—De acuerdo.

—¡Espera! Dame la mano poco a poco y no hagas ningún gesto brusco.

—¿Qué pasa, Iskay? Me estás asustando.
—Delante nuestro, por el camino.
—¿Qué hay?
—Puedo oír cómo se arrastra una serpiente. No la distingo bien, debe de ser marrón. Si se trata de una punta de lanza, es muy venenosa. ¡Mucho! ¿Me oyes?

El corazón me palpitaba en las sienes cuando miré hacia donde señalaba mi amigo. La serpiente nos esperaba camuflada entre las hojas. Hice lo que me indicó Iskay y, después, echamos a correr, juguetones, hasta acabar en el río.

Fue la primera sensación de aquella agua fría la que me lanzó a su cuello. Pero, una vez entre sus brazos, me quedé. Me quedé como si fuera el único lugar posible donde poder vivir y ser feliz. Él me apartó el cabello mojado de la cara y apoyó su frente sobre la mía.

Temblaba, pero ya no sentía frío, sino el despertar al verano de la vida. Iskay me besó los ojos y los labios. Su ternura me estremeció de nuevo. Recuerdo que pensé que nunca había probado un elixir tan dulce.

Cuando salí del agua me percibí desnuda. La ropa se me había adherido al cuerpo, y los pezones de unos pechos que tímidamente comenzaban a dibujarse me avergonzaron. Él también parecía incómodo, colocándose aquella especie de pantalón. Años más tarde entendería el motivo. Éramos dos criaturas, pero nos parecía que teníamos la fuerza de todo un ejército.

No sé cómo fue, pero de golpe uno de los dos rio y el otro lo siguió. Verdaderamente, la situación resultaba ridícula.

—¡Aún es temprano! —exclamó Iskay—. Tenemos horas de sol, se me ocurre una idea que te gustará.

Las ropas se nos secaron en el recorrido hasta unos saúcos. Aquellos árboles pequeños parecían ramos de flores a finales de mayo. Todos se mostraban cubiertos de blanco, como nubes redondeadas en medio del verdor. Iskay hizo un ramo y me explicó que tomar vahos de esa flor es muy beneficioso cuando estás resfriado. También cogió unas hojas que utilizaba en infusión para protegerse de los mosquitos.

—Pero este no es el regalo más preciado que nos ofrece este árbol, que oculta muchos misterios.

—Explícamelo... —pedí poniendo cara de niña buena.

—El saúco siempre ha estado ligado al mundo de la magia. En mi tribu creen que quemar madera de este árbol es peligroso, y lo tienen prohibido.

—¿Prohibido, por qué?

—Según dicen, el vino que se hacía con sus bayas era el último regalo de la diosa Tierra y no podía ser ingerido por gente corriente, estaba reservado a sacerdotes o brujos, porque producía alucinaciones.

—¿Alucinaciones, dices?

—Sí. Por eso lo utilizaban los oráculos en sus rituales.

Entonces extrajo la pequeña navaja que siempre llevaba colgada de la cintura y se cortó un mechón de pelo. Lo ofreció respetuosamente al árbol, depositándolo bajo su sombra protectora.

No me atreví a decir nada. Me quedé mirando cómo partía una rama después de pedirle permiso. No hacerlo, me explicó, era infringir las normas.

—¿Para qué la quieres? —pregunté cuando ya estábamos de vuelta.

—Eso no te lo puedo decir. ¡Es una sorpresa!

Ninguna de mis dotes de persuasión me sirvió para sonsacarle los motivos. La vez siguiente que nos vimos, tres o cuatro días más tarde, me regaló la flauta que no ha dejado de acompañarme y que él me enseñó a tocar.

5

Barcelona, verano de 1772

Su abuela no le había pedido abiertamente ayuda para llevar las cuentas en castellano, su amor propio no se lo permitía, pero hacía la vista gorda al verla sentada con Ventura al final de cada semana. Los sábados a última hora, sobre la mesa de mármol de la trastienda, desplegaban facturas y recibos e iban introduciendo el balance en el libro de cuentas. La luz de la lámpara acentuaba el sudor que les perlaba la cara. En la penumbra yacían utensilios, herramientas imprescindibles para preparar dulces y para la selección, preparación y presentación de otros artículos. A pesar de tener abierta la puerta que daba al patio del pozo, la calima era asfixiante, y el vaho concentrado por la cocción de las confituras y la fabricación de los barquillos y otros dulces parecía un espíritu que se obstinaba en no desaparecer y se pegaba a todos los rincones.

La Rambla estaba abierta en canal. Quedaban atrás el camino y el torrente bordeado por conventos y murallas. Se señalaban las casas que había que derribar porque no estaban bien alineadas y, también, se llevaban a término magníficas construcciones. El conde de Ricla, que ostentaba el título de capitán general de Cataluña, controlaba desde Madrid, a través de sus delegados en Barcelona, la marcha de las reformas urbanísticas y facilitaba la solución de los numerosos obstáculos e imprevistos. Aquel proyecto prometía convertir la Rambla en un lugar de paseo muy importante, con dos hileras de chopos de punta a punta.

El estruendo y el polvo a veces resultaban insoportables, pero lo que más preocupaba a Jerònima eran todas aquellas droguerías que salían como setas de la nada, buscando un lugar de prestigio y una oportunidad. La mujer no podía permitir que se fueran a pique tantos años de esfuerzos y comenzó a darle vueltas al asunto. Necesitaba un señuelo. Quizá podría servirle Constança, su nieta era muy bonita y tenía buena planta. De seguro que, vestida como correspondía y haciendo destacar sus encantos, funcionaría. Pero no soportaba la idea de verla a todas horas, ni las explicaciones que debería darle.

¡Tenía una idea mejor! Los pobres y desvalidos se multiplicaban y, evidentemente, eran una molestia para una ciudad con vocación de ser bella y convertirse en un reclamo más allá de Cataluña. Había que hacerlos desaparecer de la calle, barrer a todos aquellos despojos humanos. Esta realidad había hecho que se revisara el orden imperante en la Casa de Misericordia y que se concretara una nueva división de los espacios. Dirigían la Casa tres concejales municipales, que recibían la ayuda de las aportaciones económicas y alimentarias de la Iglesia y de miembros de la nobleza y la burguesía comercial de la ciudad. Estas buenas obras ayudaban a limpiar muchas conciencias.

Doña Jerònima sabía que internamente hacían el trabajo veinticuatro hermanas terciarias de la orden de San Francisco, mientras que un sacerdote que residía en el hospital se encargaba de la parte espiritual. ¡Bien que lo conocía ella! Así que decidió hacerle una visita y mostrarse dispuesta a acoger y dar trabajo a una de las muchas niñas huérfanas destinadas a servir. Su ofrecimiento sería interpretado como una buena causa, de hecho, aquellas criaturas no podían esperar un destino mejor.

Vestida con discreción, fue al encuentro del que denominaban el padre de los pobres. Y solo unos días más tarde lo siguió al Departamento de la Misericordia, donde estaban las niñas de hasta doce años. Allí conoció a Rita Sala.

Fue al cruzar el patio interior del edificio. Iba y venía acompañada de otra niña, llevaban hatos a la espalda, pero ella no parecía cansarse ni le daba pereza repetir el recorrido una y otra vez.

Pero lo que más le gustó fue su voz. Era clara y nítida, potente y dulce al mismo tiempo. Jerònima esbozó una sonrisa maliciosa y no le quitó el ojo de encima.

Su descubrimiento hizo que no prestara atención a ninguna de las largas y aburridas explicaciones y consejos que, como una letanía, desgranaba el prior.

—¿No os gustaría ver las dependencias?

—No se moleste, no quiero ser ningún estorbo —se excusó la mujer.

A pesar de todo, y con interés fingido, la patrona de la droguería Martí visitó pacientemente la cocina y el refectorio de los pobres, los dormitorios y las dependencias de trabajo, las cuadras y las oficinas, donde se enseñaban y se ejercían diferentes actividades.

Solo tardó una semana en tenerlo todo arreglado y disponer de la chica gratuitamente para llevar a término su plan.

—Vicenta, quiero que la friegues hasta que quede limpia como una patena, córtale las uñas, quítale las pulgas y...

—No tengo pulgas, señora —respondió Rita.

—De acuerdo, de acuerdo. Pero no perdemos nada si echamos un vistazo. No querrás estropear el vestido nuevo que te he comprado, ¿eh?

La niña, que acababa de cumplir doce años, negó con la cabeza. Constança lo miraba todo desde una distancia prudencial, pero tanta amabilidad le olía mal.

—Vicenta, tráemela cuando la tengas presentable.

Al día siguiente, después de recibir instrucciones de su nueva patrona, Rita se plantó en la puerta de la droguería. Todo el mundo se detenía para escuchar aquella voz llena de colores, sorprendidos por una alabanza tan singular de los productos que se podían encontrar en la tienda.

—Tenemos tabaco inglés de librillo... blanco, de Brasil, de Cuba... También de Damasco... Aplastado, para deshojar, para picar...

Cuando la niña no recordaba cómo seguía la enumeración, miraba en dirección a doña Jerònima que, desde el mostrador, le iba deshojando la cancioncilla que pergeñaba cada noche.

—Florentino, de humo francés, de La Habana, de Alicante en polvo, suave, de Sevilla sin olor...

El reclamo funcionó, y la patrona de la droguería aceptaba de buen grado los cumplidos de las clientas habituales y de las nuevas. Todas la felicitaban por tan buena acción y regalaban dulces a la niña o le ponían alguna moneda en el bolsillo.

—Bien mirado, mientras está pendiente de ella, no me importuna a mí —dijo Constança a la criada, antes de perderse de nuevo en el trastero.

A pesar de saber que todo aquel montaje solo obedecía al interés de doña Jerònima, una envidia hasta entonces desconocida le impidió otorgar credibilidad a sus pensamientos. En su rincón se concentró en terminar los preparados con diferentes zumos de frutas, previos a la elaboración de los helados, y recordó la promesa de Rodolf de traerle un fruto que desconocía. La curiosidad siempre conseguía calmar la inquietud de la chica y en aquel momento apaciguó sus dudas. Pero la tranquilidad fue efímera.

—Constança, la patrona dice que una señora pide que le lleves la compra a casa. ¡Es preciso que vayas enseguida!

—¿Yo? ¿Con esta pinta? ¿Acaso esa no es una faena de Ventura?

—Yo no pregunto, ya lo sabes. Pero me ha dicho que dejaras lo que estés haciendo y...

—Sí, ya te he entendido, que vaya enseguida. No te preocupes, ¡no haremos esperar a la dama! —exclamó con socarronería mientras se quitaba el polvo del vestido y se arreglaba las greñas que le caían sobre los ojos.

Cuando echó un vistazo a la gente que estaba en la tienda, se quedó de piedra y el color le desapareció de las mejillas.

—Pero, criatura, ¿cómo te presentas de esta manera? —le dijo su abuela con una voz más dulce de la habitual.

En otras circunstancias, la joven quizás habría respondido con alguna impertinencia. Pero tenía la lengua pegada al paladar, la boca seca y los ojos desencajados.

—Ya os he dicho que no sería una buena compañía para vos. Si os esperáis un momento, haré llamar a mi marido, estará encantado de llevaros la compra donde ordenéis.

—Quedaos tranquila. Diría que ya nos conocemos, claro que entonces esta chica tenía más pretensiones. Pero Dios es justo, y a cada cerdo le llega su San Martín.

Las palabras de Margarita de Acevedo habían dictado sentencia y, a pesar de que la patrona no entendió ni jota, siguió haciéndole reverencias y cargando a Constança con todo lo que habían adquirido. Cuando sus brazos ya no soportaron más peso, doña Jerònima insistió en llamar a su marido.

—Todo lo que ella no pueda llevar, lo descontáis del total y se vuelve a quedar en la tienda —dijo el joven que acompañaba a tan distinguida dama, enfatizando cada una de sus palabras.

La mirada que se dirigieron Pedro y Constança dio paso a un largo y denso silencio que la abuela deshizo con un servilismo renovado.

—¡Ni hablar! Veremos de ponerlo de manera que lo pueda llevar todo. En la droguería Martí estamos para servir a nuestros clientes.

—Así pues, añadid cinco onzas de ámbar gris y también almizcle y algalia —dijo la señora De Acevedo.

Aquellos productos solo estaban al alcance de la gente muy rica, y doña Jerònima ya iba sumando mentalmente los cuantiosos beneficios que obtendría.

—Me preocupan los perfumes, madre. ¿No tendréis a mano una cuerda gruesa? —preguntó Pedro a la patrona de la droguería.

—¡Y tanto! ¡Vicenta, trae una cuerda para el señor!

Ante la mirada atónita de los presentes, Pedro ató la cuerda a la cintura de la joven y colgó un hato con todo aquello que no podía sufrir ningún daño aunque acabara arrastrado por el suelo.

De esta manera abandonaron el establecimiento, provocando la burla de los chiquillos que jugaban a tirarse piedras en la calle. Los mayores, al ver a Constança, hicieron como si la azotaran para que apretara el paso.

—Ya te dije que nos volveríamos a ver, Constança. Ya te lo dije —se mofó el hijo mayor de los De Acevedo.

«Quizá me esté arriesgando demasiado aceptando este encuentro en el palomar. Rodolf acabará descubriendo que solo soy una criada, o aún peor... Y si lo hace, ¡perderá todo interés en mí! Pero ¡qué digo! ¡Ni que él fuera noble o de buena familia! Tal vez habría salido ganando diciéndole la verdad desde el principio. Ahora no sé cómo enderezar la situación... ¡Esta manía de ir de dama como si aún estuviera en Lima, protegida por Antoine! ¡La culpa la tienes tú! —exclamó mentalmente dirigiendo la mirada al barco estampado en el baúl—. Me hiciste creer que era toda una princesa, me asegurabas que Barcelona se rendiría a mis pies, y soy yo la que me arrastro a cambio de unas migajas y de... ¡Basta de quejarme! ¡Acabaré teniéndome lástima, y eso sí que no me lo puedo permitir!»

Constança Clavé se recriminaba mientras iba y venía cambiando de lugar aquello que, solo hacía unos instantes, había colocado en otro. Estaba nerviosa, excitada por aquella cita, a la cual había dado su consentimiento sin pensárselo demasiado.

Detuvo sus pasos, que muy a menudo trazaban círculos por el pequeño cuarto que le habían asignado en el punto más alto de la casa, y respiró profundamente.

«Debes tranquilizarte, Constança. Debes hacerlo, si no quieres acabar haciendo el ridículo más espantoso», se dijo mientras intentaba recuperar el control.

Entonces encendió el incienso que había birlado de la droguería. El olor a canela la hizo sentirse mejor, y pronto inundó todos los rincones de aquel cuartito blanco, su refugio. Después se dirigió al espacio protegido por la cortina. Resguardadas en la pared, descansaban unas latas donde había sembrado mejorana, entre otras hierbas.

¡Daba gusto de verdad! Le recordaba a Iskay. Pero no era el momento de abandonarse a la melancolía. ¡Tenía una cita! De aquella planta, en este momento, solo le interesaban las flores blancas con un tono violáceo. Eran delicadamente bellas, de una fragilidad conmovedora. Hizo un gran ramo y lo posó sobre la mesa que Ventura había construido con unos tablones, igual que el banco. Las hojas, recién cortadas, desprendían un aroma fresco. Le habría gustado tomar un baño. ¡Cuántas veces pensaba en la enorme bañera que le habían proporcionado en el palacio del gobernador, en aquella ciudad, Cartagena de Indias, que ya solo formaba parte de sus sueños!

«¡No tengo remedio!», se dijo mientras se sacudía los recuerdos con un gesto enérgico, agitando la cabeza a un lado y otro.

Había llegado el momento de desempolvar el vestido que guardaba para una ocasión especial. Abrió la caja con cuidado y, después de extraer el legajo de hojas que siempre devolvía a su lugar al ausentarse, lo desplegó. Mientras se ventilaba, se quitó la ropa de trabajo y desenrolló la gasa con que se envolvía la cintura. El ungüento preparado por Vicenta para aliviarle la irritación le embadurnó los dedos.

Aquel estúpido de Pedro había conseguido que la puñetera cuerda le quemara la piel. Se lo veía satisfecho, el milhombres de solo diecisiete años, vigilando cómo arrastraba la compra hasta su fastuosa casa. Pero lo que él no sabía, lo que no podía entender, era que para doblegar su voluntad, la fuerza de sus sueños, hacía falta algo que no estaba al alcance de un mocoso esmirriado y lunático.

Una brisa agradable que entraba por la ventana removió levemente el pelo ondulado de Constança sobre el vestido malva. Esperaba sentada sobre el colchón, su amigo tardaba demasiado. Las velas, dentro de unas botellas de color verde, parecían luciérnagas. Bailaban inquietas al mismo ritmo que los latidos del corazón de la chica.

La luna se mostraba casi llena cuando, después de haberse retocado los rizos por enésima vez, vio aparecer a su invitado. Rodolf había dado las últimas zancadas por los terrados bufando y se presentó sudado como un pollo. Pareció que iba a decir algo, quizás una disculpa por el retraso, pero cuando la tuvo delante se quedó boquiabierto con ojos como platos. Y a continuación exclamó:

—¡Caramba! ¿Acaso esperabas que viniera en un carruaje y te llevara a ver *La condesa de Bimbimpoli*?

—¿Cómo dices?

—¡*La condesa de Bimbimpoli*, la ópera que representan en el Teatre de la Santa Creu!

Constança se sintió ridícula y fue incapaz de controlar el rubor que le subía a las mejillas. Bajó los ojos, avergonzada.

—¡Mujer, solo era una broma! ¡No hay motivo para ponerse así! Lo siento, de verdad, no pensaba que te lo tomarías tan a la tremenda. Discúlpame, por favor. Es... es que no esperaba encontrarte tan... ¡tan elegante!

Dolida y enfurruñada, se puso de pie y lo miró con despecho, pero Rodolf no era de los que se rinden fácilmente. No tardó en hacerse perdonar con carantoñas que acabaron haciéndola reír. Después de un intento de huida que solo podía ser inútil en un espacio tan pequeño, la joven se dejó atrapar y, antes de que él le arrancara el vestido, detuvo el juego.

—¡Espera! —dijo apartándole las manos torpes, y se lo quitó ella misma.

Rodolf no contempló su espléndida desnudez, ni le recorrió la piel como ella quería. Los dedos del chico buscaban, ávidos, todos los rincones, y su lengua se adentraba en la boca de la joven con movimientos rápidos. Era un sabor nuevo para Constança; un poco picante, quizá.

La poseyó con brusquedad. Ella estiró el cuerpo como la cuerda de una viola y su lamento se ahogó antes de nacer. Sin que tuviera tiempo de exhalar el aire que la mantenía en tensión, Rodolf cayó desplomado encima de ella. Cuando Constança abrió los ojos, la paloma blanca que la visitaba había levantado el vuelo.

6

Barcelona, verano de 1772

Al despertar se dijo que los últimos acontecimientos no debían llevarla a considerar su situación de manera errónea. Había encontrado una persona en la cual confiar, incluso en algún momento había pensado que aquel chico capaz de arriesgarse por estar con ella le importaba. Hacer pasar el palomar por un sitio donde tenía su taller y explicarle que era una chica estimada por su familia habían sido buenas ideas, aunque había advertido cómo Rodolf preguntaba con interés sobre el parentesco de Constança con la droguera más prestigiosa y, quizá, más rica de Barcelona.

Todos estos pensamientos pasaron a un segundo plano a medida que le iba volviendo el recuerdo de las caricias del chico. Porque, a pesar de la hombría que Rodolf había imprimido a todo el encuentro, en algunos momentos le recordó a aquella primera proximidad al cuerpo de otro. Había reconocido la piel fina y joven de Iskay, la capacidad que tenía para hacer despertar sus sentidos y cómo se quedaba embobado cuando la miraba. Constança había adelgazado mucho en aquel tiempo en la droguería; el trabajo duro, la comida escasa. Pero había mantenido el poder de sus muslos, capaces de hacer rodar al joven al suelo.

Sin embargo, lo que no había encontrado en su amigo tenía un peso importante. Los ojos de Iskay, después de aquel episodio en el río, traslucían un brillo sincero. Entonces no solo se había sentido deseada, también había apreciado una mezcla de admiración y temor, la pasión creciente por su persona.

Le vino a la cabeza la imagen del río; de hecho, pensaba que todo lo que tenía que ver con Iskay —y aquella era una parte muy importante de su existencia— se relacionaba con el río: había sido el auténtico protagonista desde los primeros tiempos, cuando apenas eran unos chiquillos, e incluso más tarde, cuando sus cuerpos comenzaron a cambiar y aquella unión se volvió más profunda, a veces más confusa.

También estaba cerca del río aquel convento donde, poco antes de marcharse, cuando la vida de su padre adoptivo, Antoine Champel, ya peligraba, había acudido a buscar consuelo. Pero las únicas respuestas que había obtenido tan solo habían conseguido hundirla más y más. La religiosa no fue capaz de entender en ningún momento qué clase de trato tenía con el cocinero. Cuando le habló de Iskay, cuando insinuó ligeramente que amaba a aquel recién llegado de lo más profundo de la selva, la mujer, una valenciana que hacía media vida que estaba en Lima, fue incapaz de ver más allá. La de Constança, según la Iglesia, era una vida que transcurría rodeada de pecado.

Este conjunto de ideas contrapuestas, el calor del cuerpo de Rodolf, sus besos a menudo torpes, hicieron muy difícil la faena del día siguiente. Vicenta, aunque se esforzaba por aceptar lo que estaba sucediendo ante sus ojos, se sentía ajena y sus silencios la delataban. A veces pensaba si debía denunciar a doña Jerònima el comportamiento impropio de la chica, pero se imponía la idea contraria, la certeza de que Constança solo buscaba la libertad, la que ella nunca había tenido, toda la vida encerrada entre las cuatro paredes de la trastienda.

—¿No quieres saber qué pasó? ¡No me lo puedo creer! —dijo Constança, no tanto para pincharla ni presumir de su noche con Rodolf como por la nostalgia de haber perdido a su amiga, la cómplice de los días malos.

—Me enseñaron que Dios prohíbe esta clase de cosas. No quiero saber nada... —respondió Vicenta mientras recogía los restos de harina sobrante de un pastel para el capitán general.

—¡Eres desconcertante! Siento contradecirte, pero sí que quieres. Lo que pasa es que tienes miedo, amiga, miedo de Jerònima, de perder esta vida de miseria, de levantarte un día y que alguien te diga: «A partir de hoy ya no serás una esclava, haz lo que quieras...»

En ningún momento fue su intención ofenderla. Aquellas palabras salieron de su boca con toda la amabilidad de que era capaz, pero para Vicenta supusieron un golpe muy duro. En aquellas cuestiones no entendía demasiado de matices, y no esperaba que, además de soportar tantas novedades que la espantaban, Constança la atacara de aquella manera.

—Espera, Vicenta, espera. Por favor, ¿por qué lloras? Yo no pretendía...

—¿Qué pretendías, entonces, eh? ¡Dime! ¿Qué pretendías?

La vieja criada se marchó corriendo, aunque doña Jerònima podía entrar en la trastienda en cualquier momento. La primera reacción de Constança fue seguirla hasta el segundo piso, donde desde siempre tenía su cuarto, en medio de varias habitaciones que se usaban como almacén o permanecían vacías. Pero pudo más una cierta perplejidad y, también, darse cuenta de que si su abuela no encontraba a ninguna de las dos en su lugar de trabajo, sería mucho peor para ellas. Así pues, terminó de recoger la harina y después comenzó el pedido que había que satisfacer aquel día.

Seleccionó con esmero el amelo y el alazor para los rojos, el azafrán y retama para los amarillos, el zumaque de Sicilia para el negro... Pronto perdió la cuenta de todos los productos que había manipulado y los revisó uno a uno. Era una muestra para los propietarios de la nueva compañía de hilados y un negocio muy importante para doña Jerònima. Si lograba convencer a aquellos señores de que sus hilados eran los mejores de toda Barcelona, la droguería de la abuela se convertiría en proveedora de la compañía. Constança sabía que los beneficios serían enormes.

Cuando lo tuvo todo listo, Vicenta aún no había vuelto. Después de asegurarse de que doña Jerònima estaba ocupada con los clientes, se sacó del pecho un papel con medidas que había doblado cuidadosamente, y fue cogiendo pequeñas cantidades de algunas especias. La ausencia de la vieja criada, en realidad, suponía una ocasión de oro.

Pero unos gritos provenientes de la tienda hicieron que se acercara a la cortina que separaba los dos espacios.

—Tranquilizaos, señor marqués. ¡No querréis morir de una apoplejía! ¿Sabéis cuánto perjudicaría eso mi negocio?

Quien hablaba de aquel modo era Jerònima, y el hombre a punto de tener el ataque era un marqués al que ella siempre calificaba como de tres al cuarto. A Constança no se le ocurría cuál era la cuita que lo tenía tan excitado, pero se enteró enseguida.

—¿Es que no lo entendéis, señora Jerònima? Los que vuelven de las Indias siempre piensan que pueden presentarse aquí y hacer lo que quieran. ¿Cómo se atreve este virrey sin virreinato a construirse un palacio en la Rambla sin tener en cuenta las nuevas disposiciones? Si lo hace como pretende, y debéis saber que he tenido acceso a los planos, quedará lejos de la línea que ha marcado el consistorio. El proyecto de alinear la Rambla quedará muy mancillado por su insolencia. Y bien sabe Dios que muchos hemos hecho grandes esfuerzos por acomodar a él nuestras casas y palacios.

La patrona no respondió de entrada. Escuchaba al marqués, pero también miraba de reojo a los otros clientes que esperaban turno. Quizá para que el hombre se tranquilizara, dijo:

—¡Qué personaje, Manuel de Amat!

Entonces, todas las medidas que Constança llevaba en las manos, el clavo, la canela, el sésamo, cayeron al suelo y se esparcieron, mezclándose con los restos de harina y chocolate en polvo.

La chica empezó a temblar, pero esta vez la causa no era el recuerdo de las manos de Rodolf.

—Diría que estás más serio que de costumbre, Rodolf. ¿Acaso tienes que darme alguna mala noticia?

Constança miró al chico de soslayo mientras recogía los utensilios dispersos en la pequeña mesa de su taller. Poco a poco, aquellos trastos desechados o recogidos de la basura se habían convertido en objetos con funciones propias, a los cuales trataba como pequeños tesoros. Las herramientas que rescataba de la tienda procuraba tenerlas a buen recaudo cuando no las usaba. Si alguien aparecía en el palomar, y en este sentido solo pensaba en doña Jerònima, no le sería fácil descubrirlas.

La última incorporación había sido aquella balanza, que le sería útil para calibrar el peso de los ingredientes y que ya había arreglado emulando la destreza de su amigo Iskay.

Ante la pregunta de la chica, Rodolf no abrió la boca. Al contrario, siguió cogiéndose la cabeza con las dos manos mientras observaba la claridad del día que ya iluminaba los tejados. Después de meditarlo un momento, abandonó el catre con la intención de aproximarse a aquella parte de la estancia que la cortina mantenía oculta casi siempre. La joven salió bruscamente a su encuentro.

—Ya te he dicho muchas veces que este es mi espacio, y no me gusta que nadie fisgonee. Además, ¡hoy te he preparado una sorpresa! —exclamó, quitando hierro al asunto.

No era la primera vez que le daba a probar alguna de las confituras que elaboraba en pequeñas cantidades, una pizca de mermelada de higos maduros, un poco de crema de naranjas verdes o un trocito de piñonate de almendras. Quizás abusaba de la predisposición del chico, pero es que Vicenta había perdido interés y apenas respondía con monosílabos a sus preguntas sobre la bondad de sus creaciones. Esta vez Rodolf no parecía complacido de hacer de conejillo de Indias.

—Ya veo que hoy no estás para historias. No tienes ni la menor idea de cómo encontrar a Pierre y no sabes cómo decírmelo. Es eso lo que te preocupa, ¿verdad?

—El conocido del que te hablé aún no ha vuelto de Cádiz. He seguido la pista que me dio aquel otro, el pescador, pero nada de nada. Es como si se lo hubiera tragado la tierra.

—¡Seguiremos buscando!

—¿Es que no puedes pensar en nada más, Constança?

—¿A qué te refieres?

—Pues a que tienes una buena vida. Eres la nieta de la mejor droguera de Barcelona y no te falta nada, incluso juegas a las cocinas, como si aún fueras una niña. —Rodolf hablaba con decisión, pero hacía algún silencio significativo, como midiendo sus palabras o temeroso de las consecuencias—. Y en todo este tiempo no me has presentado a tus abuelos, y ni siquiera permites que me pase por la tienda. Comienzo a estar harto de saltar por los tejados como un vulgar ladrón... ¡Muchos días me da la impresión de ser un mocoso!

—No juego a las cocinas, Rodolf. No puedes entenderlo... Además, pensaba que disfrutabas estando conmigo, que nos lo pasábamos bien juntos y que teníamos...

—¿Teníamos? ¿Se puede saber qué tenemos, Constança? ¡A veces pienso que estás ida! ¡Tienes edad para pensar en el matrimonio y te pasas las noches en este palomar haciendo pastelillos como una criatura!

—¡No hago pastelillos! —Había encajado la primera queja sobre su pasión culinaria, pero ni una más.

—¡Tanto me da lo que hagas! ¡Tienes la cabeza llena de pájaros!

Si le hubieran lanzado un jarro de agua fría, Constança no se habría quedado con una expresión tan próxima al horror. ¿Cómo podía ser que después de casi dos semanas le viniera con una actitud exigente y egoísta? Él solo quería su cuerpo, nada más. Y su cuerpo quería ser amado, que lo abrazaran más allá del acercamiento tímido y un poco rancio de Vicenta. Pero podía prescindir de él, estaba segura.

Rodolf tomó conciencia de que había llegado demasiado lejos. La mirada azul de la chica permanecía fija en su amigo, pero más bien parecía rodearlo, como si lo quisiera engullir.

—No, quizá no me esté explicando bien... —murmuró Rodolf sin demasiada convicción tras observar de reojo el rostro de ella—. ¿Podrías, por favor, hacer el esfuerzo de ponerte en mi lugar? Tú tienes una vida regalada, y yo... yo solo soy tu distracción. Te engalanas y esperas que venga a adorarte a la luz de la luna. Después bajas a tu cuarto y yo vuelvo a mi guarida. No es fácil dormir cuando tienes hambre, ver cómo mi madre reparte un trozo de pan entre los hermanos pequeños y finge que ella ya ha comido.

Constança se dio cuenta entonces de la fragilidad interior que traslucía su amigo. Si llevar aquellos cuatro trapos combinados lo consideraba engalanarse, no debía de haber tenido demasiadas ocasiones de contemplar de cerca a otras mujeres, aparte de las rameras que frecuentaban los locales donde la llevaba a veces. O quizás, y eso era lo más probable, no distinguía demasiado bien lo que tenía delante, aparte de la piel que quedaba a la vista.

Como fuera, aquella reflexión no era la más importante. La chica sintió un pellizco en la boca del estómago que la hizo doblegarse. Por un lado, no le podía perdonar que no la tomara en serio, pero... ¿con qué derecho podría reprochárselo? Rodolf se había hecho una imagen falsa, y ella era la única culpable.

Un alboroto de cencerros le rompió sus cavilaciones. Era la señal inequívoca de que algún viudo se casaba. En un primer momento, Constança creyó que su amigo salía al tejado para mirar la calle movido por la curiosidad, pero antes de poder decir nada ya había desaparecido de su vista. Estaba dolido y nada parecía ir bien.

No había sido un buen comienzo, y ahora se arrepentía. ¿Y si le hubiera explicado que aquel juego de «criaturas» no era el pasatiempo de una chica consentida y aburrida, que buscaba la manera de abrirse un camino lejos de la esclavitud a que la sometía su abuela? En todo caso, aquellas palabras no habían salido de su boca, a pesar de que necesitaba confiar en alguien, explicar que aquella misma tarde un fantasma del pasado había vuelto a hacer acto de presencia... Es que tenía la sensación de que, por lo que se refería a Rodolf, lo había estropeado todo.

Bien, lo esperaría. En el fondo, solo era una rabieta de niño mayor. Y se armaría de valor para decirle la verdad. Le haría entender que se necesitaban y que, juntos, podrían conseguir grandes hitos. ¡Seguirían buscando a Pierre y, cuando lo encontraran, todo sería diferente!

Unos barquillos de pasta de melocotón seguían sobre la mesa cuando, ya despuntando el alba, a Constança la venció el sueño.

7

Barcelona, otoño de 1772

Vicenta movió la cabeza con preocupación. De nuevo había un puñado de moscas sobre el plato intacto de gachas destinado al desayuno de Constança. Pero la chica, mucho más delgada que hacía un par de meses, ya estaba abocada a la faena un buen rato antes de clarear el día.

—¡Esto no puede seguir así, criatura! Acabarás poniéndote enferma, y entonces ¿qué harás con todos tus sueños?

—Estoy bien. No es necesario que te preocupes por mí —la interrumpió la chica sin levantar los ojos de la masa que estaba preparando para hacer buñuelos de arroz con leche.

—El mundo no se acaba con ese joven que vete a saber de dónde ha salido. A mí no me hacía ninguna gracia.

—Ya hemos hablado de eso, Vicenta. Sé perfectamente qué pensabas de Rodolf. Y mira, quizás incluso tenías razón. Por favor, dejémoslo correr, este tema está cerrado. No quiero hablar más de él.

—Pues arréglate un poco y sigue adelante. ¿Qué se ha hecho de aquella chica que quería comerse el mundo? ¿Y de todo aquello que decías? ¡Ya me he tragado unos cuantos de tus sermones! ¡Mírate! ¿Qué diría tu amigo cocinero si te viera desgreñada y en chancletas?

Pero, por más que lo intentaba, nada de lo que decía la sirvienta hacía reaccionar a Constança Clavé. Sumisa, como si se hubiera rendido a su suerte, hacía rutinariamente lo que se le encargaba. Después, como un alma en pena, se marchaba al desván y no la volvían a ver hasta el día siguiente.

Aquel día había un único tema de conversación en la droguería Martí. Todo el mundo hablaba de la ejecución pública que tendría lugar en el Pla de les Forques. Tal como estaba establecido, la gente conocía el motivo por el cual el reo era ajusticiado, los detalles y las circunstancias de cómo se había cometido el delito y el castigo que se le infligiría, siempre en consonancia con la gravedad del crimen.

A primera hora, los hombres, las mujeres y también los niños se disponían para encontrar un sitio desde el que pudiesen seguir todos los detalles de una ceremonia tan solemne. Más tarde aquello sería motivo de multitud de comentarios y riñas que llenarían todos los ámbitos de la sociedad barcelonesa. Desde enero de 1771, cuando la ciudad había salido a recibir a los condes de Montijo y los había vitoreado durante todo el recorrido hasta la casa del marqués de Besora, donde se alojaban, las calles no habían estado tan llenas ni la gente tan exaltada.

La experiencia de otras jornadas similares decía que las ventas se quedarían por debajo de la media, y doña Jerònima, cabreada, también decía la suya:

—Tienen razón los consejeros, Barcelona está llena de ladrones que nos quitan el pan a la gente honesta. ¿Dónde se ha visto que te roben lo que tienes y te degüellen allí mismo? ¡Pronto no se podrá salir a la calle ni al mediodía!

—Parece que ellos también salieron heridos, eso me ha dicho mi hijo... —añadió una matrona a quien la papada le tapaba todo el cuello.

—¡Demasiado poco! —exclamó otro.

—¿Los habrían juzgado tan severamente si la víctima fuera un desconocido? Pero esos desgraciados picaron demasiado alto. ¿A quién se le ocurre asaltar a un barón? Su guardia personal apareció de la nada... ¡Menudos canallas!

—¡En eso tenéis razón, Jerònima! Nunca veréis a un noble

castigado para escarnio de todos. ¡En un santiamén lo destierran a un convento o a un castillo, para que continúe con su vida!

Mientras unos y otros daban sus opiniones, un chico bien vestido y de aspecto altivo hizo acto de presencia.

—¡Buenos días! —saludó al entrar en la tienda abriéndose paso entre media docena de mujeres.

—¿Qué se os ofrece? —preguntó la patrona, solícita.

—Hemos tenido un contratiempo. A la sirvienta de mi madre se le ha muerto una hermana y ha tenido que marcharse al pueblo.

—¡Cuánto lo siento! Y ¿en qué os puedo servir?

—Había pensado en aquella joven que nos llevó la compra a casa. Parecía fuerte...

—¿Quizá necesitáis que os lleve alguna otra cosa?

—Sí, claro. Lo tengo todo anotado —dijo el joven mientras se sacaba del bolsillo una lista y una bolsa con monedas que hizo sonar ostentosamente—. Pero, si no os resultara mucha molestia, nos vendría bien que entrara a nuestro servicio. Claro que solo sería una temporada, el tiempo que tarde en regresar nuestra sirvienta. Después podríamos llegar a un acuerdo...

Doña Jerònima arrugó la frente y miró en dirección a la trastienda. Era cierto que su nieta le producía un agudo malestar, pero entregarla a aquel malnacido que solo quería humillarla... Al fin y al cabo, la chica llevaba su sangre.

—Siento negar algo a un caballero tan distinguido, pero eso no será posible. De momento, no puedo prescindir de ella.

—Yo, en vuestro lugar, me lo pensaría. Los De Acevedo tenemos buenos contactos, y podríamos ser muy generosos —añadió con malicia mientras hacía sonar por segunda vez la bolsa de monedas y sacaba otra aún más llena—. Todo tiene un precio, vos y yo lo sabemos muy bien.

Ciertamente, la abuela de Constança era avara, y su avidez por el dinero la podía llevar muy lejos, pero de algún modo aquel chico esmirriado y pedante había herido su amor propio.

—Me gustaría que no os lo tomarais a mal, pero esta vez no puedo complaceros. Por lo demás, haced llegar mis respetos a vuestra señora madre —dijo, deseosa de concluir de una vez aquella conversación tan desagradable.

Pedro volvió a meterse las monedas en los bolsillos y, encendido de rabia hasta las cejas, abandonó bruscamente la droguería. Pero antes dictó su sentencia, tal como su madre le había enseñado desde muy pequeño en Lima. Aún no acababa de entender el orgullo de estos catalanes, quizá porque en las Indias las cosas eran muy diferentes.

—¡Os puedo asegurar que esto no quedará así!

Ventura, que había presenciado la escena sin intervenir, se hacía cruces. Contempló a su mujer como si aquel petimetre, que ya había abandonado la tienda, hubiera sido una especie de aparición.

—Y tú, ¿qué miras? —le preguntó ella con una sonrisa contenida.

Después entró en la trastienda donde trabajaban las dos mujeres y, sin rodeos, les soltó:

—Hoy cerraremos temprano. Un cliente me ha sacado de quicio y me parece que yo también iré a ver cómo le cortan el cuello a ese desgraciado. Iré con Rita, que se ha pasado la mañana fregando la casa, y daremos una vuelta.

—Muy bien, señora. Nosotras acabaremos —respondió Vicenta.

Doña Jerònima la miró con cierta compasión. Desde que tenía memoria aquella mujer le había sido fiel y había soportado estoicamente sus broncas.

—No, Vicenta, no. Ventura recogerá los bancos de la puerta y pondrá los portillos, no vaya a ser que con tanto revuelo alguien haga una maldad. Vosotras podéis ocuparos de vuestras cosas.

—Pero, señora, a mí no me gusta ver cómo...

—¡No se hable más! ¡Si no quieres asistir a la ejecución, id al oficio en la iglesia del Pi, rezad por el alma del condenado, que buena falta le hará! Me ha dicho la señora De Anguera que, en estas circunstancias, el sagrario se deja en exposición permanente. Es un tesoro que no se ve cada día, enséñaselo a Constança. Además, esta chica necesita que le dé el aire, cada día la veo más pálida y remolona —añadió.

Tal como había ordenado doña Jerònima, la criada empujó a la joven en dirección a la puerta y, antes de darse cuenta, Constança ya estaba en la calle. Las campanas de la iglesia del Pi repicaban lastimeras, y una numerosa comitiva caminaba en dirección opuesta a la que llevaban ellas. Por encima de las cabezas del gentío, y presidiendo a los miembros de la Cofradía de la Sangre, sobresalía el Santo Cristo Grande, cubierto con un velo negro. Aquella era la señal de que los ajusticiados eran tres o más, de otra manera solo habría salido el Santo Cristo Chico, que descansaba en su altar.

El cielo amenazaba lluvia, y Constança sintió un escalofrío que le recorrió todo el cuerpo.

—¿Adónde va este cortejo? —preguntó a Vicenta, extrañada de ver que abandonaban la iglesia.

—Van a buscar a los reos. Después los conducirán en procesión hasta el cadalso, exhibiéndolos públicamente por todas las calles del recorrido.

«¿Qué clase de día festivo es este?», se preguntó la chica, aturdida, mientras evitaba a pobres y tullidos que, aprovechando la ocasión, pedían limosna en la escalinata del templo.

Después del oficio, Constança y Vicenta se pusieron en camino. Ninguno de los fastuosos ornamentos del altar consiguió llamar su atención. Caminaban con la cabeza gacha, protegiéndose del viento y los empellones de quienes, yendo en zigzag, trataban de coincidir con el cortejo que llevaba a los condenados a la horca.

A la altura de la Rambla, justo antes de doblar hacia la calle Hospital, alguien empujó con brusquedad a Constança, que cayó de rodillas al suelo. Vicenta intentó ayudarla, pero un par de desconocidos se lo impidieron.

—Si gritas, te juro que te hundo la navaja hasta que te salga por la espalda —amenazó uno a Constança mientras le hacía sentir la dureza del acero por encima de la ropa—. Y ahora dile a la vieja que te acompaña que se largue si no quiere problemas.

La joven hizo lo que le pedían mientras intentaba recordar dónde había visto antes aquellas caras.

—¡Vaya, vaya! ¡Mira por dónde, volvemos a coincidir, ya te teníamos ganas! —exclamó el más alto, dejando a la vista unos dientes picados entre unos labios finos.

—¿Quiénes sois? ¿Qué queréis? Yo... no llevo nada.

—¡Y tanto que llevas! ¡Tienes una deuda pendiente, mira tú!

Aquella voz y el aliento ácido... Constança cerró los ojos y asintió brevemente con la cabeza.

—¡Buena chica! ¿Lo ves? ¡No era tan difícil! En nuestro primer encuentro saliste bastante bien parada, pero ahora, con tanta gente... Y sin tu salvador...

Aquellos matones parecían divertirse de veras. ¿Cómo no los había reconocido antes? Pero ¡había sido tan oscura la noche en que conoció a Rodolf! Además, ella había hecho todo lo posible por olvidar los aspectos más enojosos de aquel episodio.

Se situaron uno a cada lado mientras la sujetaban por los brazos e intercambiaban miradas cómplices y burlonas. Podía gritar, pero recordó la presión de la daga en su vientre y, viendo la exaltación de los hombres y mujeres que la rodeaban, dudó de que fueran a ayudarla.

—Por cierto, Constança, haces muy mala cara. ¿Acaso tienes sofocos y no hay ningún buen mozo que apague el incendio que te consume? —preguntó y soltó una carcajada el más bajo de los dos.

La chica detuvo sus pasos con una sacudida violenta. Muy seria, se dirigió a quien había hablado por última vez.

—¡Un momento! ¿Cómo sabéis mi nombre? Aquella noche no os lo dije...

—¡Fíjate! ¡Parecía una mosquita muerta y, mira por dónde, la sangre le ha vuelto a las venas!

—Y la memoria... —apuntó el otro matón, riendo.

—¿Cómo sabéis mi nombre? —repitió Constança con los ojos encendidos por la rabia.

—Cómo podríamos saberlo, sino porque alguien nos lo ha dicho, ¿eh? ¿Aún no lo has entendido? Este es un mundo de tontos...

La pregunta de ella había conseguido su propósito. El aliento hediondo del chico se apartó un momento del rostro de Constança, pero su desconcierto duró muy poco. El matón, muy serio, le cogió la barbilla con energía y, acercándose más, le dijo:

—Escuchad, señoritinga de medio pelo, a mí no se me rechaza dos veces seguidas.

Entonces le introdujo la lengua en la boca, lo que le produjo arcadas. En cuanto se soltó, Constança le escupió a la cara. Pero la bofetada que recibió en respuesta la hizo rodar por el suelo de nuevo. Sintió un dolor intenso en la nariz, que empezó a sangrarle. Sin embargo, nadie detuvo a aquellos bribones.

Cuando llegaron a una calle menos transitada, la arrinconaron contra la pared. Entonces, el bribón que había recibido el escupitajo la cogió por el pelo y le tendió un pañuelo que llevaba atado a la cintura.

—¡Límpiate y no vuelvas a hacer ninguna tontería! Se me ha acabado la paciencia. Y ahora escúchame bien. ¡Sabemos mucho más que tu nombre, sabemos dónde vives y cómo mueves el culo en la cama! Rodolf nos ha dado toda clase de detalles —dijo el chico, disfrutando del rostro demudado de Constança al escuchar aquellas palabras.

—¿Qué le habéis hecho? —preguntó ella, despavorida.

—¿Que qué le hemos hecho? ¡No me hagas reír! ¡Qué nos hizo él a nosotros, querrás decir! Trabajábamos en equipo, siempre nos había ido bien. Tal como están las cosas, difícilmente la gente lleva demasiado dinero u objetos de valor encima. Nosotros hacíamos el primer asalto y él engatusaba a la víctima y se ganaba sus favores por haberla auxiliado. A menudo la información que conseguía de casas y tiendas era muy valiosa y nos facilitaba la tarea... Pero ¡contigo nos salió el tiro por la culata!

—No lo entiendo —susurró Constança con el rostro desencajado.

—Necesito tiempo, decía. No se acaba de decidir a presentarme a sus abuelos, se excusaba. ¡Tu Rodolf nos tomó el pelo! ¡Eso es! No vimos ni cinco y nos separamos.

—Pero...

—A partir de entonces fuimos por nuestra cuenta y él picó más alto. ¡Lo tiene bien merecido!

Viendo que Constança no ataba cabos, el otro matón, que apenas había abierto la boca, terció:

—No le estropees la sorpresa. ¡Vamos!

Por la cabeza de la chica pasaron imágenes que se había jurado no volver a evocar. Así pues, ¿su relación con Rodolf había sido una farsa desde el principio?

Después de soportar multitud de empujones y pisotones, llegaron a la Llotja con ella casi en volandas. Aún estaban reconstruyendo los estragos que había sufrido durante el asalto a Barcelona del año catorce, hacía cerca de sesenta años. Sobre las paredes a medio levantar trepaban los jóvenes y los niños para tener una vista mejor y no perderse ningún detalle.

—¿Por qué me traéis aquí? —preguntó la chica sin entender el interés que se tomaban por encontrar un buen sitio.

—¡Calla y mira! —exclamó uno de los antiguos socios de Rodolf. Señaló en dirección a los reos, que en ese instante entraban bien custodiadosal Pla de les Forques.

Un chillido, que bien se podría haber confundido con el aullido de un lobo herido, surgió de la garganta de Constança. A continuación se desmayó.

Rodolf, subiendo el último peldaño del patíbulo, alzó la vista al cielo.

TERCERA PARTE

Verdaderamente, lo que más placer proporciona no es el saber sino el estudiar, no la posesión sino la conquista, no estar aquí sino llegar allá.

CARL FRIEDRICH GAUSS (1777-1855),
matemático y físico

1

Barcelona, invierno de 1773

A medida que Constança iba pasando el algodón por el lienzo pintado al óleo, el manto blanco de aquella Virgen despertaba a la vida.

Ventura había tenido la esperanza de que la tarea encomendada captara el interés de la chica. Todos estaban preocupados por el mutismo en que se había sumido desde el día de aquellas ejecuciones públicas. Pero por mucho que se obstinaron, no hubo manera de sonsacarle una palabra sobre el incidente sufrido. Al volver a casa había dejado que le curaran las heridas en los brazos y la cara, además de un corte en la mano que le dejaría cicatriz. A pesar de que incluso doña Jerònima insistió varias veces, se negó a ser visitada por ningún médico.

Vicenta y Rita le dieron sopa de tortuga durante dos semanas seguidas. Esto fue todo lo que toleró su estómago.

Con un gesto que sorprendió a todo el mundo, doña Jerònima permitió que Constança abandonara las tareas más duras y, complaciendo a Ventura, se dedicara a otros menesteres.

—¿Lo ves? ¡Ya te lo decía yo! La lejía virgen de palmitos hace milagros. ¿Verdad que parece nuevo? —le decía el hombre con grandes aspavientos.

Constança, por toda respuesta, asentía con la cabeza sin demasiado entusiasmo. Pero Ventura no se daba por vencido.

—¡Es una tarea muy delicada, no puede hacerla todo el mundo! Es importante prestar atención, fregar lo justo, ni poco ni demasiado. Después le pasaremos agua bien clara y esperaremos a que se seque.

—De acuerdo —musitó la joven.

—¡Hacía tiempo que no reparaba ninguno! Ya conoces a tu abuela... Dice que este tipo de encargo no está bien pagado por el esfuerzo que hay que dedicarle. Pero entre los dos acabaremos antes, y también es más entretenido.

Al ver que con aquella estrategia no se produciría el cambio de actitud deseado, Ventura cogió otro algodón y se dispuso a ayudarla.

—¡Fíjate! ¡Los rasgos faciales de la Virgen habían desaparecido del todo! ¿Lo ves?

Un tul casi transparente surgió por debajo del manto. Caía con delicadeza sobre la frente de la imagen y acentuaba su gracilidad. Pero Constança no hizo ningún gesto que denotara sorpresa, y aún menos satisfacción. Acabaron la tarea hacia la tarde sin cruzar apenas más palabras.

—Quizá mañana, siempre que tengas ganas, le daremos una capa de aceite de linaza —comentó finalmente Ventura; pero su voz, lejos del entusiasmo inicial, estaba ahora llena de resignación.

Le habría gustado explicarle que había que añadir un trozo de sal de Saturno del tamaño de una almendra y calentarlo hasta que se fundiera. Y que, una vez finalizada la operación, era importante proteger el cuadro para que el polvo no se quedara pegado. ¡Le habría gustado mostrarle tantas cosas! Pero no se vio con ánimos, era igual que hablarle a una pared.

—Si no os molesta, me quedaré un rato —dijo la chica mientras recogía los utensilios utilizados.

—Bien, bien. Yo ya me retiro.

A la luz de la lámpara de aceite, Constança paseó la mirada por el rostro joven de aquella Virgen en actitud de plegaria y recogimiento. Las cejas ligeramente insinuadas, la boca pequeña y los ojos en dirección al pecho transmitían serenidad y cierta melancolía. Le pareció tan cansada como ella misma.

«A veces la vida va cuesta arriba y las cosas se tuercen sin que puedas evitarlo. O, simplemente, te dejas arrastrar, cansada de aferrarte a la crin de un sueño.» Estos eran los pensamientos que ocupaban a la joven Clavé cuando aquella noche gélida de comienzos de febrero la visitó en el desván de la casa de los Martí.

Nadie fue a buscar aquel cuadro, nadie reclamó la Virgen, ni al día siguiente ni durante las semanas siguientes. Los habitantes de la ciudad estaban consternados por la inesperada noticia del sorteo de quintos. No se entendía que no fuera la misma sociedad catalana, por decisión propia, quien eligiera el método utilizado para determinar qué hombres debían servir al soberano en su ejército.

La súplica que la Junta de Diputados de los corregimientos catalanes había enviado al rey consiguió apaciguar los ánimos durante los primeros días. Pero con el paso del tiempo, sin ninguna respuesta que echara luz sobre la situación, se enturbió la esperanza y la inquietud por las consecuencias de aquella orden real que se extendió por doquier.

—Me parece que tardaré mucho tiempo en comprar tabaco, Jerònima. Mi marido se ha marchado a Francia y se ha llevado a mi hijo mayor. No podemos correr el riesgo de esperar el sorteo para ver si les toca formar parte del ejército —exclamaba doña Isadora, la mujer de un importante empresario textil.

—Todo acabará bien. ¡Ya lo veréis! Estoy convencida. Pasará lo mismo que hace tres años, reflexionarán y se echarán atrás. El rey será magnánimo y atenderán a razones, no les conviene ser tan osados. A la larga perjudicaría los intereses de la Corona. ¿Cómo quieren que paguemos los tributos si nos dejan sin manos jóvenes para trabajar las tierras? —respondió la droguera.

—¡Vos lo habéis dicho, Jerònima! ¡Y tampoco se pueden permitir detener las producciones de indianas! ¡Estos tejidos de algodón estampado han sido posibles gracias a la iniciativa de comerciantes y tenderos, que se han dejado la piel haciendo una gran inversión en tiempo y dinero! Si hacen un sorteo de quintos, sin manos jóvenes que puedan trabajar, el esfuerzo invertido no conducirá a nada. ¡Muchas familias iremos a la ruina! —añadió una joven con un pañuelo que le cubría el cabello; la energía de sus palabras contrastaba con su aspecto delgado y frágil.

Rita había dejado de pregonar las nuevas mercancías en la puerta de la droguería. Escuchaba con atención a aquel grupo de personas que cada vez era más numeroso y se mostraba exaltado en sus opiniones.

—Necesitan hombres en el ejército, y para abaratar costes reclutarán a los más jóvenes. Es una vergüenza que no tengan en cuenta nuestras necesidades —apuntó Ventura.

—Pues que paguen bien y abran las listas de voluntarios. ¡A ver si hacen limpieza de pillos y delincuentes! —exclamó doña Jerònima.

—¡Por el amor de Dios, no se dan cuenta de que eso es una locura! ¡Qué saben los hombres de ciudad o del campo de usar un arma o de disciplina militar! La guerra, para los militares... —insistió la joven del pañuelo, cada vez más agitada y a punto de romper a llorar.

—Tranquilizaos, señorita. ¡La súplica ha sido unánime! Tanto el marqués de Sentmenat como el de Gironella, conjuntamente con los alcaldes de las ciudades de Tortosa, Cervera, Tarragona, Lleida y Girona, entre otras, han hecho piña en la defensa de nuestros derechos.

Un hombre mayor, apoyado en su bastón de empuñadura dorada, había tomado la palabra. Parecía plenamente convencido de sus afirmaciones. Todos los reunidos se dispusieron en corro y, ora uno, ora otro, le iban haciendo preguntas. Al cabo de un rato, habían llamado la atención de los paseantes y también delante de la tienda se formó un grupo donde cada uno daba su parecer.

—¿De qué nos sirve mantener los cuatro batallones de infantería ligera?

—¿Quién conoce mejor que ellos las costas, la frontera y el problema del contrabando?

—¡Nadie protegería mejor nuestras torres y plazas!

—¿Habrá guerra?

La voz aguda de Rita se dejó oír con claridad. Bien que sabía que tenía prohibido inmiscuirse en las conversaciones de los mayores, pero se dejó llevar por un impulso. Se llevó la mano a la boca, como si así pudiera silenciar la pregunta ya formulada. Todos la miraron.

—No, bonita, no —respondió, suavizando la voz, el hombre del bastón.

Pero lo que sucedió a lo largo de aquella semana no presagiaba nada bueno. Cada vez eran más los hombres que huían del sorteo que podía llevarlos a engrosar las huestes del ejército. Se contagiaban las dudas entre ellos, y familias enteras se separaron con la promesa de reencontrarse cuando todo aquello hubiera pasado. Algunos se ocultaron en las montañas, o acumulaban víveres en previsión de los inciertos tiempos venideros. Otros, aprovechando el caos que reinaba en Barcelona, delinquían sin encontrar demasiadas dificultades. Y, como no podía ser de otra manera en tiempos de agitación, el lema era ¡sálvese quien pueda!

Fue justo antes de cerrar las puertas cuando un grupo de jóvenes empujó a Ventura y se metió en la droguería. Doña Jerònima chilló, al darse cuenta, pero no le sirvió de nada. Fue agredida por uno de los asaltantes con la mano de mortero que había sobre el mostrador. Después todo ocurrió muy rápido: mientras dos bribones vigilaban que nadie se moviera, otro vigilaba la puerta y el cuarto vaciaba el cajón del dinero.

Rita ya había subido al piso de arriba para preparar la cena y, en un primer momento, Constança y la criada no se preocuparon por el revuelo que oían. La abuela se enfadaba cada dos por tres, y aquellos arranques eran habituales. Cuando fueron conscientes de lo que en realidad estaba pasando, se dijeron que poco podían hacer. Nada indicaba que les hubieran hecho daño, salvo robar la recaudación del día, y ninguna de las dos, por motivos bien distintos, tenía la sensación de que le debiera nada a aquella mujer.

Camufladas detrás de unas tinajas de arcilla llenas de cola procedentes de Montblanc, escuchaban el griterío y rezaban para que los ladrones no las descubrieran y se marchasen haciendo el menor mal posible.

—¿Esto es todo lo que habéis recaudado? ¿Esta miseria? —se quejó el que parecía el cabecilla.

—¡Cógelo y vámonos! Creo que se acerca alguien...

Instintivamente, la patrona de la droguería esbozó una sonrisa, cosa que desató la ira del ladrón que llevaba la voz cantante.

—¡Bruja, más que bruja! Escuchadme bien: no estoy para historias y hablo en serio, decidme dónde guardáis el resto u os envío al otro barrio —espetó, poniendo en el cuello la pequeña navaja con que la amenazaba.

Pero doña Jerònima no era de las que bajan los ojos y, plantándole cara, apretó los labios con fuerza. Aquella actitud desafiante enfureció aún más al joven, que, con brusquedad, optó por cambiar de víctima. Cogió por el cuello a Ventura, que en aquel instante buscaba la oportunidad de llegar a la calle en busca de ayuda. No obstante, los asaltantes eran cuatro y llevaban cuchillos, y él no estaba dispuesto a dejarse la vida por cuatro reales. Infructuosamente, con la mirada intentaba comunicar esta idea a su mujer.

—Muy bien. ¿Quién tiene ahora la sartén por el mango, eh? ¡Sois escoria! Laméis el culo a los poderosos que os cosen a impuestos. ¡Pero eso se ha acabado! Necesitamos dinero para la causa. Las cosas deben cambiar, la gente tiene hambre y ahora pretenden que nos alistemos para ir a morir fuera de casa...

—Déjate de chácharas y vamos. ¡Te digo que se acerca alguien!

La segunda vez que oyó aquella voz, Constança decidió salir de su escondite, para espanto de la criada. Vicenta, sacudiendo enérgicamente la cabeza, desaprobó aquel acto temerario que las comprometía a las dos, pero la chica ni siquiera la miró. Primero dio pasos cortos y pausados, como si se tomara tiempo para pensar; después sus pies cogieron ritmo, toda ella lo cogió. Tenía que salir de dudas, saber si aquel era el chico de la bodega de *La Imposible*.

Cuando la joven se precipitó en la tienda, el último de los ladronzuelos acababa de salir a toda prisa. Constança le fue detrás, pero ya era demasiado tarde. El joven se esforzaba por que ninguno de los objetos que había recogido se cayera del hato que llevaba bajo el brazo. Esta inquietud y una leve cojera hacían que cada vez se rezagara más respecto a sus compinches.

—¡Eh! ¡Espera! —gritó Constança, antes de que Ventura la detuviera y la hiciera entrar.

La respuesta negativa a aquel reclamo habría sido diferente si aquel día, en el barco, el joven desconocido le hubiera dicho cómo se llamaba.

Algunas moscas y una hilera de hormigas rodeaban las manchas de grasa adheridas a la madera. En aquel espacio ahora sucio y desordenado se habían hecho, siempre siguiendo los consejos de Antoine Champel, mezclas impensables para la mayoría de los habitantes de Barcelona. Hacía meses que nadie ordenaba aquel habitáculo caótico. Constança usaba el palomar para dormir, y solo se retiraba allí cuando el cansancio era tan profundo que le impedía ver más allá de la cama estrecha donde se acurrucaba.

Sobre la mesa había una recua de recipientes y frascos con restos de productos, así como el alambique que Ventura le había ayudado a construir, siempre a escondidas. Ciertamente era bastante rudimentario, pero había sido útil para destilar romero y obtener una esencia que nunca encontró destinatario. Pensaba dársela a Rodolf para su madre, pues siempre decía que ella se quejaba de los huesos...

Ninguna flor había adornado la pequeña mesa del palomar después de la desaparición del chico, y tan solo unos tallos secos recordaban lo que en otro tiempo prometía ser un bonito jardín de hierbas aromáticas en un rincón del tejado.

Después del asalto a la droguería, la chica pareció experimentar una ligera mejoría. La esperanza de que el marinero a quien había ayudado no hubiera muerto durante la travesía de *La Imposible* se había convertido, de golpe, en una certeza. Pero estas sensaciones duraron muy poco. Aquel chico, como todos los demás, había desaparecido de su vida oscura y miserable tras su fugaz paso por la droguería, y todo indicaba que el mundo no tenía la costumbre de volver atrás.

Un recuerdo la llevó a otro, y su vida anterior se le apareció tan irreal como un sueño. ¡Habían pasado dos años que le parecían toda una eternidad! Podía sentir cómo el tiempo y las circunstancias la habían convertido en otra persona, pero lo más grave era que aquello parecía no importarle demasiado. Solo con aquella actitud guiada por la indiferencia podía enfrentarse al vacío que se había instalado en su interior y ser capaz de desplazar el dolor.

La paloma blanca que la visitaba a menudo apareció de nuevo en la pequeña ventana del desván. Como hacía siempre, después de un rato de haberse posado arrulló para llamar su atención.

—¡Márchate! ¡Vete!

Al ver que el ave no tenía ninguna intención de emprender el vuelo, lanzó una sandalia contra la pared.

—¿Es que no me oyes? ¡Te digo que te marches! No tengo nada para ti... No tengo nada para nadie —añadió a media voz.

A pesar de que sentía el cuerpo baldado, el sueño no la visitaba hasta altas horas de la madrugada. Aquella noche no sería una excepción. A la luz de una vela, se entretuvo haciendo dibujos sobre el polvo que cubría su baúl. Sin que la voluntad interviniera, sus dedos escribieron el nombre de Pierre Bres. Al darse cuenta lo borró con la palma, que después limpió en la ropa. Por un momento estuvo tentada de abrir la caja y sacar la flauta, pero desistió.

—Iskay... —pronunció con un susurro amoroso.

Tendida sobre el catre, buscó el amuleto enganchado a su cabello y lo miró detenidamente. Había pasado mucho tiempo, pero no había perdido el color y tampoco la firmeza. Entonces un pensamiento funesto le cruzó por la cabeza y, trastornada, congeló el gesto. Muy despacio, se lo acercó a los labios hasta rozarlos levemente. Su jadeo se aceleró.

—¡Cuidado! ¡Es muy venenosa! —le había advertido su amigo al explicarle la procedencia de la semilla.

Jugueteó un rato con la idea de la muerte. Se imaginaba fría sobre la cama, el llanto sin consuelo de Vicenta, la incomprensión de Ventura, el enojo de la abuela. Pensaba en cómo le dolería a aquella vieja avara gastarse el dinero en un ataúd, y en los improperios que debería aguantar su pobre marido. Les podría dejar una carta, pero bien mirado tampoco sabría qué decir. Quizá Rita dejaría de pregonar los productos en la puerta y debería sustituirla en la trastienda. Pero al margen de esto, sabía que las consecuencias de su acto no irían más allá; en poco tiempo todo el mundo la olvidaría, como si nunca hubiera vuelto a Barcelona, y ella se reuniría con sus padres, a los cuales añoraba tanto.

Pasó la punta de la lengua sobre el fruto, pero no hincó los dientes, aún no.

Un sonido desvió su atención.

—¡Eres la paloma más tozuda que conozco! Déjame tranquila...

Pero esta vez el comportamiento de la paloma fue diferente. Lejos de espantarse, ahuecó las plumas del cuello y después, con la cabeza inclinada, comenzó a dar vueltas trenzando círculos.

—¡Tú también te has vuelto loca, eh!

Al observar cómo se disponía a repetir aquella extraña ceremonia, Constança se levantó abrigada con el jergón y se dirigió hacia el ave.

—¡Vaya, vaya! No era a mí a quien dedicabas tu danza, ¿eh?

Al otro lado, sobre una viga, otra paloma del mismo color parecía aceptar de buen grado el cortejo.

—No estoy para bromas, pero haced, haced... Me parece que por hoy ya tengo bastante —dijo, bostezando.

2

Barcelona, primavera de 1773

Se cumplía el peor de los pronósticos. La ciudad de Barcelona se levantó en pie de guerra contra el reclutamiento forzoso del sorteo de quintos. A las nueve de la mañana un revuelo de campanas parecía anunciar el fin del mundo. La sensación de caos se acentuaba al ver cómo la gente mayor corría por las calles haciendo algunas compras que les permitieran encerrarse en casa; en ningún momento dejaban de invocar al santo de su devoción. La desconfianza había impulsado a llevar a las criaturas en brazos, las cuales lloraban alteradas por el ruido. Como consecuencia de las ordenanzas reales, un gran alboroto de mozos, de todas las edades, ocupaba las calles. Cada vez se sumaban más, y alguien dijo que nunca se habría imaginado que fueran tantos; daba la impresión de que salían de debajo de las piedras.

—Ventura, por el amor de Dios, ¿dónde te has metido? —gritó repetidamente doña Jerònima al no obtener respuesta—. ¡Vicenta! ¡Constança! ¡Ayudadme a entrar los capazos! ¡Y tú, Rita, no te quedes mirando como un pasmarote y recoge este desparramo de avellanas en el suelo, solo nos faltaría resbalar y rompernos el cráneo!

—Dejádnoslo a nosotras, señora... —intervino Vicenta, a la vez que le cogía de las manos un capazo lleno de judías.

—¡Madre de Dios Santísima! ¿Es que todo el mundo se ha vuelto loco? ¿Se puede saber dónde se ha metido ese holgazán?

¿Cómo hace para desaparecer cuando más necesito su ayuda? —rumiaba la droguera; iba y venía deprisa y corriendo para poner a cubierto las mercancías más valiosas.

—He visto marcharse al señor Ventura hace un rato —susurró Rita con un hilo de voz y los ojos llorosos.

—¿Cómo dices? ¿Y no ha dicho adónde iba? —preguntó doña Jerònima, irritada.

La niña negó con la cabeza y empezó a llorar sin control mientras buscaba el amparo de Constança.

—¡Es un calzonazos! ¡Y el muy desgraciado se ha llevado las llaves de la tienda! ¡Si vuelven a entrar a robarnos, seré yo quien les pida que le corten el cuello!

—¿Queréis que vaya a ver si lo encuentro? —se ofreció Vicenta, que ya no soportaba el trasiego de su señora.

—¿Has perdido el juicio? ¡Esos cafres son capaces de tirarte al suelo y pasarte por encima! Es como si hubieran enloquecido. Si no cambian de actitud nos llevarán a la miseria.

Las últimas palabras de doña Jerònima quedaron ahogadas por un tañido temido, pavoroso.

—¡El campanario de las horas! ¡La *Tomasa*! ¡Toque a rebato! —exclamó la criada, palideciendo como la cera.

El toque grave y solemne de la gran campana se sumó al tañido enloquecido de todas las demás, invitando a la revuelta.

—¿Qué significa eso, Vicenta? Explícame, ¿qué pasa? —rogó la nieta de los Martí, sacudiendo a la criada por los hombros.

—Nada bueno, Constança, nada bueno...

Como si se la llevaran los demonios, la joven cruzó la puerta a la velocidad del rayo.

—¡Pero criatura! ¡A ti no se te ha perdido nada! Las desgracias vienen solas, no es necesario ir a buscarlas. ¡Vuelve, Constança! Es una locura salir, hazme caso —imploraba la criada, sin atreverse a traspasar del todo el umbral.

—Voy a buscar a Ventura —respondió Constança mientras se mezclaba entre la gente que pasaba presurosa—. Sé adónde ha ido, no te preocupes.

Si añadió algo más, la criada no fue capaz de oírlo. Poco después, cumpliendo las órdenes de la vieja propietaria, encajaron los portillos de la tienda y trabaron la puerta por dentro, arrastrando los bancos hasta construir una sólida defensa.

—Si alguien se digna aparecer, ya le abriremos. La seguridad de la tienda es lo primero. —Doña Jerònima tenía la cara enrojecida y respiraba con dificultad.

—Pero ¿y Constança? —imploró Rita.

—Dos golpes y repiquete, esa es la señal que hay que hacer en la puerta. ¡Bien que lo sabe ella!

—Con tanto ruido quizá no la oigamos cuando vuelva... —insistió la chiquilla.

—Nadie le ha pedido que saliera —replicó la patrona, inflexible.

Vicenta, haciendo de tripas corazón, encendió otra vela a la Virgen de la Concepción. Entonces cogió el rosario y se dispuso a recorrer las cuentas con los dedos para invocar la protección de la patrona. Doña Jerònima, a pesar de que se cuidaba de no ofender las creencias de sus clientes, era una persona poco religiosa. Había sido por la insistencia de la criada, y especialmente para no traicionar las costumbres del gremio, que acogían a la Virgen dentro de la pequeña capilla instalada en la tienda. Rita, siempre pendiente de no decepcionar a nadie, la acompañó en silencio en sus plegarias.

La boca de doña Jerònima se mostraba claramente torcida, como siempre que discutía y se enfadaba. De pie detrás del mostrador, con los brazos cruzados sobre el pecho, bufaba a consecuencia del esfuerzo y el enojo que le provocaba aquella situación.

Mientras tanto, ajena a todo lo que no fuera llegar a la casa de Josep Ferrer, Constança se abría paso entre la multitud. Tiempo atrás Ventura había compartido con ella el secreto de su refugio, y no era la primera vez que la chica iba en su búsqueda...

—Sé que puedes entenderme, Constança. Para mí, este lugar es como tu palomar. Pero si alguna vez hay una urgencia, si me necesitas, puedes venir a buscarme. ¿De acuerdo?

Con la esperanza de encontrarlo sano y salvo y llevárselo a la tienda, llegó al pequeño local de la calle de la Esparteria, una casa vieja que hacía chaflán con la calle de los Vidriers. Pero esta vez ni Ventura ni sus amigos ocupaban ninguna de las tres mesas del interior, tampoco los bancos ni los taburetes. Empapada de sudor y con el corazón repicándole en las sienes, la joven observó las celosías de tela que protegían las puertas y el letrero de madera donde estaba rotulada la palabra «Café». Preguntó tímidamente por él a un hombre de barba gris que parecía el dueño, pero este, contrariado, la despachó de mala manera.

—¿Ventura? Hace días que no se le ha visto por aquí. Y ahora vete a freír espárragos. ¡Ya tengo bastantes problemas!

Cerca de las diez de la mañana, las campanas aún resonaban, obstinadas, para hacerse presentes por encima del revuelo.

Quizá por eso Constança no oía los disparos procedentes de las diferentes puertas de la ciudad. Pero la alterada turba continuaba pregonando su protesta. Armados con bastones y palos, se dirigían furiosos en dirección a la catedral.

—¡Han cerrado las puertas de Barcelona! ¡Piensan enjaularnos como animales! Los guardias han abierto fuego contra los últimos hombres que tuvieron la suerte de atravesar los portales. ¡Ahora ya nadie puede abandonar la ciudad!

—¡No respondáis a ninguna pregunta, que nadie diga su nombre y apellidos! ¡No conseguirán lo que quieren!

Como un ejército preparado para librar la batalla definitiva, aquella multitud de hombres parecía imparable. Constança se arrimó a un rincón esperando el momento propicio para ponerse de nuevo en marcha.

—¡Dios mío! —exclamó con los ojos desorbitados.

A pocos pasos de donde se encontraba, una mujer perdió el equilibrio y cayó entre el gentío. Algunos tuvieron tiempo de esquivarla, pero otros tropezaron en su carrera frenética. Quedó sepultada en un santiamén y Constança la perdió de vista. Sin pensárselo dos veces, abandonó su rincón para ir hasta donde la había visto desaparecer.

Cuando al fin pudo auxiliarla, se sorprendió al ver que se trataba de la señora De Anguera. Respiraba agitada y la sangre le resbalaba por la cara.

—Tranquilizaos. Solo es una brecha en la ceja. Tenemos que marcharnos de aquí.

—Mi madre. ¡Tengo que ir a buscar a mi madre! —repetía la mujer.

En un primer momento, viendo el estado en que se encontraba, Constança pensó que sus exclamaciones eran fruto del delirio.

—Levantaos y venid conmigo. Os acompañaré a casa y veremos qué podemos hacer con esta herida.

—¡No quiero ir a casa! ¿Es que no lo entiendes? ¡Tengo que ir a buscar a mi madre, había ido al oficio en la catedral! Quién sabe qué habrá sido de ella, dicen que han derribado las puertas para entrar. ¡Ayúdame, por favor, te recompensaré!

Nada de lo que le dijo la pequeña de los Martí tuvo ningún efecto. Solo la promesa de que podía contar con ella logró serenarla.

—Lleva un sombrero gris y tiene el pelo blanco. Se llama Maria, viuda de Armengol...

No fue fácil cruzar la calle del Rec para llegar a la de la Princesa, donde vivía aquella dama. Los gritos iban subiendo de tono durante el trayecto, y la indignación por la docena de muertos que ya se contaban se extendió como la pólvora. Más tarde, la amenaza de que se estaba fortificando la ciudad, la Ciutadella y el Montjuïc con una cantidad abrumadora de artillería y munición de guerra era un clamor que iba de boca en boca.

—¡He oído decir que pondrán dos cañones de campaña en la salida de los portales!

—¡Sí! ¡Los están trasladando al Portal Nou y también al de las Drassanes! Solo nos queda una solución. ¡Encerrémonos en Santa Caterina!

Cuanto más corría la noticia, más se reflejaba la rabia en los rostros de la gente, que parecía mantenerse firme en una lucha titánica contra las autoridades, aunque los resultados de su desafío eran más imposibles que inciertos.

El panorama en el interior de la catedral era desolador. Algunas beatas rezaban al Altísimo y se persignaban cada vez que oían blasfemar a aquellos mozos. Pero ellos, sin descubrirse ni mostrar ningún respeto por el lugar sagrado que los acogía, habían interrumpido el sermón.

—¡Señor obispo, haced que no haya reemplazos! —dijo una voz, a la que se unieron otras hasta que el pedido se diluyó en un barullo caótico.

El ruido era infernal. Habían ocupado el campanario de las horas y hacía mucho rato que un grupo de jóvenes tiraba de las cuerdas. Todas las campanas surcaban el aire sin parar.

El ilustrísimo Climent subió al púlpito e intentó apaciguar al gentío, pero hasta que accedió a entrevistarse con las autoridades todo el mundo se mantuvo en pie de guerra.

Unas horas más tarde, el capitán general, O'Conor Phaly, se comprometió a suspender la orden hasta que hubiera respuesta del rey, y se hizo público el edicto. Eran las doce y media cuando enmudecieron las campanas, mientras Constança acompañaba a la señora Maria a casa de su hija esquivando las barricadas que hombres, mujeres y chiquillos, brazo con brazo, construían a base de sacos, bidones, maderos e incluso algún carro. El aire olía a pólvora.

—¿A qué hora llegó Ventura? —preguntó Constança al volver del horno, al día siguiente de todo aquel revuelo.

—No lo sé. La señora no ha dicho ni pío. ¡Ya se apañarán! Más vale que nosotras nos pongamos a trabajar; cuanto menos sepamos de todo eso, mejor nos irá. ¡Y tú eres la última que debería meterse, Constança! Tu comportamiento de ayer fue una temeridad —dijo Vicenta.

—Ya veo que nunca conseguiré que dejes de ir con la cabeza gacha. Pero yo quiero saber qué pasará ahora. Dos mujeres comentaban que en estos instantes se está celebrando una reunión en palacio. No me extraña nada. Esta noche Barcelona parecía un infierno, con tantas teas por plazas y calles.

—¡Han redoblado las rondas! Se lo he oído decir a doña Jerònima. Sin duda, es por nuestra seguridad.

—¿Qué dices? ¿Acaso es por nuestra seguridad que instalen cañones por todas partes, apuntándonos?

—Eres demasiado joven para entenderlo, Constança. Yo ya las he pasado de todos los colores...

—¡Claro, ahora me acuerdo, dijiste que me lo explicarías! ¿Por qué te espantaste tanto con los repiques de la *Tomasa*?

—¡Hace cincuenta años de eso! Entonces fue otra la campana que tocaba a rebato, pero...

—¿Pero qué? ¿Se puede saber por qué no me lo explicas de una vez?

—¡Mira que eres tozuda! A la señora no le gusta que hablemos de eso.

—Pero ¡si mi abuela no nos escucha! Hoy está demasiado ocupada cuidando sus inversiones. Además, nada de lo que puedas decir tú le importa un comino, Vicenta.

—¡Ay, criatura! Las paredes tienen oídos... —dijo mirando a diestro y siniestro, e hizo un gesto amargo para expresar la poca gracia que le hacían las palabras de la chica.

—Si no me lo dices, le preguntaré a Ventura. ¡Seguro que él me lo explicará!

—Ni él ni yo habíamos nacido. Pero oí muchas veces cómo hablaba de ello mi madre, que en el cielo esté. Decía que aquella campana pertenecía al pueblo, porque había sido posible gracias a una colecta; todo el mundo había colaborado en la medida de sus posibilidades. Era la *Honorata*, la que tocaba las horas en la catedral antes que la *Tomasa* —aclaró—. Se convirtió en un símbolo de libertad. No se limitaba a marcar las horas durante la guerra, sino que repicaba varias veces para alertar a los defensores de la ciudad. La gente se ponía en marcha al oírla y se reunía en torno a la bandera del gremio para defender su trozo de muralla.

—¿Y por eso la cambiaron?

—No exactamente. Las bombas cayeron por todas partes y destruyeron gran parte de Barcelona. Un día, hacia medianoche, una de ellas impactó en la torre del reloj y la dejó tan estropeada que la campana del pueblo enmudeció para siempre.

—Eso que dices parece la batallita de una abuela —respondió Constança con ganas de llevarle la contraria—. Si tanto la querían, ¿por qué no la arreglaron?

—Perdimos la guerra. Ellos tenían la sartén por el mango, y sabían cómo poner el dedo en la llaga... Trocearon la campana en el mismo campanario y de la fundición hicieron cañones que desde la Ciutadella apuntaban a la ciudad —añadió con un hilo de voz.

—Como ahora... Si todo va mal, la *Tomasa* correrá la misma suerte que la *Honorata*, ¿verdad?

—¡No digas bobadas, Constança! Espero que estos incidentes se resuelvan lo antes posible. Al rey no le conviene que continúen los alborotos. Estoy segura de que retirará la orden. Pero hay algo que se les ha pasado por alto...

En aquel preciso instante, Jerònima irrumpió en la trastienda. Tenía cara de pocos amigos y la boca tan torcida como el día anterior.

—Hoy tampoco abriremos, no quiero exponerme a que esos cafres nos den un susto. De todas maneras, no os falta faena. De aquí a una semana es San José, y espero que todo este alboroto no me estropee la venta de huevos, ni de canela para hacer la crema. De momento comenzad a preparar el rosolí. Semana Santa también está cerca, y en toda la ciudad no hay ninguno como el nuestro. Tanto da si es para ahogar las penas o para celebrar que han derogado la orden de alistamiento, este licor no puede faltar en la mesa de ningún barcelonés durante las fiestas.

Las dos mujeres fueron a buscar las garrafas de aguardiente y lo vertieron en unos grandes barreños. Añadieron azúcar, una libra por cada seis de líquido, y después las pieles de naranja. Cuando Vicenta puso el hinojo seco, Constança la detuvo.

—¿Y si este año lo cambiáramos por espíritu de canela o de clavo?

—¡Ya lo has oído, es el mejor de Barcelona, les gusta! No entiendo por qué siempre tienes que complicarte la vida.

—No dudo de que sea el mejor, pero eso será hasta que alguien invente uno que los sorprenda y se empiece a hablar de él —rumió la joven.

—¡Constança, la patrona quiere que nos mantengamos fieles a la tradición! ¿Entendido?

—Si siempre somos fieles, tal como dices, no podremos evolucionar. ¡Lo que propongo no es ninguna traición! ¿De qué manera podríamos sorprenderlos, si no?

—¿Aún no lo has entendido? ¡Nadie pide que los sorprendas! Lo que quieren es su licor de siempre. Por otro lado, ese es nuestro trabajo, nos jugamos el pan. Debes hacer lo que te dicen... Únicamente lo que te dicen. No pienses más. Si lo haces, te volverás loca. Bien, quizá ya te hayas vuelto un poco loca.

—¡De acuerdo, de acuerdo! —refunfuñó Constança, dispuesta a seguir las indicaciones pero poniendo morros.

No volvieron a hablar del tema durante todo el rato que duró el proceso de romper, picar y dejar en maceración las almendras.

—¿Te encargas tú de revolverlo bien un par de veces al día hasta el viernes?

—Sí, claro.

—El sábado lo pasamos por el colador y listos. Venga, mujer, no te enfades más. Mi mal no quiere ruido, soy demasiado mayor y estoy demasiado cansada...

Constança la miró con ternura y las dos intercambiaron una breve sonrisa.

—Ahora, si me prometes que tendremos un poco de calma, te explicaré el secreto de que te hablaba antes de la aparición de la patrona.

La chica se relajó y Vicenta se dejó ir, tal como hacen las madres para explicar un cuento a sus hijos pequeños.

—Constança, debes saber que las campanas siempre han sido la voz del pueblo al que representan. Es por ese motivo que los opresores las maltratan.

—Piensan que haciéndolas callar también enmudecerán al pueblo... —dijo Constança como quien hace una reflexión en voz alta.

—Supongo que sí. Pero escúchame bien antes de que vuelva tu abuela —continuó Vicenta. Y añadió en voz baja—: ¡He oído decir que los maestros que fabricaron la nueva campana le pusieron el badajo de la antigua *Honorata*! Parece que lo mantuvieron en secreto y nadie sospechó nada. De alguna manera, este gesto fue su acto de resistencia.

3

Barcelona, primavera de 1773

Doña Jerònima nunca se había mostrado tan preocupada. La gravedad de aquella revuelta iba en aumento día a día y sus efectos se notaban por toda Barcelona. Los tenderos mantenían una vigilancia constante de posibles altercados y muchos habían eliminado el puesto de mercancías que, de una u otra manera, ocupaba parte de la calle. Paradójicamente, sobre todo por las más estrechas, hacía mucho que no se caminaba tan cómodamente.

La abuela de Constança no podía actuar de otra manera. Cuando abrió las puertas, no instaló la mesa baja y larga, ni puso a Rita en el exterior a pregonar las nuevas mercancías, a pesar de que tenerla pululando por la tienda tampoco le hacía demasiada gracia. La belleza de la huérfana resultaba ofensiva y le recordaba los primeros días de su nieta, al llegar ataviada como una prostituta de las que cada año desembarcaban de ultramar. Solo Dios sabía lo que le había costado domarla, y aún no las tenía todas consigo.

Doña Jerònima no soportaba la ociosidad, y no solamente respecto a los otros. Desde que era una niña, siempre había trabajado bregando con el público, aceptando que, además de una droguería, tenía un confesionario, un receptor de quejas contra el gobierno de turno e, incluso, un nido de revolucionarios de boquilla que se pasaban el rato profiriendo insultos contra el rey y sus acólitos.

A pesar de que les había dicho que lo primero era el negocio, aquella situación la superaba. Las conversaciones que mantenía con las mujeres de los militares próximos al capitán general tampoco la tranquilizaban; nunca había visto personas más asustadizas y temblorosas, como si sus maridos no hubieran aceptado de buen grado ser el centro de atención con sus pomposos cargos.

Una vez tomadas todas las precauciones, doña Jerònima instaló a Rita en la puerta, al menos para que recibiera a los clientes y, de vez en cuando, echara un vistazo a la calle por si había alborotos. A la chiquilla le dijo que no tuviera miedo, ya que nadie lo tenía en aquella casa, pero se trataba de guardar la debida cautela.

—Descuide, señora... —respondió Rita con un hilo de voz, aparentemente tranquila pero con un ligero movimiento en la pierna derecha, que mantenía siempre en segundo término, como a punto de salir corriendo hacia el interior de la tienda.

Aquel día, Ventura se presentó tarde. No era fácil ocultar las idas y venidas en una casa con suelo de madera; todo el mundo sabía que la noche anterior la fiesta había durado más de la cuenta. Como era su costumbre, asomó la nariz en la trastienda, donde trabajaban Constança y la criada, pero la sonrisa de cada mañana se vio interrumpida cuando se tapó la boca con una mano.

—Perdonad —dijo, y se marchó escaleras arriba.

Poco después se oyó cómo vomitaba todo el alcohol que aún debía de correr por su cuerpo.

En la trastienda, las dos mujeres terminaban un encargo de mermeladas para uno de aquellos marqueses que se acercaban a la droguería con los sirvientes para estar de palique. Constança había escuchado divertida los temores que las palabras del noble provocaban en su abuela. Cruzaba miradas con Vicenta y las dos reían sin interrumpir la faena. Pero tanta diligencia no tenía ningún efecto en doña Jerònima Martí.

Cuando Ventura volvió a bajar, su sonrisa era amplia y sincera. Constança se la devolvió con creces. Cada vez le agradaba más aquel hombre; a pesar de que tenía sus cosas, siempre la defendía, aunque se esforzaba por no irritar demasiado a su mujer y el apoyo, a veces, era demasiado tímido como para resultar efectivo.

—¡Ya era hora de que te dignaras aparecer! —le soltó doña Jerònima en cuanto lo vio—. El mundo corre hacia la perdición y tú solo sabes emborracharte. ¿Por qué se me habrá ocurrido volver a casarme?

—¿Quizá porque no querías estar sola por las noches? —respondió Ventura mientras hacía un intento infructuoso por abrazarla.

—¡No estoy para gaitas! Lo mejor que puedes hacer es ir a repartir estos dos encargos. O acabaremos perdiendo clientes.

—Quizá deberías preocuparte menos por los clientes y fijarte más en la gente que te rodea...

Ya lo había dicho. Hacía días que Ventura se lo guardaba. No tenía dudas sobre la extrema dedicación de aquella mujer a la tienda cuando decidió casarse con ella, y tampoco le había pasado desapercibida la acritud con que se enfrentaba al mundo. Pero los primeros tiempos habían sido felices. Ella siempre decía que él la devolvía a la vida, y se lo creyó.

La aparición repentina de Constança interrumpió aquel pequeño enfrentamiento antes de que pasara a mayores.

—Yo podría hacer los recados, si os parece bien...

—¿Tú? ¿Quién te ha pedido nada? ¡Lo que tenéis que hacer es acabar las mermeladas de una vez!

—Aquí las tenéis, patrona.

Vicenta llevaba una pequeña caja de madera en las manos, llena de tarros de vidrio con tapas de corcho y una tela blanca atada con cordel. La abuela y su marido intercambiaron una mirada, sorprendidos por la buena faena que habían hecho, pero doña Jerònima ya iba a abrir la boca para enviar de nuevo a las dos mujeres a su lugar de trabajo.

—Quizá sea una buena idea lo que propone tu nieta. Me parece que yo hoy no estoy para... —Sin poder acabar la frase, Ventura se retiró presuroso tratando de contener las arcadas, pero al pasar junto a Constança le guiñó el ojo a escondidas.

Ocultando su felicidad, la chica cogió la dirección que estaba escrita sobre el mostrador y se marchó. Aún tuvo tiempo de oír las invectivas de doña Jerònima contra Vicenta, pero sabía que la criada no era rencorosa.

Los recados eran el único momento en que podía olvidar aquella vida, sobre todo desde que había perdido a Rodolf. Era cierto que el camino de los tejados continuaba a su alcance, que alguna vez había llegado hasta aquella escalera que le permitía escapar de su encierro, pero el desánimo le había impedido continuar. La muerte del chico que le había mostrado la verdadera Barcelona había sido un castigo demasiado duro a sus ansias de libertad.

Se puso la caja bajo el brazo y caminó con calma Rambla arriba. El palacio de aquel marqués quedaba bastante lejos, y dispondría de un buen rato para su actividad favorita cuando tenía ocasión de salir. Los puestos menudeaban con todo tipo de artículos, algunos venidos de muy lejos, pero también frutas y verduras frescas que llegaban de todo el país. Contemplaba la belleza de las naranjas, la ordenada formación de las coles, los diferentes tonos del vino en aquellas botellas gruesas y de cuello estrecho. Era una fiesta para sus sentidos, y ella se sentía feliz.

Mientras observaba embobada los diferentes tipos de quesos que ofrecía un puesto nuevo, tuvo la corazonada de que pasaba algo por alto. Se giró en la dirección por donde había venido y descubrió a un hombre alto y un poco estrafalario que probaba los vinos con ademán de experto.

El caballero, si se podía decir así, llevaba un sombrero extraño y, al acercarse, Constança entendió qué le provocaba aquella inquietud. ¡Hablaba francés! Un francés diferente del que le había enseñado Antoine Champel, mucho más abierto y ampuloso, además de mezclado con palabras en catalán. Pero el acento era inconfundible.

—*Je me regarde, maître...* —decía al bodeguero mientras probaba con cómica delicadeza uno de sus vinos.

—*Merci, merci...* —respondía el otro hombre rápidamente, sin duda porque no sabía ninguna otra palabra en aquella lengua.

La chica se detuvo detrás de aquel personaje, y eso hizo que dos chicos se fijaran en ella. Debían de ser sus acompañantes, pues llevaban varias cajas y bultos; todo estaba en el suelo bien vigilado, como si supieran que su señor tenía por costumbre entretenerse más de la cuenta en los puestos. ¡Se sintió iluminada por aquella aparición! ¿Quién sino un francés podía saber el paradero de un compatriota?

Intentó acercarse, pero uno de los criados le cerró el paso.

—¿Qué quieres, tú? ¿No ves que Monsieur Plaisir está ocupado?

—¡Monsieur Plaisir! —pronunció Constança con buen acento francés—. ¡Qué nombre más curioso!

—¿Acaso no lo conoces? Es el cocinero más famoso de Barcelona; todos los nobles suspiran por sus platos y lo reclaman en sus cocinas.

—Lo siento, he vivido mucho tiempo fuera —se disculpó—. Pero tengo mucho interés en preguntarle algo, si me lo permitís.

Los buenos modales de la chica no impresionaron al criado. Ya sabía de la inventiva que podían desplegar los ladrones y las prostitutas. Constança dio un par de pasos a la derecha para evitarlo, pero el chico se le adelantó y la cogió del brazo.

—Déjame, tengo que preguntarle por Monsieur Bres... ¡Me haces daño!

La brega entre los dos llamó la atención del francés, que ahora probaba un vino especial con malvasía, según el tendero. Monsieur Plaisir se volvió lentamente mientras hacía chasquear la lengua y salpicaba gotitas de aquel caldo dorado. Al ver que la pelea iba a más, decidió poner paz; quizás alguno de sus clientes andaba por allí. Su activo más importante era la discreción, aunque nadie lo habría dicho por su aspecto.

—¡Esta ladrona ha intentado molestaros, señor!

—En primer lugar, ya puedes apartar tus garras de la señorita. No quisiéramos un moratón innecesario en estos brazos tan bien torneados...

—Claro que no... —El criado no ocultaba su desconcierto, pero al mirar de nuevo a la chica pareció entender las intenciones de su amo—. ¡Oh! ¡Disculpadme, señorita!

—No se lo tengáis en cuenta —dijo Monsieur Plaisir, dirigiéndose con gran pompa a Constança—. Algunos hombres son como los animales, buscan presas con la única intención de hacerles daño.

—Pues, no tan solo se lo proponen... —respondió ella mientras se frotaba el brazo con la otra mano; la caja con las confituras descansaba en el suelo.

El caballero se volvió hacia el criado y le soltó una bofetada que lo hizo trastabillar. A continuación les ordenó que se mantuvieran a una distancia prudencial para que él pudiera hablar con la señorita. Ambos sirvientes se alejaron entre murmullos.

—No se lo tengáis en cuenta —repitió el francés—, son muy buenos en su trabajo. Me acompañaréis a hacer mis compras, seguro que vuestra opinión me será de gran ayuda... —Y le tendió el brazo al alcance; era muy alto, y el sombrero acentuaba aún más su estatura.

En cualquier otra circunstancia, Constança habría rechazado la propuesta, pero no podía dejarse invadir por el miedo. Era su oportunidad de encontrar a Pierre Bres, y pasó por alto las miradas que el caballero dirigía a sus pechos.

—No entiendo en qué os puedo ayudar, pero acepto.

Y así, cogidos del brazo, caminaron Rambla abajo; solo esperaba poder hacerle aquella pregunta antes de llegar a la esquina de la droguería.

—¿Antes he oído que mencionabais a un tal Bres? —se le adelantó Monsieur Plaisir mientras Constança pensaba en la mejor manera de preguntarle.

—¡Sí! ¿Lo conocéis? Era amigo de mi padre, bueno, de mi padrastro. —Se volvió hacia él con los ojos relucientes, como debe de ser el brillo de la esperanza.

—Podríamos decir que sí.

—Oh, no juguéis conmigo. —Por un instante le vinieron a la mente las mentiras interesadas de Rodolf y soltó el brazo.

—Estimada señorita, por favor. ¡Qué poca fe en la humanidad! Yo me he confiado a vos alejándome de mis criados...

—¿Y qué podría hacer yo en vuestra contra?

—No lo sé —dijo Monsieur Plaisir mientras simulaba preocupación—, quizá cautivarme con vuestros encantos.

Constança ya hacía rato que había entendido sus intenciones, pero conservaba una pizca de esperanza en cambiar su suerte.

—¿Conocéis o no a Pierre Bres? —Estaba decidida a marcharse si no recibía la respuesta correcta, pero el hombre quizá se daba cuenta de ello.

—¡Claro que lo conozco! Trabaja conmigo cada día.

Los latidos de su corazón sonaban tan fuertes que por un instante dudó de si lo había oído bien. Si era verdad, desaparecerían todos sus problemas, podría dejar la droguería, pero en este punto una sombra de tristeza apareció en su rostro: también dejaría atrás a Vicenta...

—¡Vuestra expresión no es exactamente de felicidad!

—Sí, perdonadme. Pensaba en una buena amiga. Pero tengo que hablar con Monsieur Bres. Le traigo noticias de un gran amigo suyo.

—¿Un gran amigo? ¡Por lo que sé, no tiene demasiados!

—Vos no lo conocéis tan bien como yo. Mi maestro, Antoine Champel, que es mi padrastro, como le he dicho antes... Bueno, es una larga historia. ¿Cuándo podré verlo?

—Pues ahora mismo... —el hombre pareció dudar— está de viaje. Pero no será por demasiados días. De todas maneras, me gustaría que me explicarais una cosa, siempre teniendo en cuenta que os pondré en contacto con la persona que buscáis. ¿Quién sois?

Constança se quedó mirándolo. A pesar de la extraña apariencia de Monsieur Plaisir, sabía reconocer la sinceridad, era un don que había heredado de su padre. Así que le hizo un resumen de su vida en Lima, de la muerte de su padre, de cómo la había tratado Antoine Champel, como si fuera su propia hija. Solo se guardó la amistad con Iskay y su posesión; era demasiado íntima y no venía a cuento.

—Sí, he oído hablar de este Champel. Quizá Pierre lo haya mencionado alguna vez. Pero me decís que sois aprendiz de cocinera...

—¡Soy cocinera! Antoine me preparó a conciencia antes de morir, y me escribió su nombre en un papel. Lo tengo en casa.

—Bien, bien, quizá podríamos hacer una prueba. Deberíamos encontrar un momento...

—Esta noche.

—¡Esta noche! ¿No sois muy joven para salir sola?

—Eso también es muy largo de explicar —dijo Constança mientras veía cómo los ojos de Monsieur Plaisir volvían a brillar ante la inminencia de la cita—. Enviad a uno de vuestros hombres, pero uno que sea capaz de comportarse. Que me espere en la calle Hospital, en la primera lámpara de aceite que encontrará entrando por la Rambla. Ahora tengo que marcharme.

Se dio la vuelta y dejó al francés plantado delante de un puesto de especias, de aquellos que tanto daño hacían al negocio de doña Jerònima. Pero apenas había caminado unos pasos cuando sintió horror. ¿Y si aquel hombre no mandaba a nadie a buscarla? No obstante, sabía su nombre y no le sería difícil encontrarlo. Ahora ya no.

Ya estaba cerca de la droguería, pensando cómo recibiría la abuela la noticia, cuando se dio cuenta de que le faltaba algo. ¡La caja con las confituras! Como si lo estuviera viendo, recordó haberla dejado en el suelo, delante del puesto de vinos.

Volvió sobre sus pasos. ¡Sería muy difícil explicar a doña Jerònima que la había perdido! Pero el hombre del puesto no sabía nada, y alguien tendría confituras para muchos meses. Entonces se dijo que tenía fuerzas para enfrentarse a la rabieta de su abuela, y habían quedado ingredientes de sobra para hacerlas de nuevo, aunque tuviera que dedicar toda la tarde. Sería su penitencia por haber encontrado a Pierre Bres.

Si alguna vez había tenido dudas sobre su capacidad, unas dudas que se habían acentuado desde que vivía aquella existencia denigrante en casa de su abuela, la velada pasada con Monsieur Plaisir hizo que se disiparan durante una larga temporada.

Sabía que el cocinero, en un primer momento, no había tomado en serio sus palabras. Pero después, cuando Constança desplegó toda la sabiduría del arte culinario aprendido de Antoine

Champel, se unió enseguida a aquella fiesta de los sentidos. Sus exclamaciones, las contrapropuestas a las mezclas osadas, las expresiones cambiantes de su rostro a medida que entendía la calidad de los platos que proponía la chica, hicieron que incluso olvidara su primer objetivo de aquella noche.

Pierre Bres, a quien todo el mundo conocía únicamente como Monsieur Plaisir, no esperaba, ni de lejos, que Constança pudiera dejarlo boquiabierto con sus creaciones. La había atraído a su casa con la intención de probar un cuerpo que se adivinaba rotundo, a pesar de las pobres ropas que lo envolvían y el talante un poco huraño de la chica. Encontraba en ella cierto exotismo que siempre le había gustado, aquella combinación entre el espíritu salvaje del Pacífico y la sensatez excesiva con que a menudo tenía que luchar en sus conquistas de los últimos tiempos.

Pero cuando vio que las enseñanzas de Antoine habían convertido a la chica en una excelente cocinera, arriesgada e imprevisible, se dio cuenta de que era lo que necesitaba si quería hacer valer su fama adquirida en Barcelona. En la alta sociedad, sobre todo en la vida privada, habían penetrado con fuerza las costumbres francesas. Se morían por cosas nuevas, por alcanzar experiencias diferentes que pudieran recompensar la frivolidad que se había instalado desde hacía un tiempo.

Las comidas que preparaba Monsieur Plaisir eran solo un reflejo de estas aspiraciones. Los nobles querían comer bien, pero también eran amantes de las sorpresas, del juego, los ingredientes y productos exóticos. Él sabía provocarlos, avivar aquel deseo, a pesar de que con frecuencia se daba cuenta de que su cocina no tenía el punto de imaginación necesario para lo más importante: si quería que su negocio no se desinflara de manera inevitable, debía renovarse, ofrecer exquisiteces en que no solo el gusto fuera impecable. Sus platos aspiraban a la sorpresa continua, a la renovación, a ser una experiencia de los sentidos. Solo con esa premisa podría continuar siendo el cocinero al que todo el mundo anhelaba en su mesa.

Por estos motivos, cuando Constança, maravillada por la multitud de utensilios e ingredientes que le ofrecía el taller de Pierre

Bres, comenzó a poner en práctica lo que había aprendido con su padrastro, el cocinero solo pensaba en la oferta que le haría. Cualquier cosa antes que perderla, aunque su intuición también le decía que no necesitaría demasiado para conseguirla.

—Os ofrezco trescientos doblones de oro por los servicios de vuestra nieta —dijo con voz bien templada el cocinero, después de descubrirse delante de doña Jerònima.

La patrona de la droguería tuvo que sentarse en el taburete que usaban para llegar a los estantes más altos. Pero se levantó enseguida, pensando que no sería bueno quedar por debajo de aquel personaje y de su oferta estrambótica.

Constança se abrazó a Vicenta llena de agradecimiento, esperando que lo entendiera, pero la criada gimoteaba.

Durante un par de horas había mantenido la mentira delante de la patrona. Le había dicho que su nieta dormía, que se había quedado hasta muy tarde terminando los encargos. Incluso los había completado deprisa, esperando que apareciera en cualquier momento. Pero no podía imaginar aquel final inesperado. ¿Qué haría ahora en la tienda sin la compañía de la chica?

Monsieur Plaisir se pasó por la droguería fingiendo curiosidad, aunque ya había tenido ocasión de comprar allí tiempo atrás. Estaba bien servida, y vio adecuado aumentar su oferta si aquella mujer era capaz de proporcionarle algunos de los productos que conseguía de primera mano en los barcos, algo que le hacía perder demasiado tiempo.

—Trescientos doblones y mi promesa de que la droguería Martí se convertirá en la principal suministradora de mi negocio. ¿Qué os parece?

Doña Jerònima continuaba muda, pero más que por la sorpresa y el dinero, por los pensamientos que comenzaba a albergar. No le cabía duda de que aquel hombre se había encaprichado de Constança y quería tenerla a toda costa. ¿Le estaba permitido venderla, como si fuera una especie de tratante de esclavos?

—Este silencio por respuesta me hace pensar que quizá mi oferta no es suficiente, pero os aseguro que he pensado muy bien en las cualidades de la chica y en la manera de compensaros por su pérdida. No soy un hombre rico, aunque intento acercarme tanto como puedo al valor que puede tener para vos. Además, ella sería libre de visitaros siempre que quisiera. ¡Yo no quiero una esclava!

—Entonces, ¿qué queréis? —respondió Ventura. Hasta entonces se había mantenido al margen, visiblemente estupefacto.

—Necesito una ayudante nueva en mis cocinas, y entiendo que las habilidades de Constança se adecuan perfectamente a mi negocio... —explicó Bres, sin tener en cuenta el tono indignado, incluso abrupto, de las palabras del marido de Jerònima.

—Sí, claro, una ayudante... —La marcada ironía de la patrona no pasó desapercibida a su nieta.

—Debéis saber que pienso marcharme con vuestro consentimiento o sin él. Con Monsieur Plaisir he encontrado lo que deseaba, podré dar vía libre a todo lo que me enseñaron, no como aquí, que solo he servido como criada...

De pronto, Constança vio cómo los ojos de Vicenta se llenaban de lágrimas y ella corría hacia la trastienda. Le supo mal, pero ya estaba hecho. No podía dejarse arrastrar por los sentimientos, no en aquel momento crucial, cuando se estaba decidiendo su vida.

—Como podéis comprobar, mi oferta es justa... —continuó Bres con tranquilidad mientras miraba la cabeza de perro que coronaba su bastón, como si la descubriera por primera vez.

Constança había desplazado su centro de atención hacia otro de los presentes. Los ojos de Ventura mostraban una afectación sincera, como a punto de llorar en cualquier momento. Ella lo miró hasta encontrarlo y le dedicó una amplia sonrisa. Todo estaba bien, era su voluntad. Y él pareció entenderlo, quizás incluso alegrarse de que hubiera hallado lo que quería. Solo doña Jerònima y Monsieur Plaisir mantenían el pulso, casi como si se ignorasen y cada uno hablara solo para los demás.

Constança también se fijó en Rita, que lloraba en silencio. Siempre era así, el dolor la penetraba por dentro, pero solo sus lágrimas conseguían hacérselo visible. Se prometió que algún día volvería a buscarla, que no la dejaría siempre en manos de su abuela. Pero antes tenía un largo trayecto por delante.

Doña Jerònima asistió con sorpresa al silencio de Ventura, como si la marcha de aquella chica hacia la cual había tenido tantos gestos innecesarios no le importara. Parecía incluso que se alegrara. Pero estaba demasiado ocupada contando los doblones que Pierre Bres había puesto sobre la mesa. Sintió una ilusión que no sentía desde hacía mucho tiempo. Con ese dinero podría reformar la tienda, diversificar la oferta de productos... Aún no había entendido que la promesa del cocinero de comprarle muchos de los productos que necesitaba sería un negocio mucho más importante.

No podía imaginar la capacidad de influencia de Monsieur Plaisir entre las altas esferas de Barcelona. Es cierto que su apodo se había hecho popular, pero muy poco se sabía de cómo se había ido apoderando del paladar de sus nobles clientes.

Constança se dirigió al piso de arriba con la única idea de coger su baúl, sin prestar atención a las palabras de Pierre Bres:

—En mi casa no necesitarás ninguno de estos trapos que te pones habitualmente...

Vicenta estaba en el palomar, con el manuscrito de Antoine en una mano y una lámpara de aceite en la otra. Su serenidad, siempre temerosa, se había transformado debido al pánico que sentía a perder la compañía de la chica.

—Si te marchas... ¡lo quemaré, lo juro! —dijo, a la vez que sus ojos rebosaban de lágrimas.

—No lo harás, Vicenta. Sé que no lo harás. No sería justo que tuviera ese recuerdo de ti... —respondió Constança, la cual, a pesar de su aparente seguridad, no las tenía todas consigo; aquel manuscrito era como una parte de ella misma, la había mantenido viva a pesar de las adversidades.

—Pero... —la criada separó la lámpara encendida del manuscrito y Constança se adelantó para apagarla—, ¿qué haré sin ti? ¡Estaba muerta y tú me diste esperanza! Me gustaba levantarme cada día y comprobar que tú seguías aquí, que no se trataba de un sueño...

—Vicenta, Vicenta... —Se sentó con ella en la cama y la rodeó con sus brazos—. No te dejaré sola. Te vendré a ver con frecuencia e intentaré que mi abuela te trate mejor, te lo aseguro. La fortuna de Monsieur Plaisir la trastornará, esa mujer solo piensa en el dinero.

—No, si eso tanto me da. Ya estoy habituada. Es a ti a quien quiero, tu presencia es como mi vida...

Constança se dio cuenta de que muy poco podía hacer por su amiga, salvo abrazarla fuertemente. La criada le entregó el manuscrito después de depositar un beso sobre las cubiertas y la chica sintió cómo las lágrimas de las dos se mezclaban.

Poco después, cuando bajó de nuevo a la tienda con el pequeño baúl a la espalda, advirtió que el cocinero y Ventura estaban cara a cara y que sus miradas destilaban un odio profundo. Al advertir la presencia de la chica, se separaron sin cortar la tensión que los unía.

No hubo más palabras. Monsieur Plaisir la esperó en la puerta mientras ella abrazaba a Ventura y Rita. Con doña Jerònima fue diferente. Toda ella expresaba menosprecio, y no le permitió acercarse.

—Espero que no vuelvas nunca más. No serás bien recibida... —dijo mientras se volvía hacia el estante de las especias.

Pero Constança apenas la oyó. Tenía prisa por marcharse con Pierre Bres, de quien esperaba que fuera su maestro, su guía. Pero no dudaba que habría algunos aspectos en aquella alianza difíciles de compaginar.

—¿Tienes alguna relación con tu abuelo?

—¿Una relación? ¡No os entiendo!

—Me lo puedes decir. Sé cuándo una persona expresa sus sentimientos con más fuerza de la necesaria. Yo soy un hombre de mundo.

—¿Por qué me lo preguntáis? ¿Qué os ha dicho?

—¡Me ha amenazado! Y quiero saber hasta qué punto debo tomármelo en serio.

—No hay ninguna relación entre él y yo que Dios no pueda aceptar —respondió por fin Constança, intentando que quedara bien claro.

—Pues no entiendo por qué me ha dicho que me matará si te pasa algo. Tendré que tomar precauciones.

—No os preocupéis. Ventura es una persona pacífica y solo ha querido dejar claro que se preocupa por mí.

—No sé...

Pierre Bres continuó su camino unos pasos por delante de la chica, sin ofrecerse en ningún momento a ayudarla con el baúl. Pero Constança tenía demasiados pensamientos para preocuparse por el peso de los pocos recuerdos que aún conservaba de su vida en Lima.

4

A orillas del río Rímac, Lima, 1769

No podía imaginarme que aceptaría. De hecho, cuando Iskay me hizo la propuesta mi primera reacción fue decirle que era imposible. Él se quedó pensando mientras intentaba atrapar con un palo las ramas que el río iba arrastrando. Cuando conseguía detener alguna, se la acercaba a los ojos y procuraba descubrir a qué clase de árbol pertenecía. Yo ya sabía que, a aquellas alturas, para él el tacto era fundamental. Quizá su intención era engañarme, no quería hacerme sufrir ni que se rompiera la magia, pero entonces yo ya era consciente de su estrategia. Cogía la rama con ambas manos y la levantaba a la altura de los ojos, pero con los dedos seguía cada nudo, examinaba sus hojas, si tenía, hasta que de golpe afloraba aquella sonrisa que algunas noches me mantenía despierta.

—¿Acaso vosotros siempre os rendís antes de empezar a luchar?

Iskay usaba esa frase cuando quería cabrearme, y lo conseguía, pero era como un juego. Una pelea entre nosotros era imposible, a pesar de que teníamos puntos de vista diferentes, y a menudo yo defendía con tenacidad mi manera de ver las cosas.

—¡Eres injusto! Pocas veces me he negado a hacer lo que quieres, aunque me haya costado una bronca de mi padrastro...

Me miró con otra rama entre las manos y dijo que era de quina. Yo no conocía el árbol y la cogí con curiosidad.

—¡Mírala bien! Quizás en pocos años no será posible encontrar ninguna por estas tierras. Mis antepasados usaban esta especie para tratar infecciones, fiebres y dolores, pero al llegar los españoles la descubrieron y sacrificaron casi todos los árboles. Ahora porque los han expulsado, pero los jesuitas repartieron mucho de lo que ellos decían «polvo del cardenal», que no era otra cosa que corteza de quina triturada.

—¡Tal como hablas, parece que se hayan dedicado a matar animales!

—¡Los árboles son seres vivos, Constança!

—Lo sé, lo sé... —Había caído en la trampa, aunque conocía bien sus ideas sobre la cuestión—. ¡Lo siento!

—No quiero que te disculpes por estas cosas. Quizás algún día tengas que hacerlo de verdad, por algo realmente importante, y estas palabras ya no tendrán ningún significado.

Así era Iskay. A veces resultaba tan categórico en sus opiniones que era difícil no tomárselo en serio, por más que no estuvieras de acuerdo. Pero no era el día de la quina: él tenía otras cosas en la cabeza, cosas relacionadas con la propuesta que me había hecho mientras pescaba ramas.

—Si vienes conmigo te mostraré un árbol que nunca olvidarás. Ya conoces el resultado de su fruto, pero no puedes imaginar cuántas aplicaciones puede tener.

—A veces te ríes de los religiosos y sus manías, pero tú también parece que hablaras con parábolas. Quieres que te acompañe selva adentro, hasta el territorio de tu tribu, aunque me ocultas qué quieres hacer exactamente, incluso el nombre del árbol que quieres mostrarme...

—El saber se asimila de una manera más intensa si te pilla por sorpresa, si no te lo esperas...

—Eso te ha quedado muy bonito.

Iskay me miró fijamente. Sus ojos iban cambiando en cada encuentro, o quizás era que yo pasaba mucho tiempo pensando qué me encontraría cuando lo viera de nuevo. Esa vez me abrazó para besarme en la frente y su mirada quedó fuera de mi alcance.

—¿Qué te preocupa? ¿Acaso no confías en mí?

—¿Qué dices? ¡Creo que eso te lo he demostrado con creces! Pero mi padrastro no me dejará pasar la noche fuera de casa. Últimamente, con su enfermedad, cada vez está más desconfiado.

—Tienes que dejármelo a mí, a Monsieur Champel. No podrá resistirse a mi encanto primitivo.

Lo dijo de una manera tan seria que, aunque sabía perfectamente por dónde iba, no pude evitar una carcajada. También él estaba cambiando. A pesar de que su ceguera avanzaba sin remedio, se le veía más seguro, como si su arma principal le diera fuerzas.

Yo no tenía ninguna duda de cuál era: Iskay lo sabía todo o, al menos, esta era la impresión que yo tenía. Sus conocimientos le daban un aura extraña, como si lo rodearan con una coraza impenetrable.

—¡Mañana iré a verlo!

—¿Te parece? ¿Y si te echan del palacio? No creo que a los guardias les agrade tu visita.

—Tú entras y sales cada día. ¡Me acompañarás! Pero después nos dejarás solos. Yo haré que te dé permiso.

—¡A vuestras órdenes, mi capitán!

Sí, fue una reacción jocosa, pero en el fondo me sentía como en una tropa en la que él era el gran capitán y yo un soldado que aprendía cada día de su experiencia. Iskay ni siquiera se rio, quizá más meditabundo de lo habitual en él. Solo regresó a la orilla del río y continuó con aquel juego que cada vez le costaba más esfuerzo.

—Esta es una rama de cedro —dijo mientras yo pensaba en la excusa que daría a los guardias para introducir a Iskay en palacio.

Opté por la que me pareció la solución más fácil. Aquella misma noche hablé con Antoine de mi amistad con Iskay. Claro que no le expliqué todo, pero se sorprendió de que todos los conocimientos de que yo hacía gala, y que tanto sorprendían a mi padrastro, provinieran de un indígena.

Se quedó mirándome antes de decir que quizás el menosprecio de los españoles hacia los indios no tenía demasiado sentido. Él mismo se había quedado boquiabierto ante los conocimientos de algunos indios que ayudaban en las cocinas. Finalmente, escribió un papel para los guardias, una especie de salvoconducto para que Iskay pudiera acceder al palacio. Yo no dudaba de que era una persona bastante abierta para hablar con cualquiera, pero no esperaba que, por muchos argumentos que pudiera darle mi amigo, me autorizara a viajar a las tierras del interior.

Como en muchas otras ocasiones, subestimaba la capacidad de mi amigo.

Aunque lo intenté, nunca he sabido sobre qué versó la conversación que mantuvieron Iskay y mi padrastro en aquella reunión. En aquel día de primavera, mientras caminábamos por la orilla del río con la promesa de que volveríamos en canoa y que los mismos indios kandozi nos acompañarían, no tuvimos demasiado tiempo para hablar. Los insectos se mostraban especialmente decididos a hacernos la vida imposible, y también estábamos muy pendientes de las dificultadas a las cuales nos sometían las últimas lluvias.

El sendero que remontaba la ribera del Rímac se había inundado en muchos puntos y, en otros, una serie de troncos lo había obstruido o, sencillamente, cegado. Pero cuando nos detuvimos a comer algo de lo que nos habían preparado en las cocinas del palacio, encontré mi oportunidad. Que Iskay fuera tan lacónico, que todo quedara en una promesa de explicación, respondía quizás al orgullo oculto que a menudo demostraba mi amigo.

—¡No puedes dejarme en ascuas! Soy incapaz de entender por qué, al menos, ha renunciado a exigir que lleváramos escolta.

—Tu padrastro es un hombre inteligente —comenzó Iskay, dándome esperanzas—. Y no creas, me costó convencerlo. Creo que has tenido mucha suerte de que estuviera cerca cuando murió tu padre. No está demasiado satisfecho con su vida. Le habría gustado ir más allá en la búsqueda de una cocina diferente, más adecuada a las personas y, sobre todo, menos dañina para el mundo que nos rodea...

—¡Eso ya lo sé! Hace años que me alecciona, y lo entiendo —dije; Antoine pensaba que aquellos manjares con los cuales se ganaba el favor del virrey lo acabarían matando—. Pero ¿qué dijo cuando le hiciste la propuesta?

—En realidad, no se la hice.

Iskay ya se había acabado la comida y no le costó levantarse. Yo, al contrario, me sentía somnolienta y cansada. Había pasado buena parte de la noche despierta, inquieta por aquella expedición que Antoine, incomprensiblemente para mí, había permitido. Así que cogí a Iskay de la mano y lo miré a los ojos; tenía la certeza de que aquel era un ardid infalible, como así sucedió.

—Algún día te explicaré con más detalle nuestra conversación, pero ahora tenemos que reservar fuerzas para el viaje. Ya ves cómo está el río, y no quisiera que tuviésemos que pasar la noche en la selva. Hoy tenemos que llegar a la misión, sea como sea. Pero te diré una cosa —añadió, sin poder librarse de mi mirada—: hay un momento en que lo único que podemos hacer es escoger. Monsieur Champel ha escogido la opción correcta, la que le marcaba el corazón después de escucharme. Él quiere lo mejor para ti, quiere que llegues a ser una persona sabia, y creo que le hice entender que este viaje sería muy importante para tu educación.

A veces no entendía demasiado las palabras de Iskay, sus razonamientos. Lo cierto es que había pasado buena parte de mi infancia rodeada de gente mayor que yo, que Antoine siempre ponía por delante la necesidad de convertirme en una persona capaz de valerse por sí misma, sobre todo desde que se le había declarado la enfermedad. Pero Iskay parecía saber todas las respuestas a pesar de su juventud.

No quiso hablar más de ello. Me recomendó que me concentrara en el camino; a pesar de la autorización de mi padrastro, él había adquirido una responsabilidad hacia mí que no quería poner en entredicho. Continuamos por la orilla del río, salvando, gracias a nuestra juventud, obstáculos que para cualquier otro habrían sido definitivos.

El objetivo era llegar a la misión de Santa Catalina, al pie de las montañas, un antiguo convento de los jesuitas cuya expulsión había dejado momentáneamente sin dueño. Iskay me había explicado que los indios kandozi habían sido llevados allí como sirvientes y que, al marcharse los monjes, habían hecho suyo aquel pequeño territorio. Sabían que en algún momento ellos lo restaurarían, que los españoles encontrarían motivos para echarlos cuando les faltara espacio en Lima, pero incluso entonces nada los obligaría a marcharse después de cincuenta años a orillas del Rímac.

La silueta de las montañas parecía fuera de nuestro alcance, y después de caminar casi sin descanso buena parte del día, el lecho del río se fue haciendo más estrecho y la vegetación cada vez más frondosa. Iskay se mostraba más animado a medida que nos acercábamos a nuestro destino, pero yo no me tranquilicé hasta que el sol poniente iluminó con sus últimos rayos la fachada de una pequeña iglesia rodeada de barracas.

El paraje parecía abandonado, pero al acercarnos aparecieron algunas mujeres que llevaban niños colgados del cuello. Cuando las tuve al lado, descubrí que llevaban las manos manchadas con una grasa blanca, como si hubieran interrumpido sus tareas al saber de la llegada de Iskay.

Los kandozi de Santa Catalina aprovechaban el antiguo convento, pero detrás de las casas también habían construido cabañas de adobe y algunas tiendas. El recibimiento fue muy especial. Las mujeres nos trajeron agua y unas papas hervidas con la piel; algunos de los niños mayores, que iban desnudos, corrieron en distintas direcciones para dar aviso a los hombres de nuestra llegada.

—A mí siempre me han acogido bien, pero tu presencia los fascina —dijo Iskay al ver que yo me quedaba un poco apartada de tanta celebración.

—Sí, gracias —respondí con una sonrisa mientras me esforzaba por entrar en el círculo que se había formado.

El resto del día fue un desfile de hombres y mujeres que querían saludar a mi amigo, los cuales, según él, le pedían que se quedara. Su popularidad era enorme, pero también la fama de sus conocimientos. Así, atendió a unas cuantas personas que sufrían heridas o enfermedades para mí desconocidas.

Mientras tanto, las chicas jóvenes se entretuvieron en deshacer mi trenza y admirar el pelo largo y rizado del que disfrutaba entonces. Me tuvieron muy ocupada hasta que Iskay apareció en la puerta de la cabaña, excusándose, pero siempre con una sonrisa que yo admiraba.

—¡Lo sé! Sé que tenéis muchas ganas de compartir vuestro tiempo con Constança —dijo en su idioma, según me explicó más tarde—. Pero hemos viajado hasta aquí con un objetivo, y para que mañana se haga realidad, debemos retirarnos temprano. Mañana nos espera una caminata hasta los árboles del chocolate, y por la noche tenemos que estar de vuelta en Lima...

No me sorprendió que la estancia que nos prepararon fuera una tienda maravillosamente engalanada, situada en el centro de los alojamientos, un sitio donde solo estaríamos Iskay y yo.

Aquella noche fue muy importante para mí, pero, además, preparó mis sentidos para una jornada llena de descubrimientos. Apenas salió el sol, y aunque yo habría querido quedarme mucho más tiempo entre aquellas mantas perfumadas, Iskay me despertó.

Después de un desayuno frugal, me hizo cambiar los viejos zapatos que usaba para ir al río por un calzado hecho con pieles que envolvía mis pies a la perfección.

—Es un regalo de las mujeres kandozi. Han escogido los mejores de que disponían para obsequiarte.

—Son... son muy amables... Yo...

—No es necesario que digas nada. A la vuelta podrás darles las gracias, si quieres, ya que son para ti. Ahora tenemos que marcharnos.

Aún bostezaba cuando abandonamos la misión con un poco de nostalgia. No olvidaría las horas pasadas allí. Iskay volvió a su ritmo, prudente pero constante. Solo a veces me hacía algunas preguntas mientras avanzábamos por el zigzagueante camino; era como si tuviera grabada en la cabeza la ruta que nos llevaría al árbol del chocolate. Y mientras tanto no paraba de darme aquellas explicaciones previas que creía necesarias.

—Nadie recuerda en mi tribu desde cuándo se usa el fruto del cacao, pero te puedo explicar lo que sé —dijo mientras cogíamos un sendero que salía del camino del río para adentrarse hacia el interior—. Cuando llegaron tus compatriotas, se sorprendieron del licor que hacíamos con agua caliente. Le ponían ají y *mashcca* para que aumentara de volumen...

—Ahora sí que me he perdido —lo interrumpí mientras ponía el brazo para que no me impactara en la cara una rama que Iskay había superado como si nada—. Ya sé que el ají es una especie de pimiento pequeño, como la guindilla, pero la *mashcca*... ¡No tengo ni idea!

—Ya, disculpa. Cuando estoy cerca de mi gente, siempre me vienen a la cabeza palabras de mi infancia; a veces me da la impresión de que pugnan por sustituir los términos que uso habitualmente en Lima. ¿Cómo se dice eso?

—Pues no sé, pero sería más fácil que me dijeras qué es *mashcca*.

—Vosotros le decís harina, pero es harina de maíz. Bien, el caso es que los soldados españoles no querían saber nada de este brebaje, les parecía muy fuerte.

—Es curioso, ahora todo el mundo pierde la cabeza por el chocolate, y algunos lo hacen de una manera que no me gusta nada...

—Sí, a veces en el convento lo hacían tan espeso que podías clavar la cuchara en medio y conseguir que se quedara allí para siempre.

—No me hablas nunca de qué significó la expulsión de los jesuitas. ¿Los nuevos monjes te tratan bien, en Lima?

Iskay me miró con desinterés, tal como hacía cuando el tema no era de su agrado. Se dio la vuelta y continuó el camino, si es que se podía llamar así de aquella senda intrincada, hasta que llegamos a una zona de árboles mucho más abierta. Eran árboles no demasiado altos, de la altura de los ciruelos, de los cuales colgaban unas bayas similares a las del maíz, aunque mucho más pequeñas. La verdad es que su aspecto me pareció un poco ridículo, como una extraña mezcla de árboles que ya conocía.

Él se alegró mucho de verlos. Enseguida se acercó a ellos para tocar las ramas y coger algunas bayas.

—Son como calabazas pequeñas, ¡y parece que las hubieran estirado!

—Ahora están bien maduras. Ya ves que tienen esta tonalidad rojiza. Pero espera, verás qué encontramos dentro...

Cogió el cuchillo que llevaba e hizo un corte para dividir el fruto en dos mitades exactamente iguales. Por dentro era como una papaya pequeña. Yo había visto pocas, pero a veces las traían los barcos que hacían la ruta desde México. Pero no me atreví a decirlo; pensé que aquellas comparaciones eran muy infantiles y me concentré en su explicación.

—Quiero que las pruebes, pero primero retenlas en la palma y sopesa su frescura. Es un fruto lleno de contrastes... —explicó mientras me daba algunas de las semillas que contenía la baya.

—Pero ¿se pueden comer?

—Claro que sí. Lo que no sé es si te convencerán... Pero ¡tú eres una chica valiente!

—Ya puedes decirlo —respondí mientras me llevaba a la boca un pequeño puñado de semillas.

Era como si tuviera que probar mi fama de chica decidida. Hice una cata y después otra. La boca se me llenó de un gusto amargo, muy astringente. Necesitaba agua, escupirlas antes de que la sensación se apoderara de todo mi paladar, pero me mantuve firme.

—Sí que eres sufrida —dijo Iskay—. ¡Yo ya no las tendría en la boca!

Parecía divertirse. Bien, de hecho siempre lo parecía. No tenía motivos, con aquel amargor atragantándome, pero me dio risa. Creo que nuestras carcajadas se oyeron por todo el valle.

5

Barcelona, verano de 1773

Detrás de Monsieur Plaisir, Constança subió los escalones de su nuevo hogar. Lo hizo con la barbilla levantada y la mirada decidida, como quien toma posesión de algo largamente esperado que, según sabe desde hace mucho tiempo, le pertenece por derecho propio.

No llevaba corpiño ceñido a la cintura, solo una cinta del mismo color que sus ojos, que brillaban con un resplandor recién estrenado. La oscura cabellera le caía libre sobre la blusa blanca de escote generoso. El pequeño hato que le colgaba del brazo se balanceaba a cada paso, mientras arrastraba el baúl que había heredado de Antoine, firmemente aferrado en la mano derecha.

Con la dignidad de una dama, cruzó el patio central del edificio, y una sonrisa elevó sutilmente las comisuras de sus labios al mirar de reojo aquel vergel. ¡Qué poco podía imaginarse hace solo unos meses que tendría a su alcance un jardín semejante, un espacio elevado en la calle Carbassa que no pasaba inadvertido! Constança pensó que Pierre Bres debía de ser muy rico, y que ella disfrutaba por fin de la suerte que le había dado la espalda al llegar a Barcelona.

A medida que se acercaban al ala izquierda del edificio, los encuentros con el servicio se hicieron más frecuentes. Todos saludaban al señor con la cabeza ligeramente inclinada, tan solo unos chiquillos que trajinaban troncos la miraron sin disimular su curiosidad.

—Descansa y dispón tus cosas como mejor te plazca. Más tarde vendrá Eulària y te enseñará las cocinas, el comedor común y el resto de las dependencias. Pídele todo lo que necesites. Mañana te quiero fresca como una rosa.

Las últimas palabras de Monsieur Plaisir fueron pronunciadas con tono amistoso; después deshizo el camino que los había llevado hasta allí y Constança se dispuso a hacer su cuarto. Cuando ya tenía un pie dentro, algo la hizo recular. Al fondo del pasillo se recortaban dos figuras inmóviles. Por la silueta a contraluz, podía tratarse de una mujer y de una chiquilla de más o menos la edad de Rita. Incómoda, se mantuvo en el umbral de la puerta a la espera de que desaparecieran, pero no lo hicieron. Por un momento dudó si aproximarse. Quizá las conocía. Pero sus piernas no le obedecieron. Una especie de presentimiento enturbió la alegría que sentía y, como si así escapara de un mal presagio, cerró la puerta y se adentró en la habitación.

«¡Mira que soy tonta! Después de cruzar el Gran Mar y de sobrevivir...» Constança no acabó de dar forma a su pensamiento. Salió al exterior bruscamente para preguntar a aquellas desconocidas quiénes eran y si querían algo. Sin embargo, por mucho que echó un vistazo a los cuartos abiertos —a los otros no se atrevió—, habían desaparecido.

—¡Tanto da! —exclamó, restándole importancia.

De nuevo se plantó en medio de la habitación que le habían adjudicado. Se recreó llenándose los pulmones con el aire perfumado del romero que colgaba de un saquito de tela en la cabecera de la cama.

—Aún no me lo puedo creer —susurró.

Después de bailar por su habitación como cuando era pequeña, depositó el baúl encima de la cama y lo abrió con cuidado. Sacó la flauta y la hizo sonar de alegría. Sus pensamientos volaban lejos. Entre añorante y feliz, la guardó en el mismo sitio, no sin antes dedicarle un último vistazo. Entonces cogió el legajo de hojas manuscritas, la herencia de Antoine, se sentó sobre el colchón de lana con las piernas cruzadas y lo apretó contra el pecho.

«Es importante que te enfrentes a él con calma. No quieras

devorarlo todo de golpe, la digestión sería dura y no absorberías el resultado. No es tan solo un libro de recetas. Es un recorrido personal y compartido con el que he querido disfrutar del descubrimiento, experimentar nuevas posibilidades a la hora de mezclar los ingredientes de cada plato...»

Esas recomendaciones de su maestro permanecían intactas en su memoria. Las había repetido del derecho y del revés antes de confiarle el manuscrito. Sin embargo, sabía que algunas anotaciones eran de su madre, que no quería olvidar los platos con los que se había hecho mayor. Antoine las guardaba con estima, como si se trataran de un objeto de gran valor, y nunca dejó de tenerlas en cuenta.

«Es curioso, pero por más que sigas con pelos y señales las indicaciones de cada una de las recetas, el resultado no es exactamente el mismo. Quizá no le encuentre el punto, porque los platos no tienen el mismo sabor...»

Constança solo había llevado a término las dos primeras recetas. A pesar de que la cena preparada en casa de sus abuelos no había conseguido el resultado esperado, se sintió satisfecha y advirtió cómo, después de las reticencias iniciales, los dos habían acabado chupándose los dedos. De alguna manera, era responsable del legado de Antoine; incluso cuando le había explicado el verdadero arte del sofrito, herencia de su madre, había tenido la sensación de que tomaba el relevo.

La demostración ofrecida a Monsieur Plaisir había sido muy diferente. Se había jugado su futuro a una sola carta y solo le habían concedido una oportunidad.

Recordaba que Antoine hacía unas salsas espléndidas con leche, pero siempre resultaban difíciles de digerir. Además, por mucho que se esforzara, era un procedimiento con el que no conseguiría deslumbrar a alguien como Monsieur Plaisir, avezado en la cocina francesa.

Consultó el legajo en busca de una respuesta. En la cuarta hoja, bajo el título de «Roma anicoc», había escrito lo que parecía una receta muy breve:

«¡No te preocupes, usa la intuición y diviértete! Estate atenta y no renuncies a escuchar tus sentidos. Entonces, déjate llevar. Nunca tengas prisa, es el peor enemigo. Toma nota de cada nuevo sabor, de cada aroma antes de que se confunda con los otros. Y, sobre todo, sueña.»

¿Qué clase de receta era aquella? ¿Y qué sentido ocultaba un título tan estrafalario? Tuvo la tentación de desobedecer los consejos de Antoine, saltarse páginas o leer en diagonal, en busca de mensajes encubiertos. Pero fue fiel a su promesa y se dedicó a releer las palabras del maestro. Las repitió hasta que se las aprendió de memoria y, con este espíritu, se dispuso a cocinar el plato.

Enseguida descubrió que disponía de las mejores aves de Barcelona, y también de pescados, carnes, huevos, así como cualquier especia que quisiera. Complacida, recorrió la mesa de mármol con la mirada. No fue consciente de cómo usaba los productos que tenía al alcance; eran sus manos las que hacían el trabajo, como si obedecieran un impulso ajeno a su voluntad.

Ante la mirada expectante del cocinero, eligió unas peras maduras, enteras. Los dedos se le humedecieron con el jugo dulce que vertían. Entonces, como quien se dispone a llevar a término un ritual, sujetó el mortero de mármol e, inmóvil, soñó un aroma.

Quizás era igual que perseguir un perfume. Debía esforzarse por separar los elementos que lo conformarían. Picó los piñones, las avellanas y las almendras a un ritmo constante; después aligeró la mezcla con perejil fresco. Incorporó una pizca de azafrán, un pellizco de sal y otro de pimienta. De nuevo cerró los ojos para abrirlos unos instantes más tarde y, con la seguridad de un cirujano, mezcló el clavo y la canela. El olor de las especias la complació mientras un cosquilleo le recorría el espinazo.

El color tostado de la mezcla la satisfacía, pero, por más que revolvía el contenido, no conseguía atrapar el punto álgido esperado. La joven cogió aire, olvidó el examen al que Monsieur Plaisir la sometía, y se perdió en un embrujo que la llevó lejos, muy lejos.

De pronto su expresión se transfiguró y una mirada de niña traviesa puso luz al azul de sus ojos.

—¿Dónde está el chocolate?

—¿Cómo dices? —preguntó el francés, frunciendo las cejas y adelantando ligeramente la cabeza.

—Ya me habéis oído. ¡El chocolate! ¡El que tomáis para desayunar! —aclaró mientras señalaba las jícaras de porcelana que descansaban en una balda.

Sin más palabras, el cocinero le dio el bote de cerámica que contenía la molienda del cacao.

Antes de incorporar un generoso pellizco a la mezcla, la joven metió el dedo y, al sacarlo cubierto con aquel polvillo sabroso, se lo llevó a la boca. Repitió la operación dos veces más, imprimiendo sensualidad al gesto. Se complació persiguiendo el sabor del chocolate por el paladar, y con movimientos lentos se relamió sus labios carnosos. Cuando por fin se lo tragó, la caricia del jugo bajándole por la garganta hizo que emitiera un suspiro de placer.

Monsieur Plaisir seguía cada movimiento con los ojos desorbitados y no pudo evitar una erección espontánea. Para no hacerla evidente, se dejó caer en el banco de la cocina.

Constança, ajena a todo lo que no fuera su creación, prosiguió con gesto juguetón y goloso añadiendo un chorrito de vino blanco.

Satisfecha, abandonó la picada dedicándole una sonrisa y puso una cazuela de barro al fuego. Doró unos trocitos de carne de ternera con aceite caliente. Cuando el color se asemejó al de la miel, los retiró. Entonces cortó la cebolla bien fina y la caramelizó; el perfume de un poco de tomate añadiéndose a la confitura le agradó. Con una mancha de harina espolvoreó el color tostado y, sin dejar de mezclar, vio cómo se fundía igual que la bruma baja sobre las montañas.

—Ya está ligado —susurró.

La cuchara de madera guiada por las manos hábiles de Constança mezclaba el contenido con la carne acabada de posar. Dos vueltas más y la picada de mortero regó la superficie con un aspecto crujiente. De nuevo lo revolvió todo con cuidado, sin prisas. Entonces añadió dos copas de agua y las peras.

Antes de condimentarlo con sal y pimienta y tapar la cazuela, olió ligeramente el aroma que desprendía y se sintió complacida.

Se dirigió al cocinero con una sonrisa radiante. Había que esperar un rato para saborear el resultado, que, no tenía duda, sería espléndido.

Por fin había llegado la hora de la verdad, y Constança fue presentada al resto del servicio. De la docena de criados, sirvientes, camareras y lacayos, siete estaban destinados en la cocina. El portero y el cochero vestían de manera más elegante, diferenciándose del resto. La joven saludó a los unos y los otros disimulando su indiferencia. Buscaba a dos mujeres en concreto y, a pesar de no saber demasiado más, tenía la intuición de poder reconocerlas. No iba errada. Al ver delante de sí a la pelirroja de piel muy blanca y ojos almendrados, supo que la búsqueda había llegado a su fin.

Se examinaron mutuamente durante unos instantes. A diferencia del resto de los presentes, aquella mujer no bajó la mirada. Tan solo cogió de la mano a la chica que la acompañaba, poco más joven que Constança.

—Te presento a Àgueda y su hija Cecília —informó el francés—. Ellas se encargan de limpiar la plata, supervisar la ropa... ¡Ya se sabe, en una casa tan grande nunca falta trabajo!

Con una punzada de desconcierto, Constança acompañó a Pierre Bres a las cocinas.

—¡Este es mi reino! —exclamó él muy ufano—. Para que todo funcione la disciplina es muy importante, aplicarse en la observancia de las reglas. Cada uno sabe su cometido y el éxito del resultado depende del cumplimiento del método establecido.

Aquella tropa se veía muy bien adiestrada y rodeaba, fiel, a su señor. Un recuerdo asaltó la memoria de Constança. Alguno de los maestros que se ocupaban de su formación en Lima le había explicado el funcionamiento de las abejas, la manera en que se organizaban. Había una correspondencia casi perfecta con lo que veía ahora.

No tenía ninguna duda de que Monsieur Plaisir hacía el papel de la abeja reina, la única reproductiva y, sin embargo, también encargada de eliminar a sus rivales en potencia. Ya le habían presentado a las obreras; como no podía ser de otra manera, de ellas dependía el futuro de la comunidad. Recogían néctar, polen y agua; transformaban el néctar en miel, limpiaban la colmena...

Antoine Champel le había hablado de la ciudad espiritual de san Agustín y de la utopía de Tomás Moro, incluso del Estado justo que pregonaba Platón. Pero para que la chica pudiera entender todo aquello, al final había puesto el ejemplo de las abejas. Y en aquella sociedad perfecta que el cocinero se había organizado había una figura que Constança aún no había identificado: ¡el zángano!

Este individuo no disponía de aguijón, ni de ninguna defensa; tampoco tenía cesto para el polen, ni glándulas reproductoras de cera. Su única función era aparearse con la reina. Pero a medida que se acercaba el otoño, los zánganos eran expulsados de los panales por las obreras y morían en el exterior. Se preguntó quién cumplía esa función en casa del prestigioso cocinero. Y un escalofrío le recorrió la espalda.

—¿Constança, pasa algo? —preguntó Monsieur Plaisir al observar su repentina palidez.

—¡No, nada!

Desprendiéndose de aquella idea absurda, prestó atención a las instrucciones de aquel hombre elegante. De momento ella debía acompañar a la subcocinera y familiarizarse con el resto. Los ayudantes se encargarían de ir a buscar agua, fregar los platos, comprar todo lo necesario y obedecer en aquello que se les ordenara.

—Nosotros no trabajamos para un único patrón. Vamos donde se nos pide, casi siempre nos hacemos cargo de fiestas o compromisos en que los nobles y señores anfitriones deben obsequiar a un invitado de una manera especial. También ayudamos a los cocineros a ligar salsas o preparar postres en ocasiones puntuales. Ya puedes imaginar que nuestro oficio es de una gran responsabilidad. Si fracasamos, se pueden ir a pique asuntos muy importantes. ¡La mesa constituye un escenario estratégico! A su alrededor tanto se cierran pactos políticos como se anuncian compromisos de matrimonio. De vez en cuando también se gestan otras cosas que... en fin, si yo te explicara...

—Me hago cargo.

—No. Aún no, pero ya lo irás viendo. Estoy convencido de que sirves para este trabajo, y por eso te he contratado —dijo él mientras sus ojos contradecían sus palabras; poco después dejó de mirarla—. ¿Sabes por qué me llaman Monsieur Plaisir?

Constança negó con la cabeza. No quiso aventurar una respuesta que no se ajustara a la esperada. Entonces el cocinero irguió el cuello con pose altiva, como un pavo real que hubiera ido a lucirse en un gallinero. Bien mirado, el porte de Pierre Bres era principesco, con aquel talle esbelto y una presencia impecable. Llevaba casaca y una chaqueta de diferentes tonalidades de verde, y debajo una camisa que recordaba el tono más claro de las vainas de judía. Los pantalones ajustados se le ceñían a la rodilla con una hebilla, más pequeña que la de los zapatos, que eran puntiagudos y con un poco de tacón. El conjunto se completaba con unas medias que adornaban la parte de pierna que quedaba al descubierto.

—Escúchame bien, chiquilla. Yo soy quien satisface las necesidades de quienes buscan el placer. Y soy un verdadero experto en ello. No concibo la vida sin ir de manera constante a la búsqueda de la felicidad, y la cocina es su verdadera fuente. Mi oficio es deleitar todos los sentidos de los clientes, como si no hubiera ninguna otra cosa importante en la vida. Eso es lo que esperan de nosotros y es, exactamente, lo que les ofrecemos. ¡Si lo has entendido, eres bienvenida a mi casa!

Constança asintió mientras ocultaba una media sonrisa. No se tomaba a la ligera las palabras del señor, pero la manera de hacerlo le sonó innecesariamente afectada. Después tomó buena nota de cuanto sucedía en las cocinas, pero una de las conversaciones captó su atención.

—¡Cuando el palacio que el virrey del Perú se está haciendo construir en la Rambla esté terminado, nos caerá mucho trabajo!

—He oído decir que, desde tierras tan lejanas, él mismo se encarga de dar las instrucciones y toda clase de detalles para la construcción.

¡No era posible! Aquellas personas hablaban de Manuel de Amat y Junyent, el virrey al que había servido su padre. ¡Todo indicaba que su regreso a Barcelona era para quedarse! La joven aguzó el oído.

—Si es tan rico e influyente como dicen, ya verás como el patrón y todos nosotros acabamos instalándonos una temporada en su casa. Se comenta que le gusta la buena cocina, sobre todo la francesa. ¡Sería un no parar!

—¿Te lo imaginas? Vivir en un palacio y ver pasar a las damas más bellas, a los prohombres más importantes y...

—Perdonad, ahora vuelvo —dijo Constança, y se dio media vuelta apresuradamente, para sorpresa de sus nuevos compañeros y compañeras.

Una vez en el jardín, se serenó y se hizo la promesa de no dejar que aquel fantasma del pasado enturbiara su oportunidad de ser feliz.

6

Barcelona, otoño de 1773

Aquellos meses en casa de Monsieur Plaisir fueron deliciosos. Lejos del recelo con que se habían recibido sus aportaciones y sugerencias iniciales, Constança había conseguido crearse una posición de privilegio en las cocinas. Con mucha mano izquierda, se había ganado la confianza y la complicidad de casi todo el servicio y, ahora, su participación resultaba imprescindible para sus compañeros.

Pierre Bres, tal como ella lo denominaba en privado, la trataba de una manera exquisita y tenía una consideración especial por sus iniciativas; una consideración que en ningún momento otorgaba a los otros, sin dejar de lado algunas muestras de confianza, mínimas pero evidentes, a las cuales Constança, feliz, no prestaba demasiada atención.

—Es la niña de sus ojos —comentaba Eulària, quien se afanaba para que, tal como le habían indicado, no le faltara nada a la recién llegada.

Cuando en la cocina de Monsieur Plaisir no tenían ningún encargo, y se ha de decir que era en contadas ocasiones, la joven era libre de entrar y salir de la casa. Entonces, aprovechaba para encontrarse con Ventura en el café de la calle de la Esparteria, o con Rita, que la ponía al día de las novedades en la droguería de los abuelos. La huérfana no había olvidado la promesa hecha y a menudo le preguntaba sobre la posibilidad de que el francés la «comprara» también a ella. Lo único que podía responder Constança es que era cuestión de tiempo, que un día no demasiado lejano se presentaría en la tienda y se la llevaría.

Las cosas no resultaron tan sencillas con Vicenta. La vida de aquella mujer se había visto conmocionada al conocer a la joven. Si bien era cierto que la había enfrentado a su existencia mediocre y sumisa, también le había dado esperanzas. Durante la época en que permaneció en la tienda, la idea de que todo podía ser diferente había anidado en la criada; por momentos volvía a ser aquella mujer con sus sueños de juventud, a la cual ya había renunciado.

Por eso su marcha se había convertido en una ruptura tan dolorosa, como si a Vicenta le hubieran vuelto los síntomas de una antigua, larga y abrumadora enfermedad. Meses más tarde aún se resentía de las cicatrices, y por nada del mundo quería exponerse a reabrir viejas heridas. Este era el motivo por el cual siempre encontraba una excusa para aplazar el reencuentro.

Aquel día, aunque lo tenía libre porque Pierre se había marchado a Girona para averiguar las razones de la desaparición de uno de sus proveedores más estimados, Constança decidió no salir de casa. Tendría tiempo para visitar de nuevo a aquellas mujeres a las que había dejado atrás, aunque comenzaba a pensar que la vida también era eso. La gente se iba quedando por el camino, sin que ella pudiera hacer demasiado para cambiar las cosas.

Por otra parte, fuera lloviznaba y se había levantado un vientecillo frío que invitaba a quedarse a cubierto. Se había levantado de buen humor y, después de tomar un chocolate caliente, había preparado todo lo que necesitaba para convertir unas telas de indiana en cortinas para su cuarto. Quizá debido a los años en Lima le agradaban los colores vivos, aunque en Barcelona no eran fáciles de encontrar.

Las había comprado gracias al generoso sueldo que le pagaba su benefactor, si bien debía reconocer que se lo ganaba con creces. No había podido resistirse, después de ver cómo lucían las casas de prestigio donde a menudo solicitaban los servicios de Monsieur Plaisir. Le parecía que aquellos nuevos estampados, que se habían puesto tan de moda, hacían más hermosos los objetos cotidianos.

Con ellos, Barcelona había entrado de lleno en los circuitos del gran comercio internacional. No era solamente gracias a la exportación de aguardiente al norte de Europa, también los barcos que zarpaban hacia las Indias iban llenos de tejidos catalanes. Aquellas nuevas telas de algodón iban adquiriendo una importancia creciente en el tráfico de mercancías. ¡Y Constança no quería renunciar a verlas engalanando su cuarto!

De los muchos motivos que se ofrecían, había escogido uno que alternaba rayas y franjas verticales con ramilletes de pequeñas flores en azul, rojo y tostado, todos colores muy vivos. Por unos momentos le pareció que volvía la primavera a su ventana y que la humedad del cuarto se evaporaba, ¡e incluso que las podía oler!

Cosía, cantaba, volvía a coser. Y, entre puntada y puntada, sonreía y hablaba en voz alta.

—¡Cómo me gustaría tenerte cerca, Iskay! Solo me entristece pensar que tus ojos hayan podido quedar definitivamente a oscuras... ¡Ya lo sé! Tú refunfuñarías, seguirías insistiendo en que la luz nos es dada por la alegría y esta es una experiencia personal, que viene de dentro. Y quizá debería darte la razón.

»¿Sabes? ¡Me parece que por fin puedo percibir la luz de la que siempre me hablabas! Diría que tiene que ver con la serenidad. Mi intuición me dice que he encontrado el sendero correcto. Me gusta mi nuevo trabajo, me siento respetada por todos y, en particular, halagada por Pierre Bres, el cocinero que buscaba. ¿Te acuerdas? ¡Es tan elegante! Ha viajado por medio mundo, conoce a tanta gente... Sí, tiene sus cosas, pero quizá son más evidentes porque no le da reparo mostrarse tal como es. En casa me tratan de señorita, ¡y te partirías de risa si me vieras con mis nuevos vestidos! En esta parte del mundo tienen la costumbre de llevar una prenda que llaman corsé. ¡Dios mío! ¡Hasta que te acostumbras, te corta la respiración! El cocinero me regaló uno, y también unos zapatos de terciopelo con tacones, ¡nada menos adecuado para caminar por la selva! Un día me llevó a pasear de bracete...

—¿Decía algo la señorita? —interrumpió Eulària.

—No, no... Hablaba sola —sonrió sin apuro.

—Por mí no os preocupéis. Yo también lo hago a menudo.

—Eres muy amable, Eulària. Por cierto, ¿te gustan?

Constança le mostró las telas hilvanadas.

—¡Oh, sí! Desde luego os dais mucha maña.

—¿Ha salido Monsieur Plaisir? Cuando las tenga listas me gustaría mostrárselas.

—Ha vuelto hace un rato, creo que está en su estudio.

—¿Acaso experimenta con algún ingrediente nuevo?

—Eso sí que no lo sé, señorita...

—Puedes llamarme Constança, ya te lo he dicho muchas veces.

—Sí, señorita Constança.

Ambas rieron al unísono y Eulària se cubrió la boca como hacía siempre, para no mostrar unos dientes irregulares que la acomplejaban desde muy joven.

—¿Sabes a qué hora terminará el trabajo?

—Imposible saberlo... Cuando se encierra a cal y canto en su estudio puede pasarse todo el día, incluso parte de la noche. ¡No permite que nadie lo moleste y no sale ni para comer!

—Caray, sí que debe de ser interesante el experimento que lo retiene —bromeó Constança—. ¿Y tú? ¿Nunca has entrado en ese estudio?

—¡Oh, no! Ninguno de nosotros tiene acceso. Bueno, antes entraba Àgueda, pero de eso hace muchos años...

—¿Àgueda...?

—Perdonad, si no me necesitáis debería volver al trabajo —la interrumpió Eulària, visiblemente incómoda.

Constança se quedó pensativa, algo se le escapaba. A partir de entonces su curiosidad fue en aumento. No veía la manera de conseguir información sin resultar indiscreta y, al final, resolver el misterio se convirtió en una obsesión. Un par de veces estuvo a punto de preguntarlo, pero se desdijo. En el fondo, confiaba que con el tiempo se haría merecedora de conocer aquel secreto.

Quizá fue a causa de la tempestad.

En la tarde oscura, Constança se dejó llevar por el estrépito del agua sobre los tejados. Melancólica, se entregó a la contemplación de los regueros que la lluvia formaba sobre los vidrios y perdió la noción del tiempo delante de aquellas formas sinuosas y ondulantes que resbalaban a ritmo desigual. De alguna manera, las inciertas lejanías se convertían en certezas en la voz líquida que ahora le hablaba y que tanto le hacía pensar en su amado Rímac, el río donde tantas cosas habían sucedido por primera vez.

La joven cogió la flauta para que la acompañara en aquellos instantes que sentía muy suyos. Unas notas temerosas brotaron de la madera de saúco y, sin prisas, se esparcieron por la habitación.

Solo los márgenes de una sombra delataron la presencia de alguien más en el cuarto. Ningún ruido, ninguna palabra. Se dio cuenta de que no estaba sola, pero le era imposible asegurar si el intruso acababa de llegar o ya hacía un rato que estaba allí. En un primer momento el corazón comenzó a latirle con fuerza, pero muy pronto se tranquilizó.

El perfil frágil, la estatura media y la larga cabellera que se adivinaban en la oscuridad le hicieron pensar que se trataba de la hija de Àgueda.

—¿Cecília? ¿Eres tú? ¿Qué haces aquí?

—¡Perdonad! —dijo la chiquilla al verse sorprendida—. Lo siento, de verdad. Por favor, no se lo digáis a mi madre...

El gesto rápido de Constança detuvo la huida de Cecília. Sin dilaciones, la joven cocinera se plantó delante de la puerta cerrándole el paso, mientras la sujetaba por el brazo.

—¡Espera! ¿Cómo es que entras y sales de mi cuarto como si fueras un fantasma? No le diré nada a tu madre, si eso es lo que te preocupa. Pero tienes que explicarme por qué es tan importante que no lo haga.

—No le gustaría.

—Entiendo que no es correcto hacer de espía.

—¡Yo no hago de espía! —se defendió la chica con vehemencia.

—¿Ah, no? ¿Y cómo llamas tú a lo que haces? Ya sé que has entrado aquí otras veces.

—No tenía intención de asustaros. He oído la música y...

—Y sin encomendarte a Dios ni a María Santísima, has aprovechado para colarte en la oscuridad, como los ladrones.

—¡Yo no soy ninguna ladrona! No quería cogeros nada. ¡Tenéis que creerme, señorita Constança!

—Está bien, está bien. Puedes venir siempre que quieras, eso sí, antes llama a la puerta. ¿De acuerdo?

—No os preocupéis, no volverá a suceder —respondió con la cabeza gacha.

Constança la cogió por la barbilla y la miró a los ojos. Un velo de protección cerraba el paso a la luz que se adivinaba al fondo. Las dos habían acabado sentadas al borde de la cama.

—Ya te he dicho que no me molesta que vengas. No te aflijas.

—No debe saberlo, por favor. No se lo digáis... —insistió Cecília. Y añadió en voz baja—: Yo también vivía aquí.

—Y aún vives, ¿o es que te has mudado de casa?

—No me habéis entendido. Antes de que llegarais este cuarto fue mío durante muchos años. Recuerdo que de muy pequeña...

—¡Cecília!

El grito de su madre cortó la conversación y la chiquilla salió corriendo de la habitación sin despedirse. Constança también se levantó mientras miraba con expresión seria a la mujer, que se había plantado en el umbral. Pero Àgueda no se volvió ni dio un paso atrás. Debía de tener unos treinta y cinco años, y las cejas tan claras que apenas se distinguían en su rostro pecoso. Sus labios se mantuvieron firmemente cerrados. Cuando se acercó, Constança advirtió que en sus ojos había señales de una fragilidad que no encajaba con el resto.

—Ha sido culpa mía, la he entretenido —dijo buscando romper el hielo.

La mujer siguió sin decir nada, tan solo le temblaban las manos casi imperceptiblemente.

—Son bonitas —dijo por fin, señalando las cortinas.

—Gracias. Las he hecho yo. ¿No queréis pasar? Podríamos...

—Eres una ingenua. Pero no te culpo —la interrumpió Àgueda con un tono burlón que no pasó desapercibido a Constança.

—¿Cómo decís?

—Me recuerdas tanto a la joven que fui...

—No sé qué insinuáis, pero os agradecería que no jugáramos más al gato y el ratón.

—¿Y cuál dirías que eres tú?

Los papeles fueron cambiando y, a medida que Constança se inquietaba, la pelirroja recobraba el aplomo. La claridad de un rayo iluminó sus rostros enfrentados.

—¿Hay algo que queráis hacerme saber? Porque, si no es así, os agradecería que abandonarais mi habitación.

—No te preocupes. Hace muchos años que abandoné este cuarto, jovencita.

—¡Me llamo Constança! —le recordó ella con pose altiva.

—Bien que lo sé. Tu nombre está en boca de todos, pero también eso pasará. Es cuestión de tiempo.

—He venido para quedarme, y me marcharé cuando lo estime oportuno.

—Mira, no te deseo ningún mal, pero no te hagas ilusiones. Pierre es una persona caprichosa; ya lo irás viendo —dijo Àgueda con una sonrisa amarga.

—Monsieur Plaisir es un verdadero caballero, y en caso de que insinuéis algo...

—Yo no insinúo nada y, por lo que veo, estoy perdiendo el tiempo. Disfruta de sus favores mientras puedas.

Fueron las últimas palabras que pronunció Àgueda antes de marcharse.

A Constança le costó conciliar el sueño aquella noche. Desvelada por sus cavilaciones, era incapaz de oír el rumor del viento contra la ventana. Tampoco el chapoteo del agua consiguió serenarle el ánimo, como tantas otras veces, cuando miraba en soledad los tejados de Barcelona en el desván de la casa de sus abuelos.

¿Quién era aquella mujer? Y, lo que más la inquietaba, ¿acaso Cecília era la hija ilegítima del cocinero? Cuando ya clareaba se rindió al cansancio. Poco antes había decidido no darle más vueltas. Era muy probable que Àgueda solo fuera una tonta trastornada por la envidia. Al levantarse dejó la flauta al fondo del baúl y se prometió aprovechar el nuevo día. El cielo volvía a ser azul y ella había decidido que nada ni nadie enturbiaría la felicidad de la que apenas comenzaba a disfrutar.

7

Barcelona, invierno de 1773

Durante los días anteriores a las fiestas navideñas, la faena se multiplicaba en casa de Pierre Bres. Era el tiempo de adviento, y muchos señores solicitaban sus servicios. La fama de Monsieur Plaisir crecía con cada nuevo banquete y todo el mundo quería disponer de él; si no era posible en persona, a través de algún plato elaborado en sus cocinas. Los invitados pasaban a ser una importante obligación en las casas nobles de la ciudad, sobre todo en las que aspiraban a contar entre las más destacadas. Muchas de ellas, a pesar de tener maestro de cocina propio, se hacían traer dulces o completaban las comidas festivas con alguna extravagancia que, al menos durante las semanas posteriores, los convirtiera en tema de conversación obligado.

Para Constança era su gran oportunidad, se había preparado a conciencia para aquella empresa y quería lucirse. Haría lo que estuviera en su mano para estar a la altura de las circunstancias.

Acompañada por su maestro y dos sirvientes, se dirigió a la feria de Navidad que se celebraba en la ciudad. Llevaban una lista con todo lo que necesitaban para satisfacer sus encargos. Eso sí, había que encontrar los productos de primera calidad que los clientes de Monsieur Plaisir merecían.

El guirigay se dejaba oír mucho antes de llegar a la explanada lateral del Born. Era todo un espectáculo ver a los campesinos conducir sus animales, siempre vigilando con sus cañas para que las gallinas y pavos llegaran al lugar donde se efectuaban las ventas. Algunos habían hecho de siete a ocho horas de viaje, con el resultado de que se podían encontrar las mejores especies de aves, capones, perdices, pulardas... ¡Toda una bendición de Dios de volatería y quién sabe cuántas cosas más!

El cocinero examinaba a conciencia los productos y después uno de los criados negociaba el precio y se encargaba de llevar la compra a su destino. Al final siempre se quedaba solo con Constança y acababan cargando hallazgos de última hora. A ella no le importaba. Más bien tomaba nota de las habilidades de aquel hombre tan singular para negociar con los puesteros. A veces le daban ganas de intervenir en alguna transacción, pero conocía el talante de Pierre, y también los disgustos que le había ocasionado hablar de más en otras épocas. Por tanto, se mordía la lengua y tragaba saliva. Ya llegará el momento, se repetía.

Lo que no había previsto, de ninguna manera, era aquel encuentro inoportuno.

—¡Constança! —llamó Monsieur Bres.

La chica se había entretenido observando unas frutas confitadas. Cuando se dio cuenta de lo que pasaba, ya no podía unirse al grupo. Le entorpecían el paso unos campesinos que llevaban animales cargados con costales de trigo. Después de estirar el cuello tanto como pudo, tomó como referencia el sombrero oscuro que llevaba Monsieur Plaisir; su altura hacía que destacara por encima de la mayoría de las cabezas.

Rodeó a los animales para alcanzar al cocinero, pero él se encontraba en compañía de una señora suntuosamente vestida de negro y su criada. El velo que sobresalía del sombrero le tapaba parcialmente el rostro y engalanaba su duelo con alhajas que llevaban piedras de azabache. La aparición de la chica los hizo callar, pero Pierre Bres tomó la palabra.

—¡Constança! ¿Dónde te habías metido? Te quería presentar a la señora Margarita, viuda De Acevedo.

La mujer se descubrió el rostro y le tendió una mano enguantada. Las comisuras de sus labios se elevaron imperceptiblemente mientras la chica palidecía.

—Como es natural, estas fiestas navideñas serán especialmente duras para la familia. Dejar a tres criaturas sin padre es un trance y una carga muy pesada para una mujer sola... —comentaba el cocinero, ajeno a lo que estaba pasando, a las chispas de satisfacción que irradiaban los ojos de aquella bruja, y también a los latidos que pulsaban en las sienes de Constança y que apenas le permitían seguir su perorata. Era la primera noticia que tenía de la muerte de aquel hombre y, a pesar de que nunca le había profesado afecto, su desaparición le resultaba más bien sospechosa.

—Me hago cargo —respondió brevemente la chica, intentando que su voz sonara lo más natural posible.

—De cara a la primavera, y en memoria de su difunto esposo, la señora De Acevedo había pensado ofrecer un concierto de música sacra en su casa. Los músicos de la capilla de la catedral ya han sido informados, y el acto se llevaría a término después de celebrar una misa solemne por el eterno reposo del alma del señor.

Tras una pausa en que ninguna de las mujeres abrió la boca, Pierre Bres añadió:

—Ha tenido la amabilidad de confiarnos la preparación de un refrigerio para convidar a sus invitados.

—Deposito en vos toda mi confianza, Monsieur Plaisir.

—Y yo os lo agradezco, señora. Entiendo que mi intervención formará parte de una ocasión muy especial. No os decepcionaremos, ni yo ni mi equipo. ¿Verdad que no? —dijo finalmente mirando a Constança, esperando alguna de sus salidas inteligentes, que tan bien lo hacían quedar.

Pero ella se limitó a apretar los dientes con fuerza mientras se despedía de su vieja conocida. Una vez que tuvo la certeza de que el cocinero no la vería, Constança intentó llamar la atención de la señora con un codazo, pero solo consiguió rozarle el vestido. Entonces la miró de arriba abajo y, aclarándose la garganta, escupió al suelo.

Nunca antes se había comportado de manera tan grosera, pero tampoco se arrepentía. Para colmo, Pierre se había mostrado excesivamente amable y escandalosamente seductor ante la viuda De Acevedo. Durante el camino de regreso, todo eran halagos que hacían referencia al exquisito gusto de ella en el vestir y, por descontado, a su posición y fortuna privilegiadas.

Aquella misma noche, Constança resolvió que debía conquistar a Pierre. Había herido su amor propio, y por nada del mundo aceptaría aquella ni ninguna otra humillación.

Los días fueron pasando abstraídos en el trabajo. La chica lo daba todo, pero a la más mínima rendija sus pensamientos se centraban en el objetivo que se había propuesto: cautivar al cocinero más allá de las habilidades que había heredado de Antoine Champel.

Hasta que llegó su oportunidad. Una mañana tuvo la certeza de que Pierre estaba en la despensa, pasando revista a los productos adquiridos y haciendo la conveniente distribución según los diferentes pedidos. Constança se presentó con el cabello recogido en un moño. Pero el resultado se redujo a una mirada furtiva y unas breves palabras de complacencia; muy lejos de los elogios que había desplegado delante de aquella viuda alegre.

Fueron hacia la cocina y, por el camino, Constança fue rumiando de qué otras armas disponía. Un agradable aroma a avellanas tostadas los recibió antes de entrar en aquel santuario. Las cuatro mujeres que trabajaban estaban muy ocupadas confeccionando los turrones, tal como Monsieur Plaisir les había indicado. La chica siguió con detenimiento cómo quitaban la cáscara de los frutos secos que ya se habían dejado enfriar. Las proporciones también estaban bien medidas, a partes iguales la miel y las avellanas. Las tejas de oblea esperaban su turno, destinadas a servir de envoltorio a los deliciosos postres.

Pierre Bres dio el visto bueno y añadió:

—Poned la miel a cocer a fuego lento. Cuando la tengáis bien desleída, retiradla de los fogones. Esperad a que esté tibia y entonces podréis poner las claras de huevo.

Las mujeres cumplían a rajatabla todo lo que aquella voz firme les ordenaba.

—¡Ahora, mezclad! Mezcladlo durante un buen rato, después

de nuevo al fuego. ¡Tened mucho cuidado, que no se pegue al fondo! —advirtió sin perder de vista ninguna de las cuatro ollas.

Constança respiraba aquel aroma dulce mientras se mantenía alerta por si le quedaba algún secreto por descubrir. Ella misma lo había elaborado varias veces en la droguería de los abuelos.

—Muy bien, volvamos a ponerlo a fuego suave —indicó Pierre—. Esperaremos a que la miel esté cocida y lo retiraremos. Cuando añadáis las avellanas no dejéis de revolver, ¿entendido?

Cuando la primera olla inició la última etapa del proceso, Constança se adelantó con brusquedad.

—¿Qué haces? —preguntó con gesto adusto a una de las pinches de cocina.

—Retiro la miel —adujo la mujer, sofocada, sin entender la reacción de la joven.

—¡Pues no has mirado bien! La miel aún no está cocida.

—Yo... —titubeó la mujer mientras buscaba con la mirada la aprobación de Monsieur Plaisir.

Entonces Constança cogió la miel y la posó en una cazuela de agua fría.

—Se debería romper como el vidrio.

Como el resultado no fue el esperado, la mujer bajó la mirada. Poco después, obedeciendo a un gesto de la chica, se llevó de nuevo el recipiente.

—¡Espera!

Constança cogió una pizca de miel antes de decirle que se marchara a terminar el proceso. Pierre no fue ajeno a todo aquello; su intuición le avisó de que le estaba dedicado a él. Constança le pidió volver a la despensa y, una vez allí, lejos de todas las miradas, le dijo con intención provocadora:

—Hay otra manera de saber si la miel está lista para recibir las avellanas.

El cocinero, curioso, la dejó hacer.

—Abrid la boca, por favor —añadió ella con voz seductora.

Y sin ningún reparo le pasó aquella golosina tibia por los finos labios. Al ver que Pierre cerraba los ojos, repitió el recorrido, pero esta vez hasta alcanzar la lengua, donde se detuvo para hacer pequeños círculos. La respiración del hombre no tardó en agitarse, y también las piernas de Constança flaquearon al notar el cálido aliento de él en los dedos.

No la besó allí mismo, tal como ella deseaba. Se la llevó al piso de arriba, a su cuarto, e inició el juego amoroso siguiendo un ritual tan preciso como la elaboración del banquete más exquisito.

Apenas cerrada la puerta, le pidió que se quitara los zapatos y lo esperara sentada en la cama.

—Será como yo diga —ordenó, masticando las palabras.

Entonces se dirigió hasta la pila y vertió un chorro de agua para lavarse las manos escrupulosamente, como si quisiera arrancarse todo lo que fuera ajeno a aquello que debía suceder. Luego encendió las velas diseminadas por la sala.

Pero entre vela y vela, Pierre se acercaba a la joven y le pasaba la lengua por el lóbulo de la oreja. Cuando ella suspiraba para que el juego no acabara, retrocedía y la abandonaba de nuevo.

—Por favor... —rogó Constança, apretando los músculos en un inútil intento de apaciguar las contracciones de su sexo húmedo.

—¡Chsss!

Pierre le reclamaba silencio, pero ella solo podía morderse el labio inferior para tratar de controlarse. La poseía un ardor que había sentido muy pocas veces. Era consciente de que ya no tenía control sobre el juego que ella misma había iniciado, y lo más sorprendente: ¡no le importaba en absoluto!

Se dejó quitar el corsé, una operación en la que él tardó deliberadamente mucho rato, y después permitió que él le acariciara los pechos con unas manos más suaves que la piel de melocotón. Pero Pierre no se ponía a su alcance. Lo contempló desvestirse, y ansió sentirse desnuda y en sus brazos, pero el encuentro se hizo esperar.

—A fuego lento, ¿recuerdas? —susurró mientras detenía las manos de Constança, ávidas de caricias.

La joven tuvo la sensación de que en los brazos de Pierre Bres cada gesto, cada beso, tenía un lugar y un tiempo, un punto de cocción. El placer se dosificaba en pequeños sorbos para saborearlo con más intensidad.

La luna ya estaba en su cenit cuando, aturdida por la experiencia vivida, Constança abandonó la habitación de aquel a quien llamaban Monsieur Plaisir.

—¿Habéis pensado que la mayoría de los ágapes más preciados de Navidad se han pensado para sorprender a los comensales? —preguntó Constança a las mujeres que la ayudaban a hacer los canelones.

Lo dijo deteniendo su tarea, pero no las miró, como si fuera una reflexión en voz alta, sin destinatario. Estaban en las cocinas, pero Pierre había salido muy temprano; no le gustaba explicar sus idas y venidas.

—¿Cómo decís, señorita?

—¡Mirad bien! —exclamó ella con entusiasmo—. Rellenamos los capones y los pavos... Todos tienen un aspecto similar, pero tenemos que prestar atención al relleno, dado que oculta gran parte del secreto de su sabor.

Las mujeres se miraron unas a otras poniendo cara de circunstancias. No sabían qué decir. Después de un breve silencio, Constança cogió una de las fuentes ya listas para hacer un rollo con los canelones y les enseñó cómo hacerlo.

—¡Por ejemplo, los canelones! Se trata de un plato de contenido incierto. Este es el envoltorio. ¡Lo que ponemos dentro deleitará con mayor o menor intensidad los paladares de quienes los prueben!

—Sí, claro —respondió sin demasiado entusiasmo la mujer más regordeta, de piel rojiza.

—¡Me gusta pensar que envolvemos regalos! —exclamó Constança, y soltó una franca carcajada—. ¡Desconcertar y maravillar a la vez!

Las cuatro mujeres la miraron con los ojos muy abiertos, sin atreverse a predecir adónde quería ir a parar con aquellas disertaciones extravagantes.

—Haremos los turrones de siempre, claro, pero ¡se me ocurre que en otros añadiremos anís!

—Pero ya no tendrán el mismo gusto...

—¡Tienes razón, pero palpitará la llama de la sorpresa y el regalo!

Divertirse, soñar, seguir probando y profundizar en cada proceso. Comprobar las texturas y rastrear en sus posibilidades, potenciar la singularidad y también la diferencia. Hacer de la comida más simple una delicia, sin desmerecer ningún plato por su sencillez, y aguzar el ingenio. Tal como sucedía con los regalos, la presentación era fundamental. Había que jugar con los colores, con la disposición de los alimentos. Hacer de ello un acto creativo.

—Cocinar tiene mucho que ver con hacer el amor —murmuró, mientras la magia del momento encendía una nueva chispa que exigía más aire para poder incendiarse.

Las mujeres que la acompañaban se miraron otra vez mientras se hacían señas. Se podría haber deducido que no la tomaban demasiado en serio, o quizá pensaban: «Ya se le pasará...»

CUARTA PARTE

¡Hay tanta paz en ti, hay tanta guerra!
Tanto de país para el orgullo viajero
del ojo y del deseo.
Hay tanto de reto
en tu noche, en el placer
en que te sorprendo y me sorprendes...
¡Tanto espacio
para el dolor
que no quiero conquistar!

MARIA-MERCÈ MARÇAL

1

Barcelona, 1777

Con el paso del tiempo, había aprendido a liberarse de los claroscuros que envolvían a Pierre Bres. Constança era feliz en el taller de cocina de la calle Carbassa y trataba de no interferir en los negocios que emprendía el francés, con los cuales no siempre estaba de acuerdo. Nada parecía suficiente a su ansiedad por ganar dinero, cuanto más mejor, aunque ello supusiera rendirse a personajes que ella solo podía detestar.

Hacer el amor con el cocinero implicaba aceptar condiciones que habrían escandalizado a la mayoría de las mujeres de aquella ciudad.

Bres disfrutaba experimentando con el placer y llevándolo a territorios poco convencionales, tanto como disfrutaba de su afición secreta por el sótano de la casa, donde se encerraba a cal y canto, al abrigo de miradas curiosas. Pero de esta inclinación Constança no sabía nada. Más bien era la víctima, o la cómplice, de unos juegos que dejaban poco margen para pensar; te entregabas a ellos o salías de su vida. No había término medio.

La joven cocinera aceptó entregarse en la oscuridad, aprendió a disfrutar de la excitación que la llevaba a perder el control y sentir cómo la sangre le calentaba todo el cuerpo, un cuerpo que cuando estaban juntos no parecía pertenecerle.

Las consecuencias de negarse a seguirle el juego a Pierre las tenía delante, las veía cada día en las chicas prematuramente envejecidas que ayudaban en los fogones o que suspiraban por convertirse en el objeto de sus atenciones.

La propia Constança quería y a la vez temía. Aprovechaba lo que se le daba, y por nada del mundo estaba dispuesta a renunciar a los privilegios que había conseguido. No ahora, cuando todo el taller de cocina de Monsieur Plaisir bailaba al compás que ella imponía.

Desde allí, era la patrona del destino de aquel extraño negocio, donde se valoraba más la capacidad de resistencia a los caprichos del hombre al servicio del que trabajabas que la pericia que fueras capaz de desplegar en tu labor. A pesar de las dificultades, estaba convencida de que invertiría la situación.

Durante la mayor parte del tiempo se limitaba a ser la reina de los fogones, y cuando él la llamaba para otros menesteres, ya había aprendido a relajarse. Aquel comportamiento, la manera que tenía de amoldarse a las circunstancias, la repelía y la fascinaba a la vez.

Mientras tanto, la frecuencia de las visitas de Pierre a su cuarto fue disminuyendo. El cocinero confiaba cada vez más en las cualidades de la chica para llevar el negocio, mientras él se entregaba a una intensa vida social que a menudo tenía como objetivo final acabar en los brazos de viudas o mujeres de la nobleza, abandonadas por sus maridos a causa de la guerra o las amantes. Cualquier excusa parecía buena en aquella ciudad para liberar los instintos, una especie de condición previa que desembocaba en conjuras y traiciones.

Constança se había mantenido ajena a todo esto. Ya no lo espiaba como al comienzo, ni siquiera sufría por sus idas y venidas. Lo podría hacer beber de su mano cuando quisiera, ¡estaba convencida de que tenía la sartén por el mango! Las noches con Pierre la dejaban agotada, pero también eran una fuente de inspiración. A menudo, a la mañana siguiente se sentía más creativa, con los sentidos más despiertos, y se abandonaba al trabajo, exultante.

Era tan grande su influencia en el resto del servicio que había logrado reproducir su taller, aquel de existencia efímera en el desván de la droguería Martí, en un espacio privilegiado de las cocinas; nadie se atrevía a tocar un solo recipiente, ni a usar las especias y condimentos que almacenaba. Así, cuando no tenían ningún encargo urgente, era feliz elaborando platos soñados, de los cuales no se había hablado nunca, como el que ella denominaba «cazuela de olores», o haciendo pruebas con mezclas y colores, combinando chocolate con pétalos, carne y pescado, especias con mermeladas... Siempre según su estado de ánimo. Con frecuencia reía sola, se chupaba los dedos y soñaba con sabores a los que esperaba poner nombre.

El respeto que le profesaban sus compañeros y compañeras, y de eso se había dado cuenta desde los primeros meses en casa de Monsieur Plaisir, también acentuaba su soledad. Intentaba mostrarse cercana con todo el mundo, pero a menudo chocaba con el miedo de los otros, siempre alertas de no hacer algo que molestara al patrón. En aquel montón de sirvientes que conformaban el mundo del cocinero, solo una persona era capaz de compartir su vida con la de Constança sin prejuicios ni falsos temores: Cecília, la supuesta hija que Àgueda había tenido con Monsieur Plaisir.

—¡Impresiona cómo has crecido! ¡Cada día se te ve más bonita!

La tenía encima mientras intentaba olvidar otra noche decepcionante. A pesar de las miradas que Pierre le había dedicado durante el día anterior, él no se había presentado en su cuarto. Y, lo que era más grave, mientras lo esperaba había oído cómo exigía un pedido de última hora, que le hicieran un envoltorio con aquellas galletas recubiertas de chocolate y naranja. Todo el mundo en la calle Carbassa sabía qué significaba un encargo semejante; la única incógnita por resolver, pues, era saber quién sería la dama escogida para su próxima noche de locura.

—Eres una dormilona —le dijo Cecília mientras saltaba sobre la cama antes de dejarse caer sobre los muslos bien torneados de Constança.

—¡Por el amor de Dios! ¡Acabarás partiéndome en dos! Ya eres toda una mujercita para lanzarte así...

La chica se ruborizó y a continuación se sentó en el borde de la cama. Sus ojos azules centelleaban, se la veía feliz y decidida, como si el rencor que albergaba su madre no la hubiera rozado ni de perfil.

—Dijiste que daríamos un paseo...

—Es cierto, Cecília, pero deja que me recupere. No he pasado una buena noche.

—No aprenderás nunca, ¿verdad? Yo en tu lugar no lo esperaría, ¡no merece la pena!

—¡Eh, pequeña! ¿Qué sabes tú de estas cosas? —Constança la miró fingiendo enojo; le hacía gracia la manera tan directa que tenía de encarar la vida aquella mocosa.

—Si no te levantas, te haré cosquillas...

—No, eso sí que no —reaccionó de golpe, cogiendo a la chica y poniéndose encima de ella—. ¿Olvidas que soy más fuerte que tú y puedo...?

Cayeron al suelo enredadas en una lucha ya habitual entre ambas. Acababan sudando y riendo, y no siempre ganaba la más fuerte. Cecília era rápida y no tenía miedo.

—¡De acuerdo, de acuerdo! Me rindo...

—Eres una cobarde —dijo la chica mientras soltaba a Constança.

—Y tú una pesada. No puedo hacer nada en esta casa sin que me vayas detrás.

—Pero si te gusta. Reconócelo... —Cecília hizo el gesto de lanzarse de nuevo encima de su amiga, pero ante su mirada seria se detuvo—. Me portaré como una señorita, pero si me tratas como tal.

—¡Anda! Eso es nuevo. ¿Y cómo consideras tú que funciona este trato?

—Pues nos podríamos contar confidencias como hace la gente mayor.

—¡Tú te las sabes todas, eh!

—¿Me explicarás qué tiene Pierre para que todas las mujeres le vayan detrás?

—¡Eres una impertinente!

—¿Qué dices que soy?

—¡Una cotilla!

—¡No! No lo soy, pero tampoco soy una simple. Sé que te gusta... ¿Me lo cuentas? ¡Yo también tengo secretos! —exclamó la chiquilla con mirada pícara.

—No sé si tengo ganas de hablar de eso, Cecília. Me parece que tu juego de confidencias no acaba de convencerme. ¿Y tus secretos? No creo que tengas demasiados que puedan interesarme.

Constança se comportaba con dureza; por un lado, no creía oportuno ir tan lejos con aquella jovencita, por mucho que hubiera crecido, y por el otro le picaba la curiosidad. Pero ¿cómo podía inventarse un relato sobre Pierre que no incluyera los momentos íntimos de su relación? Por mucho que la perversidad del cocinero estuviera cubierta por capas y capas de delicadeza y sofisticación, no podía hablarle de la mezcla de placer y miedo al sentirse completamente desvalida a merced de sus juegos. La adicción a su aliento acercándose mientras la mantenía atada a la cama, la espera anhelante del contacto de sus dedos, de su lengua que adivinaba con los ojos vendados.

Aunque sabía que no le haría daño, a veces el corazón le latía con tanta fuerza que temía que le saliera del pecho. Y, a pesar de que él no la ataba demasiado fuerte, no era difícil observar marcas en las muñecas a la mañana siguiente de yacer con el francés. Durante los avatares del acto amoroso, inmersos en el vaivén de favores y renuncias que Pierre practicaba, Constança era capaz de tensarse hasta que la cuerda de cáñamo se le hincaba en la piel.

Pero eso era solo una parte del entretenimiento; la otra resultaba de una ternura infinita. Seguro que al satisfacerla él también alimentaba su propio placer. Cuando yacían juntos Constança se convertía en su reina absoluta. Del maestro ella había descubierto la agradable sensación de la cera tibia deslizándose por la espalda hasta enfilar el camino de las nalgas, el recorrido imaginado, las pausas que la encendían, el chocolate espeso con que le untaba los pezones y le llenaba el ombligo para recogerlo después con gula.

—Mira, Cecília, será mejor que lo dejemos correr —dijo con las mejillas encendidas.

—¡Ni hablar! —soltó la chica mientras se volvía, y los dos rostros quedaron muy cerca el uno del otro—. Seré generosa contigo. ¡Te mostraré el secreto de Monsieur Plaisir!

—¿El secreto? ¿Qué dices, pequeña? ¿Qué puedes saber de Pierre que yo no conozca?

—Tú crees que lo sabes todo, pero para eso debes mirar con atención a tu alrededor y, aún más importante, tener tiempo para hacerlo.

Constança calló ante las seguras afirmaciones de la chica. Había un punto en que tenía razón: en aquella casa Cecília no trabajaba demasiado, como si estuviera por encima del bien y el mal. A veces pensaba si la lid particular que Àgueda mantenía con el cocinero, de la cual, extrañamente, ninguno salía nunca victorioso, le había procurado aquella condición.

Pero Cecília la esperaba en la puerta, una vez más, decidida a mostrarle que nada de lo que pasaba en casa de Monsieur Plaisir le era desconocido.

Comprobaron que no hubiera nadie observando antes de seguir la dirección que indicaba Cecília. Al fondo del pasillo se abría un rincón por el cual Constança siempre había pasado de largo: la sorpresa fue que, si entrabas y te acostumbrabas a la penumbra que reinaba allí, se podía atisbar el contorno de una puerta pintada del mismo color que la pared.

La chiquilla miró a su amiga y se metió la mano debajo del vestido. Una llave de grandes dimensiones apareció de la nada.

—¿Y eso? ¿Cómo es que tienes esa llave?

—Chsss... —pidió Cecília mientras la introducía en la cerradura y, sin duda bien engrasada, la llave giraba sin hacer ruido.

—¿Estás segura de que podemos hacerlo?

—¡Quieres hacer el favor de callarte! A estas horas ya han recogido las cocinas y podríamos llamar la atención.

Era muy cierto. Constança obedeció, aunque pensaba que se arriesgaban demasiado si realmente Pierre quería mantener aquel lugar en secreto. Lo que más la sorprendía era no haber tenido ninguna noticia de él, a pesar de su relación con el célebre cocinero.

Cecília encendió un cabo de vela que había en un agujero de la pared e invitó a su amiga a bajar una escalera oscura y desgastada.

—Sobre todo, no te caigas. Si te rompes algo, no podría devolverte sola a la superficie y nos descubrirían.

Bajaron una docena de escalones hasta el rellano final. Al levantar la llama, se vio otra puerta, y Cecília hizo aparecer otra llave del mismo sitio que la primera.

—¿Cuántas cosas más guardas ahí dentro? —dijo Constança, entre sorprendida y divertida.

—No quieras saberlo...

La puerta se abrió pesadamente y una claridad inesperada inundó el rellano. Era una estancia amplia iluminada por dos ventanucos que había a la derecha, casi contra el techo. Cecília se volvió con una ancha sonrisa, feliz de descubrirle aquel mundo oculto a Constança.

El supuesto secreto de Pierre Bres no era fácil de hallar. En mesas y vitrinas de diversos tamaños había distintas figuras, algunas con forma humana, otras de animal —un pato, un caballo, una serpiente—. También había relojes y cajas de música, entre otros ingenios que los ojos de Constança nunca habían visto, ni siquiera en la lejana Lima. A pesar de ser un sótano y encontrarse lejos de la calle, se oían pequeños ruidos que los continuos tictacs no podían ocultar. Era una sensación extraña, y pensó si había ratas, o quizá ratones.

—¿Oyes ese rac-rac? No el tictac de los relojes, no, que ese ya lo conocemos. Estas figuras tienen vida propia y, por mucho que bajo a menudo, no he sido capaz de descubrir cuál de ellas lo hace...

—¿Quieres asustarme? No es fácil, te lo aseguro.

—No, qué va. Pero quería saber si tú también lo oías. No te engaño cuando digo que tienen vida propia; a veces alguna de ellas rompe el silencio, con música o con algún movimiento inesperado.

—Quizá sean los relojes, que aún tienen un poco de cuerda y les salta el mecanismo. Yo no entiendo, pero mi abuela tenía uno que le pasaba eso.

—Sí, yo también lo he pensado. En fin, deja que te muestre a algunos de mis amigos...

—¿No sería mejor que volviéramos? Si Pierre nos descubre, se cabreará mucho.

—¿Pierre? ¡Debe de estar muy ocupado con su viuda!

La referencia a Margarita de Acevedo no pasó inadvertida a Constança, pero se abstuvo de comentar nada; aquella chica era demasiado marisabidilla para su gusto, aunque no podía evitar verse reflejada en ella. Sin escuchar la advertencia, Cecília fue hacia una vitrina donde había uno de aquellos ingenios con forma de pato; era dorado y no tenía ni una mota de polvo.

—No quería hacerlo, pero como veo que estás más tranquila, te mostraré primero a mi favorito: el pato goloso.

Sin moverlo de su lugar, abrió una cajita a su lado y sacó una almendra pelada. A continuación tocó alguna tecla y el animal metálico abrió la boca y, una vez depositada la almendra en el interior del pico, se la tragó con un movimiento rápido de vaivén.

—¡Cecília, a ver si lo estropeas!

Pero la chica rio y con la mano le indicó que esperara. Del pato salía un run-run extraño, y Constança se inquietó un poco. Poco después oyó un ruido seco y el animal dejó caer una especie de gachas por el trasero. Al ver su cara de sorpresa, Cecília se desternilló de risa.

—Lo ves, el pato goloso... Y lo que le sobra lo elimina por donde corresponde.

Maravillada por lo que acababa de ver, Constança apenas hizo caso a la risa de la chica. ¡Aquel ingenio se había tragado un trozo de almendra y después había hecho una deposición!

—Pero te puedo enseñar más cosas —dijo Cecília cuando acabó de reír—. Este es un niño flautista. ¿Quieres que lo encienda?

—¡No, por favor, nos descubrirán!

—Lo dudo mucho. Y este —continuó, dirigiéndose a otra vitrina— toca el tambor... Ya, ya lo sé, que no lo ponga en marcha, pero yo lo hago siempre. Este cuarto está a siete pies bajo tierra; es imposible que nadie lo oiga.

—Por las dudas —respondió Constança mientras se quedaba mirando aquel curioso hombrecillo con uniforme francés, si no iba errada, que tenía los palillos levantados a punto de percutir contra dos pequeños tambores.

Entonces se oyó un ruido imprevisto, como si algún engranaje chirriara internamente; en aquel momento, Constança tuvo claro a qué se refería Cecília. La chica se detuvo unos segundos y después se dirigió hacia un rincón. Unas mantas nuevas parecían cubrir algo.

—Estoy convencida de que ha sido ella. A veces da estas sorpresas...

Al sacar las telas, apareció una figura de mediana altura vestida como una dama de la corte francesa del siglo anterior y con el pelo empolvado. Estaba sentada delante de un piano de pared, con los dedos a punto de proyectarse sobre el teclado.

—¿Qué te parece? —dijo Cecília mientras su amiga se quedaba maravillada del excelente acabado del ingenio; por unos instantes tuvo la sensación de que se giraba y la miraba.

—¡Es preciosa!

—Yo creo que es su joya, porque siempre la tiene tapada. Pero ¡a mí me gusta más el pato!

—Quizá, pero son completamente diferentes.

—Esta sí que la enciendo, y no te preocupes, es imposible que nos oiga nadie.

Buscó una palanca detrás de la figura, la cual pareció espabilarse, como si despertara de un sueño profundo. Después volvió a proyectar los brazos hacia el teclado y en unos segundos una música dulce inundó el sótano.

—Pero... —dijo Constança con estupor—. ¡No puede ser verdad!

—¡Ja! ¡Yo también me hacía cruces cuando lo descubrí!

La pianista tocaba las teclas con precisión, y todo indicaba que era ese contacto el que producía la música. Quizás había algún truco, pero el efecto era incomparable, tanto que Constança se quedó pasmada un buen rato escuchándola, ya sin preocuparse por si las descubrían. Desde luego era muy curiosa aquella afición de Pierre Bres, tanto como su manera de hacer el amor; pero no lo era tanto si una pensaba en su carácter público. El celebrado cocinero vendía ilusión, se enfrentaba a la existencia con un sentido caballeroso que después chocaba con el comportamiento casi tiránico que desplegaba en su casa; igual que en el juego amoroso.

Se dijo que hacía demasiado tiempo que se relacionaba con él en su casa de la calle Carbassa; salvo las veces que salían a atender a algún cliente en su casa, no había salido demasiado. Y en aquellas ocasiones, cuando hacía el paripé delante de las damas nobles que lo contrataban, ella no estaba presente, tan solo era la cocinera ingeniosa, la que llevaba a término sus grandes ideas.

Al acabar la pieza, el ingenio se quedó de nuevo inmóvil, y Cecília, que había comprobado con disgusto cómo su amiga se abstraía en sus pensamientos sin compartirlos con ella, la cubrió con las mantas. La visita clandestina había llegado a su fin, las dos lo sabían y se dirigieron a la puerta en silencio.

—¿Te has enfadado? —preguntó Cecília.

—No, de ninguna manera. —Le pasó la mano por el pelo, joven y fuerte, tan diferente del de su madre—. Pero quisiera que dejaras de bajar a este sótano, ¿de acuerdo? Además, puedes meter en problemas a tu madre. ¿No lo has pensado?

—¿Cómo es que sabes que la llave es de mi madre?

—No lo sabía, pero lo he supuesto. Tienes la llave porque es Àgueda quien se encarga de limpiar este recinto, ¿verdad?

Cecília no respondió, pero el gesto de su boca fue bastante significativo. Ya comenzaban a subir la escalera cuando oyeron los pasos de alguien que bajaba. La chica ocultó a Constança en un rincón de la pared y se quedó a la espera. Era Pierre, que no pareció sorprendido de encontrarla en el rellano.

—¡Ah, eras tú! ¡Ya me lo imaginaba! ¿Te gustan los autómatas?

—Sí —respondió Cecília, lacónica, mientras se ponía delante de él para impedirle que acabara de bajar y encontrara a su amiga entre las sombras.

Constança vio cómo cogía la mano de Pierre y tiraba de él, juguetona. Le pidió que no se lo prohibiera, que lo admiraba por guardar aquellos ingenios tan bonitos. El cocinero rio y se dejó llevar.

—¡Eres una niña, pero una niña preciosa!

Después se cerró la puerta y Constança se quedó sola, sumida en el mismo silencio que aquellos seres en reposo. Esperó a que su joven amiga bajara pronto a buscarla, pero, pasado un rato, la invadió un mal presagio. Pierre no sería capaz de... Horrorizada por un pensamiento tan sucio, se concentró en distinguir los olores, que le llegaban mezclados. Aisló la sensación de humedad y la de óxido, tan presentes en las maderas mojadas y las bisagras del barco, y también el humo de las velas recién apagadas con aquel regusto dulce. Y, de golpe, se le ocurrió convertir todas aquellas improntas en un plato. ¡Le asignaría una textura, un sabor! El resultado podría ser perfectamente una carne ahumada, crujiente, con un hilillo de miel de romero, solo insinuado, por encima.

2

Eran las once y media de la noche cuando las campanas de la ciudad anunciaron la entrada del Miércoles de Ceniza. Lo harían durante media hora de forma ininterrumpida. Se iniciaba el tiempo de Cuaresma, época de ayunos y abstinencias que forzosamente mudarían las costumbres de los barceloneses. Durante este período de duelo y reclusión, los señores vestirían casacas de terciopelo negro y se impondría el silencio. Las diversiones públicas cesarían, los teatros cerrarían sus puertas y la iglesia se llenaría de fieles atemorizados por sermones que exhortarían a la penitencia.

La Semana Santa se presentaba, pues, como el último bastión que superar para llegar finalmente a la primavera.

Pero no todo el mundo guardaba los preceptos sagrados. Bajo la atenta mirada de Constança, tres hombres cruzaban el patio de la casa de Monsieur Plaisir en dirección a las cuadras.

El repique de las campanas había desvelado a la joven, que, si bien en un primer momento intentó conciliar otra vez el sueño, al cabo de pocos minutos se dio por vencida, incapaz de soportar aquel tañido.

Con cara de pocos amigos apartó la manta debajo de la cual se había refugiado, y se levantó a beber agua. Fue entonces cuando advirtió unas sombras movedizas. No era nada habitual que a medianoche el servicio siguiera trajinando, y aún resultaba más sospechosa la manera en que aquellas figuras se deslizaban en la oscuridad, como ladrones temerosos de ser descubiertos.

La joven se vistió con rapidez y encendió la lámpara colgada en la pared. Su intención era alertar a Eulària para que diera aviso a los hombres que dormían en el piso de arriba, pero su curiosidad fue mayor que su prudencia, ¡como tantas otras veces! Decidida, se dispuso a seguir sus pasos tomando precauciones. Apagó la lámpara, que podía delatarla, y una vez en el jardín se ocultó detrás de un banco de piedra. Entonces vio cómo un cuarto hombre se añadía al grupo. Hablaban en voz baja sin dejar de escudriñar la oscuridad que los rodeaba.

Constança notó que la humedad le empapaba el pelo, y poco después comenzó a temblar de frío, pero ya era tarde para echarse atrás. Acurrucada en la penumbra, acarició el talismán que colgaba de su cuello. Comenzaba a creer que necesitaría mucha suerte para salir sana y salva de aquella encerrona.

Cuando los hombres desaparecieron de su vista, caminó hasta las cuadras. Estaban justo en los límites del recinto, y ella apenas las había visitado un par de veces. La primera impresión fue que todo estaba en orden. La puerta de los carruajes no parecía forzada, y tampoco notó nada extraño en el establo, donde dos preciosos caballos relinchaban sin estridencias. Cuando estaba a punto de abandonar el sitio, le pareció oír un rumor de voces y, de puntillas, caminó en dirección a una pequeña ventana parcialmente tapada por la hiedra. Quedaba fuera de su alcance, pero habría jurado que al otro lado parpadeaba una luz tenue. El corazón le latía con fuerza y un puñado de preguntas sin respuesta la acuciaban. ¿Quién era aquella gente? ¿Qué hacían en un rincón donde solo podían encontrar polvo y suciedad?

Constança no era la clase de persona que se da por vencida a la primera, pero tampoco veía la manera de resolver el misterio. Por mucho que aguzó el oído no fue capaz de averiguar qué se cocía allí; ninguna palabra le llegaba con bastante nitidez y no veía la manera de asomarse para salir de dudas. Decepcionada, rehízo el camino en dirección contraria. De vez en cuando se volvía para corroborar que todo seguía en calma. La lámpara continuaba en el mismo lugar donde la había dejado un rato antes; nadie parecía haberse enterado de su salida, ni de la presencia de aquellos desconocidos.

Al llegar a su cuarto, se dejó caer sobre la cama. El cielo aún estaba oscuro, sus pies seguían sucios de polvo y las greñas se le pegaban a la cara con insistencia.

Constança mostraba aquel mismo aspecto a la mañana siguiente, cuando Eulària la vio al retirar las cortinas y abrir los postigos.

—¡Madre de Dios Santísima! Pero... ¿qué ha pasado? Señorita Constança, ¿os encontráis bien? —preguntó la mujer con los ojos desorbitados y llevándose las manos a la cabeza.

—Buenos días —respondió la joven sin mirarla.

La criada, inmóvil a los pies de la cama, no sabía qué hacer. En la estancia no había rastros que delatasen ningún cataclismo, y Constança se mantenía ajena a sus aspavientos.

—¿Estáis bien? —insistió—. ¿Queréis que mande llamar al médico?

—No, Eulària. ¡Ni se te ocurra! Pero si eres tan amable de prepararme un baño...

—Sí, señorita. Ahora mismo.

Sumergida en aquella agua tibia, Constança fue cavilando el asunto. En un primer momento pensó en confiar su aventura nocturna a Eulària, incluso contársela al propio Pierre, pero desistió. A buen seguro la sirvienta le echaría un buen sermón, y el francés no estaba para bromas. Aún se sentía herida en su amor propio y no quería darle el gusto de mostrarse enfadada, aún menos dolida.

La mala pécora de Margarita tejía su telaraña con astucia y, a pesar de que se le hacía muy difícil pensar que el interés de Pierre fuera más allá de la fortuna de ella, la disgustaba especialmente. En todo caso, era muy probable que no la tomaran en serio. Fuera lo que fuese aquello que se cocía cerca de los establos, olía a chamusquina.

—¡Me mantendré al acecho! —exclamó en voz alta.

Después de tomar una decisión que la complacía, relajó el cuerpo y, con la cabeza parcialmente sumergida en el agua, se abandonó a la sensación de formar parte de ella. Era una experiencia liberadora, como si aún permaneciera protegida dentro del útero materno. Aquel silencio era diferente, y los pocos ruidos que había le llegaban de manera atenuada, como formando parte de otra realidad.

Sin saber bien por qué, le vino a la memoria Bero, aquel viejo marinero de manos encallecidas y rostro amable. Sonrió al recordar el día que había añadido un listón de madera a los bajos de la puerta de su cabina para impedir que las ratas la molestasen, o aquel otro, cuando la protegió con su cuerpo al estallar la rebelión a bordo, el motín en que el capitán del barco resultó herido. A veces también la reñía, recordándole que solo había visto el mundo por un agujero, recluida en una jaula de cristal bajo la protección del virrey del Perú. ¡Aquel día se había enfadado de verdad! Pero la travesía en *La Imposible* no habría sido lo mismo sin él...

—Quién sabe dónde estará en este momento... —dijo con añoranza.

Al volver a la realidad, se vistió con la intención de echar un vistazo por los alrededores de la casa. Iría discretamente al lugar donde había descubierto a los intrusos, quizás encontraría alguna pista para seguir.

Constança aguzó la vista. No podía creer que la esbelta figura de Àgueda fuera a su encuentro acercándose por el mismo pasillo donde la había descubierto la primera vez. Durante aquellos casi dos años de convivencia, las dos mujeres habían intercambiado alguna palabra en contadas ocasiones. Desde el comienzo, y con la misma fuerza, se sintieron enfrentadas por una especie de rivalidad tácita y profunda.

Hacía mucho tiempo Àgueda había intentado prevenirla contra Pierre, pero desistió pronto al comprobar que todo lo que dijera caería en saco roto. Constança era demasiado joven y orgullosa para no interpretar sus palabras como una muestra de celos e inquina. De hecho, era muy probable que se mezclaran los dos sentimientos.

Aquella silueta inquietante, descubierta al fondo del pasillo el día que llegó, volvía a adquirir corporeidad. Pero esta vez había abandonado su pose digna. ¿Qué la había hecho cambiar y por qué le iba detrás?

—Quería hablar contigo —dijo Àgueda con voz firme desprovista de aspereza.

—Tú dirás —respondió Constança sin ceder ni un palmo de la ventaja que se le ofrecía en bandeja.

—¿Podemos caminar?

La pregunta de la mujer sonó más a súplica. Sin tirar más de la cuerda, la joven cocinera aceptó, y juntas bajaron los escalones que conducían al pequeño jardín delimitado por las casas. La primavera se mostraba exultante, brotes de verde tierno engalanaban las plantas dispuestas en torretas y las flores de azahar perfumaban el aire aún fresco de la mañana.

Las dos llevaban un chal, pero mientras Àgueda hacía el gesto de protegerse el cuello, Constança se lo retiraba y dejaba a la vista un escote generoso. Cada gesto se habría podido interpretar como una puesta en escena en que los personajes tienen un rol determinado y se ciñen a su papel.

Pero, a pesar de los parámetros en que se movían, las dos percibían una especie de hilo invisible que, resistente a los embates de la fortuna, las mantenía unidas de algún modo. Eran como dos caras de la misma moneda. Caminaron un rato en silencio y, poco a poco, la incomodidad inicial se fue convirtiendo en serenidad. Àgueda se detuvo al pasar por delante de dos naranjos en flor. Olió aquel aroma dulce e inició la conversación.

—No me la quites también a ella.

—No sé qué quieres decir —respondió bruscamente Constança.

—¡Sí que lo sabes, y tanto que lo sabes!

—Yo no he venido aquí para quitarle nada a nadie, pero no permitiré que...

—Constança, no sigas, por favor. Estoy cansada, muy cansada, y me hago vieja. Haz lo que tengas que hacer, tanto me da, pero no arrastres contigo a lo que más quiero.

—No entiendo.

—Hablo de Cecília, de mi hija.

—¡Ah! ¡Es eso! Quizá te gustaría más verla como una pícara, apareciendo y desapareciendo como un fantasma por los pasillos...

—Pretendes provocarme, pero ya no tengo ánimos. Ahora déjame hablar —dijo con autoridad, sin alterar la voz.

Hacía mucho tiempo que nadie le hablaba de aquella manera, y quizá por eso se quedó desconcertada. Su madre no había tenido demasiadas oportunidades de hacerlo y, una vez muerta, ella era demasiado pequeña para compartir con nadie sus inquietudes. Más adelante, su padre delegó su educación en preceptores, y Antoine nunca hizo nada para imponerse. El trato con la abuela había sido diferente, pero en sus exigencias nunca percibió aquel matiz del que riñe con afecto, como si en el fondo le importara.

Àgueda prosiguió:

—Sé que Cecília te aprecia. Admira tu manera de ser, tu posición. Tienes mucho poder sobre ella, y eso me da miedo. Miedo de que quiera seguir tus pasos.

Constança se mordió el labio inferior como solía cuando se inquietaba. No podía negar la evidencia, pero no conseguía adivinar el sentido de todo.

—¿Mis pasos? ¡Es absurdo! No tiene ningún interés ni aptitud para la cocina.

—No hablo de eso —respondió la mujer con tono grave.

—Pues, entonces, ¿de qué hablas?

—Está a punto de cumplir los diecisiete y no quiero que se quede en esta casa. Tienes que ayudarme...

—¿Y ella no sabe nada, supongo? Sería justo que pudiera decir su opinión. Y, por otro lado, ¿qué te hace pensar que yo querría ayudarte?

Justo en ese momento Monsieur Plaisir volvía a casa acompañado por su cochero. El encuentro fue repentino y breves los saludos. Ninguno se volvió, a pesar de que los tres estuvieron tentados de hacerlo. Solo una mirada de Àgueda sirvió para aludir al señor de la casa.

—No quiero que la toque. No soporto la idea, ni siquiera que la mire.

—¿Estamos hablando de Pierre? —saltó Constança, deteniendo el paso.

Àgueda asintió con la cabeza, apretando los dientes.

—Pero ¡eso es ridículo! Pierre es... yo pensaba que era...

—Eres una ingenua —la interrumpió la mujer—. Tanto da si es o no su padre. Se cree el ombligo del mundo y, lo que es peor, nunca tiene suficiente.

—¡Pierre es un cocinero muy importante, todo el mundo lo adora! Nunca sería capaz de hacerle daño.

—¿Lo amas?

Constança tragó saliva. Notó los ojos de Àgueda expectantes mientras los de ella seguían clavados en el suelo. La pregunta había sido clara, expresada con rotundidad. ¿Por qué, entonces, era incapaz de responder de la misma manera? ¡Claro que lo amaba! Aun así, sus labios permanecían cerrados.

3

Constança miraba por la ventana noche tras noche. Esperaba que se repitieran los movimientos nocturnos que un día la habían llevado hasta los establos, pero cada vez se abocaba a ello con menos convicción. En ninguna de sus inspecciones, disimuladas como si fueran esparcimientos inocentes a plena luz del día, había descubierto indicios de nada en aquel sitio olvidado del cual no tenía la llave, más allá del ruido de las ratas o el maullido de algún gato famélico.

Lo que le había llamado la atención era la enorme pila de troncos, protegida bajo el viejo porche del patio interior de la casa, que esperaba convertirse en leña para la cocina. No hizo lo que había estado pensando. Por una vez se impuso la sensatez. Quizá la pequeña abertura encima de los establos ocultaba un lugar por descubrir donde se urdía algo gordo, pero de momento era solo una incógnita. Tampoco se sacó de la cabeza aquellos troncos, quizá debería tenerlos en cuenta.

Durante un par de semanas solo había sido invitada al cuarto de Pierre tres veces, y al regresar al suyo, tanto daba cómo estuviera de cansada, no se había olvidado de examinar el patio. Todo le había parecido en orden.

De lo que no se podía desembarazar, sin embargo, era de las palabras de Àgueda, de la intrusión de Margarita en su vida y del secreto que Cecília le había confiado. Por más que se esforzara no conseguía que su amante le revelara algún indicio de la existencia del sótano de los autómatas. Eso la molestaba y, a la vez, la empujaba a llevarlo a situaciones límite, donde fuera más fácil que soltara la lengua.

A menudo lo observaba antes de hacer el amor, durante los preparativos, y se preguntaba si ella no había tomado el lugar de uno de aquellos seres a los que daba cuerda y se movían empujados por su voluntad. Pero, por otro lado, sentía que formaba parte de una especie de colección muy valiosa y exclusiva. Cuando se entregaba al placer que él le proporcionaba, con una habilidad que no tenía parangón en su experiencia, todos los temores se desvanecían.

Aquella noche, justo quince días después de su descubrimiento nocturno en los establos, la escena de los hombres cruzando el patio se repitió. Constança, como una niña que ha preparado largamente su incorporación al juego, estaba dispuesta a entrar en acción. En la oscuridad le sería más fácil llevar a término su plan; sabía dónde encontrar la solución al problema y se ahorraría el riesgo de ser descubierta.

Se calzó unos zapatos cómodos, los únicos que guardaba de su paso por la droguería, y también el vestido que se ponía para trabajar en compañía de Vicenta. Después recogió una bolsa con herramientas que podrían serle útiles, un gancho por si le costaba mover algún tronco, unas manoplas, y salió sin hacer ruido con la lámpara en una mano y un chal de lana y la bolsa en la otra.

Una mezcla de miedo y alegría le hizo abrir los ojos como platos. Su sospecha se confirmaba y, de nuevo, detrás de aquella ventana remota relucía una claridad tenue. Esta vez las voces le llegaban más nítidas, discernibles. No tenía ninguna duda; cualquiera que fuese la intención de quienes se reunían allí, habían comenzado una acalorada discusión que los comprometía.

Constança oía cómo, de vez en cuando, alguien pedía silencio, pero la calma era efímera, y a los pocos minutos el ambiente se volvía a cargar. Entre juramentos y blasfemias, le pareció oír la palabra «libertad», pero no fue lo único que le heló la sangre y la hizo desprenderse del chal con que se cubría los hombros.

A partir de entonces se concentró en el timbre de aquella voz que la había alterado profundamente. Necesitaba aislarla de las demás, como hacía a menudo con los sabores que componían el plato definitivo. Durante un rato esperó en vano, incluso se sintió ridícula; ya no era una niña en busca de aventuras río arriba. Seguramente lo que estaba pensando era una tontería. ¡Era imposible! ¿O quizá no?

Enfadada, inspiró hondo por la nariz y exhalando con la intención de librarse de parte de su enojo. Pero cuando ya se había dicho que abandonaría, la esperada voz volvió nítida, inconfundible. ¡Era él, que en realidad se llamaba Rafel, no tenía duda!

El corazón le dio un vuelco y, como si se la llevara el diablo, en cuanto acabó de colocar los últimos troncos debajo de la ventana, no dudó ni un segundo en trepar por la pila. Lo hizo como si en ello le fuera la vida, con la falda recogida y con la única claridad que proporcionaba una frágil luna creciente. Una vez arriba, pegó la oreja a la pared como una babosa, pero los latidos de su corazón acelerado se imponían a cualquier otro rumor. Cogida a una de las ramas más gruesas de la hiedra que cubría la pared, aún dio un paso más hacia la ventana. Y entonces todo se fue al garete. El desmoronamiento fue inevitable y Constança perdió el equilibrio. Uno tras otro, los troncos rodaron sin freno y la joven quedó medio sepultada por lo que le cayó encima.

Uno de los hombres dio la alarma, alertado por el estrépito y en un momento Constança se vio rodeada por varias siluetas. La cabeza le dolía, y una pierna cogida entre los troncos le provocaba una inmovilidad forzosa. Pero le preocupaba aún más que, en la casa, alguien se hubiera despertado; por suerte, la casa ocupaba toda la manzana y las habitaciones daban a otra calle.

—¿Quién coño es esta? ¿Se puede saber de dónde ha salido? —dijo un hombre esmirriado de voz estridente.

—¡La madre que la parió! No perdamos más tiempo, cógela y llévala adentro. ¡Esto no me gusta ni un pelo! —exclamó uno más bajo y de complexión corpulenta.

—Aquí hay un saco con un gancho y una cuerda... —añadió un tercero.

—Recógelo todo y ocultémonos. ¡No perdamos más tiempo, si nos descubren estamos perdidos! —se lamentó el que parecía más joven; llevaba unos anteojos tan pequeños que apenas se distinguían sobre su prominente nariz.

Cuando Constança se despejó, se encontraba en un cubil hediondo con una docena de ojos clavados en ella. Por fin había tenido acceso al reducto misterioso que tanta curiosidad le producía, pero no en las mejores condiciones. La habían dejado en el suelo sin miramientos, y un gesto de dolor hizo que se protegiera la pierna con las manos.

—¡Mirad lo que tenemos aquí! —exclamó un hombre de mediana edad y piel del color del cuero adobado.

La joven cerraba los ojos, deslumbrada por la lámpara con la cual la escrutaban desde muy cerca.

—¡Yo no he hecho nada! Os lo puedo explicar... —dijo para ganar tiempo mientras pensaba alguna excusa que le permitiera salir bien librada.

—¡Pues ya puedes comenzar! —dijo otro hombre, muy alto y de espaldas cargadas.

—¿Es que os habéis vuelto locos? ¿Acaso un par de tetas os han hecho perder la sensatez? Sea quien sea, nos ha visto, y todo hace pensar que no ha sido el azar lo que la ha traído hasta nosotros. Antes de que nos delate al patrón y tengamos problemas, hagámosla desaparecer.

Aquel individuo cogió un garrote ante las miradas de perplejidad de sus compinches.

—Josep tiene razón, si nos descuidamos nos atraparán. Es peligroso salir de madrugada. Hemos llegado muy lejos para ponerlo todo en peligro —espoleó el hombre alto al ver que algunos daban un paso atrás ante la propuesta de enviarla al otro barrio.

Constança, deslumbrada, buscaba algún indicio que la salvara de aquellos cafres. Si el joven marinero al que había ayudado en *La Imposible* le hubiera dicho su nombre, ahora podría dirigirse a él. Tampoco entendía por qué él no la reconocía. Quizás aquellos seis años no habían pasado en vano...

La inquietud de la joven iba en aumento, y de vez en cuando abandonaba el gesto de cubrirse los ojos para bajarse la falda. El garrote guiado por aquella mano hurgaba en su interior y se las subía, dejando a la vista unas piernas parcialmente cubiertas por unas medias claras y raídas.

—¡Pero si tiene un colgante y todo! —dijo, dirigiendo el palo hacia el cuello de la joven.

El tono burlesco de aquel rufián fue seguido por un magreo al cual Constança respondió protegiéndose el amuleto y soltándole un puñetazo en el ojo.

—¡Serás mala puta! —Y la cogió por el pelo para darle un escarmiento, cuando alguien lo detuvo sujetándole el brazo.

—¡Ya basta, dejadla! Conozco a esta mujer.

—Por fin —articuló Constança con un gemido.

La esperada voz había resonado potente, y su figura se había hecho visible a los ojos de la cocinera. Era joven, de pelo oscuro y ojos penetrantes. Una camisa blanca a medio abotonar dejaba a la vista un cuerpo fuerte y bien formado. Por unos momentos Constança olvidó el dolor de la pierna lastimada y relajó el cuerpo. Él cogió la lámpara y la miró de nuevo, mientras el resto de los hombres mostraba recelo y desconcierto.

—Vaya, vaya... Mira por dónde, nos volvemos a encontrar, pero esta vez la situación se ha invertido, por lo que parece. —El joven iba haciendo movimientos afirmativos con la cabeza y se movía en torno a ella con postura arrogante.

—¿Dices que la conoces, Rafel? ¿No estarás metido en un lío de faldas? —preguntó el tal Josep.

Rafel asintió.

—Más o menos... Pero ahora esta señorita me debe un favor.

—¡Yo diría que estamos en paz! —dijo Constança intentando imprimir a sus palabras una seguridad que no sentía.

—Te equivocas —replicó Rafel paladeando cada sílaba, confiriéndole un tono intrigante y seductor.

—Se me está acabando la paciencia. O me convences de que no es una espía o le parto la cabeza y acabamos de una vez. Ya la encontrarán mañana extramuros. ¡Decide!

Se diría que el hombre del garrote tenía ganas de usarlo como fuera, y tanta cháchara comenzaba a ponerlo muy nervioso.

—¡Si me hacéis daño os juro que acabaréis todos en la horca!

—¡Ahora sí que me haces temblar! —respondió entre risotadas y movimientos grotescos el hombre que había proferido la amenaza.

—Monsieur Plaisir es muy poderoso, no se le puede ofender —argumentó la joven con vehemencia.

—¿Sería una ofensa a... su propiedad, acaso?

Rafel dio un golpe sobre la mesa y las carcajadas se extinguieron en un santiamén.

—¡Os he dicho que conozco a esta mujer, y respondo por ella! Si tiene alguna relación con ese sujeto despreciable, mucho mejor. Trabajará para nosotros. Obtendremos información de primera mano, necesitamos a alguien que esté dentro de los círculos del poder. No podemos hacer la revolución desde las alcantarillas.

—Te juro que si esta zorra nos da problemas, te arrepentirás. ¡No lo veo claro! ¡No sé qué te traes entre manos, pero os vigilaré muy de cerca! —amenazó el individuo que ya exhibía un ojo a la funerala.

Alcanzar un consenso fue complicado, pero la opción de Rafel se acabó imponiendo y, después de hacerle las advertencias de rigor, la dejaron marchar. Constança, más pálida que de costumbre, se compuso el vestido y, guiada por Rafel, abandonó el lugar.

—Gracias —añadió antes de despedirse del joven.

—No me las des, aún. Esto tiene su precio... Por cierto, ¿aún te haces llamar Constança? —preguntó, acercándose a ella.

La joven se sintió desarmada ante su proximidad. Percibió que el color le volvía a las mejillas y, cuando los dedos de Rafel le apartaron del rostro los rizos enredados, un escalofrío la recorrió de arriba abajo.

Con la complicidad de Eulària, Constança se quedó en la cama tres días fingiendo un resfriado. Por más vueltas que daba a todo lo sucedido últimamente, no conseguía resolver el misterio ni decidir qué hacer. Parecía que a su alrededor todo se precipitaba, y no encontraba la serenidad necesaria para pensar.

—¡Basta! No puedo quedarme en este agujero como un topo. Ayúdame y me vestiré.

—Pero señorita...

—Necesito levantarme. ¡Quiero volver a las cocinas!

—A mí me parece que en vuestro estado...

—Me hará bien, Eulària. Me hará bien —repitió la joven, dulcificando la voz.

—Pero ¿a estas horas? ¡Todo el mundo se ha marchado, no hay ni un alma!

—Precisamente por eso. No sé si te lo sabría explicar... La cabeza me bulle, necesito ir... ¡necesito volver a la cocina!

—Hacedme caso, lo que necesitáis es descansar. Ya han terminado la faena, esperad a mañana.

Constança desistió. Por mucho que se esforzara, su sirvienta no tenía bastantes luces para entenderla. Seguro que confundía su estado con un delirio. Para ella la cocina era más que un trabajo, era su manera de poner en orden las emociones; era un espacio de introspección y de conexión con ella misma donde cada ingrediente se convertía en una reacción, una sensación, una intuición, un sentimiento. Ahora lo necesitaba para dar curso a una serie de razonamientos que, de otra manera, no se veía capaz de articular.

En el recorrido que hacía para plasmar una receta no siempre intervenía la vista o el gusto; muy a menudo era el olfato quien tenía un papel clave. En numerosas ocasiones y circunstancias había comprobado que los olores despertaban el deseo o, al contrario, el rechazo. Se trataba del primer contacto con el plato, y necesitaba prever los resultados, ensayar las condiciones y los ingredientes que lo hacían posible. Para conseguirlo había que poner en juego la reflexión, la memoria, el combate... No conocía mejor manera de ejercitarse, de ponerse a prueba.

Por eso, en cuanto se fue Eulària, no hizo caso de sus recomendaciones. Una vez en las cocinas, caminó sin prisa en torno a la gran mesa de mármol; la acarició largamente, disfrutando de la frialdad de aquella superficie lisa e inmaculada. Era como si pidiera permiso a aquella roca compacta de aspecto cristalizado para estropear su merecido reposo. Constança repitió el gesto rumiando qué elementos escogería para componer un plato del cual aún no sabía casi nada.

De pronto, sintió la necesidad de volver a los papeles que Antoine le había dejado en herencia. La pierna aún le molestaba un poco, pero fue hasta su cuarto con la decisión de quien tiene las cosas claras. De nuevo en su espacio de trabajo, encendió todas las lámparas de aceite disponibles y, sentada en el banco, abrió el presente de su padrastro por la última página que había consultado hasta entonces.

Lo que leyó no era ni de lejos lo que esperaba encontrar, y Constança frunció la nariz al advertirlo. Se sentía nerviosa, impaciente, iba a la búsqueda rápida de una receta nueva, pero, como era propio de él, Antoine se explayaba en reflexiones. Aquella letra de caligrafía perfecta no hablaba de ingredientes ni de puntos de cocción, tampoco de ningún preparado especial. Parecía reflexionar en voz alta; mejor dicho, recopilar viejas conversaciones entre los dos, quizá con la intención de que no se diluyeran con el tiempo. Tal vez intuía que los pocos años de la niña y su falta de madurez no permitirían que arraigasen con suficiente fuerza.

Sedivlo on

¡Bebe de todas las fuentes! No te ciñas a lo que está de moda o a lo que otros te dicen que lo está. No hay solo un paisaje, ni uno superior. Lánzate a descubrirlos todos y no menosprecies ninguno por su aparente sencillez o extravagancia. Contrasta maneras de ser y encuentra la tuya. La cocina, como la vida, es movimiento. Atarte a las recetas que yo te entrego sería renunciar a la invención y cerrarte puertas para seguir aprendiendo.

Constança detuvo la lectura justo en este párrafo. Aún no era capaz de entender los extraños títulos que Antoine ponía a sus anotaciones, pero recorrió con la punta de los dedos las líneas y soltó un largo suspiro. Poco a poco tomó conciencia del valor del mensaje e intentó rescatar su esencia. Agrura y dulzor se mezclaban y confluían en su búsqueda y su propio latido.

Sobre un banco, junto al gran ventanal que a aquellas horas estaba huérfano de horizontes, descansaba una gran panera con frutas. La joven se acercó y cogió unos melocotones primerizos que rezumaban un aroma agradable. Los acarició con cuidado y su tacto aterciopelado y ligeramente esponjoso la satisfizo por unos momentos. Después, sin contemplaciones, exclamó:

—¡No! No estoy para confituras ni mermeladas.

Abandonó los melocotones, pero al punto volvió a cogerlos. Al hacerlo, una media sonrisa le iluminó el rostro y el azul de sus ojos adquirió un reflejo acuoso mientras dos pequeños hoyuelos aparecían en las mejillas. Aquella expresión habría puesto en guardia a Antoine, que la conocía bien.

Ya tenía la parte dulce. Ahora necesitaba el ingrediente ácido, y los limones se le ofrecían con un amarillo exultante en una panera de mimbre, al lado de un montón de leña que alimentaría el fuego.

En la cocina reinaba un silencio poco habitual, solo roto por sus propios pasos, sonido al que más tarde se sumaría el de las cazuelas y los peroles. En el exterior cantaban los grillos, pero Constança se mostraba del todo ajena a ellos. Mientras iba colocando los productos escogidos sobre la mesa, seguía escrutando su entorno, desgranando cada elemento en función del resultado final.

—Canela —susurró.

La corteza amarronada del canelero le proporcionaría un sabor cálido y persistente. Tampoco podían faltar las almendras tostadas, ni...

—¡Relleno de carne!

La mezcla le pareció excelente. Sin perder más tiempo, aderezó la ternera con sal y pimienta y la puso a asar. Mientras tanto, dispuso un par de huevos, una raspadura del limón, una pizca de canela, otra de sal y un poco de azúcar en un bol de cobre. La mezcla estaba a punto para acoger la carne que antes había picado con esmero.

Las manos de la joven cocinera recordaban las de un pintor deslizando el pincel sobre el lienzo, mezclando pigmentos, creando texturas...

Constança conocía cada componente y lo trataba con un cuidado extremo, observaba su transformación, lo añadía cuidadosamente aquí o allá hasta encontrar el equilibrio. A ratos tarareaba una vieja canción, la única que recordaba haber oído cantar a su madre. Hablaba de una doncella junto al mar...

Por un momento se dejó llevar por la melancolía, pero, sacudiendo la cabeza, volvió al trabajo. Después de vaciar los melocotones los rellenó con la mezcla ya preparada y los puso a freír a fuego suave, con mitad de aceite y mitad de tocino.

El aroma se esparció por la estancia y Constança cerró los ojos para tragárselo, como le había dicho Antoine que hacían los gatos. Cuando los abrió, profirió un chillido y se echó atrás.

—¡Me habéis dado un susto de muerte! No os esperaba...

A la luz de las lámparas, el sombrero de Pierre Bres proyectaba una sombra fantasmagórica sobre su rostro. Llevaba una casaca negra con faldones que le daba un aspecto sumamente distinguido. Tal vez se disponía a salir o, al contrario, acababa de llegar a casa. Bajo la mirada sobresaltada de Constança, la cara de aquel hombre de facciones duras pareció ablandarse por un momento.

—No era mi intención espantarte. Me ha parecido ver luz y... Ya veo que estás muy entretenida. ¿Eso quiere decir que ya te encuentras mejor?

—¡Oh, sí! Mucho mejor, gracias.

Monsieur Bres avanzó dos pasos y estiró el cuello hacia la sartén. Se deshizo de los guantes y, con un gesto ondulante de la mano derecha, se acercó el aroma a la nariz.

—¿Preparas algo en especial, quizá? —preguntó, complacido.

—Ha sido un arrebato —se justificó la joven.

—No quisiera estorbar. ¿Te molesta si me quedo?

—Yo... Bien, estáis en vuestra casa.

Constança iba volteando los melocotones, que cogían un tono acaramelado, mientras buscaba las palabras más apropiadas para hacerle saber que prefería seguir sola. Pero antes de conseguirlo el cocinero ya se había quitado el sombrero y la casaca.

—No quisiera parecer... —murmuró la joven.

—Pues, entonces, calla.

Sin replicar, Constança retiró la sartén del fuego y llenó de agua una olla de barro. Después añadió azúcar, una rama de canela y la piel de un limón. El corazón le latió con fuerza al notar el aliento del cocinero en la nuca.

—Es para preparar un almíbar —dijo en un intento de romper el embrujo al que no quería someterse.

Bres seguía detrás de ella sin abrir la boca, consciente de la turbación a que la sometía. Por primera vez, la joven oyó el canto de los grillos detrás de la ventana. Pero el tiempo necesario para que el líquido cogiera la consistencia deseada se le hizo eterno. Entonces depositó los melocotones. Un temblor casi imperceptible en las manos acompañó el trayecto de las frutas hasta quedar inmersas en el néctar líquido. Incómoda, se aclaró la garganta para imprimir más fuerza y seguridad a la voz.

—Pongo la parte del relleno hacia arriba para que no se escape. Ya me entendéis... Añadiré un poco de agua, suficiente para que casi los cubra. Ahora, a dar hervores a fuego muy suave.

—Tardará un buen rato, por lo que parece.

—Sí, claro.

—¿Y mientras tanto?

—¡Las almendras! Las había cogido... y quizá sea mejor que las pique —añadió, aturdida.

Impulsivamente, cogió el mortero y comenzó a chafarlas con fuerza, pero enseguida la mano del cocinero se colocó sobre la suya y retardó la operación.

—No tan deprisa. Poco a poco, Constança, poco a poco. Mira cómo se deshacen a cada embestida... Quiero que lo notes.

Constança giró ligeramente la cabeza, pero él la devolvió a la posición inicial. Seguía detrás de ella, pero las distancias habían desaparecido. Cada acometida que infligían juntos al recipiente de mármol acompañaba otra del sexo de él contra las nalgas firmes de ella.

Por más que se resistía a aquella sensación que ya le sofocaba las mejillas, se sabía prisionera de su deseo. En el afán de rebelarse, rescató las palabras de Àgueda tratándola de ingenua, preguntándole si amaba a aquel libertino que, según ella, era capaz de cualquier perversión. Como una punzada difusa, la asaltó la escena de Cecília en la escalera del sótano de los autómatas, y que ya había decidido olvidar. Tampoco estaba dispuesta a correr riesgos innecesarios que la apartasen de su objetivo, y las amenazas de Rafel y su grupo parecían ir en serio. Aquel juego era muy peligroso. ¡Demasiado tarde! Su cuerpo no era capaz de escuchar nada ajeno a aquel anhelo ardiente de sentirse poseída.

El aroma dulcemente picante de la comida y las llamas que dibujaban sombras movedizas en las paredes y conferían un ambiente íntimo al recinto, concebido para la brega de platos y cazuelas, ganaron la partida. Con la mirada perdida en los melocotones, que se ablandaban lentamente, también ella se ablandó. Permitió que le aflojara el corsé y le acariciara los pezones sin ofrecer resistencia. En pocos instantes estaba desnuda y un chorrito caliente de almíbar le resbalaba por el vientre hasta perderse en la pelusa del pubis.

Constança se estremeció y soltó un gemido acompañado de una contracción que le hizo apretar los muslos.

—No te muevas, yo te lo recogeré.

Encorvada sobre la mesa, sintió la lengua de Pierre probando un elixir dulcemente amargo, como el que se cocinaba delante de ella. Estremecida y en contacto con la superficie fría, intentó someterse. Nada a su alcance se convertía en un soporte bastante resistente para refrenar las sacudidas que desde el vientre le recorrían todo el cuerpo. Entonces colocó las piernas entre los muslos de Pierre y se enredó como un zarcillo, y unos instantes más tarde reposaba sobre el mármol. Algo metálico rodó por el suelo, pero no le hicieron caso. Sobre aquel altar donde se oficiaba el sacrificio, una ofrenda era consumida por el fuego; a sus pies el celebrante, con la respiración acelerada y los ojos brillantes, paseaba su satisfacción por encima de la piel desnuda y sudada de la mujer.

Constança tardó en recuperar el control; durante un breve

momento su larga cabellera peinó de negro el mármol inmaculado. Después, al incorporarse, volvió a caerle enredada sobre los hombros. Solo un rizo se obstinaba en taparle el rostro, y con el gesto de apartárselo la imagen de Rafel cogió fuerza, venida no se sabe de dónde. Sofocada y confusa, se precipitó a recoger la camisa del suelo y se cubrió apresuradamente los senos. Incómoda, reculó unos pasos hasta situarse detrás de la mesa. Entonces, como quien despierta de un sueño inquietante, exclamó:

—¡Las almendras!

Las esparció sobre los melocotones con torpeza. Monsieur Plaisir ya había abandonado las cocinas cuando Constança retiró las frutas del fuego y dejó espesar la salsa. Las incorporó de nuevo cuando tuvo la consistencia de un jarabe.

Sola, a la luz de la única lámpara que permanecía encendida, la joven se sentó en el banco con un plato en la falda. La noche iba perdiendo su oscuridad mientras la exquisitez cocinada la obligaba a cerrar de nuevo los ojos.

4

A orillas del río Rímac, Lima, 1770

Aquel día llegué tarde a mi cita con Iskay. Recuerdo que fue hacia finales de octubre, porque, como todos los años, Lima se había vestido de morado para rendir culto al Cristo de los Milagros. Las calles estaban rebosantes de gente: llegaban de todas partes y engrosaban una procesión malva que se extendía por doquier como una gran mancha de tinta. Se trataba de una de las celebraciones más esperadas: una mezcla de prostitutas con damas, negros con blancos y mestizos, religiosos con políticos y ateos. Todos pidiendo la protección del Cristo colgado en la cruz, ocultando su miseria bajo diferentes envoltorios.

Yo caminaba a empujones, aturdida por los cánticos y la música. Avanzaba entre el griterío de los vendedores ambulantes que, aprovechando aquella festividad multitudinaria, ofrecían los productos más variados en cada esquina. Entre muchos otros, menudeaba el arroz con leche, los pinchos de carne, los choclos —que en casa de mi padre se llamaban panizos— y el turrón de doña Pepa, una golosina con caramelo por encima que hacía la delicia de mayores y pequeños.

Los olores de la comida, mezclados con el de los cirios, el incienso y las flores que las mixtureras vendían en ramilletes, se me hacían insoportables. Solo tenía un pensamiento: reunirme con mi amigo, y hacerlo cuanto antes. Sentía la necesidad de explicarle los últimos acontecimientos, todo lo que había descubierto y, también, qué me había perturbado de una manera tan profunda.

A pesar de que el frío comenzaba a hacerse sentir, llevaba colgado del brazo el abrigo verde que Antoine me había regalado el día de mi aniversario.

Cuando llegué al puente de piedra, la antesala de mi amado río, respiré aliviada. Pero me preguntaba si Iskay aún me esperaba: era cerca del mediodía, y habíamos quedado muy temprano. Miré a derecha e izquierda y me pareció advertir su camisola blanca en medio de un reducido grupo de ancianos que tejían cestos junto al río. Al acercarme lo vi feliz, explicándoles quién sabe qué mientras unos y otros detenían el movimiento de los dedos para escucharlo, embobados.

Era una de las cosas que más me gustaban de Iskay, su facilidad para conectar con la gente, la ternura que ponía en todo lo que hacía, sus ganas de vivir... y de dejar vivir a los demás, sin imponerles nada.

—¡Iskay!

—¡Bienvenida, Constança! Siéntate con nosotros, te presentaré a mis amigos —dijo mostrando sus dientes blanquísimos y sin ningún rastro de resentimiento por mi tardanza.

—Me gustaría, de verdad. Quizás otro día...

—¿Pasa algo? —me preguntó mientras se ponía en pie para venir a mi encuentro.

Inquieta, miré a aquellos viejos desdentados de piel arrugada y sentí sus ojos clavados en mí, a la espera de una respuesta. Pero Iskay se dirigió a ellos, camuflando mi incómodo silencio.

—Seguiremos otro día, por hoy ya os he robado bastante tiempo.

Entonces, me rodeó la cintura con sus brazos fuertes y la mitad de mis males desapareció.

—Hoy no se está tranquilo en ninguna parte, ha venido mucha gente de los pueblos vecinos y... ¡se me ocurre que podrías llevarme a ver el mar!

—Iskay, no estoy para historias...

—Ya lo sé, Constança, ya lo veo. No pensaba ir hasta el puerto, ni hasta la playa, se nos haría de noche a la vuelta. Pero hace mucho tiempo que no subimos hasta la pampa de Amancaes. ¿Recuerdas aquel verano que la encontramos toda cubierta de flores amarillas y tú tuviste la ocurrencia de decir que parecía un extenso sembrado de yemas de huevo? —dijo Iskay, y soltó una carcajada que dejó al descubierto sus dientes.

—Iskay, a finales de otoño no habrá ni una. Las flores no se avienen demasiado con este tiempo. Y tampoco veremos el mar, el cielo se está cubriendo. Además, quiero hablar contigo —añadí, nerviosa.

Pero ni mis palabras ni mi mal humor hicieron mella en el ánimo de mi amigo. A veces esta actitud me provocaba una sensación de rabia y envidia que conseguía sacarme de mis casillas.

—Hazme caso, caminemos.

No repliqué, ya lo había hecho muchas veces y siempre acababa dándole la razón. Iskay vivía de una manera muy sencilla, y no acababa de entender por qué nosotros, los que veníamos del otro lado del Gran Mar, nos complicábamos tanto. Pensaba que era muy difícil avanzar con tanta carga sobre la espalda, y caminando por la naturaleza se aflojaban las cuerdas que liberaban de su peso.

—Debes mirar a la naturaleza como a una gran madre. Las madres siempre quieren lo mejor para sus hijos —le había oído decir infinidad de veces.

Con esta convicción, dejé que me cogiera del brazo y, sin prisa, nos dirigimos hasta aquel lugar alejado del barullo, donde durante los meses de verano florecía el *amancae*.

Con mis manos en las suyas, comencé a explicarle el motivo que me había llevado a una casa de la calle de la Concepción, justo a dos manzanas de la plaza de Armas.

—Allí se aloja el señor José Gabriel.

Comencé por el final, e Iskay, a pesar de que ponía cara de no entender nada, me dejó ir y venir desordenadamente de una punta a la otra de mi relato. Me conocía lo suficiente para saber que estaba tan asustada y nerviosa que no podía explicarme de otra manera.

—Yo estaba en las cocinas y oí gritos. Alarmada, corrí hasta la bodega, más allá de la despensa. Allí he visto más de una vez cómo Antoine aguza el oído, pues en esa sala oscura, lejos de los fogones y el horno, hay una zona de ventilación. Es el lugar ideal para proteger las conservas, secar las flores, colgar los tomates en rama y conservar las cebollas y los ajos, pero también para escuchar, aunque con cierta dificultad, lo que sucede muy cerca de allí, en el espacio privado donde el virrey recibe las visitas.

Poniendo mucha atención, oí quejarse a uno de los criados de la casa, el mencionado José Gabriel. De hecho, hacía mucho rato que esperaba audiencia con el virrey. Cuando le dijeron que no podría ser, se cabreó de verdad. José Gabriel no estaba dispuesto a volver a su casa con las manos vacías pues, según decía, había hecho un viaje muy largo, y esperaría allí de pie todo el tiempo que fuera necesario.

—¿Sabes qué quería? —preguntó mi amigo.

—No dijo nada, solo insistía en que era muy importante. Resulta que, finalmente, consiguió su propósito y el virrey lo recibió. Entonces la situación había despertado tanto mi curiosidad que quería saber de qué se trataba. Al comienzo solo pesqué palabras sueltas, inconexas, pero en cierto momento hablaron de mi padre.

—¿Estás segura?

—Tan segura como que estoy aquí contigo.

—¿Y qué hiciste? —preguntó con los ojos bien abiertos, como si así pudiera ver con más claridad.

—¡Me quedé de piedra! No fui capaz de atar cabos y decidí que debía hablar con aquel hombre. Nerviosa, esperé a que abandonara el palacio y entonces lo seguí. Se sorprendió mucho cuando me presenté en el hostal donde estaba, pero a pesar de eso se mostró muy amable. ¡Salí con el corazón encogido: aquel hombre me explicó unas cosas horribles!

Iskay me apretó las manos, que manteníamos unidas, y yo apoyé la cabeza en su pecho. El corazón me latía con fuerza y fue marcando el ritmo de mis palabras.

—Me habló de los mestizos del Cuzco, del linaje de los incas, y sobre todo del maltrato que sufrían los indios mitayos, de Tinta, los cuales morían en las minas de Potosí. Este era el motivo de su viaje: denunciar la situación y hacerse escuchar por el virrey.

Cuando levanté el rostro buscando el de Iskay, su expresión era de tristeza infinita, pero no había ninguna señal de sorpresa o espanto.

—¿Oyes lo que te he dicho?

Afirmó con la cabeza y me estrechó entre sus brazos. Yo no estaba para carantoñas y lo increpé duramente; olvidé que su infancia se había forjado entre abusos e injusticias, que mi reciente descubrimiento formaba parte de su vida y que, de alguna manera, aún sufría aquella situación, igual que todos sus hermanos de sangre. Más serena y un poco avergonzada, me pregunté en voz alta cómo podía perpetuarse el sufrimiento de miles de familias, por qué había que pagar un precio tan alto con la única finalidad de enriquecerse. ¿Era más preciada la plata que extraían de la montaña que tantas y tantas vidas?

—¡Obligan a las comunidades indígenas a suministrar determinado número de trabajadores, Iskay! Lo llaman la *mita*. Mi padre hizo que, dada la dureza de esta ocupación a causa de la altitud de las minas, se establecieran turnos. Consiguió que por cada semana de trabajo descansaran dos, pero ¡la mejora suponía disponer de trece mil quinientos indios para los tres turnos! Con el tiempo, las extracciones de plata fueron menguando, y los sueldos también. José Gabriel piensa que echaron del cargo a mi padre para poner a alguien más severo...

—¿Y tu padre nunca te había explicado nada?

—No. Un día dejó de hacer las visitas que lo ausentaban de casa durante muchos días y comenzó a beber más de la cuenta. Según parece, al sustituirlo le encomendaron una tarea humillante... Yo entonces no podía entenderlo, era muy pequeña.

—¿De verdad quieres contarme estas cosas, Constança?

Me tomé un respiro mientras contemplaba las enormes montañas desérticas que se alzaban majestuosas delante de nosotros. Pero mi mirada se centró en un punto movedizo. No demasiado lejos de donde estábamos, un ciervo paseaba con paso majestuoso.

—¡Iskay, mira! —exclamé—. ¡Es fantástico!

—Sí que lo es. La belleza, la fuerza y el misterio lo han convertido en símbolo de reyes y brujos. ¿Sabías que sus cuernos caen y se regeneran cada año en primavera?

—¡Hay tantas cosas que no sé!

Iskay me arregló el pelo y me sentí pequeña, muy pequeña. Entonces continué relatándole en qué consistía la tarea con que degradaron a mi padre. Se le encomendó vigilar a Micaela Villegas, más conocida como la Perricholi, la amante del virrey.

La relación de la pareja siempre había sido escandalosa, y el fuerte carácter de la mujer había dado que hablar y provocado muchas peleas. Era diferente de las otras en todo lo que hacía, en cómo vestía y hablaba. A mí me gustaba verla llegar montada a caballo, mientras las damas se mofaban. Parecía que con el nacimiento del hijo de la pareja las cosas se habían puesto en su sitio, pero la calma no duró demasiado. El virrey, que era mucho mayor que ella, estaba celoso de todo aquel que se le acercaba, y ella era coqueta por naturaleza.

—Lo siento... —susurró Iskay sin moverse.

—No sé qué pensar... El hombre que me lo contó piensa que hay alguna relación con la muerte repentina de mi padre. Parece que Manuel de Amat le había encargado seguir a la Perricholi.

—¿Tu padre seguía a esa mujer? ¿Y qué descubrió?

—¡No lo sé! Quizás algo que no era del agrado del virrey. ¡Qué sé yo! Podría tener otro amante... También he pensado que quizá sabía cosas de las minas que no convenía ventilar.

—Pero eso que dices es terrible, Constança. No tenemos ninguna prueba...

—José Gabriel me dijo que mi padre seguía al lado de los indios, que ellos aún lo iban a buscar para pedirle ayuda. ¡Morían como moscas en las minas! ¡La jornada de trabajo era de sol a sol, con solo una hora de descanso!

Lo cierto era que, siete años después de la muerte de mi padre, exhumaba aquel fantasma sin ninguna posibilidad de sacar nada en claro y tampoco de olvidar.

La impotencia, la rabia y la confusión me irritaron y, abandonando los brazos de mi amigo, comencé a caminar de un lado a otro, haciendo círculos, yendo y viniendo con las manos en la cabeza o presionándome el estómago, en un intento de apaciguar un dolor difuso.

Hasta que vomité todas las incertidumbres que llevaba dentro no me acerqué de nuevo a su lado.

El cielo seguía cubierto, pero el sol se adivinaba detrás. A veces conseguía colarse e iluminaba un retazo de tierra añadiéndole matices. En otras ocasiones, la claridad silueteaba la nube y le otorgaba un aspecto fantasmagórico. Algo parecido sucedía en mi interior mientras volvía con Iskay a la vera del río.

Un hombre nos saludó a medio camino sin acabar de enderezar la espalda. Estaba inclinado sobre la tierra plantando papas. Los caballones esponjados dibujaban líneas perfectas y los surcos se prolongaban hasta que convergían más allá de lo que alcanzaba la vista.

—De aquí a tres o cuatro meses volverá a haber flores blancas y malvas; haré un ramo y las llevaré a la tumba de mi padre. ¿Querrás acompañarme, Iskay?

Imagino que, para distraerme de mis cavilaciones, mi amigo me habló de los colores y las diferentes formas que adquirían las flores de las papas. Yo conocía algunas variedades, a pesar de que Antoine las había desestimado en su cocina por el hecho de tratarse de un producto vulgar.

Pero, por boca de Iskay, aprendí que los indígenas también obtenían de la papa un veneno muy potente, gracias a la destilación de las partes más verdes del tubérculo. No sé si entendí con exactitud el procedimiento. Lo que no he podido olvidar es que, a partir de aquel momento, siempre profundizaría en la parte de las cosas menos visible a los ojos, en su vertiente más subterránea. Como la inquietud de mi padre bajo la apariencia que requería la ocasión, o la de aquellos indios muriendo en el anonimato en las entrañas de la tierra, o la de las papas, que pueden nutrir o matar encubiertas bajo la delicadeza de su flor.

5

Los últimos meses Constança Clavé había perdido peso. Ya hacía semanas que Eulària le recriminaba su aspecto tan poco saludable, pero cuando guardaron la pesada ropa de invierno en el armario la criada puso el grito en el cielo.

—Pero, señorita, ¡si caben dos como vos en el vestido del verano pasado!

—¿No crees que te estás pasando? ¡Mira que eres exagerada! ¡Ajusta un poco más el corsé y listos!

—Todo os queda holgado... —rezongaba la mujer mientras, con grandes aspavientos, sacudía las faldas como si fueran sacos—. ¡Ay, señorita! Si no os cuidáis, caeréis enferma.

—Y tú me harás sopa de tortuga —dijo Constança, divertida.

—No bromeéis con estas cosas, que son muy importantes y no les prestamos atención hasta que dejamos de sentirnos bien. Ahora sois joven y el cuerpo lo aguanta todo, pero...

—¡De acuerdo, de acuerdo!

—¡Hacedme caso! Deberíais comer más. No todo es trabajar, y vos no paráis. Además... —añadió con voz más baja, como quien no se atreve— también deberíais descansar por las noches.

A Eulària no le pasaban por alto las idas y venidas de Constança. Siempre que oía el chirrido de su puerta, se arrodillaba delante de la Virgen para pedirle que la protegiera, y no dormía tranquila hasta saber que volvía a estar en su cuarto. Sin duda, no le podía ahorrar los quebraderos de cabeza que la consumían. La presencia de Àgueda y el abandono de aquella primera amante de

Monsieur Plaisir penando por los pasillos eran una prueba irrefutable de ello. Después vinieron otras y la historia se repitió a lo largo de los años. Todas eran jóvenes y bellas, a veces extranjeras, de las cuales hacía tiempo que no había noticias, y si había la sirvienta habría preferido no conocerlas.

Monsieur Plaisir era así, veleidoso e inconstante. No renunciaba a ninguno de sus caprichos y no le agradaban los compromisos a largo plazo.

—¡Eulària, que no es el fin del mundo! ¡Quita esa cara de pocos amigos! Venga, vamos, no te aflijas. ¡Comeré más, te lo prometo! ¿Sabes qué podemos hacer?

—No, señorita —respondió la sirvienta intentando alejar de su cabeza aquellas cábalas.

—¡Saldremos a comprar y me haré coser vestidos nuevos! Iremos a las tiendas de Portaferrissa, delante del callejón de Perot lo Lladre. Me han dicho que tienen unas indianas preciosas. ¿Verdad que me acompañarás?

—Señorita, yo...

—¡No se hable más! ¡Hoy me he levantado contenta!

—Y yo me alegro.

—¿No me preguntas por qué?

—Ya sabéis que...

—... que no debes meterte donde no te llaman. Me lo dices muchas veces, pero una cosa es lo que dices y otra muy diferente lo que haces —dijo Constança mientras le guiñaba el ojo—. No te lo tomes a mal, que sé que te preocupas por mí, y yo te lo agradezco. Pero ¡hoy nada de sermones, no quiero que nada ni nadie me amargue el día, he quedado con Rita y Ventura!

—¿Con vuestro abuelo?

—Bueno, llamémoslo así. Iremos a dar una vuelta y tomar un refresco. Hace mucho que no paseo por la ciudad, todo el mundo dice que se hacen casas nuevas, ¡cada una más bonita y lujosa que la otra!

—¿Os pondréis el vestido verde, pues?

—No, Eulària. Hoy llevaré el de algodón a rayas, es más discreto. Hemos quedado en encontrarnos a medio camino, en una pequeña lechería que hay junto a la plaza de Sant Jaume. Rita dice que hacen una cuajada deliciosa.

—¿Acaso queréis pedir prestada la receta? —dijo Eulària con picardía.

Ambas mujeres rieron un rato, y mientras la sirvienta le cepillaba con dificultad los rizos de su cabellera oscura, Constança le siguió explicando todo lo que había averiguado de aquel manjar.

—Según he podido saber, lo llaman requesón de monja, porque la abuela del viejo Quimet Pujol, el propietario, se la inventó.

—¿Y qué tiene que ver con las monjas?

—¡Aún no he acabado, mujer! La abuela de Pujol era portera de un convento extramuros. La portería estaba al lado mismo de la entrada principal, y entonces se le ocurrió poner unas mesitas y ofrecer bebidas y meriendas los días festivos. No tenía demasiadas cosas, solo lo que ella sabía hacer, horchata, jarabe, requesón y crema. Y ya lo ves, ¡tan famosas se hicieron sus recetas que pusieron una lechería!

Eulària no siempre seguía con detalle las explicaciones de Constança, pero le gustaba observar cómo gesticulaba con las manos y cómo, al hablar según de qué o de quién, sus ojos azules brillaban como aguamarina. En el espejo donde se reflejaba la imagen de ambas destacaba el amuleto del cuello de la joven, que era como una amapola sobre la tersa piel blanca. A menudo la joven cocinera repasaba sus contornos con delicadeza y, al hacerlo, su rostro adquiría un rictus de añoranza.

El encuentro con Ventura y Rita fue muy emotivo. Él estaba más encorvado, y a la muchacha la encontró un poco más alta. Como las tres únicas mesitas del pequeño establecimiento estaban ocupadas, esperaron de pie un rato. En uno de los taburetes había una mujer gorda de piel rojiza y pómulos altos que ya se había zampado dos tacitas de chocolate y aún no parecía satisfecha. Rita la miraba con los ojos abiertos como platos.

—¡Si pide otra, reventará!

El tiempo fue pasando entre risas, hasta que aquella mujerona se sintió observada. Quizá se molestó por algún comentario, porque se marchó rumiando en voz baja vete a saber qué.

El patrón del establecimiento les comentó que, si todo iba como hasta entonces, pensaban trasladarse a un local más grande en la calle Quintana. Luego preguntó qué podía servirles y exclamó:

—¡Más cucharitas!

Como no podía ser de otra manera, Constança quiso probar el requesón. No consiguió la receta, pero el sabor de la leche de almendras era inconfundible.

—Almidón, azúcar...

—¿Qué dices, Constança? —preguntó Ventura.

—Intento adivinar las proporciones —dijo con la boca llena, degustando aquel manjar blanco que habían servido en un molde con forma de pecho.

—¡Seguro que tú lo haces tan bien o mejor! ¡Va, explícanos cosas de ese grupo de damas distinguidas para las que cocináis! ¿Cómo van vestidas? Debes de oír muchos chismes, ¿no? ¿Cómo son sus casas?

Rita hacía una pregunta tras otra, quería saber todos los detalles. Constança trataba de complacerla, pero no siempre le era posible y, cuanto más preguntaba la chica, más incómoda se sentía.

—Debes entenderlo, mi lugar es la cocina. Todas ellas tienen cocinas enormes, con verdaderas colecciones de cazuelas de cobre y vajillas de porcelana fina. Todo lo que puedas imaginar, con cualquier ingrediente a tu alcance... Pero no creas que cada mañana vamos a una casa diferente. Depende mucho de las festividades, de los santos o las celebraciones personales. A pesar de todo, en la calle Carbassa se trabaja siempre, se debe tener todo a punto porque a veces los encargos surgen de un día para otro.

—¡Y cuando sales a saludarlas, qué emoción!

Constança no respondió enseguida, pues mentir no se le daba nada bien.

—¡Oh, sí! Claro.

—¿Te llaman señorita?

—¡Rita, me estás apabullando! Yo qué sé cómo me llaman o

me dejan de llamar, lo más importante es que les guste lo que cocinamos y que recomienden la cocina de Monsieur Plaisir a sus conocidos. A menudo ni las veo llegar, y cuando hemos terminado ya no queda ni un alma.

—Debes pensar que me meto donde no me llaman, pero ¿te haces valer lo suficiente, Constança? —preguntó Ventura.

—¿Qué queréis decir? —respondió la chica con gesto serio.

—No te lo tomes a mal, pero ¿no sería bueno que te conocieran? La gente importante, quiero decir...

El discurso de Constança fue subiendo de tono a medida que intentaba disculpar el comportamiento de Monsieur Plaisir, su protector. Según dijo, era el anfitrión perfecto y formaban un gran equipo. Si no hubiera sido por él, aún viviría en el palomar y vestiría como una pordiosera.

Comentó sus maneras exquisitas, tan alejadas de las habituales en los hombres. Pero con aquellas últimas palabras el recuerdo de Rafel la traicionó. A regañadientes, se impuso su figura de espaldas anchas y brazos musculosos, el olor penetrante, las manos ásperas por el frío, el viento y el esfuerzo, quizá por haber cogido la vida contracorriente. Cuanto más luchaba por retomar el control de la situación, más intenso era el calor que enrojecía sus mejillas.

Finalmente, puso cara de circunstancias y, con una media sonrisa, se entretuvo jugando con su amuleto.

—¿No será que te gusta ese cocinero afrancesado?

—¡No digas tonterías, Rita! Es... es un libertino, un egoísta, un presuntuoso...

Constança se calló de golpe. Había subido demasiado la voz, y los demás clientes la estaban mirando. Se había ido de la lengua sin ningún cuidado y no sabía cómo desdecirse. Consciente del mal trago que pasaba la joven, Ventura intervino:

—Dicen que Manuel de Amat, que durante años ha sido virrey del Perú, vuelve de Lima para establecerse en Barcelona. El palacio que se ha hecho construir en la Rambla ya está muy avanzado, pero de momento es muy probable que se instale en su casa de campo, cerca de Gràcia. Tu padre lo sirvió muchos años. De hecho, te ha visto crecer en su casa, y tenías la confianza de su cocinero. Quizá podrías presentarte ante él —dijo.

—Antes volvería a trajinar agua de la fuente o... No me habléis de ese hombre, os lo ruego. Si no os molesta, preferiría ir a dar una vuelta. ¡Aquí hace mucho calor! —Lo dijo mientras desplegaba un abanico, del mismo color del vestido y decorado con figuras de pájaros; lejos de cualquier altivez, solo intentaba apaciguar aquel molesto sofoco.

Constança, con Ventura a un lado y Rita al otro, tomó por la calle de la Boqueria en dirección a la Rambla. Durante el trayecto hablaron de cosas banales, cotilleos oídos en la droguería; también de la frágil salud de Vicenta, que se veía obligada a guardar cama cada dos por tres. Pero hubo un momento en que las palabras se perdieron entre el ruido y el polvo.

A pocos pasos de donde estaban se estaba derribando el portal de la Boqueria. No resultaba nada fácil hacer desaparecer una construcción tan firme y, de vez en cuando, se hacía a golpe de barreno. Dado el peligro que suponían las montañas de piedra que se apilaban delante, y para evitar desgracias, solo dejaban pasar a la gente y los coches por delante del campanario del Pi o por la calle de la Claveguera.

A pesar de todas las precauciones, era imposible controlar la muchedumbre de fisgones que se daban cita allí. Las mujeres no se ponían de acuerdo sobre las ventajas e inconvenientes de trasladar las carnicerías a la Rambla, junto al huerto del convento de Sant Josep. Sin embargo, unos y otros hacían pronósticos sobre el próximo destino de la piedra de la pequeña capilla que había coronado el portal. Se comentaba que los frailes trinitarios descalzos la habían comprado por ciento cincuenta libras. También la imagen de la Virgen Santísima de Montcada, que había presidido el altar, sería trasladada a la iglesia del Pi. A distancia, algunas mujeres mayores se hacían la señal de la cruz y los granujas saltaban sobre las ruinas.

Constança tuvo la sensación de que el mundo, como ella misma, cambiaba irremediablemente. Una lágrima le resbaló por la mejilla. La recogió con diligencia.

—Es este maldito polvo —se apresuró a comentar, mientras fingía una tos que diera veracidad a su presunto malestar.

Ya hacía tiempo que tenía noticia de ello, pero con el encargo en casa de Margarita de Acevedo había llegado uno de los momentos más temidos por Constança. Para enfrentarse a ella necesitaba valor, y la conversación mantenida con Ventura y Rita la había dejado confusa, con mal sabor de boca. Como si la hubieran puesto ante un espejo sin más opción que encararse con la realidad, una realidad que no quería aceptar.

Por unos momentos estuvo tentada de fingir una indisposición de última hora, cualquier excusa para no ir a casa de Margarita, pero nunca se podría perdonar semejante acto de cobardía. Se animaba pensando que solo sería una comida frugal, que terminaría pronto; sería su particular manera de rendir tributo al difunto Joaquín de Acevedo, muerto de manera repentina el invierno anterior. De hecho, aunque nunca había sido santo de su devoción, él se había avenido a llevarla bajo su custodia en aquel largo viaje desde Lima.

Hacía rato que Monsieur Plaisir se había adelantado para hacer los honores a aquella nueva dama de la nobleza barcelonesa. Constança bregaba con los criados, les daba las últimas órdenes y estaba pendiente de transportar todo lo necesario y disponerlo en el carruaje que utilizaban para esos menesteres. La acompañarían la subcocinera y dos ayudantes.

—Maria, tú comenzarás a preparar el chocolate. Teresa, al llegar quiero que pongas a refrescar la limonada y, después, ayuda a Ignasia a hacer los buñuelos y las rosquillas. ¿La masa está a punto? ¿Vamos bien de tiempo? No quiero sorpresas. Es importante que todo quede dispuesto sobre la mesa de la cocina, el orden nos facilitará mucho la faena. ¿Entendido?

Las mujeres asintieron con la cabeza y comprobaron que todos los ingredientes estuvieran a punto.

—¡No os olvidéis de los melindros! —añadió por último.

Constança se ocupó personalmente del traslado en un bol de

cobre de las naranjitas chinas confitadas. Su elaboración requería tiempo y paciencia, y por eso hacía tres semanas que trabajaba en ellas. Se pelaban y troceaban para ponerlas ocho días en agua con sal y ocho días más en agua clara, cambiándola dos veces al día. Después se hervían en azúcar clarificado a punto de hebra floja y se repetía la operación cada tres o cuatro días, hasta que la fruta adquiriera el color del azúcar. Eso sí, siempre a fuego lento, dejándolo hervir entre ceniza y rescoldo. Solo entonces se ponían en azúcar a punto de perla, para comprobar después con la aguja que ya estaban a punto.

Las miró satisfecha, daban gusto de verdad. Aquel color brillante e intenso le hacía recordar el espectáculo de los ocasos en medio del Gran Mar, cuando el sol se iba deshaciendo en el agua. Nunca había vuelto a sentir aquella sensación de verse rodeada de horizonte.

—Señorita Constança, el arriero pregunta si tenemos que cargar alguna otra cosa.

—Lo siento, me he entretenido. No es necesario, ya podemos marcharnos.

El trayecto entre las dos casas era corto, solo las separaban un par de calles. Las mujeres que acompañaban a Constança comentaban cómo, en poco tiempo, aquella antigua arteria de la ciudad se había convertido en una zona muy apreciada, donde algunas familias acomodadas habían apostado por construir sus mansiones. La casa de la viuda De Acevedo estaba junto al palacio de Sessa-Larrard, y ya se remataban los últimos detalles de la celebración. Desde el carro se podía admirar la suntuosidad del edificio, aquel enorme portal flanqueado por pilastras y capiteles que sostenían el balcón principal, y las gárgolas con caras grotescas. De su boca salían trompetas de cobre como si fueran los florones de una corona.

—¡Qué lujo! —exclamó Ignasia.

—Dicen que la ha hecho construir el virrey de Cataluña, el duque de Sessa —comentó Teresa.

—Esta gente está podrida en dinero. ¡Unos tanto y otros tan poco! —añadió Maria.

—¡Dejaos de cháchara y a trabajar!

Constança no estaba para monsergas. Inquieta, atravesó la magnífica baranda de forja que daba paso al interior de la casa. Dos sirvientas las acompañaron hasta la espaciosa cocina situada en la planta baja; era una de las estancias que rodeaban el patio central con escalinata.

Los músicos que iban a interpretar un concierto sacro se preparaban cerca de allí. De vez en cuando se oía afinar un violín. Pero, salvo el sonido de los instrumentos y del agua que brotaba de la fuente de algún jardín, el silencio era absoluto. Tampoco había rastro de Monsieur Plaisir. Constança supervisaba cada movimiento, y el servicio de la casa también se puso a sus órdenes. Para servir el chocolate le trajeron unas tacitas finamente decoradas, similares a porcelanas chinas.

—Son de importación italiana.

Aquella voz salida de la nada sorprendió a Constança. Bajo el dintel de la puerta, un joven ataviado con una casaca gris de lino, chaleco de seda bordada y camisa blanca sonreía altivo.

—Pedro... —musitó la joven cocinera.

—No sé por qué te extrañas, esta es mi casa —repuso él mientras abría los brazos ampliamente para mostrar todo lo que los rodeaba.

—Claro. Pero si no te molesta, tengo mucha faena —replicó ella con tono resuelto.

—¡Porque quieres! Podrías haber sido más amable conmigo, y quizás ahora no te verías en esta situación. De todos modos, no hay nada que no se pueda arreglar, salvo la muerte.

Constança hizo un esfuerzo para no ceder a sus provocaciones. Aquel chico presuntuoso la sacaba de sus casillas. Fingiendo una calma que estaba lejos de sentir, fue disponiendo las cucharitas de plata sobre las tacitas, y también colocó la vajilla inglesa, donde servirían los buñuelos, las rosquillas, los melindros y las naranjas confitadas.

—Veo que aún llevas ese trasto colgado del cuello —observó Pedro alargando la mano.

—¡No lo toques! —exclamó Constança, súbitamente cortante y envarada.

—Está bien, no quería molestarte. ¿Me podrías servir un refresco? Hoy hace un día sofocante —dijo el chico, remachando el clavo.

—Teresa, ponle un vaso de limonada al señor, por favor.

—¿Acaso no he hablado claro? He dicho si podías servírmelo tú...

—Te he oído perfectamente, ahora mismo te lo pongo —lo interrumpió ella, sosteniéndole la mirada.

Las otras tres mujeres retrocedieron ante algo tan inesperado como humillante. Se preguntaron por qué su señora se dejaba avasallar de aquella manera, precisamente ella, que tenía un genio tan vivo y a la que consideraban por encima del bien y el mal.

—No está mal —dijo Pedro tras probarlo, y a continuación volcó el resto del contenido sobre el vestido de Constança.

La joven aguantó el tipo sin perder la compostura. Sin abrir la boca, se limpió la ropa y le dio la espalda. Pedro extendió el brazo dispuesto a pedir que le rellenara el vaso, pero entonces entró Monsieur Plaisir.

—¡Ah, estáis aquí! Vuestra madre pregunta por vos.

—Pues ahora mismo voy. No es de buena educación hacer esperar a las damas.

Constança llevó al cocinero a un rincón y, con los ojos encendidos, le dijo:

—Sacadme de aquí, os lo suplico. Todo está a punto, ya no me necesitáis.

Pero él le traía malas noticias: por expreso deseo de la dueña de la casa, sería Constança quien sirviera el refrigerio.

Así pues, durante el par de horas que duró el concierto, fue testigo de los elogios que los invitados dirigían al cocinero, alabando una y otra exquisitez. Cuando le preguntaron el secreto de la limonada, el francés no tuvo reparo en revelar su elaboración.

—Lo que la hace diferente es la infusión de azafrán y unas gotas de azúcar quemado que se vierten después de dejar enfriar la espuma.

Constança no daba crédito a lo que oía, y tampoco a todas las galanterías que recíprocamente intercambiaban él y la viuda De

Acevedo. Siempre, eso sí, después de que aquella mala pécora le dedicara una sonrisa provocativa.

El viaje de vuelta transcurrió en el silencio más absoluto; no había mucho que decir. Cuando Pierre y Constança se despidieron al pie de la escalera, ella esperó hasta verlo desaparecer en dirección a sus estancias. Entonces, se encaminó a los establos con la esperanza de vislumbrar aquella luz tenue y movediza que delataba la presencia de aquellos intrusos. Por unos instantes, aquel grupo de hombres toscos y medio chalados que perseguían imposibles le pareció más auténtico que toda la chusma de la que formaba parte.

Cansada y vencida, se dejó caer sobre el banco y, reprimiendo el llanto, golpeó con furia la fría piedra en un intento de ahogar su desesperación.

6

Un morboso capricho del destino sacudió de nuevo el ánimo de Constança Clavé. Aquel 22 de octubre de 1777, cuando Manuel de Amat hacía su entrada en Barcelona después de veinticuatro años de periplo por Mallorca, Chile y Perú, coincidía con una fecha que la joven cocinera no quiso revelar a nadie. De hecho, ¿con quién habría podido compartirla? ¿Quién le habría regalado una flor tardía que adornara las veintidós primaveras que ya había dejado atrás?

El cielo se mostraba rojizo, y la casa estaba huérfana del bullicio de cazuelas y ollas, de tacitas y poleas, de chirridos de ruedas de carro y golpes de hacha sobre la leña seca. Mucha gente de la ciudad se congregaba en las calles, donde la fastuosa comitiva haría ostentación de su poder. Claro que ella no pensaba sumarse a las hileras de bobos, ni tomar parte en los numerosos cotilleos que tanto en damas como en criadas provocaría el séquito de un personaje tan célebre.

Aquella mañana la dedicaría a pasear por el jardín oyendo el tímido crujido de las hojas secas bajo sus pies y recordando otras a la vera del río Rímac.

—Quizá los membrillos ya estén maduros —dijo en voz alta mientras cruzaba la puerta de la casa.

Con ganas de recogerlos para hacer una buena mermelada más tarde, apresuró sus pasos. Cerca del huerto había una barraca donde se guardaban las herramientas de labranza. Apoyado contra la pared, un toldo viejo enredado con unas cuerdas de esparto. Entre los caballones, una red protegía las espinacas recién plantadas. Constança se acercó al observar un punto dorado y movedizo en su interior.

—¡Pobrecilla!

Era una pequeña mariposa de colores vivos, una mariposa monarca de las que de vez en cuando le había hablado Iskay justo antes de su despedida definitiva. Con mucho cuidado la liberó del embrollo, pero el bello insecto permaneció en tierra con un débil aleteo.

—Estás cansada, ¿verdad?

Constança la miró con ternura y esperó un rato, como si aguardara una respuesta. Después la cogió entre los dedos y se la acercó a la cara.

—Amiga mía, yo también estoy cansada, pero no podemos darnos por vencidas. Quizás ahora no estemos para recorrer grandes distancias, pero no vuelvas a arrastrarte como un gusano.

Entonces, con delicadeza, le sopló las alas hasta conseguir que las desplegara y, satisfecha, observó cómo se alejaba, aún insegura como una lucecita parpadeante.

Los gritos de Eulària la distrajeron súbitamente. La mujer saltaba entre los matorrales, bufando.

—¡No me hagáis esto de marcharos sin avisarme, señorita! Ya no sabía dónde buscar...

La sirvienta se detuvo a unos pasos para coger aire. Con el pecho aún agitado, se llevó las manos al vientre y una punzada de flato la hizo doblarse.

—¿Estás bien? —le preguntó la joven cocinera.

—Qué queréis que os diga... He recorrido toda la casa, el señor quiere que os arregléis y lo acompañéis.

—Dile que no me has encontrado. No tengo ganas de salir a hacer el tonto.

—No me hagáis eso. Me ha dicho que os espera y que no vuelva sin vos.

Como una criatura enfadada, Constança dio un puntapié al toldo y después otro, y uno más hasta que el polvo la hizo toser. Luego, dejando atrás a Eulària, volvió a la casa con cara de pocos amigos.

Cuando tuvo delante a Monsieur Plaisir, este la miró de arriba abajo y, antes de que ella abriera la boca, le hizo entrega de un paquete bellamente envuelto con un lazo. Constança se quedó descolocada.

—Sé que estás dolida desde aquel día en casa de la viuda De Acevedo...

—Preferiría no hablar de ello, si no te molesta —lo interrumpió la joven.

—Pero yo no quiero verte así. Quizá tengas razón... Lo he pensado mucho y creo que ya estás preparada para ocupar el sitio que mereces.

—No entiendo —dijo Constança frunciendo las cejas.

—Hoy he quedado para tomar un chocolate en casa del barón de Maldà. De vez en cuando organiza reuniones en su jardín, toca la viola y lee sus memorias.

—¿Sus memorias, dices?

—Escribe una especie de dietario con los sucesos que pasan en la ciudad. Tonterías y curiosidades que sirven para hacer tertulia, ya sabes. Según dice, lo tiene todo anotado desde hace siete u ocho años. Una manera como otra de pasar el tiempo.

—No sé si me apetece...

—No se trata de que te guste o no su compañía, Constança. Querías un sitio en las esferas más altas, ¿verdad? ¡Pues tienes que ganártelo!

La joven suspiró y apretó el paquete entre sus brazos.

—Arréglate. Hoy serán otros los que servirán el chocolate —agregó el cocinero.

Constança dudó un momento, y Pierre Bres aprovechó para animarla a abrir aquel presente. Ella lo hizo y un vestido de indiana con florecillas malva la dejó boquiabierta.

—¿Te gusta? Yo diría que es de tu medida —comentó él con un toque de picardía.

Bien mirado, no perdía nada haciendo lo que le pedía, y se moría de ganas de probarse aquella ropa. Cuando finalmente se decidió a complacer al señor de la casa, la criada entró en la estancia, jadeando.

—Gracias por traérmela, Eulària. Ahora ve y ayúdala a vestirse, o llegaremos tarde.

Constança encontró sobre su cama unos zapatos de tacón con piedras incrustadas de tonalidades que iban del rosa al lila, y también unos guantes de seda que le llegaban hasta el codo. La verdad era que aquel hombre tenía muchas rarezas y que no siempre la trataba bien, pero no se le podía negar un gusto exquisito.

—¡Estáis preciosa! —exclamó Eulària, y le pidió que diera otra vuelta para admirarla.

Constança bajó las escaleras ceremoniosamente y con la cabeza bien alta, tal como le había insistido Antoine, que quería convertirla en una dama. El pelo recogido dejaba al descubierto un cuello esbelto de tersa piel blanca, y el amuleto que adornaba su escote parecía una flor huida de la tela. Monsieur Plaisir olió la fragancia de violetas que rezumaba y le ofreció el brazo para subir al carruaje.

Como no podían transitar por la Rambla, que estaba toda levantada para plantar árboles y preparar el alumbrado, hicieron un recorrido paralelo por callejones de mala muerte, por los cuales parecía que el carruaje quedaría atascado en cada esquina.

Aquella era otra Barcelona, muy alejada de la habitual para ella, pero que también conocía de cerca. Era la misma, sí: la que había descubierto en sus salidas nocturnas saltando por los terrados, la que la acogía en el palomar de la calle Hospital. Ahora le parecía como si todo aquello hubiera sucedido en otra vida.

A ella no le resultaban tan ofensivos los olores de los orines, pero a Monsieur Plaisir lo obligaban a cubrirse la nariz con un pañuelo de lino. Una sacudida provocada por el cochero al estirar violentamente la brida de los caballos descolocó el sombrero de Pierre, que, enojado, le pidió explicaciones.

Entonces vieron a una niña con la cara llena de mocos y el pelo enredado llorando en el portal de una casa. A su lado había una silla volcada y una mujer chillaba cogiéndose la pierna como si le doliera horrores.

—¿Qué ha pasado? —preguntó Constança, asustada.

—Nada. ¡Seguid! —ordenó Pierre al cochero.

—Pero ¿por qué gritaba?

—Te he dicho que no ha pasado nada —repitió Monsieur Plaisir.

—Nadie grita de esa manera sin motivo. ¡O me lo explicas o bajo yo misma a preguntar!

—No basta con cocinar como los ángeles y vestir como una princesa, Constança. ¿No te enseñó eso el bueno de Antoine Champel?

La joven apretó los dientes, de buena gana lo habría abofeteado. Oír el nombre del hombre que la había criado como un padre en boca de aquel individuo le parecía una blasfemia. Pero no era el momento de remover las cosas, pues la mujer seguía chillando y la criatura lloraba con más fuerza.

Constança hizo el gesto de abandonar el carruaje, pero una mano la sujetó por el brazo.

—¡Detente! ¡Esa gente se las sabe todas!

—¡Eres cruel! Son solo una mujer y una criatura. Quizá nuestro carruaje las ha atropellado. ¡Tenemos que ayudarlas!

—¡Seguramente dentro del portal hay media docena de bribones esperando que muerdas el anzuelo! Cuando quieras darte cuenta, ¡te habrán dejado desnuda!

Constança se quedó de una pieza. Miraba hacia atrás y le dolía el corazón, y sin embargo no las tenía todas consigo.

—¿Y si es verdad? ¿Y si no hacen comedia?

—No pienses más, eso no lo sabrás nunca. Pero si fuera así, la próxima vez ya buscarán un lugar más seguro para quitarle las pulgas a la criatura.

Constança hizo el resto del trayecto con la cabeza gacha. A veces notaba el roce de la ropa tendida contra el carruaje, pero no se atrevió a levantar la vista en ningún momento. Cuando finalmente llegaron a su destino, la joven tenía el corazón encogido.

Detrás de los muros desprovistos de artificios de la casa del barón se ocultaban grandes estancias y jardines que reunían todo un muestrario de peinados de lo más extravagante, también pelucas y monederos de tafetanes de seda. El anfitrión, un hombre más bien esmirriado y de aspecto afeminado, congregó a todos sus invitados en el salón principal. En aquella estancia el techo era más alto que en la entrada; tres espejos, con sus consolas correspondientes, daban una agradable sensación de amplitud. Había media docena de sillas de cuero pintadas y grabadas artísticamente en tonos dorados, y una veintena más de caoba.

Sus sirvientes se dispusieron a encender las palmatorias, que iluminaron con luz temblorosa las pinturas de las partes altas, más ricas y engalanadas. Entonces, con gran solemnidad, el barón cogió la viola y se colocó en el centro, justo en el punto en que confluían las baldosas cuadradas de cerámica. Las habían puesto en diagonal, dibujando rombos. Después de un breve concierto largamente aplaudido, se dispuso a leer un parágrafo de sus famosas memorias:

> Día 8 de julio de 1776. En aquellos tiempos, la mujer de un soldado que vivía al principio de la calle Tallers, hacia la Rambla, parió un monstruo, que así se puede decir, puesto que la criatura tenía dos cabezas y cuatro brazos. La mujer murió en aquel parto tan laborioso, y la criatura también, diciéndose que fue bautizada *ab conditio*. La conservan en el hospital, en la sala de anatomías, guardada dentro de una gran ampolla, con espíritu de vino, para enseñarla.

Constança no podía creer la expectación levantada por aquella lectura escabrosa de un hecho sucedido hacía poco más de un año. Todo el mundo lo comentaba alegremente. Ella, con disimulo, retiró la tacita de chocolate que había comenzado a degustar; tenía el estómago revuelto y, en cuanto le fue posible, abandonó la conversación con la excusa de que una de las damas mostraba interés por las flores plantadas en el jardín.

El aire fresco la reconfortó y un rato después, al volver al salón, su rostro había recuperado el color. Ahora el barón disertaba sobre las campanas, que, por lo que explicaba, le interesaban bastante y era un entendido en la materia. Según dijo, quería elaborar un censo de todas las campanas de Barcelona y las ciudades más importantes de Cataluña. El resto de la velada lo dedicaron a menospreciar lo que denominaban «la ínfima plebe»; el barón de Maldà, con el consentimiento de todos los invitados, hizo escarnio de ella con comentarios despectivos.

A veces, la joven cocinera atrapaba al vuelo miradas inquisidoras y comentarios que, por los cuchicheos que provocaban, bien podían dirigirse a su persona. Pero ella se había puesto la sonrisa postiza, y en ningún momento desapareció de su rostro.

Al despedirse, Monsieur Plaisir deseó buen viaje al barón; según había comentado, debía ir a una población de Girona para reconducir al orden a los campesinos que le trabajaban las tierras.

—A esa gente hay que atarla corto; si no, se te suben a la chepa —comentó un hombre barrigudo que llevaba una peluca mal empolvada.

Cuando pasaron de nuevo por el portal donde habían visto el revuelo de la mujer y la niña, ya estaba cerrado. Solo un par de gatos lamían el suelo.

El único consuelo al que se pudo aferrar Constança al acostarse fue reflexionar sobre lo que pasaría al día siguiente. Las semanas comenzaban a hacérsele largas pensando en el miércoles, el día en que Rafel y sus compañeros tenían la costumbre de celebrar su reunión clandestina en aquel sitio secreto, detrás de las caballerizas de Monsieur Plaisir.

Tal como había hecho otras veces, les llevaría algo para comer; ellos ya lo esperaban y recibían el cesto de viandas con aplausos. Por la mañana se levantaría temprano y se mantendría ocupada haciendo unas albondiguillas con salsa y unos postres dulces de membrillo. Pero la noche le jugó una mala pasada, y el rostro de aquella niña a quien su madre sacaba las pulgas junto a un portal la persiguió sin descanso. Harta de aquel sueño recurrente, con el cuerpo empapado en sudor y la ropa pegada a la piel, se levantó. Antes de clarear el día, Eulària la descubrió en la cocina.

—¡Loado sea Dios!

—Te puedes ahorrar la letanía. Estoy bien y tengo faena —le soltó Constança, sin cumplidos.

La mujer salió de la cocina arrastrando los pies. Quizá fue

aquella postura cansada, o bien el hecho de haberle dado una respuesta tan seca, lo que hizo que Constança se lo repensara. Con las manos enharinadas fue tras la mujer.

—¡Espera! Lo siento, he pasado una mala noche. ¿No te encuentras bien?

La sirvienta tampoco tenía muy buena cara. Tenía los párpados hinchados y unas marcadas ojeras le daban un aspecto afligido.

—Pareces agotada, Eulària. ¿Qué te pasa? —insistió la joven mientras se limpiaba las manos en el delantal para levantarle la barbilla a la espera de una respuesta.

—Es Cecília... —murmuró la mujer.

—¿Qué le pasa a Cecília? —se alarmó Constança.

—No lo sé con seguridad. No quiere hablar con nadie. El médico le ha hecho unas sangrías, pero no le encuentra nada. Se niega a comer y...

—¡Por qué no me lo habías dicho!

—La señorita está siempre tan atareada... No quería molestaros, ya tenéis bastante con vuestras cosas... —añadió con la mirada gacha.

Constança se sintió mezquina. Hacía días que no veía a la chiquilla, tan atrapada como estaba en sus propias miserias.

—¡Llévame con ella ahora mismo!

Mientras se dirigían al cuarto donde Cecília guardaba cama, una escena adquirió vida de nuevo, aquella que había tenido lugar en la escalera del sótano prohibido que guardaba el secreto del francés. El corazón de la joven se aceleró. Intentó creer que era un pensamiento fuera de lugar, sin fundamento. Precisamente por eso había expulsado de su mente aquella monstruosidad, que por un momento se le había revelado como posible. Una cosa era que Pierre tuviera excentricidades que rozaban la depravación, pero de ahí a aprovecharse de aquella muchacha...

Cuando abrió la puerta del dormitorio, se encontró con Àgueda, que tenía cogida la mano de su hija.

—¿La has hecho venir tú? —preguntó a Eulària con gesto adusto.

—No me había dicho nada —respondió Constança. Y añadió—: ¿Puedo pasar?

Pero no consiguió sacar nada en claro. Cecília estaba como ausente, con la mirada perdida. Su piel rosada había adquirido un tono pálido que la cabellera rojiza acentuaba. Las paredes del cuarto eran blancas, y una vela iluminaba la imagen de una ascensión de la Virgen. El olor a encierro llevó a Constança a buscar la ventana, que estaba cerrada. La habría abierto de par en par, pero no se atrevió.

—Quizá sería mejor llevarla a un lugar más ventilado —dijo con cautela.

La sirvienta miró a Àgueda, pero los labios de la mujer continuaron cerrados.

—No quisiera meterme donde no me llaman, pero...

—Ya lo has hecho —la interrumpió la madre de la chiquilla, y miró a la joven cocinera de hito en hito.

—No puedes culparme de todas las cosas malas que te pasen. ¡No puedes! Yo solo quiero ayudaros.

—Habrías podido hacerlo hace tiempo. Te avisé...

—¿Me permites que la lleve a mi cuarto? Puedes venir con ella si quieres.

—¡No pienso volver a ese cuarto! Ya te lo dije. No me hagas renegar de la poca dignidad que me queda —añadió con lágrimas en los ojos.

Constança se marchó abatida y con el corazón encogido. De nuevo en la cocina, preparó una leche de almendras, Vicenta siempre se la daba cuando le dolía la cabeza o se sentía abatida. Luego pidió a la sirvienta que se lo llevara a la enferma y le dio un poco de romero.

—Quémalo en la estancia después de ventilarla. Hazlo como si fuera cosa tuya. Dicen que esta hierba ayuda a despertar la mente. ¿Me has entendido? ¡Ah! ¡Y nada de sangrías! Esa costumbre que tienen los médicos no hace más que debilitar a la gente. También llévale un caldo a Àgueda, o pronto tendremos otra enferma. Y te ruego que me mantengas informada de todo.

La tarde se le hizo tan larga como la noche anterior. A Monsieur Plaisir no lo vio en todo el día. Tendida en la cama, maldecía el día en que había aceptado aquel trabajo. Se arrepentía de haber formado parte de su colección particular de amantes y de someterse a sus caprichos enfermizos. Fijó la mirada sobre el último obsequio, que acababa de estrenar.

—¡Somos una pieza más de su repertorio de autómatas! ¡Nos viste y nos da cuerda, eso es todo! —exclamó, furiosa.

Por unos momentos tuvo el impulso de lanzar el vestido por la ventana, de huir de aquella casa, hermosa por fuera pero con el corazón podrido, como las manzanas que aprovechaba para hacer confitura. Al final decidió que haría la guerra desde dentro.

—Huir es de cobardes —dijo apretando los dientes—. Me he ganado el lugar que ocupo, y si se ha atrevido a hacerle daño a su propia hija, no me detendré hasta hundirlo, tan cierto como que me llamo Constança Clavé.

Aquella tarde se dirigió a los establos más convencida que nunca. Quizás aquellos hombres podrían serle de gran ayuda si al final decidía llevar a término su propia venganza.

—¿Quién utiliza a quién? —se preguntó en voz baja justo antes de cruzar la puerta que conducía a aquel lugar infecto.

El vino corrió a chorros acompañando las albondiguillas, el queso y el pan que había llevado Constança. Lejos de mostrarse reservada y de hacer gestos reprobatorios delante de las maneras de aquellos hombres, la joven se sumó a la fiesta.

—Hoy te veo diferente. ¡Ven hacia aquí, moza! —exclamó Rafel mientras la cogía por la cintura para sentarla en su regazo.

Constança se dejaba hacer. Unos momentos después fingió sentir embarazo al notar el miembro erecto de Rafel cada vez más tenso. El chico rio a mandíbula batiente y la soltó:

—¡No tengas miedo, que no muerde! ¡Restriégate, que esto da alegría!

—Pues a mí me parece que no estamos para demasiadas fiestas —dijo el hombre que semanas atrás la había amenazado con un garrote—. Me gustaría saber qué se cuece en casa de los poderosos, porque según tengo entendido también meneas el culo por allí.

De golpe todas las miradas confluyeron en ella, que, aún sofocada, salió adelante como pudo.

—De hecho, nada interesante, salvo cotilleos —balbuceó.

—Vaya, vaya. O sea que nuestra espía ya ha sido invitada a los círculos de la nobleza. ¿Y qué información nos trae? Mira, señorita como te llames, tienes una deuda con nosotros, y deberás aguzar bien el oído si no quieres que...

—No sé si para vosotros tiene importancia —lo interrumpió ella—, pero el barón anunció un viaje a Girona. Según decía, para atar corto a los campesinos que le llevan las tierras.

—¿El barón de Maldà? —preguntó con la boca llena Grau, el hombre más alto.

Al ver que ella asentía con cautela, el individuo se puso en pie, dio un puñetazo sobre la mesa y levantó la voz, escupiendo lo que aún no había tragado:

—¡A ese malnacido se la tengo jurada! ¿Dijo si iba a algún pueblo en concreto? ¿Mencionó el mote de alguna familia? ¡Venga, va, canta!

—Un momento —intercedió Rafel viendo que los ánimos se caldeaban—. Tampoco somos animales. Vamos por partes. ¿Qué te ha picado ahora?

—¡Ese señorito de tres al cuarto y toda su parentela han explotado a mi familia desde hace generaciones! Mi abuelo se dejó el espinazo cultivando sus malditas tierras, y mi padre... Pero dejémoslo correr. Haz memoria, o utiliza tus contactos o tus encantos, tanto me da, pero sácale toda la información que puedas. Esta vez me encargaré personalmente, para que le den el recibimiento que merece.

Constança tomó buena nota de lo que le pedían y los ánimos se fueron calmando, aunque luego se enrarecieron al tocar otros temas. A menudo los hombres que formaban aquel grupo, todos muy diferentes, no conseguían ponerse de acuerdo más allá de gritar consignas contra la Iglesia, que dominaba al pueblo metiéndole el miedo en el cuerpo, o contra los gobernantes. Entendió que tenían como objetivo a aquellos que, de una manera u otra, ostentaban la mayor parte del poder y la riqueza. Y en eso estaba totalmente de acuerdo.

Cuando los hombres fueron saliendo bajo la atenta mirada de Rafel, que vigilaba la puerta, entró una ráfaga de aire fresco que Constança agradeció. El humo del tabaco le había resecado la garganta, y ella trataba de no toser para evitar la burla o algún comentario que pudiera volver a encender los ánimos.

Rafel observó que la joven resoplaba con un gesto de liberación y se disponía a recoger la panera vacía. La dejó hacer. Pero cuando la tuvo delante, le cerró el paso mirándole fijamente los pechos.

—¿Me dejas sin postre?

La joven cocinera no tuvo tiempo ni ánimos para contestar. Él la cogió bruscamente entre sus brazos y la sentó sobre la mesa. Como sediento, le besó el cuello y le ensalivó todo el trayecto hasta el nacimiento del pelo en la nuca mientras susurraba palabras suaves, cortas como suspiros. Ella se abandonó sin reservas y le recorrió la piel morena que marcaba cada músculo de su cuerpo en tensión. Muy cerca de los labios notó una vaharada de vino, pero lejos de ofenderla fue a su encuentro con ansia. Ebria de deseo, chupó todo el néctar, mientras, con las piernas abiertas, recibía la tibia simiente de su repentino amante.

7

Como si el cielo se hubiera conjurado para liberar su atribulado estado de ánimo, un fuerte aguacero que duró casi tres días se desató sobre Barcelona. Durante las horas en que rayos y truenos le robaban el sueño, se preguntó si todo lo que sucedía últimamente tenía algún sentido que no acertaba a adivinar.

Más allá de los vidrios de su cuarto, había contemplado el patio convirtiéndose en un charco, donde flotaban sacos, cántaros rotos y capazos. También le pareció ver la red que cubría las espinacas tiernas y, por un momento, pensó en la pequeña mariposa dorada. Aliviada porque Cecília se recuperaba de la dolencia que, durante días, dio la impresión de que podía llevársela, su único anhelo había sido que el cielo escampara. Sus súplicas fueron escuchadas, y de nuevo se hallaba ante la puerta de aquel cubil donde se había materializado el reencuentro con Rafel.

Antes de entrar llamó a la puerta y, tal como habían prescrito, dio la contraseña «¡Justicia y libertad!». El crujido de la madera le dio la bienvenida. Después de un apresurado saludo, y aún con la panera bajo el brazo, sus ojos fueron en busca del rostro moreno del hombre que la consumía. Fue un recorrido rápido e infructuoso: Rafel no estaba entre los presentes, como tampoco aquel hombre al que llamaban Josep. Se alegró, ya que a ella le parecía el más feroz de todos.

Sin hacer ningún comentario, se dejó caer en un rincón a la espera de que Rafel apareciera. Abel, con gesto expectante, la escrutó a conciencia, y ella forzó una sonrisa torcida que no fue capaz de enderezar.

A diferencia de otras veces, el tono de los presentes era grave y, de manera incomprensible, no se abalanzaron sobre las viandas que les había preparado.

—Siempre nos toca recibir a los mismos —dijo el hombre de piel curtida al que llamaban el Tuerto, aunque sus ojos eran normales.

—Cabía esperar que pasaría una desgracia como esta. Total, ¿a quién le importa? Ninguno de los que nos gobiernan ha perdido ni un solo carnero —añadió Grau, apretando los dientes.

Constança intervino con cautela:

—¿De qué desgracia habláis?

—¡Claro! —exclamó con socarronería el hombre alto—. ¿Cómo no se nos había ocurrido antes? ¡Cómo podías saberlo tú, protegida bajo las faldas del cabronazo francés!

La joven tragó saliva y se armó de valor. No era justo que siempre le vinieran con el mismo sonsonete, ¡ya estaba más que harta! Si quería que la respetasen, debía plantarles cara y hacerse oír sin miedo.

—Me gustaría que de ahora en adelante me ahorres las provocaciones. Me juego la piel tanto como vosotros. Si el cabronazo francés, como lo llamas, descubre que lo traiciono, ¿qué piensas que me hará? Me habéis pedido información sobre los pleitos que el barón de Maldà tiene con sus campesinos, y vengo a traérosla. Pero me gustaría saber de qué coño habláis.

Por unos momentos los cigarros se consumieron entre los dedos de aquellos hombres rudos. Después de mirarse los unos a los otros y de asentir, Grau se aclaró la garganta y dijo:

—La fuerza del agua ha estropeado los corrales de Jesús, hacia Sant Jeroni de la Muntanya, muy cerca de Horta, a las afueras de Barcelona. El ímpetu que tenía era tal que ha roto la valla, del lado de tramontana.

—Era allí donde se encerraba el ganado de la ciudad —señaló Abel.

—Quinientos cincuenta y nueve carneros muertos, ahogados.

Los han llevado en carros al matadero. He aquí la desgracia, ¡decenas de familias en la miseria! —exclamó Grau.

—Esta tarde se han reunido los médicos para deliberar si se podían comer o no, y han informado que, tal como temían, podrían ser nocivos, sobre todo para los niños.

Constança escuchaba con atención las explicaciones de Abel, un estudiante que había salido de la Universidad de Cervera con el rabo entre las piernas; nunca había explicado a nadie los motivos de su espantada. Tenía un discurso esmerado, a pesar de que la mayoría de las veces no intervenía en la conversación.

—¿Y qué han hecho con todo ese ganado? —preguntó la joven.

—Todo lo que no han podido despachar hasta las cinco de la tarde, lo han quemado. El pestazo a chamusquina se percibía desde muy lejos. Mucha gente ha protestado, pero han dicho que era para evitar males mayores.

—¡Ojalá revienten! —se le escapó a Constança.

A partir de ese momento, todos la miraron de otra manera. La joven les informó de que el destino del barón era Albons, y que viajaría en compañía de su administrador y su abogado. Mientras los presentes hacían cábalas de cómo podrían fastidiar su visita a aquel pueblo, Constança comenzó a intranquilizarse. Cuando le pareció que era bastante tarde para seguir esperando, preguntó:

—¿Les ha pasado algo a Rafel y Josep? Me extraña que aún no hayan venido.

Grau y el Tuerto se miraron como si tuvieran que ponerse de acuerdo para responder. Después restaron importancia al asunto, aduciendo que les habría salido algún imprevisto. Pero Constança no se lo tragó. Poco rato después se marchó, pero no volvió a casa.

Decidida a saber qué tramaban a sus espaldas, trepó a los mismos troncos sobre los cuales los había espiado la primera vez. Y, también como entonces, oyó palabras sueltas que no fue capaz de ligar. Hablaban de una niña pequeña gravemente herida. Por lo que parecía, era Rafel quien la cuidaba. Constança se quedó de piedra. ¡Una hija! Bien mirado, ¿qué sabía ella del muchacho, salvo el episodio vivido durante el motín fallido en *La Imposible*? Pero ¿por qué se ponía a temblar como una vara?

Se sintió estúpida y se preguntó qué hacía allí, muerta de frío, preocupándose por un tipo de dudosa reputación, más pobre que una rata y con una familia que alimentar. No obstante y a pesar de que no se habían hecho ninguna promesa de amor eterno, se sentía traicionada.

La cabeza le decía que aquello era una tontería y una pérdida de tiempo, pero el corazón anhelaba saberlo todo de Rafel. La noche era cerrada y la humedad le calaba los huesos, pero Constança continuaba inmóvil sobre la peana.

Apagaron la luz que delataba la presencia del grupo antes de lo que tenían por costumbre. La chica bajó a toda prisa y los siguió hasta la calle.

—¡Abel! —llamó cuando los otros hombres se habían alejado lo suficiente para no oírla.

—¡Qué susto, Constança! ¿Qué haces aquí? ¿No habías vuelto a...?

—Necesito saber qué le ha pasado a Rafel.

—¿Cómo quieres que lo sepa? Quizás esté con los ganaderos, o haya ido a ver si consigue un poco de carne antes de que la quemen.

—¡Pensaba que tú eras diferente! ¿Qué más tengo que hacer para ganarme vuestra confianza?

En las palabras de la joven había una mezcla de súplica e impotencia. Abel la cogió por los hombros y musitó en voz baja:

—No te aflijas. Rafel está bien, te lo aseguro.

—Se trata de su hija, ¿verdad? —preguntó ella, triste.

—¿Su hija, dices? Rafel no tiene ninguna hija. Al menos que yo sepa.

—¡Me volveré loca! ¿Te piensas que soy imbécil? ¡Os he oído! Hablabais de una niña pequeña...

—Tranquilízate, mujer. Paula es la hija pequeña de Josep, y está muy enferma. Por eso no pudo venir.

—Si es así, ¿qué tiene que ver Rafel?

—Me estás poniendo en un compromiso. Ya te he dicho todo lo que necesitas saber —respondió él con tono airado. Le dio la espalda y continuó en dirección a la calle.

—¡No te delataré! —rogó ella—. Sea lo que fuere, te lo juro por...

—No jures, tanto da... —El joven se volvió y se acercó para hablarle al oído.

Constança Clavé no daba crédito a las palabras de Abel. Aquel muchacho de piel morena y modales groseros, que parecía tan indiferente a las reglas sociales, había acogido a la pequeña en su casa.

—Hace poco más de un año Josep perdió a su mujer. Delicada como estaba, no sobrevivió al parto de su tercera hija. Cuando a la pequeña se le declaró la viruela, él temió que sus hermanitas pudieran contagiarse. Trabaja de sol a sol para sacar a la familia adelante y no se podía hacer cargo de los cuidados que Paula requiere, estaba hundido. Fue entonces cuando Rafel la tomó a su cargo...

—¿Dónde vive? Dime, ¿dónde vive?

—¿Quién?

—¡Quién va a ser! ¡Rafel! Quiero saber dónde vive.

—¡Tú quieres buscarnos la ruina! Si él no quiere hablar de ello no es cosa mía y, por otro lado, no deberíamos estar aquí. Podríamos poner en peligro a todo el grupo si nos vieran en la calle a estas horas, son días en que todo el mundo ve conspiraciones. ¿Es que nunca tienes suficiente? ¡Tanto da dónde vive o deja de vivir! Rafel está bien y cuida a Paula. Ahora, por favor, vete a casa e intenta no levantar sospechas. ¿Entendido?

Constança se quedó mirando cómo Abel se alejaba por la calle Carbassa a paso ligero. Aquel estudiante había hablado claro y no le faltaba razón. Desconcertada por todo lo que había descubierto, se dirigió pensativa a su habitación.

Cuando pasaba por el cuarto de la criada, vio que la luz se amortiguaba hasta desaparecer. Sonrió.

—Descansa, Eulària. Estoy bien —musitó.

Tenía mucho en que pensar, pero sobre todo le bailaba en la cabeza una pregunta: «¿Es que nunca tienes suficiente?»

Aquella noche no se atrevió a responderla.

Los cascos de los caballos levantaban guijarros y terrones de la linde del camino. Hacía poco tiempo que las vías se habían ampliado para facilitar el paso de los carros que transportaban mercancías pesadas, pero la lluvia reciente los había convertido en un fangal. Por eso, los tres jinetes que cruzaban las tierras de Peratallada intentaban que los animales avanzaran por los bordes menos castigados.

Grau iba en cabeza, impulsado por el hecho de que la visita del barón de Maldà a la villa de Albons, donde se quería negar el derecho de pastoreo a los pobladores, perjudicaría los derechos adquiridos desde hacía generaciones por su familia. Un poco más atrás cabalgaba Rafel, quien, a pesar de su cuerpo menudo, podría haber adelantado fácilmente a aquel compañero de sueños revolucionarios.

Tenía sus motivos para no forzar la marcha. Hacía tres días que los caballos estaban de viaje, y pensaba que se merecían ir a su aire, sin exigencias que acentuaran el esfuerzo de un desplazamiento tan largo. Al fin y al cabo, eran animales acostumbrados a vivir en la pequeña granja que Grau poseía en tierras de Collserola, por mucho que fueran unos magníficos ejemplares.

Otro motivo no menos importante era que en el tercer caballo iba Constança, la chica que, de pronto, se había metido en su vida, cuando él hacía tiempo que había renunciado al amor. Se conformaba con las visitas al burdel donde el Tuerto, Abel y el mismo Grau eran sus acompañantes habituales. Su vida había tomado un derrotero difícil desde la llegada a Barcelona, después de pasar por Cádiz y Madrid, no demasiado lejos de aquellos primeros tiempos en Monterrey, cuando esquivar la ley era su principal preocupación.

Constança llevaba bien su montura, pero Rafel se sentía responsable de ella. La vigilaba con atención, y a veces se colocaba a su espalda para que no tuviera la tentación de competir con los dos hombres. Aunque no la conocía demasiado, había entendido que no era de las que se amilanaban ante los retos.

Cuando Grau detuvo en seco la cabalgada, los dos llegaron enseguida a su lado. A lo lejos se veía Torroella, pero el granjero no quería perder tiempo. Si forzaban el paso, llegarían a Albons antes del anochecer, y para él eso era importante. El carruaje que transportaba al barón de Maldà no arribaría al pueblo hasta el día siguiente, y entonces ya habrían llevado a término su plan.

La idea era hacer sentir al barón el rechazo de los pobladores, que entendiera el conflicto que podía generar su intención de controlar los pastos e iniciar pleitos contra todo aquel que pretendiera ir a lo suyo sin permiso. Los ingresos de la familia se reducían cada vez más y la solución fácil era someter a los campesinos, arrebatarles derechos que venían de muy antiguo. Por eso viajaba acompañado de su administrador y su abogado.

Sabiendo que ya estaban cerca de su pueblo, Grau decidió adelantarse. Rafel y Constança no pusieron objeciones. Después de tres días yendo detrás de él, los dos tenían ganas de poner los caballos al paso y disfrutar de la mutua compañía. Solo una de las dos noches anteriores habían conseguido estar solos, en una posada de Tossa. La otra la habían pasado casi al raso, en un establo derruido en la Vall Llòbrega, con un frío intenso que parecía capaz de congelarles la lengua si hablaban.

—¡Eres muy valiente, Constança! —dijo Rafel cuando el caballo de Grau dejó de levantar polvo en el camino.

—¿Por qué lo dices?

—No esperaba que nos acompañaras. Te creía más estirada —dijo sonriente.

—Ni yo que te comportaras así con la hija de Josep... Eres una persona cambiante... espera, quizá no sea eso. Diría que te adaptas muy bien a cualquier situación. En muchos sentidos me tenías engañada.

Rafel no respondió enseguida. Habían dejado atrás los campos de Torroella y marchaban por un camino flanqueado por pinos en las faldas del Montgrí. Era imposible ver el mar, pero se diría que se podía oler gracias a aquella brisa que venía de la costa. Finalmente, dijo:

—Quiero hacer algo que merezca la pena, Constança. Los nobles y los poderosos tendrán que ceder si quieren seguir existiendo. Si eso implica juntarse con hombres como Grau, una auténtica bestia pero con un corazón enorme, no le haré ascos.

Después de esa declaración de principios por parte de Rafel, avanzaron un rato en silencio. El pueblo ya se divisaba a lo lejos, pero no tenían la certeza de que se tratara de Albons. Grau se había limitado a decirles que no abandonaran el camino, que solo debían buscar una pequeña colina rodeada de tierras de cultivo.

Constança respetaba los silencios de su compañero. Quizá se debían a lo mucho que había sufrido por la muerte de la hija de Josep. Su comportamiento, arriesgando su propia vida para ayudar a pasar los últimos días a aquella niña, le había hecho cambiar de parecer respecto a él.

Eso la había ayudado a decidirse, a cumplir el loco deseo de acompañarlos hasta Albons. Aunque, tal vez, quien más había influido en su decisión había sido Cecília. Dos días antes de partir hacia el norte habían mantenido una conversación.

—Me alegra que te encuentres mejor —dijo Constança al ver que la chica parecía recuperada; ser el centro de atención le había ido bien y se dejaba querer.

—¿Sabes?, me complace que mamá y tú... Quiero decir que estoy contenta de cómo van las cosas entre vosotras. Me ha dicho que pensabas marcharte unos días fuera, para visitar a un primo tuyo.

Constança titubeó. Aún no había decidido si quería viajar con Rafel. Le daba miedo la reacción de Pierre. Pensaba aducir que su primo había enfermado, que estaba grave y quizá sería la última oportunidad de verlo. Por ese motivo había hablado con Àgueda, que solo había respondido con indiferencia. Constança quitó hierro al asunto cambiando de tema, lo cual provocó una sonrisa cómplice en la muchacha, y también aquellas palabras que no esperaba:

—¡Aprovéchalo, tú que puedes! —la animó Cecília.

—¿Qué dices, criatura? Tú también eres libre de hacer lo que quieras, tienes toda la vida por delante y yo te ayudaré.

—Es fácil de decir. Ya sé qué tramáis mamá y tú sobre mi futuro, pero yo moriré aquí de vieja. Monsieur Plaisir nunca lo permitirá —añadió con la expresión resignada que utilizaba para enmascarar una rabia profunda—. Hace años que, por mucho que le guste perderse bajo los vestidos de las nobles de la ciudad, no se ha movido de la calle Carbassa... Yo no pienso abandonar a mi madre. ¿Adónde podríamos ir? Pero para ti es diferente... No te pasarás veinte años entre estas paredes, estoy segura.

Aquella reflexión de Cecília la había ayudado mucho. Daba la impresión de que era capaz de leer en su corazón, algunas veces con tanta claridad como hacía Iskay.

Cuando llegaron a las primeras casas del pueblo, el sol poniente apenas iluminaba el paisaje. No había nadie a la vista, aunque al llegar a la plaza de la iglesia descubrieron a un montón de niños y niñas jugando.

—Me parece que Grau no ha perdido el tiempo —dijo Rafel mientras descabalgaba y se dirigía a sujetar el caballo de Constança; sus relinchos revelaban que los inquietos infantes lo inquietaban.

Después fueron a la iglesia, donde Grau había reunido a todo el pueblo. Constança, tal como había prometido, se ocupó de los caballos, pero terminó la faena en un santiamén. Sabía que las cosas no serían fáciles; aquella gente humilde estaba acobardada, y el miedo era un enemigo al cual ella a menudo había mirado directamente a los ojos.

El jergón de paja que les proporcionaron en el pueblo fue como una bendición para Constança. Su cuerpo había quedado dolorido, y sospechaba que al día siguiente le costaría moverse. Rafel se dejó caer a su lado pero, lejos de hacer el amor, tuvo que conformarse con oír sus ronquidos. Aquel joven lo daba todo en cada segundo de su existencia, y no era extraño que acabara exhausto.

Se volvió para contemplar el ruidoso descanso de aquel hombre, y pensó que era guapo. Lo olió y se estremeció. Como ya tenía por costumbre, intentó evocar una sensación en concreto, y un puñado de aromas desfiló por su mente. El olor a setas estaba muy presente, recordándole la libertad que ofrecía el bosque, la pinaza caída en el otoño. También captó la presencia del comino, cálido y aromático, pero a la vez un poco amargo y picante, de olor penetrante y dulce. Salivando, percibió el aroma persistente del ajo, aquel que no te puedes sacar de encima y te persigue después de probarlo aunque sea mínimamente. Pero, regando el plato, la satisfizo el limón, que redondeó la sensación que le provocaba la proximidad del cuerpo de Rafel; el limón, aquel zumo mágico que lo perfuma todo de una manera inolvidable y que borra cualquier otro olor. Un zumo contenido en el interior de una cáscara consistente y que tiene el poder de enardecer las heridas.

El plato estaba servido, y se prometió llevarlo a término. Por otro lado, le costaba entender cómo había llegado hasta allí, cómo, de golpe, parte de su vida giraba en torno a un hombre con unas costumbres que tenían poco que ver con la idea que se había formado de su futura pareja. Mientras Pierre Bres rozaba la depravación más refinada, Rafel era de comportamiento grosero, pero aun así ella se consideraba capaz de convertirlo en el compañero adecuado para lo que se proponía hacer.

Sacudió la cabeza y se estiró cómodamente en el jergón. Miró el techo destrozado, que debía de dar a un desván. La mezcla de barro, cañas y palos le otorgaba un aspecto frágil, pero estaba demasiado cansada para preocuparse de ello. Cerró los ojos pensando en lo que había pasado en la iglesia. Tanto Grau como Rafel no habían convencido a los habitantes de Albons y lo que habían conseguido era testimonial.

No serviría de nada hacer el vacío al barón a su llegada. Si viajaba con sus consejeros legales, era porque tenía la idea de llamar a los más rebeldes uno a uno a su castillo y ajustarles las cuentas. Aunque algunos hubieran utilizado los pastos del barón para sus ganados y aunque ahora nadie saliera a recibirlo con un repique de campanas, cuando se enfrentaban al poder en solitario era cuando tenían mucho que perder. La posesión de una pequeña parcela, de unas cabras esmirriadas o una familia que les diera apoyo no significaba nada en comparación con el poder del barón de Maldà.

Constança se durmió enseguida, pero sus sueños no la ayudaron a calmar su inquietud. Soñó con gritos que rompían el silencio del alba, con la ausencia de personas a la llegada del carruaje. En la vigilia, pensaba que el hecho de no salir a recibir al barón aún había quedado más deslucido debido a la entrada casi furtiva del señor. Después se despertó de repente: alguien llamaba con apremio a la puerta. Entonces se dio cuenta de que Rafel no estaba a su lado.

La menuda figura encorvada de la madre de Grau se recortó en el umbral. Lloriqueaba.

—Los han detenido —informó la mujer con una actitud que revelaba que nadie podría quitarle el orgullo ni su idea de la justicia, que se imponía a los sentimientos—. Quizá sea mejor que te marches. Te esperará un caballo al norte del pueblo, en el camino de la fuente.

—¿Cómo? Pero ¿qué pasa? ¿A quién han detenido? —preguntó Constança, alarmada.

—No entiendo para qué ha venido. ¿Para acabar en la cárcel? ¿No tenía bastante con su granja en Barcelona? Y ese que venía contigo... Aún ha enredado más la madeja.

—¿Rafel? ¿Qué ha hecho?

—¿Qué ha hecho, dices? ¡Se ha puesto a insultar al barón en medio de la plaza!

Constança intentó consolar a la pobre mujer, al tiempo que pensaba. ¿Era eso lo que le esperaba con Rafel? ¿Un susto tras otro? Pero no se marcharía, eso lo tenía muy claro. Aquel hombre se le había metido muy adentro y no quería perderlo.

—Acompañadme al castillo —dijo a la madre de Grau—. ¡Espero que no hayan hecho nada irreparable!

—¡Solo gritar, gritar como locos! Mientras el pueblo seguía la consigna de quedarse en sus casas.

Recorrieron las calles de tierra en dirección al castillo, más bien una casa de campo grande, que no obstante contrastaba con la pobreza del entorno. La joven iba pensando cómo abordaría la cuestión. Por las informaciones que le habían llegado, de poco le servirían sus artes femeninas. Solo le quedaba una manera de sacar a Rafel y Grau de la cárcel.

No le costó demasiado lograr que los guardias la dejaran pasar cuando dio el nombre de Monsieur Plaisir. El barón la recibió sin dilaciones entre aquellos muros desnudos. Bajó la escalera apresuradamente y, por su expresión, no parecía demasiado feliz de cómo le iban las cosas en Albons.

—¿Quién eres tú, que has mentado el nombre de mi amigo? —dijo Maldà con un gesto de extrañeza—. ¿Nos conocemos?

—No sé vos, pero yo os conozco muy bien, si se puede decir conocimiento a velar por el paladar de uno de los mejores clientes de Monsieur Plaisir y sus invitados.

—¡Claro, ahora os recuerdo! Perdonad, es que vestida así... Estuvisteis invitada en mi casa, acompañabais al gran cocinero. Sois... su ayudante, ¿quizá? —preguntó.

—Así es, señor, tuve el honor de disfrutar de vuestra hospitalidad y vuestra pericia con la pluma y la viola —respondió haciéndole una reverencia—. Pero si me permitís, no es del todo exacto lo que decís. Yo elaboro las comidas de vuestro admirado cocinero. Él hace tiempo que solo piensa, se dedica a imaginar platos imposibles a los cuales yo doy vida.

—¡Muy interesante! —exclamó el barón—. Pero ¿qué queréis de mí? No entiendo qué demonio hacéis en este pueblo de mala muerte.

—Estoy de paso, he hecho un largo camino para visitar a mi primo, que convalece gravemente enfermo. Me acompañan unos amigos de la familia. Ya sabéis que viajar sola no es recomendable. Pero ¡qué desagradable sorpresa he tenido al despertarme y saber que los han encarcelado! Entonces me he dicho: ¡debe de haber una confusión!

—¡Ninguna confusión! ¡Son culpables de desórdenes públicos y de haber insultado al barón de Maldà!

—¿No creéis que deberíamos reconsiderar los hechos, señor barón? Yo sabré ser generosa con mis platos si vos me ayudáis a resolver este problema.

Maldà puso cara de no haber comido demasiado bien en los últimos días, a su paso por posadas y fondas de escasa reputación.

—¿Hay testigos que declaren en su contra? —preguntó Constança, sabiendo que se metía en terreno peligroso.

—Fueron detenidos durante una batida de mis guardias.

—Pero ¿alguien los oyó proferir insultos realmente?

El barón de Maldà puso cara de sorpresa. Quizá no esperaba que una mujer le replicara, pero también le resultaba entretenido, un inesperado reto.

—Las circunstancias que me relatáis son extrañas: vuestra colaboración con mi amigo Monsieur Plaisir, vuestra estancia en estas tierras tan alejadas en compañía de unos amigos...

—¿Los soltaréis, pues? Mis acompañantes y guías son hombres un poco atolondrados, pero un personaje de vuestro rango no debería temerles.

—No lo sé... —El barón abrió una cajita de madera que tenía delante y sacó una especie de galleta, que ofreció a Constança.

—Gracias, pero no me apetecen. Su aspecto, si me permitís decirlo, no es demasiado logrado.

El hombre observó la galleta y convino en que, sin duda, la chica tenía razón. La devolvió a la caja. El rostro se le iluminó de pronto, aunque intentó que sus palabras sonaran más bien asépticas.

—¿Cocinaréis para mí?

—¿Qué queréis decir? —preguntó Constança.

—¡Pues lo que habéis oído! Quiero saber si, a cambio de la libertad de vuestros amigos, podré disfrutar de vuestros servicios en Barcelona.

—¡Pero eso no es posible! Sabéis que trabajo para Monsieur Plaisir, y a él no le haría ninguna gracia. Incluso lo podría interpretar como una deslealtad por vuestra parte.

—Me hago cargo... —respondió el barón asintiendo con la cabeza—. Pero podríais hacer una excepción, organizar una comida que deslumbrara a mis invitados, ¿no?

—¡Claro que sí! ¡Y creedme, sería la envidia de toda la ciudad!

El barón se sintió tentado de aceptar el trato de la chica, pero aún fue más lejos en sus demandas...

—¡Se me ocurre que podríais hacerme un adelanto!

La joven arrugó la nariz. ¿A qué se refería con esas palabras? ¿Adónde quería ir a parar?

—Os traerán todo lo que necesitéis. Quiero que hoy mismo me sirváis un banquete lo suficientemente sabroso como para hacerme olvidar los contratiempos de este desafortunado viaje.

A Constança se le iluminaron los ojos y aceptó de buen grado.

—¿Me dais vuestra palabra de que, a cambio, dejaréis en libertad a los presos? —quiso asegurarse.

—Si me complacéis...

—¡No tengáis ninguna duda!

—Pero con una condición... —añadió el barón; Constança ya contaba que habría alguna otra exigencia, siempre la había en hombres como él—. Mientras cocináis para mí, ellos abandonarán mis tierras. Os esperarán como mínimo a dos leguas de distancia. ¡Ah! Y si los vuelvo a ver rondando por aquí el castigo será severo, ¡sin posibilidad de clemencia! —añadió muy serio el noble.

—Sea. Ahora bien, yo también tengo una condición...

—No sé si estáis en disposición...

—Es insignificante, casi una cortesía por vuestra parte.

—¡Hablad, pues!

—Nadie debe saber jamás que vos y yo hemos llegado a este pacto, salvo la madre de Grau, pues necesito que me ayude. Pero ella será discreta, me da la impresión de que lo ha sido toda la vida.

—De acuerdo. Enviaré a los dos detenidos a Torroella mientras os ocupáis en la cocina. Después los recogeréis allí y ya les diréis lo que más os convenga. Las mujeres son únicas enredando la madeja.

Constança cumplió a rajatabla su promesa. Nunca se había visto en el pueblo de Albons una comida como la que preparó para el barón de Maldà.

Después de un sabroso plato de potaje, sirvió un asado de pato cubierto con huevos y azúcar que hizo las delicias del barón. Pero lo que más lo sorprendió y le robó definitivamente el corazón fue el conejo cocinado con chocolate.

Su secreto residía en el picadillo de almendras, que incorporaba a la cazuela un rato antes de sacar el guiso del fuego. Lo elaboraba a base de pan, ajos e hígado frito, luego le añadía las almendras y el chocolate y disolvía la mezcla con vino rancio. El resultado era sorprendente.

Mientras lo preparaba, Constança se dijo que la cocina no solo servía para ganarse los paladares refinados como el del barón. También podía ser un arma para la revolución.

QUINTA PARTE

La cocina es la alquimia del amor.

GUY DE MAUPASSANT

1

Barcelona, finales de la primavera de 1779

Poco a poco, sin discusiones ni enfrentamientos, Constança se fue consolidando como la auténtica responsable de los encargos hechos a Monsieur Plaisir. Este poder de decisión también influía bastante en su entorno. En la cocina era ella quien imponía sus criterios, mientras que Pierre se ocupaba de ampliar contactos y hacer crecer la fama del negocio.

Poner distancia también le permitía liberarse de obligaciones que no quería contraer. No entraba en sus planes una relación estable con el francés. Más bien era como si ambos hubieran firmado un acuerdo tácito que mantenía la relación en un equilibrio satisfactorio. Se necesitaban mutuamente por diferentes razones y, desde la diferencia, cada uno trabajaba en pos de sus objetivos.

Pierre Bres pasaba buena parte de su tiempo lejos de Constança; su compromiso con la viuda De Acevedo tampoco le impedía continuar revoloteando de cama en cama y cada vez demostraba más pericia a la hora de ganarse la estima y consideración de los maridos o los amantes. Sabía que, en buena medida, dependía de aquella joven, y que eran los platos que ella elaboraba con sus manos mágicas, las cuales siempre perseguían la sorpresa, lo que despertaba la admiración de los clientes. Pero eso al cocinero no le suponía ninguna inquietud, estaba convencido de que sin él la joven cocinera no tendría ninguna oportunidad. Su condición de mujer de clase humilde, sin marido ni título nobiliario que le diera prestancia, era suficiente para hacerla invisible.

Ajena a todas estas disquisiciones, Constança se convirtió en una persona segura de sí misma, una vez liberada de la obligación de consultarle todo y de atender solícita los caprichos eróticos del patrón. Una de las pruebas más evidentes de esto era la presencia de Rafel en la casa, contratado después de que sus compañeros buscaran una salida digna al hasta entonces encargado de las cuadras.

La proximidad del joven no se había traducido en una relación continuada por parte de Constança. Era cierto que pasaban buenos ratos juntos, que lo deseaba como el primer día, pero cada nueva jornada ella mantenía la cabeza fría y tenía la última palabra.

Aquel día de junio sintió la necesidad de su compañía. Estaba nerviosa, al día siguiente tendría que ocuparse de un banquete de bodas muy importante.

—Ve a buscar el carro. Quiero tenerlo todo bien atado y debemos hacer unas últimas gestiones —le dijo de buena mañana.

—Lo que ordenéis, señora —respondió él haciéndole una reverencia mientras le guiñaba el ojo.

—¿Podré acompañaros? —preguntó Cecília con zalamería.

Constança dudó un momento. Aquella chiquilla había crecido con la cabeza llena de pájaros que parecían sobrevolarla todos a la vez. Rafel, al contrario, le daba sensación de seguridad, era capaz de ponerse serio cuando tocaba, de apoyarla si había algún problema. Pero ante su insistencia no supo negarse.

Lo que no sabían ni Rafel ni Cecília era que la excitación de Constança no se debía a tener que cumplir con un trabajo para el cual ella estaba más que capacitada. El novio del banquete, que por edad podría haber sido perfectamente el padre de la joven con la que se había casado, era ni más ni menos que Manuel de Amat, virrey del Perú.

Aquel fantasma del pasado volvía a su vida para quedarse. Y si bien de pequeña lo veía como un dios todopoderoso que hacía y deshacía en su suntuoso palacio siempre rodeado de una corte excelsa, acostumbrada a lujos y riquezas y al amparo de una guardia de honor, los extraños hechos que habían rodeado la muerte de su padre convertían la aparición del virrey, tantos años después, en una pesadilla. Mil veces se había imaginado planteándole una cuestión muy sencilla: «Necesito saber cómo murió mi padre.»

Ahora el momento decisivo estaba cerca, pero las circunstancias habían otorgado a Constança un papel que no esperaba. El virrey se había casado por poderes con una novicia del monasterio de las Jonqueres, Maria Francesca Civeller, y al día siguiente tendría lugar el banquete de bodas, organizado, tal como habría elegido toda Barcelona, por el mejor de sus cocineros, Monsieur Plaisir.

Rafel llevaba las riendas del caballo y en el pescante se sentaban Constança y Cecília. Él no había preguntado nada, tan solo había enganchado el animal mientras lucía su mejor sonrisa. Un rato más tarde pasaban con grandes dificultades por la calle Regomir por culpa de un herbolario que se excedía a la hora de exponer sus productos fuera del local.

Tres casas más allá estaba una de las carnicerías que siempre los abastecía. Rafel, al ver que Constança se inquietaba, bajó del pescante para retirar los obstáculos. El dueño del herbolario salió con la intención de impedirlo, pero al ver el nombre que figuraba en el carruaje se lo pensó mejor. Monsieur Plaisir no solo era un buen cliente, también se decía que una palabra suya ante los que mandaban podía arruinar cualquier negocio.

—Espéranos, que no tardaremos. —Constança bajó y Rafel la siguió, mientras Cecília se quedaba en el carro rezongando.

—¿Y yo qué? No es justo que él tenga estos privilegios, por muy amante tuyo que sea...

Por toda respuesta, la joven cocinera le lanzó una mirada furibunda. A veces se arrepentía de permitirle tantas confianzas a aquella chica, pero, sin saber muy bien por qué, la quería muchísimo y estaba dispuesta a convertirla en una muchacha juiciosa, por mucho que le costase.

—No sé si podré conseguir dos docenas más de perdices de aquí a la noche —dijo el propietario, que, más que alegrarse, lo vio como una papeleta.

—¡Pues tendrás que conseguirlas! A mí no me cuesta nada

comprar en la plaza del Pi —respondió Constança, conocedora de la competencia que había entre los dos establecimientos, uno arrendado y el otro perteneciente a la administración pública—. Además, deberás llevarlas tú mismo a primera hora a Gràcia.

Rafel no tenía ninguna duda de que aquel hombre lo haría. Aunque tuviera que enviar a alguien a cazar las perdices y luego pasarse toda la noche sin dormir, no podía permitirse de ninguna manera perder una clienta tan buena como Constança, que si bien a veces abusaba de los proveedores, estos a menudo no dudaban en abastecerla con mercancía de dudosa calidad, para luego eximirse de toda responsabilidad y achacar las culpas a los intermediarios. No obstante, con Constança hacía tiempo que no se atrevían.

La próxima parada sería en la tienda de Peret, la floristería Guardons, en la calle de los Arcs. La belleza de sus flores contrastaba con la suciedad del local, aunque el género expuesto no siempre se correspondía con lo que más tarde recibiría el cliente.

—¡Serás desvergonzado! —dijo Constança en cuanto se lo encontró delante—. ¡Los capullos que me has hecho llegar parecen pasas! ¿Qué quieres que haga con ellos, eh? ¡No juegues con mi paciencia!

—Pero, señorita, salieron de aquí que daba gusto verlos. Debe de ser que en su casa, con tantos fogones, el aire se calienta y...

—¡No me vengas con historias, Peret, que ya nos conocemos! Tú no sabes cómo las gasta Monsieur Plaisir. ¡Es capaz de venir en persona a quejarse y, tengo por seguro, no te gustaría nada! Además todavía no te las hemos pagado. Quizá no quieras perder tantos cuartos, y varios clientes también, porque si hablo...

El hombre palideció ante aquella amenaza y Rafel salió a la calle para que no se le notara la sonrisa. Constança explicaba que había conocido a Pierre Bres delante de un puesto de la Rambla, aunque hacía mucho tiempo que el cocinero no salía de compras. Solo la posibilidad de aquella visita hizo que Peret se echara atrás y que le prometiera una nueva remesa en perfecto estado para ese mismo día.

Cuando Rafel cogió las riendas del carruaje para volver a casa, se dio cuenta de que la plaza de Santa Anna estaba colapsada. Un séquito de coches de lo más variado, incluso una gran berlina, un vehículo que solo se veía en los caminos, esperaban delante del Portal de l'Àngel.

—¡Mirad qué atasco de coches! —exclamó Cecília ante el espectáculo.

—¿No dijiste que el virrey ofrecía una recepción, Constança? —Rafel intentaba contener el caballo, que comenzaba a ponerse nervioso ante tanto revuelo.

—Sí... —asintió la joven, concentrada en repasar las recetas del día siguiente y los ingredientes que necesitaría—. Deben de ser los amigos y familiares que van a su casa de Gràcia para felicitar al matrimonio. Por lo que se dice, el virrey llegó ayer por la tarde y aún no han tenido ocasión.

Con un carruaje delante y otro cruzado detrás, Rafel decidió esperar a que el atasco se diluyera solo. Cecília quiso bajar del pescante para mezclarse entre la multitud que aspiraba a ver a alguna de las damas que iban en los coches, pero Constança se negó en redondo.

Por suerte, una voz conocida puso fin a la discusión. Era Andrés, el propietario del café de la Rambla. Como ellos, intentaba abrirse paso con un carro ligero tirado por una mula. Había sido amigo de Pierre muy al comienzo, cuando el francés quería abrirse camino en Barcelona, pero con su ascensión social Monsieur Plaisir lo había olvidado.

A Constança le hacía gracia aquel hombre aún joven, que trabajaba duro para sacar adelante el café y también organizaba pequeñas recepciones, sobre todo meriendas a domicilio. Lo que ni por asomo sospechaba era que se interesara por Cecília.

—¡Veo que has sido víctima del mismo embrollo, Constança! —dijo el hombre con desenvoltura y señalando el descomunal colapso de carruajes—. ¡Llegaremos con retraso!

Tenía un aspecto jovial y, aunque refrescara, nunca llevaba demasiada ropa de abrigo, decía que no tenía tiempo para sentir frío. Su piel más bien lechosa y pecosa le confería cierta inocencia, negada, sin embargo, por sus ojos melosos de mirada penetrante.

—¡Hola, Andrés! ¡No te hagas el llorica, que ya nos conocemos! ¿Quién te iba a decir hace unos años que te encargarías de una recepción tan importante, eh? ¡Harás un buen negocio si conseguimos liberarnos de esta trampa! —añadió Constança, medio resignada ante la inmovilidad forzosa de aquella mula que ya comenzaba a tener sus años.

—¡Tú sí que no puedes quejarte! ¡Te llevas la parte del león, ni más ni menos que el banquete de bodas! Los hay que tienen suerte...

—¿Lo dices por mí, Andrés?

—¡Qué va! ¡Lo digo por ese tarambana de francés para el que trabajas! ¿Ya sabe que si no fuera por ti estaría arruinado?

—Creo que exageras —replicó ella con falsa modestia.

—Debería saberlo. Pero ¿te gusta que te halaguen el oído, o no?

Constança volvió la cabeza para no continuar la conversación. Pero el propietario del café de la Rambla aún tenía cosas que decir.

—¡Veo que vas muy bien acompañada! —exclamó obviando la presencia de Rafel y clavando la mirada en Cecília.

—¡Vaya, vaya! ¡Veo que tienes el paladar fino, eh!

—El paladar, sí, pero ¡hoy todo me sale mal! Me han fallado los dos ayudantes que había contratado —respondió Andrés con picardía.

—¡Caramba! ¡Cuánto lo siento!

—Quizá podrías hacerme un favor. Si dejaras que Cecília me acompañe... —comentó con voz melosa—. Seguro que puedes prescindir de ella. ¡Tienes más empleados que el Palacio Real!

El primer impulso de Constança fue decir que no, que de ninguna manera, pero de golpe Cecília la miró con aquellos ojos del color de la puesta de sol y vio que brillaban. ¿Qué derecho tenía a oponerse? ¿Olvidaba la prisión a la que la había sometido su abuela?

Cecília se pasó al carro de Andrés y, cuando el atasco se despejó un poco, ambos coches avanzaron y fueron esquivando el gentío con cuidado. Constança ni siquiera miró atrás. Encontrarse a Andrés le había recordado que Pierre volvería a ignorarla en una ocasión tan importante como el banquete de aquel personaje ilustre. Habían quedado en la casa de campo del virrey al día siguiente, y seguro que él se dedicaría, como en los últimos tiempos, a cosechar alabanzas sin preocuparse de lo que pasaba en las cocinas.

Cecília tampoco se despidió de su protectora. Andrés hacía meses que procuraba hacerse el encontradizo, y a ella le resultaba simpático, pero lo que de verdad la animaba era verse rodeada de todos aquellos coches, donde viajaban algunas de las damas más importantes de Barcelona.

—En el coche de delante viaja el barón de Maldà, el sobrino del virrey —informó Andrés, acercándose un poco más a la muchacha—. Me alegra que hayas aceptado ayudarme. Podrás ver a todo el mundo, si es que quieres servir la merienda. Según me dijo el otro día Constança, lo haces muy bien.

—Claro. Y lo haré con mucho gusto —respondió ella, coqueta—. Estoy ansiosa por ver el desfile de toda esta gente tan elegante.

No había tiempo que perder, había que adelantarse a la comitiva si querían cumplir el encargo. Mientras subían en dirección a Gràcia, los campesinos interrumpían sus quehaceres para ver pasar aquel desfile de carruajes. Cecília, que se moría de expectación, deseaba llegar cuanto antes.

—¿Es esta? —preguntaba la chica cada vez que se acercaban a una de las muchas casas de campo diseminadas que iban dejando atrás.

—No, esta tampoco. No te aflijas, la reconocerás enseguida, es una mansión enorme, ¡seguramente la más grande de Gràcia! ¡Es inconfundible por su aire colonial! Primero el virrey adquirió la finca de Can Vidal, que tenía una torre pequeña, pero no la aprovechó.

—¿Por qué?

—¡Debió de parecerle poca cosa, qué sé yo! El caso es que, mientras terminan la nueva casa de la Rambla, en esta de Gràcia ha levantado otra torre aún más grande al lado de la antigua.

—¿Y para qué quiere tantas?

—La gente rica hace esas cosas, Cecília. Quizá piense venir aquí los veranos, o bien la destinará a celebrar fiestas.

Cuando por fin tuvieron la casa delante, Cecília no se lo podía creer. Su decepción fue que, lejos de ser invitada a subir la impresionante escalinata, comprobó con frustración que el carro enfilaba un sendero lateral que conducía a la parte de atrás.

—Pero... ¡si no te detienes no podré verlos! —exclamó enfurruñada.

—Ya lo harás, y de muy cerca, cuando sirvas el refrigerio, pero no te fíes de tanta opulencia. No dejan de ser una pandilla de fatuos que viven a expensas del trabajo ajeno...

—Sí, claro... —asintió Cecília con escasa convicción. Quizás Andrés tuviera razón, pero ella siempre había vivido con su madre, y la manera de soportar el encierro en la calle Carbassa había sido soñar con fastos y oropeles, a menudo influenciada por aquellos autómatas, sus únicos amigos durante la mayor parte del tiempo. Al menos hasta que Constança había entrado en sus vidas.

Pero la joven cocinera había dejado de ser la compañera de juegos de los primeros tiempos, la muchacha que huía de una situación insoportable en casa de su abuela. Cecília añoraba aquellos momentos, aunque entendía la presión y la responsabilidad a que estaba sometida su amiga.

—Deja de soñar y ayúdame —dijo Andrés mientras descargaba los bultos—. Por suerte lo llevo todo bastante preparado, porque ya veo que no me serás demasiado útil...

—Todo depende... —repuso Cecília, de nuevo coqueta y saliendo de su embobamiento.

Ella podía trabajar a pleno rendimiento si quería, y entendió que sería poco amable dejar que Andrés cargara con todo. Al fin y al cabo, para eso había ido. La entrada de las cocinas provocó, de nuevo, su admiración. No faltaba nada. Constança se encontraría como pez en el agua. Por unos momentos apartó la vista de las cazuelas relucientes, las estanterías bien surtidas y los tapetes que cubrían cada balda, para observar los movimientos ágiles y decididos de Andrés. Pensó que aquel hombre le gustaba bastante.

Cuando le pasó una bandeja con pastas y dulces envueltos con primor, el propietario del café de la Rambla le dio un beso. Y ella, con los ojos cerrados, lo dejó hacer.

2

Barcelona, 15 de junio de 1779

Llegó el gran día y Constança se esforzó para que fuera recordado mucho después. Aún no había salido el sol cuando ella ya se encontraba en el salón donde se celebraría el banquete de bodas de Manuel de Amat. Necesitaba conocer a fondo la estancia donde tendría lugar el acontecimiento y, asimismo, familiarizarse con la cocina para que los cincuenta invitados del virrey salieran satisfechos.

Tenía dos docenas de personas a sus órdenes y disponía de todo tipo de material. Su pretensión era convertir aquel espacio exquisito en un espacio capaz de superar las fantasías más excelsas de los comensales. No se le escapaba que, además de los amigos y familiares de la ciudad, también acudiría gente de todo el país e incluso de Francia.

—¡Necesito un poco de tranquilidad! —exclamó levantando la voz por encima del bullicio que producía todo su equipo mientras esperaba instrucciones.

Monsieur Plaisir sabía que a veces ella necesitaba unos instantes para sí misma, apenas el tiempo de decir un avemaría, pero el compromiso era demasiado importante y decidió, contra la costumbre establecida en los últimos banquetes que habían organizado, tomar él mismo las riendas.

—¡No hemos venido a cotillear! Que todo el mundo ponga

manos a la obra, hay mucho que hacer y no disponemos de todo el día. Los dos cuartos contiguos están a nuestra disposición, trasladad allí todo lo que no utilicemos en la cocina.

—¿Dónde debemos disponer la fuente del vino? —preguntó un hombre de manos tan gruesas y rojas como su nariz.

El cocinero miró a Constança de reojo, como dudando si le podía pedir ayuda. Ella estaba más serena y habló por cuenta de los dos.

—Monsieur Plaisir y yo hemos pensado poner la mesa en forma de U, de esa manera será más fácil servir por la parte central, que quedará libre. En la pared de delante hay que montar una caja oculta por donde bajará un tubo que tendréis que ocultar debajo de la mesa. El vino lo recorrerá y caerá en la fuente, que estará conectada con otro depósito. Una bomba volverá a impulsar el vino y lo mantendrá en movimiento.

—¿Y las flores? —preguntó el hombre.

—Las hierbas y flores servirán para cubrir los tubos. Encárgate tú, Cecília.

Mientras el personal se disponía a colocar las mesas tal como se había indicado, Constança escrutó el techo con detenimiento. Estaba profusamente decorado y colgaban de él tres arañas con muchos brazos y palmatorias para las luces.

—Es importante que tengamos siempre presente la araña central. Todo debe quedar simétrico —observó sin dejar de mirar el techo, con la duda de si sabrían de qué hablaba.

Cortinas de damasco rojo colgadas de barras doradas cubrían los dos ventanales y la puerta. Las ventanas tenían cortinillas de encaje con motivos florales y faralaes. Eran las que filtraban la tibia luz del sol naciente y daban vida a los medallones engarzados sobre cuatro peanas. Cada medallón tenía un paisaje central pintado con tonalidades azules.

A Constança le recordaban los ojos de buey de *La Imposible*, porque mirándolos de cerca parecía que se podía ver más allá. Paisajes con riachuelos, puentes y casas capaces de traspasar los límites del espacio que los contenía, de hacer soñar a quien los contemplaba.

Mientras los artesanos montaban la carcasa de dos pirámides que se pondrían en las esquinas de la mesa, una de las sirvientas más veteranas los instruía en la colocación de los dulces y las flores de azúcar y caramelo que coronarían aquella fantasía.

Una vez puesta la mesa con un mantel blanco, encima de otro del mismo color que las cortinas, fueron colocando la vajilla inglesa, los cubiertos de plata y la cristalería que el virrey había ordenado importar de Venecia. Objetos vidriados en forma de medialunas y flores de lis, ramos de flores y cascadas de fruta roja helada, se distribuyeron componiendo una simetría perfecta, como ya había pasado con el reparto de los candelabros.

Constança dejó los últimos detalles en manos de las encargadas y fue a la cocina para supervisar que todo fuera según había previsto.

—¿Aún no ha venido el repartidor de la «casa de la nieve» del Born? —preguntó al ver la fruta perfectamente cortada sobre la mesa.

—No, señorita Constança —respondió sin mirarla a los ojos por miedo a las represalias una de las tres pinches de cocina.

—¡Que alguien vaya a buscar refrigeradores ahora mismo! Es muy importante que el entrante sea espléndido, no consentiré que no tenga el punto de frescura necesario.

La mujer se marchó sin rechistar, a pesar de que aún faltaban varias horas para que llegaran los primeros invitados.

Si Iskay hubiera podido ver a su amiga no la habría reconocido. Constança lo tenía todo bajo control y nada se podía dar por terminado sin contar con su aprobación. Probaba salsas, olía el aroma de las comidas con los ojos cerrados, vigilaba los puntos de cocción y cualquier error en el procedimiento indicado, por pequeño que fuera, era resuelto con contundencia.

En la cocina aún se trabajaba a pleno rendimiento cuando uno de los lacayos del virrey avisó que pronto debería empezar a servirse la mesa.

Entonces se distribuyeron los cuatro platos de fruta cruda y diferentes compotas, seis de fruta verde adornada con pámpanos y hojas y cuatro más de queso hilado. Cada uno debía ser colocado en el lugar que le había sido asignado, jugando con los colores y las formas.

Poco después Cecília entró exultante en la cocina. Una sonrisa le llenaba todo el rostro y parecía que el sol se hubiera instalado en sus ojos. Nerviosa, adelantó hacia sus compañeras la jarra de cristal que sostenía.

—¡Necesito más cubitos! ¡Deprisa! ¡Está siendo todo un éxito! ¡Los hemos dejado fascinados! —exclamó entrecortadamente, agitada, hasta que logró serenarse—. Cuando han visto la flor de borraja flotando en el agua... ¡Deberíais haber oído los cuchicheos que provocó! Todas las damas se interesaban por cómo era posible un detalle tan exquisito.

—¡Cuenta, cuenta! —pidió una de las jóvenes pinches contratadas para la ocasión.

—Al principio han creído que era un truco de magia, pero al ver que el agua se teñía de azul al deshacerse el cubito no se han atrevido a probarla. ¡Ha sido muy divertido! Al final se miraban las unas a las otras para ver cómo reaccionaban, y han acabado poniendo cara de circunstancias.

—¿Quién de ellas se ha atrevido...? —preguntó otra pinche—. ¡Apostaría a que la valiente fue la viuda De Acevedo!

—Yo que tú no lo haría, ¡podrías perder! Nadie tiene la respuesta del misterio, pero esa dama no ocupa el sitio que tenía asignado. Es el comentario más extendido entre los comensales, tanto que al principio no lo he tenido fácil para que me hicieran caso. Los hijos (por cierto, uno de ellos es una chiquilla muy simpática) no saben cómo tomarse la ausencia de su madre.

—¿Acaso se ha indispuesto? —insistió la mujer.

—Diría que no. Parece que algo la ha entretenido...

—¡Necesito que os concentréis en la faena! —interrumpió Constança—. ¡Ya tendremos tiempo de cotillear! ¿Entendido?

Cecília volvió al comedor con el nuevo mosaico de flores heladas. Mientras tanto, Monsieur Plaisir deleitaba a los anfitriones con palabras tomadas en préstamo de Constança, artífice del invento. Los invitados aplaudieron el anuncio de un plato que se elaboraba en la corte francesa, según había dicho la joven cocinera, para honrar ni más ni menos que la memoria del rey Luis XIV. El virrey y su joven y bella esposa se congratularon especialmente al saber la procedencia y el loable propósito, aunque ninguno de los dos podría haber dicho quién era el rey mencionado.

Bajo la atenta mirada de Constança, en las cocinas se terminaba la comida crujiente. El horneado estaba en su punto y el dorado de la masa era exactamente el que ella deseaba. En un hatillo había frutas cortadas en láminas finísimas que, cubiertas con hígado fresco de pato debidamente salpimentado, constituían el relleno.

En aquel recinto donde se producían los milagros se trabajaba sin descanso. El ritmo necesario para no decepcionar las expectativas era trepidante y todo el mundo tenía los nervios a flor de piel. Por obra de los fogones la temperatura era alta, mucho más que la habitual de junio.

—Abrid una ventana, por favor... —pidió Constança al ver cómo el sudor perlaba los rostros de aquellos que, sin formular ninguna queja, se abocaban a la faena.

Ella también estaba empapada, pero la tensión era máxima y su nivel de exigencia demasiado alto para permitirse sentir nada ajeno a la delicada tarea que tenía entre manos. Solo por unos breves instantes levantó los ojos más allá de los postigos. El golpe de aire la refrescó un poco y el trozo de verde que asomaba entre el marco de madera la reanimó aún más. Siempre era así, poder contemplar un retazo de cielo o un poco de hierba nutría su alma. A menudo soñaba que cuando tuviera su propia cocina haría abrir un gran ventanal y el paisaje le hablaría al oído; buscaría los ingredientes entre los colores de las estaciones y aprovecharía aquello que le regalaran. Pero ahora no había que distraerse, había asumido una gran responsabilidad y, si no lo estropeaba, el triunfo estaría asegurado.

—¿Va todo bien por el comedor? —preguntó mientras se volvía a centrar en su tarea; hacía rato que ni Monsieur Plaisir ni Cecília daban señales de vida.

Los camareros asintieron con la cabeza mientras el aroma a perdices a la vinagreta se esparcía por la estancia.

—¿Se puede saber dónde se ha metido Cecília? —preguntó Constança, mirando de reojo alrededor.

—Ha salido un momento. El barón de Maldà había olvidado las sales para su madre y ella se ha ofrecido a ir a buscarlas.

Los platos se fueron sucediendo. Finalmente, después del pato asado recubierto con huevo, tocó el turno a unos sesos rebozados con azúcar. Los postres pondrían la guinda a una celebración que no podía haber ido mejor. Sobre una mesa alejada del fuego, media docena de hombres y mujeres preparaban bollos rellenos de crema. Otros terminaban pequeños pasteles de chocolate, de la medida de una taza. Para que estuvieran en su punto era preciso que el interior se mantuviera caliente y no perdiera la consistencia semilíquida. Las frutas confitadas y frescas con que se adornarían esperaban en bandejas.

—Señorita Constança, deberíamos darnos prisa —dijo, roja hasta las orejas, una de las chicas.

—¿Qué pasa?

—La señorita Cecília no ha vuelto y ella era quien debía encargarse de...

—¿Cómo que no ha vuelto? —preguntó Constança, visiblemente alterada.

—¡Yo lo haré! —exclamó Monsieur Plaisir entrando de golpe y con cierta alarma.

—Un momento. Aquí está ocurriendo... ¿Dónde está Cecília? ¿Es que nadie piensa ir a buscarla? ¡Ha tenido bastante tiempo para volver de la casa del barón! —dijo la joven cocinera levantando la voz y llamando la atención de todos los que la rodeaban.

Solo los camareros y camareras que tenían acceso al comedor bajaron la cabeza sin atreverse a abrir la boca.

—¿Acaso os ha comido la lengua el gato? No saldrá un solo plato más si no me decís qué le ha pasado a Cecília.

Ante el silencio temeroso de los camareros, Constança se quitó el delantal con la intención de personarse en el comedor, pero Pierre la retuvo.

—¡Quieta! Si no te calmas lo estropearás todo, nos jugamos mucho más de lo que piensas. ¿Has entendido? —añadió con firmeza, aunque el sudor que le caía cuello abajo traicionaba su aplomo.

—Pierre, no sé de qué me hablas —repuso ella, desafiante.

—¡Te he dicho que te quedes aquí! No querría recordarte que sin mí aún estarías comiendo gachas en un palomar de mala muerte.

De nada le sirvió forcejear con el célebre cocinero, al que acababa de llamar «Pierre», un nombre desconocido para la mayoría de los presentes. Solo hizo falta una señal de Monsieur Plaisir para que uno de los sirvientes lo ayudara a reducirla. Constança ya no pudo preguntar por Cecília: una mano robusta le tapó la boca.

Durante el tiempo que duró el incidente, la cocina quedó en silencio. Solo se oía la crepitación del fuego y los esfuerzos de la joven por liberarse del hombre que la sujetaba.

—Escúchame bien —le dijo el cocinero, a distancia prudente para que no lo alcanzaran sus pataleos—. Eres una buena cocinera, excelente, diría yo; pero te quedan muchas cosas por aprender. No puedes dejarte llevar por los sentimientos. Debes mantener la cabeza fría... ¿Me estás prestando atención? ¡La cabeza bien fría! Todo tiene un precio, y si quieres llegar lejos, debes sacrificar muchas cosas por el camino.

Los ojos de Constança no podían estar más abiertos, se diría que incluso su color azul cielo se oscureció como el mar bajo una tempestad. No sabía a qué demonios se refería Pierre, pero un escalofrío le recorrió el espinazo.

—¡Volved todos al trabajo, o ya podéis buscaros otro mañana mismo! —ordenó el francés mientras empujaba a Constança en dirección al pasillo.

Al fondo del largo corredor se atisbaba una puerta entreabierta. Era grande, como si fuera la entrada a un cuarto principal, pero ninguna luz daba para suponer que hubiera alguien dentro. La joven se fue acercando con recelo. A medida que acortaba la distancia hacia el sitio se amortiguaba el bullicio del comedor y unos lamentos débiles iban tomando cuerpo. Constança apretó el paso adelantándose a Pierre; el miedo la asaeteaba y los pies casi no tocaban el suelo cuando, asustada, irrumpió en una gran sala.

—¡Cecília! —llamó—. ¡Cecília!

Un movimiento repentino detrás de las cortinas que cubrían dos paredes de la estancia atrajo su atención. Antes de acercarse, insistió con recelo:

—¿Eres tú, Cecília?

—¡Márchate! ¡Por favor, márchate!

La voz de la muchacha se oyó entre sollozos, pero ella no se dejó ver.

—Soy yo, no tienes nada que temer. Quiero ayudarte y no sé qué ha pasado... ¿Te encuentras bien? Déjame verte...

—¡Te he dicho que te marches! Si de veras quieres ayudarme, no me hagas pasar por esto. Te lo suplico, vete.

Constança miró alrededor buscando alguna explicación a lo que estaba sucediendo, pero los bultos y contornos que adivinó en la penumbra le resultaban desconocidos. Se alejó tanto como pudo del lugar donde se refugiaba Cecília, y entonces corrió una de las pesadas cortinas aterciopeladas que impedían el paso de la luz.

Observó con detenimiento en derredor; solo una silla fuera de lugar rompía un orden casi perfecto. Vio una pluma de faisán rota. Un trozo de cinta de seda y un mechón de cabello pelirrojo eran el único rastro a seguir. La joven reflexionó un momento y, de golpe, una intuición la puso en alerta.

—Cecília, ¿qué te han hecho? ¡No puedes quedarte aquí! Sea lo que sea que haya sucedido, quiero ayudarte. Puedes confiar en mí. No debemos quedarnos en este nido de víboras. Ven, te acompañaré a casa.

No fue fácil convencer a la chica, pero finalmente abandonó su escondite. Aún temblaba y, avergonzada, se tapaba la cabeza con las dos manos. La parte de cráneo que quedaba al descubierto, huérfana de su preciosa cabellera, hablaba por sí misma.

—¡Dios mío! ¿Por qué? ¿Quién ha sido capaz de cortarte el pelo y dejarte así? ¿Cómo se puede cometer semejante salvajada?

Pero Cecília ya no podía articular una palabra más. Se lanzó a los brazos de Constança, deshecha en llanto. Cuando logró tranquilizarse un poco, explicó lo ocurrido. Monsieur Plaisir había dado su aprobación ante las órdenes tajantes de la viuda De Acevedo.

—¡No lo entiendo! Qué sentido tiene una humillación tan...

Constança no encontraba las palabras para describir un acto tan vil y gratuito, y tampoco quería dar vía libre a su indignación para no herirla aún más. Con los dientes apretados, le secó el llanto e intentó dar forma a los cuatro mechones dispersos y desiguales que le colgaban de la cabeza.

—¡No importa! ¡Ya no tiene remedio! —se rebotó Cecília—. Todo comenzó cuando Margarita de Acevedo vio a las invitadas francesas con esos peinados extravagantes. Entonces mandó llamar a su peluquero y lo esperó aquí mismo, negándose a entrar en el comedor.

—¡Me la imagino! —exclamó Constança echando chispas por los ojos.

—¡Si la hubieras visto! Creo que está chalada. Se ha obstinado en que quería un peinado como el de las extranjeras. Decía que si era la moda de París, ella no podía ser menos que esas damas.

—¿Y el peluquero?

—Intentó hacerle entender que eso llevaba tiempo, que para conseguir un volumen tan alto hacía falta más pelo y una estructura para que se aguantara... Pero no hubo nada que hacer, lo amenazó con desprestigiarlo y el peluquero terminó por acceder.

—Pero ¿qué hacías tú aquí?

—Monsieur Plaisir me pidió que no me moviera de la puerta y que tan pronto como llegara el peluquero lo condujera ante la viuda De Acevedo. Repitió un par de veces que era muy importante que me pusiera a sus órdenes para todo lo que necesitara.

—¡Canalla!

—Cuando esa Margarita entendió que necesitaba un postizo, me miró fijamente y se le iluminó la cara. No pude evitarlo, Constança. Decía que mi color era justo lo que necesitaba para llamar la atención y...

—Pero ¿Pierre no intercedió por ti?

—¡Él estaba allí, Constança, él estaba allí, y no movió un dedo!

Y ella se puso como loca, quería adueñarse de mi pelo y sanseacabó. Cuando me vio llorar, dijo: «¡No hay para tanto! ¡Ya te crecerá de nuevo!»

Al oír aquellas palabras, Constança cogió un tapete de punta que cubría una mesita de madera y le envolvió la cabeza. Después la llevó a la cocina y, sin pensárselo dos veces, se abalanzó sobre Pierre. Él no pudo parar la inesperada embestida y cayó sobre la mesa de los pastelillos de chocolate caliente a punto de servir.

—¿Te has vuelto loca? ¡Sujetadla! —gritó con una mueca de dolor, que enseguida se convirtió en espanto al ver el desastre que acababa de provocar.

Pero Constança estaba fuera de sí, encaramada a la mesa lanzaba todo lo que tenía a mano contra el fornido esbirro que intentaba atraparla. El resto del servicio se puso a salvo del bombardeo y, en poco rato, la barahúnda fue descomunal.

De improviso, la puerta de la cocina se abrió y se oyeron las carcajadas y los brindis de los invitados. «Tan cerca y tan lejos», pensó Constança. Un camarero pidió la presencia de Monsieur Plaisir para recibir las felicitaciones del mismo virrey.

Constança aprovechó la ocasión para escabullirse al salón, donde nadie podía detenerla. Instó a Cecília a seguirla y, mientras el maestro cocinero adoptaba una presencia digna y se arreglaba el atuendo, las dos, con un aspecto deplorable y sudorosas, cruzaron en dirección a la puerta sin decir ni una sola palabra.

Solo por un momento la mirada burlona de Margarita se encontró con la de la joven cocinera. La viuda levantó la barbilla altiva, mostrando los rizos rojos que le caían sobre los hombros. Una retahíla de pequeñas flores azucaradas, que Constança tenía dispuestas para adornar los postres, se repartían caprichosamente entre los tirabuzones.

Sin esperar a nadie, Constança y Cecília salieron de la mansión, pero una vez fuera se miraron sin saber qué hacer. Las dos tenían un aspecto lamentable y, a pesar de que eran muchos los carruajes que esperaban cerca de la entrada con los cocheros dispuestos, no se atrevieron a pedirles que las llevaran a casa. Pensaron en el carro en el cual habían llevado las cosas, pero no estaba a su alcance, sino detrás, delante de la puerta que utilizaba el servicio. Cuando ya se disponían a echar a correr y no parar hasta hallarse lejos de aquel escenario abominable, un grito las detuvo.

—¡Constança, espera!

Se volvió hacia aquella voz. Pertenecía a una mujer de mediana edad, muy elegante, que empuñaba un abanico más claro que la seda verde de su vestido. La cocinera la examinó de arriba abajo, intentando averiguar quién era, pero no lo logró. Habría recordado una fisonomía de rasgos tan marcados, con aquella peca oscura en el párpado derecho que aparecía y desaparecía con los parpadeos.

—Imagino que para huir de esta manera debe de haber pasado algo gordo, ¿eh? Permitidme que le diga a mi cochero que os lleve adonde deseéis.

—¿Nos conocemos? —preguntó Constança, recelosa.

—No hemos tenido la oportunidad de ser presentadas, pero te harías cruces de todo lo que sé de ti.

—Perdonad, pero no acostumbro aceptar favores de personas que...

—Disculpa. Mi nombre es Isabel Lobera. ¿Podríamos hablar un momento a solas?

—No tengo ningún secreto para Cecília —respondió la joven, pasando el brazo por los hombros de su protegida.

La chica, que a duras penas había levantado la mirada, avergonzada por el turbante improvisado que llevaba en la cabeza, sonrió complacida.

—No te lo tomes a mal, pequeña, pero se trata de un tema entre Constança y yo. Puede resultar muy comprometido.

Hicieron falta bastantes explicaciones y ruegos para que Constança accediera finalmente. Solo cuando Cecília subió al carruaje para esperarlas, la tal Isabel habló con franqueza.

—No te puedo revelar mis fuentes, y tampoco tengo demasiado tiempo para alargarme con detalles. Pero me consta que odias tanto como yo al anfitrión de esta fiesta.

—¿Habláis del virrey, señora?
—Del mismo.
—¿Y por qué debería odiarlo? Yo solo soy una empleada que...
—Déjate de pamplinas. ¿Qué pensarías si te confirmo lo que sospechas desde hace tiempo?

Constança comenzaba a inquietarse de verdad. ¿A qué se refería y qué derecho tenía de hablarle así? Como si fuera capaz de leer sus pensamientos, la mujer continuó:

—Perdona mi franqueza y que te haya abordado de esta manera, pero, créeme, sé de qué te hablo. ¿Cuando tu padre encontró la muerte, por cierto, en circunstancias muy extrañas, no trabajaba a las órdenes del virrey?

—¡No sé de qué habláis! —replicó Constança frunciendo el ceño con cara de pocos amigos.

—Ya te he dicho que sé mucho más de lo que piensas.

—¡Pues yo pienso que habéis oído tocar campanas y, a saber por qué oscuro motivo, pretendéis enredarme en vuestros asuntos!

Constança, menos segura de lo que intentaba aparentar, le dio la espalda mientras hacía un gesto a Cecília para indicarle que bajase del carruaje porque ya se iban.

—¡Espera! No saques conclusiones falsas, quiero ayudarte —insistió la dama.

—No necesito vuestra ayuda y, además, ¿por qué querría aceptarla? Vos y yo no nos hemos visto nunca, ni creo que tengamos nada en común —añadió despectivamente.

—Podría mandarte a paseo ahora mismo, pero no sé si tendremos otra oportunidad. Ya sabía que eras orgullosa y descarada, pero bien mirado, eso beneficiará nuestros propósitos.

—¿Nuestros propósitos, decís? ¿Se puede saber adónde queréis ir a parar?

Lo que Constança oyó a continuación la trastornó. Lejos de los oídos de Cecília, aún de pie al lado del cochero, aquella mujer se explayó a gusto. La joven cocinera no entendía de dónde había sacado toda la información que tenía sobre su infancia en Lima, sobre Antoine... Pero consideró que eran pruebas suficientes que desvanecían cualquier duda. Después de escucharla, le fue del todo imposible replicarle negando sus palabras.

Según dijo la dama, después de quitarle a su padre los cargos y atribuciones que le correspondían, el virrey lo había dejado en la estacada.

—Resultaba molesto para mucha gente, sabía demasiado de los asuntos que se cocían en palacio —explicó.

—¿Por qué me contáis todo esto? ¿Qué ganáis vos?

—Tengo un asunto pendiente, y no soy de las que indultan ni olvidan —respondió la mujer.

La peca del ojo derecho desapareció de la vista de Constança durante todo el rato que la dama habló. Sus ojos abiertos, como fijos en un lugar impreciso, no parpadearon ni una sola vez. La tensión no solo se reflejaba en su mirada, también movía el abanico de forma rítmica, como uno de los autómatas de Pierre. Aseguraba que el virrey había jugado con sus sentimientos, que durante su estancia en Madrid la había utilizado y que aquella boda precipitada y extraña constituía una humillación imperdonable para ella. En suma, clamaba venganza contra Manuel de Amat y Junyent.

—Pero ¿por qué habéis venido? Os lo podíais haber ahorrado...

—¿Y dejar las cosas así? ¡No, jovencita, quien la hace la paga!

—Ya. Pero ¿qué esperáis de mí?

De golpe, la mirada y la voz de la mujer adquirieron una frialdad espeluznante.

—Necesito que me ayudes a acabar con ese malnacido.

—¿Me estáis proponiendo que...?

—¡Calla! Este no es lugar para hablar de según qué asuntos. Quiero que lo pienses. Te recompensaré y puedes estar segura de que nunca más ni tú ni tu gente tendréis que soportar agravios como los que habéis padecido hoy —añadió mientras le daba un repaso al penoso aspecto que ofrecía la joven.

—¿Estáis loca?

—Me alojo en la Fontana de Oro, en la esquina de Escudellers y Ample. Aún me quedaré un par de semanas antes de volver a Madrid.

—¡Pues podéis esperarme sentada! —exclamó Constança.

Antes de darse la vuelta y ordenar a Cecília que abandonara la idea de volver en aquel carruaje, algo se movió en la penumbra. La joven le dedicó una mirada fugaz y, restándole importancia pensando que se trataba de algún animal, llamó a su protegida y se dispuso a volver a casa a buen paso.

Por mucho que Cecília insistió, no le reveló ni una sola palabra de la conversación con la señora Lobera. La llevó al encuentro de Àgueda y ella misma le explicó qué había sucedido con el cabello de la chica. Después se encerró en su cuarto y se tendió sobre la cama.

¡Eran demasiadas emociones y sentimientos contradictorios para una sola jornada! Por unos instantes dejó atrás el episodio vivido en el banquete y no dedicó ni un solo pensamiento a las consecuencias que podría tener. La cabeza le bullía, y las palabras de aquella mujer de la peca la perseguían; cuanto más se obstinaba en dejarlas atrás, con más fuerza volvían.

Por la noche no podía conciliar el sueño. Parecía que el cielo se hubiera confabulado con su malestar: se fue cubriendo lenta e inexorablemente, hasta que se desató la tormenta. Con el primer trueno que hizo vibrar los vidrios de la ventana, ella también estalló. De repente todo le parecía calamitoso, sus relaciones amorosas con Pierre y Rafel, la imposibilidad de ascender en aquel oficio donde importaba más el poder que la destreza. Sin control y hecha un mar de lágrimas, fue a buscar aquel baúl que había traído de Lima y le dio un puntapié. La figura del barco que Antoine había decorado junto a la leyenda «Siempre contigo» la hicieron enfurecer aún más.

—¡Mentira! ¡Todo es una gran mentira, Antoine! Mis abuelos no me esperaban ni me querían, tu amigo es un desvergonzado y yo no le importo a nadie. Me pusiste la miel en la boca, me dijiste que sería una gran cocinera... Pero ¡mírame! ¡Ni siquiera he podido proteger a Cecília! Además, después de ocho años, parece que los fantasmas del pasado reviven. ¿Por qué, Antoine? ¿Por qué me pediste que me marchara? ¿Por qué me llenaste la cabeza de pájaros?

Abrió el baúl y sacó aquel legajo de hojas manuscritas que constituía el legado de Antoine.

—¿Sabes qué te digo? ¡Que eres un tramposo! ¿Por qué debería seguir tus consejos si ya no confío en ti? ¡Leerlos en orden, no saltarme ninguno! ¿Para qué? ¿De qué me han servido? ¡A partir de ahora leeré lo que me venga en gana, haré las cosas a mi antojo!

Entonces, como si fuera una niña en plena pataleta, fue pasando los ojos adelante y atrás. Detenía la vista donde le placía con gesto enfurruñado, pero el azar hizo que un párrafo la retuviera más de la cuenta. Ya hacía tiempo que había descubierto que los títulos estaban escritos al revés, que para entenderlos había que leerlos de derecha a izquierda.

Solo cuando llegó a la penúltima receta entendió el motivo de Antoine para hacerlo de aquella manera.

... Oñeuqep la emoc es ednarg zep le

... y yo te quiero demasiado para permitirlo, Constança. Si has llegado hasta aquí, ya sabrás de qué te hablo. Deberías marcharte, hacer tu propio nido a salvo de los depredadores. No culparé a nadie de la muerte de tu padre, un cúmulo de circunstancias lo abocó a su desdichado destino, pero el poder a menudo corrompe. El virrey habría podido salvarlo, pero era presa de sus pasiones y tenía las manos atadas por aquellos a quienes debía rendir cuentas. Cuando llegues a lo más alto, estoy seguro de que lo harás, no olvides estas palabras. Nunca uses el poder para imponerte a los otros. Piensa siempre que antes de ejercerlo hemos de saber ser los amos de nosotros mismos, de nuestros anhelos y deseos. Sé que me permitirás este último consejo. Gracias por hacer más felices los últimos años de mi vida. Te querré siempre...

ANTOINE CHAMPEL

Ese mensaje medio oculto, encabezado de la misma manera que las recetas anteriores, la estremeció de arriba abajo. Entonces decidió tomar parte en la venganza que había concebido Isabel Lobera. Debía reunirse lo antes posible con ella y ayudarla a hacer realidad su plan.

Como si el cielo hiciera un último intento por disuadirla, un relámpago iluminó a contraluz un pequeño objeto a los pies de la cama: el barco pintado en el baúl volvió a la vida por unos instantes, y el rechinar de la puerta anunció una visita inesperada.

—¡Que el Señor y la Virgen Santísima nos protejan! —exclamó Eulària entrando en la habitación sin previo aviso.

—¿Qué pasa? ¿Qué haces levantada a estas horas? —preguntó Constança sin reflejar ninguna alarma en su rostro.

—Pero ¡criatura! ¿Cómo podéis no saberlo? ¡Toda Barcelona está consternada! Parece que el cielo se nos hubiera vuelto en contra por los muchos pecados que cometemos cada día.

La cocinera tragó saliva y miró hacia la ventana mientras la criada le explicaba lo que había sucedido.

—No se trata ni de uno ni de dos, Constança. Los rayos han hecho mucho daño. El primero cayó en la calle Nou y parece que el hijo del carnicero está herido de gravedad.

—Sí que lo siento —murmuró Constança sin mirar a la mujer.

—El segundo impactó en la catedral, ¡loado sea Dios por siempre! —exclamó la mujer haciéndose la señal de la cruz sobre el pecho—. Rompió una de las piedras que hay sobre el portal, al lado de la Inquisición, y deslustró el dorado del retablo de la Virgen de Montserrat. El monaguillo jorobado de Sant Oleguer aún no se ha recuperado del susto, después de haberle practicado dos sangrías.

—¡Qué tontería! ¡Lo he dicho muchas veces! ¡Esa práctica solo debilita a los enfermos! Iskay...

—No habléis de esa manera, Constança. Los médicos saben lo que hacen, este es otro mundo...

—¡Bien que lo sé! —espetó la joven, enfadada.

Pero Eulària ya no le prestó atención. Quería saber, como fuera, las novedades que llegaban de todas partes y que tenían alarmado al servicio.

—Si es que yo me habría muerto ahí mismo. Dicen que el rayo, después de estropear la viga, hizo un agujero en el campanario, como si lo hubiera atravesado el puño del diablo. ¡Descostró la baranda donde tocan la *Badada* y la *Oleguera*! Y también cayeron rayos en Sant Francesc de Pàdua, en la huerta de Fabà y cerca del Portal de l'Àngel. En el huerto del convento de Santa Caterina estropearon dos naranjos.

—Debió de ser terrorífico —comentó Constança, impasible.

—Los de Can Tunes, en la Barceloneta, se quejan de que les desbarató un reloj.

La retahíla de desgracias no parecía tener fin. Mientras Eulària seguía hablando de los rayos que también habían causado destrozos en la Ciutadella, Constança se mantenía inmóvil con una sola idea en la cabeza.

La venganza se sirve fría.

3

Barcelona, 16 de junio de 1779

Llegar hasta el hostal donde se alojaba Isabel Lobera fue tan difícil como se temía. Los lamentos de Eulària tenían fundamento, claro, pero aquella tormenta seca no había traído bastante lluvia para impedir el paso a la joven.

—Mucho ruido y pocas nueces —murmuró con una sonrisa melancólica, al recordar cuántas veces se lo había oído decir a Vicenta.

Fue en la esquina de la calle Ample, a pocos pasos de la Fontana de Oro, donde se encontró con aquella dama venida de Madrid, de quien se había separado de mala manera después de huir del banquete.

—¡Caramba, no pareces la misma! ¿Qué te trae por aquí, estimada Constança? —preguntó con cierta ironía la señora Lobera.

—¿Podemos hablar?

—Tengo que finiquitar algunos asuntos que corren prisa, pero estaré encantada de que me acompañes. Después, si te apetece, podemos tomar un chocolate.

Ambas caminaron juntas por la Rambla. El suelo era un auténtico fangal desde hacía ocho meses. El desastre venía de cuando Joan Miralles, concejal y director de caminos de Barcelona, había ordenado el inicio de las obras para instalar farolas. Tiempo más tarde, a comienzos de diciembre, habían cavado las zanjas para plantar las dos hileras de olmos que irían desde el Pes de la Palla, delante de la iglesia de los Capuchinos, hasta arriba de todo. Un invierno lluvioso, seguido de una primavera no mucho más amable, había hecho el resto.

Caminaba al lado de la señora Lobera mientras la ciudad se iba poniendo en funcionamiento. Entretanto, Constança había tomado una decisión importante. Se sentía poderosa.

Durante el trayecto no sacaron el tema que las ocupaba, a pesar de que las dos lo tenían muy presente. Se limitaron a comentar el combate de diez horas que había librado y ganado el patrón Badia a cuatro leguas de Mahón, contra un galeote armado con veintiséis cañones y doscientos catorce moros. Después le tocó el turno a la reparación de los envigados del Teatre de les Òperes, y también fue tema de conversación la sustitución de las piedras que sobresalían demasiado en las esquinas por otras más pequeñas, lisas y colocadas a ras de la pared, pues aquellas ya habían causado bastantes desgracias.

—Fue a causa del desafortunado accidente de la marquesa de Cerdanyola, de la casa Marimon, que se decidió hacerlo —comentó Constança.

—¿Qué pasó, pues?

—Su coche volcó saliendo de casa Cencelles, en los Quatre Cantons de Bellafilla, junto a la esquina de casa Poncic. La acompañaban su nuera y sus hijos, Ramon y Cayetano. Ninguno de ellos sufrió heridas de importancia al romperse el vidrio, pero ni el doctor Pedralbes fue capaz de salvar la vida de la pobre marquesa.

—Ya lo ves, Constança, habrían podido volcar muchos carros y carretas, debajo de los cuales se habrían podido desangrar hombres, mujeres y criaturas, pero ninguno de ellos cuenta. Si quieres hacer sentir tu voz, si deseas de verdad enamorar al país con tu cocina, debes picar alto. ¿Sabes de qué hablo?

La cocinera asintió, aunque se le formó una especie de nudo en la boca del estómago. No quería profundizar en lo que le sugería aquella mujer de la alta sociedad, no se veía con ánimos de remover recuerdos, y tampoco nada que pudiera debilitar su voluntad de llevar adelante la decisión que ya había tomado. Así pues, acompañó a la señora Lobera a ultimar el envío de un presente a la princesa de Asturias por el nacimiento de su hijo Carlos y, una vez en la chocolatería, le hizo saber su intención.

—Aún no sé cómo hacerlo, pero contad conmigo para el propósito de que hablamos —dijo Constança con decisión.

La dama hizo un gesto de complacencia, aunque a Constança le pareció advertir un misterio doloroso en aquella arruga que se le marcaba cerca de la boca. Ambas mujeres eran bastante inteligentes para entenderse sin levantar sospechas, y ni la una ni la otra, como si ya hubieran hablado de ello durante toda la vida, mencionó nombres que pudieran comprometerlas. Eso sí, analizaron el asunto en profundidad. Era importante encontrar una manera de hacerlo clara y segura.

A pesar de los años que las separaban y las vidas tan diferentes que les había tocado vivir, una especie de empatía extraña se mezclaba con el aroma del chocolate en aquel rincón de la calle Petritxol. Ni Constança ni la dama humillada por el virrey confiaban en nadie que no fueran ellas mismas, las dos conocían la traición de cerca. La cocinera la había probado en su relación con Rodolf, al cabo de poco tiempo de llegar a Barcelona.

Acordaron que llevarían adelante la empresa sin contar con ningún intermediario. Tampoco podían confiar en su fuerza física, por lo cual descartaron un acto violento, aunque tampoco sería fácil conseguir un veneno eficaz que no levantara sospechas... Al final del encuentro se prometieron calibrar detenidamente todas las posibilidades y volver a reunirse en un par de días.

Justo antes de separarse, Constança se detuvo para contemplar, como si se tratara de una aparición, las pequeñas flores blancas que engalanaban el alféizar de una ventana.

—¿Pasa algo? —preguntó la señora Lobera, extrañada por el gesto de la joven.

—Me parece que sí —respondió Constança sin apartar la vista de aquellas flores.

—Me estás poniendo nerviosa. ¡Habla de una vez!

—Ya lo tengo, señora Isabel. ¡Me parece que ya lo tengo! Necesito un poco de tiempo para pensar cómo, pero...

—Vamos a mi alojamiento y me lo explicas —la interrumpió la dama, curiosa por saber de qué se trataba.

—No. Aún no puedo, aún no lo sé con seguridad. Necesito tiempo —insistió Constança con la mirada perdida, como si en ese momento tuviera la evidencia de algo muy importante.

La cocinera hizo el trayecto de vuelta a casa como un autómata de los que tenía Pierre en el cuarto secreto. Recorría las calles movida por una euforia interior que, sin embargo, le producía cierta angustia. Una sola vez levantó la mirada, y entonces se topó con el rostro de Heracles estampado en el medallón que presidía el Palau Moja, en construcción desde hacía cinco años.

«¡Cómo pasa el tiempo! —se dijo recordando el momento en que habían comenzado las obras, después del derribo de la muralla de la Rambla y la puerta Ferrissa—. ¡Y cuántas cosas han pasado!»

El resto del camino lo hizo acompañada por la imagen de aquel héroe sobre el caduceo, del hombre que transita por un camino lleno de esfuerzos y aventuras y al final consigue salir victorioso.

Después de muchas semanas investigando con las flores de la patata, a Constança le parecía estar muy cerca de su objetivo. Durante todo aquel tiempo se había propuesto mantener la cabeza fría y jugar bien sus cartas. Había luchado día tras día para no desfallecer ni dejarse llevar por un arrebato; no quería caer en ninguna provocación. También era consciente de la importancia de restablecer las buenas relaciones con Monsieur Plaisir. Si era necesario, volvería a mostrarse sumisa, le seguiría la corriente y, sobre todo, se esforzaría por no provocar ningún tipo de problema.

A nadie de la casa le extrañó que la cocinera trabajara con flores; ya lo había hecho otras veces, y tenía una buena colección de flores comestibles. Utilizaba la rosa y la violeta para aromatizar los vinos, rebozaba flores de calabacín y adornaba ensaladas con pétalos de pensamientos. Cuando encontraba, también hacía infusiones de hierbas con flores de hibisco. Era imposible conseguir muchas de las variedades que Antoine Champel utilizaba en Lima, pero no desistía. Estaba convencida de que las flores, además de hacer más atractivos los platos, los licores y los vinos, aportaban frescura y nuevos sabores. Por otra parte, sus colores y aromas estimulaban los sentidos.

—Perdonadme el atrevimiento, señorita Constança —dijo Eulària una tarde mientras la peinaba—. Vuestra afición a las flores ha desatado algunos rumores entre el servicio.

—¿Qué dices? Explícate, por favor.

—Pues como la Iglesia ha prohibido el consumo de patatas y corren habladurías sobre su condición de comida demoníaca...

—Claro, he oído hablar de ello. Pero yo no las cocino, solo...

—Lo sé, lo sé... No obstante, vos no ignoráis que hay gente muy supersticiosa.

—Gracias, estimada Eulària. Como siempre, tienes razón. Debería haberlo pensado, no es mi intención molestar a nadie. Me pareció que ejercerían un efecto calmante en Monsieur Plaisir, más de una vez lo he sorprendido mirándolas embobado.

Así pues, Constança decidió que no era conveniente seguir con aquel experimento a la vista de todos. Aún no había recabado suficiente información, pero Rafel se perfiló como una respuesta a sus necesidades.

—Necesito que me hagas un favor, Rafel —le pidió, presentándose en los establos.

—¡Sabes que siempre me tienes a tu disposición! —respondió él poniéndole las manos en las nalgas.

—No hablaba de eso. Pero ahora que lo dices... —dijo ella acercándole los labios.

—A sus órdenes, mi señora —repuso pícaramente Rafel. Y, con delectación, le introdujo la lengua en la boca; aquella mujer lo volvía loco.

Mientras el joven la besaba y le descubría los pechos, Constança se debatía entre la rabia y la pasión, hasta que el estallido dio vía libre a ambos sentimientos. Sin poder evitarlo, las lágrimas aparecieron en sus ojos. Después de hacer el amor, le explicó que trabajaba en la obtención de un veneno que podría ser útil a la causa, pero necesitaba un lugar privado para seguir experimentando. Un rincón del establo sería un buen escondite y, como él era el responsable, no correría ningún riesgo de ser descubierta.

—¡Eres una valiente! Lo supe desde el día que te conocí en el barco.

—¿Me cazarás ratas?

—¿Ratas, dices?

—Te he dicho que tengo que experimentar, y necesito animales.

—De acuerdo, reina. Si quieres ratas, las tendrás a capazos.

—¿Y no le dirás nada a nadie? —quiso asegurarse Constança mordiéndole con suavidad el lóbulo de la oreja.

—Seré una tumba... Oh, sigue, no pares...

Se les hizo de noche sobre la paja. Los dos cuerpos se conocían a la perfección y su encaje era perfecto. A cada concavidad de Constança, un músculo de Rafel llenaba el vacío, cada voluptuosidad de ella reposaba al abrigo de una gruta que parecía hecha a propósito en la fuerte complexión de Rafel.

Cuando sus latidos recobraron la calma y los cuerpos dejaron de sudar, el joven le dijo al oído.

—¡Te arriesgas mucho! Y yo no quiero perderte. Ve con cuidado, Constança.

—Esas palabras me suenan muy extrañas en tu boca. Tú has ido de un riesgo a otro, prácticamente desde que naciste. ¡Tu vida es un balancín!

—Ya, pero entonces no tenía a nadie con quien compartirla.

—¡No, eso sí que no, Rafel! Sabes perfectamente que nuestra relación no debe mezclarse con los negocios.

—¿Te refieres a envenenar ratas en mi establo? ¿Has pensado que podrían contagiarte la rabia? Muchas personas han muerto de esa enfermedad.

—¡Rafel!

—¡De acuerdo, de acuerdo! ¿Y después de las ratas, qué vendrá? Si te descubren, mejor dicho... si nos descubren, podríamos acabar en la cárcel. ¡Serían capaces de tildarnos de brujos! Lo sabes, ¿no?

—¿Te has vuelto tonto o qué? ¡Todo el mundo experimenta con animales, salvo los hospitales, que lo hacen con personas!

Rafel la escuchaba como si descubriera por primera vez que Constança era temeraria cuando se proponía algo.

—Deberás construir unas jaulas —le dijo ella.

—De acuerdo, pero no me has contestado.

—¡Poco a poco, Rafel! ¡Qué sé yo de los animales que necesitaré! Quizás algunos gatos o perros famélicos, de esos que sacrifican a diario. Al menos tendrán una muerte más digna y no sufrirán, de eso puedes estar seguro. Pero dejémonos de cábalas y escúchame bien: mañana quiero que ordenes la estancia que hay detrás del establo. Por la tarde quiero comenzar a llevar mis cosas. Y espero que me ayudes...

—No me das demasiado tiempo. Me tienes siempre de un lado a otro con tus encargos. ¿Cómo quieres que ordene todo el desbarajuste que hay ahí? Pero bueno —dijo antes de que Constança protestara de nuevo—, si así lo quieres, así será.

Rafel se quedó sentado en el cubo que había vuelto para que la joven cocinera ocupara el único taburete. No era un gran amante de los animales, pero los perros callejeros siempre le habían despertado compasión. Ahora bien, si resultaba, si el veneno era eficaz, pensar que a su debido momento podrían utilizarlo para deshacerse de algunos de los indeseables que los gobernaban le pareció una magnífica idea.

Más convencido, colocó el cubo del derecho y, antes de ponerse manos a la obra, sacó una a una las briznas de paja que habían quedado enredadas en el pelo de Constança. No la miró mientras se vestía y se despidió de ella fingiendo indiferencia. Pero lo cierto era que mientras ella caminaba con paso decidido hacia su cuarto, Rafel se apoyó en la pared del establo con una sensación de soledad que nunca antes había sentido.

Durante los días siguientes, Rafel asistió a una transformación sorprendente en la joven. En la casa y con las personas que tenía a su cargo se comportaba como siempre, incluso le dio la impresión de que lo llamaba más a menudo a su cuarto, pero cuando se encerraba en el establo, con todos aquellos frascos y los pobres bichos enjaulados, nunca tenía suficiente. Quería llegar hasta el final.

De las ratas pasó a los gatos, que a Rafel le producían una repulsión extrema, y todos salían con las patas por delante. Más de una vez había tenido que esquivar alguna patrulla mientras trasladaba los cadáveres hasta la puerta del Ayuntamiento. Lo único que lo confortaba era imaginar la cara de los que ostentaban el poder cuando al día siguiente, bien vestidos y con las pelucas empolvadas, se encontraran aquel espectáculo dantesco y leyeran la nota de advertencia que él siempre dejaba.

A las dos semanas de comenzar con el trasiego de animales, Constança anunció que había terminado su trabajo. El veneno estaba a punto y no necesitaba experimentar más. Rafel palideció; en el fondo, deseaba que todo acabara siendo un juego sin resultados concretos.

—¿De verdad ya tienes el veneno? ¿Estás segura de que funcionará?

—¿Cómo crees que han acabado muertos todos estos animales? No los he estrangulado con mis propias manos...

—Lo sé, lo sé... —cedió él, mientras pensaba que aquello era una locura.

Rafel nunca rehuía las situaciones peligrosas, pero siempre iba de cara, de una manera que él consideraba leal con sus principios. Envenenar a alguien, por muchos días que hubiera pasado imaginando la utilidad de ese método, volvía a parecerle un asunto de brujería. Había oído relatos sobre esas extrañas prácticas en México, pero nunca había querido participar.

Pero, por mucho que él insistiera, Constança no se echaría atrás. Era tozuda como una mula. En el fondo, pensaba, eran muy parecidos. Luchaban por lo que consideraban justo, aunque no exactamente con los mismos métodos.

—Tengo un frasco que guardaré en mi cuarto, y quiero que tú ocultes este otro —dijo ella mientras acababa de llenarlo.

—¿Dónde quieres que lo oculte?

—¡Caramba, chico! ¡Eso es cosa tuya! Por ejemplo, bajo tierra en el establo.

—¿Y tengo que decirte dónde lo dejo?

—Decídelo tú. ¿No pensabas que iría bien disponer de un poco por si lo necesitamos? ¡Pues ya lo tienes!

Rafel observó cómo acababa de llenar el frasco, un poco sorprendido por la confianza que le otorgaban. Luego, la joven abandonó el establo con una sonrisa enigmática en el rostro. Aquella noche no lo llamó a su cuarto.

La alegría de Constança duró poco, y sus expectativas se vieron truncadas cuando la señora Lobera desapareció. Preguntó por todas partes, en casa del barón de Maldà, a los criados del virrey, incluso a Andrés del café de la Rambla, consciente de que en esos locales siempre estaban al día en cuestión de cotilleos y rumores.

No obstante, toda la información que logró recabar resultó demasiado vaga para extraer conclusiones. Unos decían que Isabel se había marchado a Francia invitada por una de las asistentes al banquete de Manuel de Amat; otros, que la muerte de un familiar próximo la había hecho volver a Madrid precipitadamente. Al final, Constança pidió a Rafel el segundo frasco de veneno para guardarlo en el mismo sitio que el primero.

La vida continuó sin sobresaltos durante una larga temporada.

4

A orillas del río Rímac, Lima, 1771

Nunca olvidaré el día en que me despedí de Iskay. Fue a la vera del río, en el mismo lugar entre dos rocas donde ocho años antes se había producido nuestro primer encuentro. Aquella mañana de primavera ninguna nube enturbiaba el cielo; los pájaros se veían con claridad y sus trinos se oían como si hubieran entendido que era un día especial, un día triste y especial a la vez.

Recuerdo que mientras evitaba mirar la cara de Iskay, quizá para que no se cruzaran nuestros ojos llorosos, pensé que si no hubiera estado tan triste me habrían conmovido la belleza de las aguas del río corriendo hacia el mar y la sinfonía de verdes que los árboles interpretaban a su paso.

Mi amigo y yo, sentados en aquella orilla, mezcla de arena y cañas, pasamos un buen rato fingiendo que no era un adiós definitivo, intentando no cargar de trascendencia nuestras palabras. Nos tenían sin cuidado los pájaros, los verdes, el aire cargado de aromas que él me había enseñado a distinguir. Los dos nos esforzábamos por disfrazar la pena. Fantaseábamos con posibilidades remotas, cuando sabíamos con seguridad que se trataba de un punto y aparte, que era muy posible que nuestro adiós fuera definitivo, una circunstancia que nunca se nos había pasado por la cabeza, ni siquiera en nuestros peores sueños.

—En Barcelona hay médicos muy buenos. Seguro que sabrán

curarte este mal que te afecta la vista y te lastima la piel. Cuando esté instalada, yo...

—Constança, no sigas, por favor. Este mal, como tú lo llamas, me ha permitido ver las cosas de otra manera. No te aflijas por mí. Estoy más cerca que nunca de la Madre Tierra y tengo todo lo que necesito. No podría marcharme de este lugar.

—Pero...

—Tú no puedes entenderlo, ya lo sé. Pero yo no sería el mismo sin mis montañas, y ellas tampoco serían nada sin nosotros, sin la gente que forma parte de este lugar. La tierra que piso, donde he nacido, es una extensión de mi vida. El bosque y el río me han enseñado todo lo que sé. Cuídate, y cuando la añoranza te sacuda, toca la flauta de saúco y los sonidos del bosque volverán para hacerte compañía.

Bien sabía yo que era inútil insistir, que tenía razón con aquellas afirmaciones que yo calificaba de inaceptables. Iskay hacía tiempo que lo había entendido; lejos de las riberas del Rímac, de los rincones de aquellas montañas que tan a menudo habían satisfecho nuestras ansias de refugio, la relación que nos unía perdería todo su sentido.

Entonces miré a mi alrededor con la misma ternura y atención con que se observa algo para después recrearlo en un lienzo, tal vez como el que sabe que se despide para siempre. No quería que se me pasara nada por alto, necesitaba grabarme a fuego cada detalle, e Iskay me dejaba hacer con su silencio cómplice.

Confortada por la proximidad de su cuerpo, fui al encuentro de todo aquello que hasta entonces había sido el escenario de mi vida. Recordaba de una manera extraordinariamente vívida a la indígena que, una vez que había vendido la leche de sus cabras, recorría el camino del río cada día del año montada en una mula vieja. Aunque no era la hora adecuada para verla pasar, me quedé mirándola mentalmente mientras recorría una senda hasta perderse en un recodo de la montaña.

Solo cuando su imagen ilusoria desapareció comencé a admirar los verdes, todos los verdes posibles salpicados entre el ramaje, hasta que a lo lejos, hacia el sur, se recortaban en el ocre de un paisaje áspero. Todavía con esta sensación en la retina, cerré los ojos para escuchar, una vez más, la voz del Rímac, siempre presente en todos mis recuerdos.

También me costó mucho, y ya sabía que sería así, despedirme de la algazara de los niños que chapoteaban felices en el río. Siempre reían, aunque a veces parecían inmersos en una felicidad postiza. Si prestabas atención, la algazara se iba diluyendo a lo largo de la mañana, como si el agua tuviera el poder de apaciguarla.

Eran los hijos de las mujeres que lavaban la ropa, muy cerca, en un remanso de las aguas. Pero también de los que tejían cestos más allá, con la parsimonia de los pocos elegidos a los cuales no perseguía el tiempo.

El viento trajo olor de brasas, el humo de uno de aquellos fuegos improvisados. No solo servían para calentar los cuerpos que aún dudaban de la llegada de la primavera, sino que a su alrededor se organizaban sencillas comidas, y los niños abandonaban el agua a cambio de una ración de lo que bullía en las cazuelas.

Pensé que aquellos recuerdos también serían míos, que se convertirían en una de mis posesiones más preciadas. Quería llevarme la memoria de los guisados que quizá no tendría al alcance en mi nuevo destino; asimismo, el hedor del coriandro, la acidez de la lima, la dulzura tan especial del jarabe de algarroba. ¿Qué sería yo sin ellos, sin la presencia de aquello que me había conformado? ¿Qué haría sin Iskay?

También recuerdo como si fuera ahora, porque he aprendido que el tiempo tan solo aleja retazos de memoria que después puedes reunir en un mismo pensamiento, el instante en que una vieja conocida, con su aleteo grácil y seguro, me hizo aparcar las cavilaciones y esbozar una ancha sonrisa. Pero no llegué a entender cómo, ya casi sin ver, Iskay podía percibir un aleteo tan sutil como el de aquella mariposa que a menudo nos acompañaba durante nuestros paseos por la ribera.

—¿De qué color es, Constança? Necesito saberlo, pues ya no llego a distinguirla con claridad —preguntó ávido aquella última vez mientras mis ojos se llenaban de lágrimas.

—¡Es de un naranja muy intenso!

Mis pupilas parecían dentro de un mar cubierto de niebla, como el que describen los marinos que cuentan sus aventuras en los muelles.

—¿Y qué más? —preguntó Iskay.

—Pues tiene rayas negras y un moteado blanco y negro que bordea las alas.

Iskay sonrió satisfecho. Su voz mudó hacia la ternura para contarme la última historia de nuestra relación, la que hablaba de una criatura muy apreciada por él, la mariposa monarca. Mis ojos dejaron de contemplar el entorno para poder escuchar con atención su relato.

—Es una mariposa de otoño, ¡como tú, Constança!

—¿Cómo yo? —pregunté, curiosa.

—Sí, una vez me contaste que naciste en septiembre.

—¡Buena memoria! Ya hace muchos años que tuvimos esa conversación. Pero ¿qué relación tiene con las mariposas, y con esta en concreto?

—Muy sencillo. Las mariposas que salen de la crisálida al final del verano y principios del otoño son diferentes de las que lo hacen durante los largos y cálidos días estivales. Las monarcas nacen para volar, y por el cambio de clima saben que se tienen que preparar con mucho cuidado para su prolongada travesía.

Yo repetía mentalmente todas las palabras que pronunciaba Iskay. Me entretenía en aspirar su perfume, paladear su sabor. Habló un buen rato de aquellos hermosos insectos, y su historia me acompañaría siempre. Explicó que, al comenzar la migración invernal del año siguiente, varias generaciones nacidas en verano habrían completado su paso por este mundo. La vida y la muerte, el final y el principio, lo salado y lo dulce, los contrastes... siempre tan presentes en la vida de aquel chico que me tenía robado el corazón por su sabiduría y su manera de comunicarla. Según su recuento, pues, serían los tataranietos de las emigrantes del año pasado las que llevarían a término el viaje.

—No obstante, de alguna manera que a los humanos nos resulta incomprensible, las nuevas criaturas, estos tataranietos, conocen el camino, saben encontrar el lugar que les han marcado sus antepasados. Tanto es así que siguen las mismas rutas y, a veces, incluso vuelven al mismo árbol —añadió aún con aquel brillo en unos ojos que miraban sin ver.

—¿Como yo? —pregunté conmovida.

—Como tú, Constança. Hay muchas maneras de volver, de marcharse y también de quedarse... —respondió mi amigo enjugando con la punta de los dedos una lágrima sin dejarla resbalar.

Fue entonces cuando me dio su amuleto, el que me acompañaría siempre. Me negué en redondo a aceptarlo, pero ¡con el tiempo solo puedo estar agradecida de que no cejara ante mi negativa!

A menudo aún huelo el amuleto, con la esperanza de evocar el efluvio de su piel oscura. Pero ha pasado demasiado tiempo y ya no reconozco su aroma, porque se ha convertido en parte de mi piel. Debo consolarme acariciándolo para no olvidar. Es así como conjuro el tiempo para recuperar su imagen, para que no se desvanezca su presencia, que tanto bien me hace.

Al acabar la historia de las mariposas, Iskay se quedó callado. Yo sabía que lloraba por dentro, igual que yo misma en aquellos instantes. Por algún motivo, preferí no compartir con él los momentos de tristeza. Me di la vuelta después de darle un beso en su mejilla caliente y de decirle al oído que lo quería, que nunca querría a nadie como a él.

Y así hasta estos días, cuando solo me arrepiento de una cosa: al cruzar el puente no volví el rostro para verlo por última vez. Sabía que no podría soportarlo, pero ahora echo en falta tener aquel recuerdo. Con el paso del tiempo he aprendido que no basta con soñarlo...

Iskay se quedó en la baranda de piedra, contemplando el agua caudalosa del río en primavera, sin atreverse a luchar contra lo inevitable, tampoco él. Aún debe de estar allí. Al menos, vuelve cada día en mis pensamientos. Pero ya no oculta la mirada en el río; la eleva en dirección al mar y recuerda a aquella chica que fue tan feliz mientras crecía a su lado.

5

Barcelona, 12 de febrero de 1780

El invierno era a menudo un período de pausa en las actividades de Monsieur Plaisir. El cocinero francés ya no ocultaba a sus empleados las relaciones que desde semanas atrás mantenía con Margarita de Acevedo y, a pesar de que debía ser un secreto de puertas afuera, muy pronto se enteró toda Barcelona. Sin embargo, este hecho no provocó ningún cambio en los hábitos de la pareja.

En la calle Carbassa, los días pasaban sin sobresaltos. Constança instaló definitivamente su taller en el cuarto donde había elaborado el veneno, siempre contando con la lealtad y discreción de Rafel y Cecília, a quien no había manera de ocultarle nada. La chica visitaba cada vez más seguido a Andrés en su café, y Àgueda no veía mal aquella relación. Todos sabían que no era necesario preocuparse demasiado por Pierre, que usaba la casa como un almacén para guardar las herramientas de su negocio, tanto las materiales como las humanas.

Constança ya había cerrado la puerta de su taller, donde no podía ser molestada, cuando Rafel entró sin llamar.

—¡Por el amor de Dios! Ya te he dicho muchas veces...

—Discúlpame, pero he pensado que querrías ver esta nota que ha llegado temprano.

—¿Cómo que temprano? ¿Quieres decir que te has pasado horas sin dármela?

—La verdad es que he tenido mis dudas. No quiero que te metas en problemas.

—Pensaba que ya habíamos hablado acerca de eso.

—Sí, pero no le quita gravedad. El que entregó la nota lo hizo en nombre de Isabel Lobera. Y hace unas semanas me dijiste que ella tenía algo que ver con la preparación del veneno...

La joven soltó la ampolla donde guardaba el aceite especiado con tomillo, que por suerte fue a caer sobre la larga mesa que cruzaba el cuarto de punta a punta. Después se volvió hacia el hombre con los ojos que reflejaban curiosidad e inquietud.

—¡Rafel! ¿Cómo has podido...? ¡Dámela de inmediato! Seguro que ya la has leído.

—Te equivocas. Tengo bastante con imaginarme su contenido. Más sabiendo que esta señora hace días que anda por Barcelona.

Ella se quedó paralizada frente a él, presa de la estupefacción.

Si bien Constança admiraba muchas cualidades de Rafel, y que él lo hacía todo por su bien, aquella empresa interrumpida era algo muy suyo, muy personal. Y la presencia en Barcelona de la amante madrileña del virrey cambiaba las cosas radicalmente, tal como se lo confirmó la intención de la señora Lobera al proponerle verse en la catedral en una fecha muy especial. El día de Santa Eulària muchos barceloneses se daban cita allí para honrar a su patrona, un buen lugar, pues, para que las dos pasaran inadvertidas entre la multitud.

Pidió a Àgueda un velo de los que usaba para la misa, ante la extrañeza de la mujer, y salió sin permitir que Rafel la acompañara.

La catedral no estaba demasiado lejos, pero parecía como si toda Barcelona hubiera tenido la misma idea. Enfiló por Escudellers y, poco a poco, fue trenzando el camino fuera de las calles principales. Al cruzar la plaza de Sant Jaume y verse delante de la calle del Bisbe, se dejó llevar por la muchedumbre que quería rendir tributo a santa Eulària. Pero Isabel Lobera no fue la primera persona que vio entre el gentío.

En ese momento Rita salía de la catedral, y la cocinera se sorprendió por el aspecto de mujercita que había adquirido; a su lado iba Vicenta, que se quedó en segundo término.

—¡Constança! —llamó la chica, y se precipitó a sus brazos.

—¡Rita! Pero ¿cómo es que has venido? Bueno, habéis venido —añadió al dirigir la mirada hacia su antigua compañera en la droguería Martí.

—Queríamos ver a la patrona.

—¿Y mi abuela lo ha consentido? ¡Hoy debe de ser un día de mucho trabajo, en una fecha tan señalada!

—No creas. Las cosas han cambiado mucho últimamente. La señora Jerònima hace tiempo que no es la misma y Ventura ha tomado las riendas. Todo es bastante más fácil.

—¡Caramba! Por un lado lo lamento, pero por el otro...

—Dices bien. Yo también lo siento así. La verdad es que siempre la he considerado una mujer muy extraña. No dudo de que tenga sentimientos, pues tiene en gran consideración a su marido y se acuerda mucho de ti, pero es incapaz de manifestarlos. Deberías visitarla alguna vez.

—Quizá sí.

—Ya sé que no lo harás. Solo era una sugerencia.

Constança se sorprendió de que Rita se mostrase tan juiciosa, pero lo entendió al recordar que Ventura había prometido ocuparse de ella. Era evidente que lo estaba haciendo, y con mucho acierto.

—Ahora iremos a Sarrià con tu abuelo, a comer butifarras frescas. Ventura ha decidido cerrar la tienda para disfrutar del día de Santa Eulàlia. Dice que no se puede trabajar siempre. ¿No te apetece acompañarnos? ¡Sería maravilloso!

Los ojos de Vicenta chispearon fugazmente al oír la propuesta de Rita, aunque nadie se dio cuenta.

—Lo siento, pero tengo un día muy ajetreado, debemos preparar un banquete de aniversario. No puedo dejar solas a mis compañeras —respondió Constança con algún titubeo; acababa de ver a Isabel Lobera en el interior de la catedral. Estaba apoyada contra una columna, de cara al altar, pero la joven no tuvo duda de que ya se había percatado de su presencia y solo esperaba que esas dos mujeres desaparecieran.

—¡Constança! ¡Te echamos mucho en falta! —exclamó de

pronto Rita, y le dio un abrazo mientras Vicenta asentía en silencio, aparentemente ajena, pero con los ojos empañados—. ¡No nos olvides!

—No lo haré, pequeña.

Si no se marchaban, también ella se echaría a llorar. Siempre le había quedado la sensación de haber abandonado a Rita a su suerte en aquella droguería dominada con mano de hierro por Jerònima, igual que a Vicenta, que con su actitud se lo recordaba implacablemente. Cuando se alejaron, y antes de que pudiera seguirlas con la mirada, una mano firme la tiró hacia el interior de la catedral.

—Ya era hora de que vinieras —le reprochó Isabel mientras la arrastraba hacia una nave lateral.

—Han tardado en darme vuestro mensaje, pero la enfadada debería ser yo. El año pasado desaparecisteis sin avisar. ¡No contaba con que volvierais!

En el interior de la catedral, centenares de cirios le daban una calidez muy diferente de la frialdad habitual. El silencio también se había convertido en un rumor con algún que otro grito y alabanzas a la patrona.

—Las obligaciones familiares me hicieron marchar a Madrid —explicó Isabel, escueta y distante—. Pero no he olvidado nuestro pacto y espero que tú tampoco. Dijiste que tenías una idea, que solo necesitabas un poco de tiempo para que cuajara. Pues bien, has tenido más de medio año.

—No os equivoquéis, señora. —Constança vio claro que debía marcar los límites de aquella relación—. Os estoy ayudando porque quiero y, además, porque yo también tengo una cuenta pendiente con el virrey, pero no me dejaré manipular. Eso debéis tenerlo muy presente.

—Veo que no has perdido tu espíritu respondón, y me gusta, pero si te sigo por esa senda me llevarás ventaja, ¿no crees?

—¡Depende! Quizá vayamos bastante a la par si soy yo quien urde cómo llevar a cabo el envenenamiento.

—¿Envenenamiento? ¿Has pensado algo sobre la cuestión, pues? —preguntó Isabel con curiosidad contenida.

—Dejadme que os lo explique...

—¡Y tanto!

Ambas se adentraron en una de las capillas laterales y se arrodillaron delante de la figura de santa Magdalena. Isabel sacó un rosario y se puso a pasar las cuentas mientras escuchaba atentamente las explicaciones de Constança.

Poco después, la dama abrió completamente los ojos al enterarse de quién sería el artífice real del asesinato. La joven cocinera lo tenía todo previsto.

Cuando las dos pequeñas campanas situadas encima del presbiterio repicaron señalando el comienzo del oficio, el plan ya se había aprobado.

Había tendido tan bien la trampa que pasó buena parte de la mañana preocupada por si Pierre no acudía a las cocinas. Ya no eran tantas las ocasiones en que el francés se interesaba por lo que se cocinaba en la calle Carbassa, pero Constança confiaba en que el aroma a licor dulce que se expandía por toda la casa le llamara la atención.

—Me han dicho que preparas algo especial —dijo Pierre al entrar, y olisqueó el ambiente que se respiraba.

—¡Pierre! ¡Qué sorpresa! No sabía que estabas aquí —respondió ella sin volverse, haciendo ver que estaba muy atareada.

—Sí, creo que últimamente te he dejado las manos muy libres, pero tú nunca me decepcionas. —Se acercó por detrás y la cogió por la cintura.

—No es el momento —respondió la joven—. ¿Olvidas que trabajo para Monsieur Plaisir?

El reputado cocinero sonrió al oír su nombre artístico como si fuera el de otra persona. En otro momento aquello quizá lo había preocupado, pero aquella noche se había comprometido con la viuda De Acevedo y, sin saber cómo celebrarlo, había acabado en la calle Carbassa.

—¿Y qué es ese néctar que ocultas en la marmita?

—¡No lo oculto! —Constança fingió sorpresa—. ¡Lo reservo para mi señor!

A continuación ella introdujo el dedo en el recipiente y se lo posó en la boca. Había hecho una mezcla de hierbas muy especial y, después de muchas pruebas, estaba convencida de que obtendría un aroma muy semejante al aguardiente de flores de patata, aquel que había conseguido por destilación de las partes verdes y que esperaba en el escondite del establo.

No podía fallar si quería llevar a buen puerto su plan. Pero debía convencer a Pierre de que aquello era nada menos que el néctar preferido de los dioses.

Se pasó el aguardiente por la boca, paladeando aquel sabor intensamente aromático, y se volvió hacia el cocinero. Hacía rato que se había desatado los nudos de la blusa para aprovechar al máximo sus posibilidades.

Entonces, después de dejar que Pierre le sobara los pechos, se adelantó y lo besó en la boca mientras con la lengua le pasaba el preciado licor. En un primer instante él reculó, sorprendido, pero enseguida se aferró con más fuerza para dejar que el vaso improvisado por Constança le vertiera todo el contenido.

Una parte de la mesa ya estaba preparada. Había retirado todas las cazuelas, los utensilios de remover el fuego, los platos que habían quedado perfectamente lavados la noche anterior. La superficie estaba nítida y pulida, como a ella le gustaba. No quería ensuciarse el vestido, pues conocía muy bien el ímpetu que tenía Monsieur Plaisir. Solo esperaba que aquella maldita viuda no le hubiera hecho perder sus mejores cualidades.

No se equivocó. Se revolcaron sobre la mesa, donde solo había dejado a su alcance un vaso con licor con el cual iba alimentando la gula, o quizá la lujuria de Pierre Bres. Constança no tuvo que fingir los gemidos de excitación, aquella vez era ella quien ponía las reglas, quien detenía el juego o repartía las cartas. Quedaba muy lejos aquel día en que sobre la misma mesa Pierre la había poseído a su antojo. Solo los interrumpió un sonido de pasos que se detuvieron ante la puerta cerrada, pero el francés no prestaba atención a nada que no fuera el cuerpo de la joven, y ella sabía que Rafel no sería capaz de entrar.

Al acabar, mientras se acomodaba la ropa y recuperaba su

compostura habitual como si no hubiera pasado nada, el cocinero comentó:

—¡Es realmente maravilloso este licor que has hecho! ¿Me darás la receta? Dices que trabajas para mí, por tanto...

—¿Y qué harías? Solo está al alcance de gente muy especial. Hay que saber degustarlo, te he dado una buena prueba de ello.

—¡Sin duda eres la persona más increíble que he conocido, Constança!

—Una lástima que mis posesiones no sean también increíbles, ¿no crees?

—¡Lo ves! Siempre lo interpretas todo a tu manera —repuso Pierre acercándose para cogerla por los hombros—. Mi relación con la señora De Acevedo nos irá muy bien. Lo hago por el negocio, por nuestro negocio.

—Ya —dijo Constança, a la vez que buscaba las palabras que debía decir a continuación—. Supongo que ya sabes que el virrey quedó satisfecho con el banquete, a pesar de los problemas que tuvimos.

Lo miró a los ojos para ver si recogía el guante, pero Monsieur Plaisir era todo un especialista en escabullirse cuando algo no le interesaba. Se acercó a la cazuela donde ella había preparado el aguardiente e imitó el gesto que Constança había hecho antes. Pero ella no chupó el dedo que él le ofreció.

—He pensado que acabaríamos de ganárnoslo si le ofrecemos este licor en exclusiva. Sería un anzuelo irresistible. Le permitiría vanagloriarse ante sus pares y nosotros podríamos producirlo en cantidad suficiente para emborrachar a toda la nobleza de Barcelona. ¿Qué te parece?

—Una gran idea, como todas las tuyas. —Pierre fijó de nuevo la mirada en los pechos de ella, quizá volviendo a excitarse, pero Constança se abrochó la blusa antes de que las cosas fueran a más.

—¿Me dejarás, pues, que lo lleve un día al palacio? Quizá cuando ya estén instalados en su nueva residencia de la Rambla. ¿Qué dices?

—¿Que lo lleves tú? —El cocinero dudó, pero ella supo que

había caído en la trampa—. No sé... Creo que debería ser yo, como cabeza visible del negocio. El virrey confía en mí y a ti tal vez te ve como una simple ayudante. Si le han contado lo que pasó en su banquete, quizás incluso te niegue la entrada.

—Pero yo soy la única que conoce la receta, Pierre.

—Lo sé, y estoy dispuesto a reconocerlo más adelante, pero no ahora. Deja que me dé este gusto. ¡Te recompensaré! ¡Haré lo que quieras!

—¿Como abandonar la cama de esa viuda a la cual eres tan aficionado?

—¡Constança! ¡Ya te he dicho que eso es solo trabajo! Y con el trabajo no se juega. Me puedes pedir otras cosas. Te dejaré mano libre en el negocio, ¡harás los platos que quieras!

—Ya los hago, querido. De hecho, no tengo ninguna queja en este sentido, y nunca te pediría que renunciaras a tus placeres. De acuerdo, diré a todo el mundo que la receta es tuya, que yo solo te he ayudado a mezclar los ingredientes. ¿Te parece bien así?

—¡Perfecto! Nos necesitamos, Constança... Mira, te prometo que te dedicaré más tiempo, que las cosas volverán a ser como antes, cuando nos conocimos. ¿Te acuerdas?

—Y tanto, pero no será necesario. Solo te costará dinero.

—¿Dinero? Claro, pero no te creía tan ambiciosa —comentó el cocinero. Y tras reflexionar un momento, preguntó muy seriamente—: ¿Quieres instalarte por tu cuenta? No me harías algo así, ¿verdad?

—Ay, ay, señor francés, qué poco me conoces. No quiero dinero para mí. Quiero que dotes bien a Cecília para que se pueda casar con quien quiera, con los fastos que tanto admira.

—¿Solo eso?

—Sí, y que la trates como se merece. Al fin y al cabo, según tengo entendido, es un poco de tu familia...

—De acuerdo —aceptó Pierre, sin entrar en la provocación—. ¿Cuándo tendré el aguardiente?

—Muy pronto. Busca una botella que sea realmente excepcional. Pídela a los comerciantes italianos, si es preciso. Y después averigua cuál es la fecha exacta en que el virrey tiene previsto instalarse en el nuevo palacio. Te prometo que tendrás el licor más maravilloso que se haya probado nunca en Barcelona.

Monsieur Plaisir sonrió de oreja a oreja. La conocía bastante bien para saber que no fanfarroneaba. Aquella era una idea extraordinaria, que acabaría de consolidar la fama de su negocio, pero necesitaba conocer los secretos de aquella fórmula magistral.

—Has dicho que es mía. Entonces explícame cómo haces este aguardiente.

—¡Un momento! La otra condición será que esperes a saberla hasta que el virrey lo haya probado. Solo te diré que tiene relación con las patatas, y que necesito... bien, que necesitas tener una gran plantación de patatas si quieres destilarlo a gran escala. Mientras tanto, podemos hacer una cosa.

—¿Qué cosa?

—¡Maria, Virtuts, Àgueda, Cecília! —llamó la joven asomándose al pasillo. Rafel estaba sentado muy cerca, en el banco de troncos, con cara de pocos amigos—. Ven tú también.

Cuando todas las personas de la casa estuvieron reunidas en las cocinas, Constança explicó detalladamente cómo Monsieur Plaisir había hecho un hallazgo extraordinario. Los rostros de los presentes no parecían demasiado receptivos, pero la joven cocinera puso tanto énfasis que finalmente los convenció.

Tan solo Rafel la miraba con asco, mientras ella alababa las cualidades de Pierre Bres, que sonreía muy ufano ante la perspectiva de un triunfo que sin embargo sería su perdición.

6

Barcelona, marzo de 1780

La ajetreada vida social del virrey Amat aplazó la visita del cocinero al nuevo palacio hasta tres semanas después. Pierre, deseoso de presentarse ante el noble personaje con aquel licor de resonancias mágicas, acudía a menudo a la calle Carbassa para interrogar largamente a Constança. Le exigía explicaciones sobre las bondades del producto y si mantendría sus cualidades hasta el día en que fuera llamado por el virrey. La respuesta de la joven era siempre la misma.

—Como buen francés, no ignoras que las cualidades del aguardiente aumentan con el paso del tiempo. Está bien conservado, en el rincón más profundo de la bodega, y será todo un éxito.

Consciente de que aquella espera le otorgaba aún más poder sobre Monsieur Plaisir, Constança había conseguido una dote muy ventajosa para Cecília. Ahora que había tenido ocasión de tratar más a menudo a Andrés, que pasaba por la calle Carbassa un día sí y otro también, cada vez se sentía más satisfecha de cómo iban las cosas. El propietario del café de la Rambla era una persona decidida y emprendedora, pero, sobre todo, parecía un buen hombre. El rostro de la chica irradiaba felicidad y Àgueda, su madre, parecía haber abandonado aquella postura adusta que arrastraba desde hacía años.

El único que rompía la armonía era Rafel. No solo le había manifestado varias veces su oposición al plan tramado entre ella e Isabel Lobera, sino que tampoco había vuelto a visitar el cuarto de Constança. Ella decidió que ya vendrían tiempos mejores y concentró sus esfuerzos en la preparación de la boda de Cecília.

Las razones para aplazar la visita obedecían a los continuos compromisos de Manuel de Amat. La sociedad barcelonesa lo veía como un triunfador, un hombre que había cumplido su misión en las colonias y que, además, había conseguido superar el juicio sobre su gestión que le habían impuesto desde la corte de Madrid. Todo el mundo quería presentarle sus respectos, por interés y por un punto de curiosidad hacia su joven esposa, aquella novicia a quien, dada la avanzada edad y la fortuna del virrey, muchos cazafortunas esperaban urdiendo sus estrategias.

El día llegó a principios de mayo. Era domingo y el virrey debió de considerar que era buen momento para recibir al cocinero francés tras la misa en la catedral. El hecho de que Pierre lo tentara con una maravilla nunca probada por ningún noble de la ciudad influyó decisivamente en la consecución de la cita.

Monsieur Plaisir enganchó los mejores caballos que había en las cuadras de la calle Carbassa y no dio importancia a la presencia de Rafel en el pescante, cuando este le anunció una indisposición del cochero habitual. La distancia era tan corta que en pocos minutos se plantaron delante del espléndido palacio que Manuel de Amat y Junyent se había hecho construir en la Rambla.

A fin de no dejar nada al azar, Pierre había comprado una botella de cristal a unos comerciantes de Padua, un prodigio de envase con tonalidades anaranjadas, decorado con frágiles volutas y cerrado con un tapón de corcho de Oporto que dejaba respirar al espirituoso. Al entregársela ella llena de licor, había premiado a Constança con un beso profundo que había removido los antiguos deseos, y que incluso le había hecho plantearse brevemente si no debía unir su futuro de una manera más firme a aquella mujer capaz de las genialidades más insospechadas.

Lejos de dejar al pasajero en la puerta, como ocurría en otros palacios de la ciudad, Rafel recibió órdenes de los guardias para que condujera el coche hasta el centro del patio interior. La visión de la doble escalinata y los grandes ventanales que daban a ella, antes de proyectarse hacia el cielo a través de una fabulosa lumbrera, sorprendió al improvisado cochero, que, de golpe, encontró demasiado peligroso el plan urdido por Constança. Además, si salía mal y alguien tiraba del hilo, la encontrarían a ella al final de la madeja.

Monsieur Plaisir apenas tuvo que esperar unos minutos antes de que un criado vestido a la francesa lo hiciera pasar a la sala de visitas. Aquellos ventanales que había visto desde el patio quedaban cubiertos con pesadas cortinas, de manera que la luz provenía sobre todo de las velas que coronaban los candelabros de plata repujada.

El ambiente penumbroso destacó el rostro cansado y pálido del virrey, que entró flanqueado por dos servidores. Pierre Bres estiró el cuerpo dentro de su atavío, tanto que tuvo la impresión de que le tiraban todas las costuras. Había colocado la botella de cristal de Padua en una mesita junto a los ventanales, con cuidado de que uno de los escasos rayos de sol que penetraban en la estancia le diera de lleno. Manuel de Amat no tardó en descubrirla.

—Así que ese recipiente contiene el fantástico licor del cual me hablabais en vuestros mensajes... ¡Excesivos, por cierto!

—Tenéis que disculparme, señor. El deseo de complaceros ha podido con la obligada prudencia.

—Bien, me agrada la gente que no renuncia a expresar sus pasiones. Y por lo que me han explicado, no sois tan solo un gran cocinero, también dais bastantes oportunidades a los placeres de la carne.

Monsieur Plaisir, por toda respuesta, hizo una reverencia tocando el suelo con el sombrero.

—*Je suis juste à votre service, monsieur!*

—¡Ah! ¡Francés! ¡Hacía tiempo que no lo oía con un acento tan puro! A veces tengo la sensación de que mis compatriotas han aprendido esta lengua en los muelles de Marsella. Tuve un cocinero francés, en Lima, y la verdad es que disfrutaba mucho con sus platos. Pero vos me proponéis algo muy distinto, un *digestif*, como dirían en vuestra patria. ¿Creéis que estará a la altura de una persona con mi experiencia?

—¡No tengo ninguna duda, señoría! ¡Si no fuera así, no se me habría ocurrido molestaros!

—¿Beberéis conmigo, pues?

—¡Será un honor, un gran honor!

Manuel de Amat se volvió ligeramente hacia los criados. No hizo falta que pronunciara ninguna palabra para que el situado a su izquierda se adelantara con dos copas en las manos y las dispusiera sobre la mesa. El virrey rechazó con un ademán que el hombre sirviera el licor.

—Yo mismo lo haré. Esta botella merece ser tratada con un cuidado especial, ¿estáis de acuerdo?

—¡Sin duda! Y, si me lo permitís, es un regalo para vuestra excelencia.

—Tal como habéis presentado las cosas, el mejor regalo será el que sea capaz de colmar de placer mi boca.

Pierre creyó que era mejor no responder. El aguardiente de Constança, con sus aromas sutiles y afrutados, pondría en su lugar a aquel noble exigente. El virrey llenó con generosidad las dos pequeñas copas y ofreció una al cocinero.

—¡Por nuestra amistad, espero! —brindó Manuel de Amat mientras Pierre le correspondía levantando la copa.

El licor estaba a punto de tocar sus labios cuando oyó unos gritos. Venían del otro lado de la puerta e hizo que detuviera el gesto. Monsieur Plaisir, al contrario, ya paladeaba el espirituoso haciéndolo ir de un lado al otro de la boca antes de tragarlo.

—¡No lo hagáis! ¡No bebáis ese licor infernal! —gritaba Rafel, que había entrado en la estancia sujetado por dos hombres.

—¿Cómo osáis molestarme así? ¿Quién es este hombre? —preguntó el virrey, exaltado.

—Es... es mi...

Pierre Bres, más conocido en los ambientes de la sociedad barcelonesa como Monsieur Plaisir, no tuvo tiempo de explicar que se trataba de su cochero suplente, que se había apuntado a aquella visita sin demasiadas explicaciones. Su mirada se volvió hacia la copa, que ya había dejado en la mesa, y a continuación se desplomó sobre el suelo de baldosas, sujetándose el estómago con los brazos como si le doliera horrores.

Aún perplejo por todo aquello, Manuel de Amat ordenó que fueran a por el médico de la familia, mientras con cautela cogía la botella del licor y le ponía el tapón de corcho de Oporto.

—¿Y qué hacemos con este? —preguntó uno de los lacayos que mantenían inmóvil a Rafel.

—¡Encerradlo! Ya lo interrogaré más tarde. ¡Y dad aviso a las autoridades!

El virrey se quedó solo unos instantes con Monsieur Plaisir. Este continuaba doblado en el suelo, y parecía querer decir algo. Su boca articulaba sonidos inaudibles, quizá porque el dolor la había convertido en una mueca horripilante.

El virrey se arrodilló a su lado mientras miraba en dirección a la puerta por si volvían los criados. Manuel de Amat no las tenía todas consigo, por mucho que el enfermo pareciera inofensivo. Cuando acercó la oreja al cocinero tanto como pudo, este hizo un gran esfuerzo por articular lo que intentaba decir desde hacía rato.

—¡Constança!

Al principio se escrutaron a conciencia. Las dos se sostuvieron la mirada como si se tratara de una lucha a muerte y, por tanto, solo una de ellas pudiera salir victoriosa. El roedor quizá se habría comportado de otra manera si algo más hubiera captado su atención —algunas migajas de pan seco, un resto minúsculo de queso agrio—, pero en la pequeña celda solo estaba Constança Clavé, que a pesar del asco que le producían las ratas, pronto se desentendió de su presencia y miró de nuevo al infinito, poblado de escenas y rostros que se repetían, de voces que le recordaban los escasos momentos de felicidad que había vivido.

La celda era como un agujero negro que ni siquiera la luminosidad de la primavera incipiente conseguía dotar de claridad. El único contacto con el exterior era una pequeña lumbrera sin vidrio que quedaba fuera del alcance de la joven cocinera, incluso si colocaba el jergón debajo y se encaramaba.

Una vez al día la pesada puerta de madera daba paso a su carcelero. Siempre depositaba la escudilla en el suelo abruptamente y derramaba buena parte de su contenido. Pero hasta entonces ella se había negado a comer nada, a pesar de que hacía dos días que estaba en aquel agujero. Bebía mucha agua, aunque a veces tenía que apretarse la nariz para hacerlo. No obstante, Constança sentía un gran vacío en el estómago y una angustia creciente que le costaba relacionar con el hambre.

¿Qué había salido mal? ¿Dónde estaban quienes la podían ayudar? Salvo los gruñidos con que el carcelero respondía a sus preguntas, no había vuelto a oír ningún otro sonido humano desde que seis guardias habían ido a detenerla a la calle Carbassa. De poco habían servido los gritos de Cecília, que finalmente había sido reducida por dos de aquellos hombres y que estuvo a punto de hacerle compañía en su cautiverio por su insistencia en que no se llevaran a Constança. Àgueda y el resto de los empleados de Monsieur Plaisir se limitaron a poner cara de susto, paralizados por el terror que sentían.

Y Rafel, consciente de que no podía permanecer ni un instante más en palacio, había conseguido huir después de escabullirse de los guardianes, mareados por el atentado contra el virrey y sus órdenes contradictorias. Pierre Bres había muerto en el hospital de la Santa Creu al día siguiente, presa de unos dolores terribles. Solo Cecília se había mantenido fiel acudiendo cada día a las puertas de la prisión, pero no le permitían entrar.

Era ella quien informaba puntualmente a Rafel, mientras este, que no había vuelto a la casa del francés, se esforzaba por buscar sus propias respuestas movilizando a los compañeros que se reunían cada jueves en la calle Carbassa. La información que obtuvo de aquella red de amistades en los estamentos más bajos de Barcelona, incluyendo al propio carcelero, fue de escasa utilidad. Tan solo la constatación de que si no mediaba un milagro, Constança estaba perdida.

Pero nadie había contado con la figura que cruzaba la plaza

del Rei. Cecília vio que hablaba con los guardias y, finalmente, les mostraba un documento. A continuación estos le franquearon el paso a la prisión. La chica se quedó preocupada: sabía perfectamente quién era aquel joven elegante y de aspecto altivo. Constança ya le había hablado de su viaje en barco y de los De Acevedo.

A pesar de que la orden que portaba no admitía ninguna duda, Pedro tuvo que esperar un buen rato para que lo dejaran pasar a ver a Constança. Cuando se encontró con el carcelero, todo fueron facilidades.

—Espero que haya sido bien tratada —le dijo a aquel hombre sucio y de aliento hediondo.

—¡Me he ocupado personalmente, señor!

Lo dijo bajando los ojos con una sonrisa cínica en los labios. Pedro tomó nota por si el estado de la joven debía llevarlo a exigir responsabilidades. Pero no le sería fácil. Había tomado aquella iniciativa sin contar con su madre, confiando en que el virrey reconocería su posición, y Manuel de Amat se había mostrado amable y receptivo.

La visita que habían hecho los dos a la calle Carbassa, donde los criados de Monsieur Plaisir, después de la muerte de su patrón, ya no tenían miedo, se había saldado con declaraciones muy negativas sobre el malogrado cocinero. Àgueda tomó finalmente la palabra para remachar el clavo, explicando al virrey cómo el mismo Pierre les había dado la orden de plantar las patatas y, más tarde, les había presentado aquel licor de consecuencias funestas como un gran logro. Rafel lo había oído todo bien oculto en la despensa.

—¡Pedro! —dijo la joven, sorprendida de verlo allí.

—¡Caray, Constança! ¡Tienes un aspecto horrible!

Ella no se tomó la molestia de mirarse. Estaba más delgada y llevaba la ropa sucia, de eso no tenía duda. Supuso que eso complacería al hijo de los De Acevedo. Pero no tenía fuerzas, ni siquiera para preguntarse cómo era que habían dejado entrar a aquel personaje. ¿No la habían humillado bastante?

—Ya ves que mi situación no es como para recibir a miembros

de la nobleza —dijo, respondona a pesar de todo, y se dirigió hacia el interior de la celda, a la vez que Pedro se tapaba la nariz con un pañuelo de seda.

—¡Por eso he venido! En pocas horas te dejarán libre. Todo está resuelto.

—¿Cómo que me dejarán libre? ¿Qué sabes tú de eso? ¿Has tenido algo que ver? —Solo se le ocurrían preguntas, y volvió a encararse con Pedro, que retrocedió un paso después de cubrirse de nuevo con el pañuelo.

—Tan solo he hecho lo que debía hacer. La muerte de Pierre lo ha precipitado todo y el virrey ha sido compasivo. Si quieres saber la verdad, ¡había tenido la tentación de arrojar la llave!

—¡No entiendo qué ocurrió! ¡Y Pierre ha muerto!

—Sí, el muy imbécil bebió de su propia medicina. Pero ¡a saber si conocía lo que tenía entre manos!

—¿Qué opina tu madre de tu intervención?

—No opina nada porque no sabe nada. De momento me parece que llorará una temporada la muerte del cocinero. Después ya veremos.

—Eres frío y calculador, Pedro. Te agradezco que me hayas ayudado, pero no quiero deberle nada a nadie, y mucho menos a ti. ¿Cuál es el precio?

—Me lo pensaré otro día, cuando no tengas aspecto de saco de basura. Pero te lo haré saber. Por otra parte, no creo que estés en disposición de poner condiciones.

Constança bajó la cabeza. Se sentía muy incómoda delante del muchacho, le pasaba desde siempre, cuando su padre aún vivía. Habría querido preguntarle cómo había muerto, pero prefirió no saberlo.

—¿Qué haría yo si te dejaran encerrada aquí? ¿Lo has pensado?

—¿Quieres decir con quién podrías enfrentarte? ¡Yo no soy nada, Pedro! Con tu actitud me lo has demostrado muchas veces.

—En eso también te equivocas. Eres la única rival a mi altura.

Pero Constança estaba demasiado aturdida para seguir aquella conversación. La noticia de la muerte de Pierre la había trastornado y, sin poder evitarlo, un sorbo ácido de culpabilidad se mezcló con el recuerdo de los primeros tiempos a su lado. Un cúmulo de sensaciones agridulces y contradictorias desfilaban por su mente. Pero ahora, si bajo el nombre de Monsieur Plaisir alguna vez se había ocultado un gran cocinero, ya no tenía importancia.

—¡Espero que la causa mereciera la pena! —Pedro se dio la vuelta y caminó hacia la puerta, pero se detuvo y, sin volverse, añadió—: Esa chica a la que tanto estimas, Cecília, hace dos días que no se mueve de delante de la prisión. Ahora diré que la dejen pasar. Te hará compañía hasta que vengan a ponerte en libertad.

—¡Gracias! —dijo la joven aún sin tener claro los motivos de Pedro.

—¡Tendrás noticias mías!
—Las esperaré.

Los ojos azules de Constança brillaron con una luz que no tenían desde hacía mucho tiempo. Se volvió hacia la claridad que filtraban los barrotes y dio las gracias presionando con fuerza su amuleto.

7

Barcelona, abril de 1780

Constança había pensado despedir a todo el servicio y quedarse sola en la calle Carbassa. Imaginaba que tanto para Àgueda como para su hija y las mujeres que ayudaban a Monsieur Plaisir sería una especie de liberación, pero no fue capaz de prever la respuesta tan negativa que recibió.

De hecho, ninguna de ellas quería abandonar la casa y todas habían fantaseado en algún momento con la posibilidad de que fuera Constança quien continuara el negocio. Al fin y al cabo, hacía tiempo que sucedía así, y pensaban que los clientes, después de que el propio Manuel de Amat le hubiera ofrecido sus disculpas, olvidarían pronto el episodio del envenenamiento. La actitud del virrey había sorprendido a la joven cocinera y ella no consideró oportuno revelarle quién era, la hija del hombre que él había arruinado.

Todo esto producía en Constança una inquietud que alimentaba sus dudas. En Lima se habían visto pocas veces; a pesar de vivir en el mismo palacio, desde la muerte de su padre apenas había salido de la zona reservada al servicio. Pero ella estaba convencida de que su mirada hablaba por sí sola, que interrogaba a aquel hombre de manera secreta. Debía hacerse a la idea de que nunca obtendría respuestas y de que la vida le otorgaba una segunda oportunidad para salir adelante.

Dos cosas la preocupaban especialmente. Por un lado, la desaparición de Rafel, de quien no se había sabido nada desde el día en que había acompañado a Pierre a casa del virrey. A esas alturas ya debía de saber que no se habían presentado cargos contra él, pero continuaba sin dar noticias y Constança dudaba cada vez más de su regreso.

Por el otro, la situación de la casa donde aún vivían. Había hablado dos veces con el propietario, que desconfiaba de aquel grupo de mujeres. Quería cobrar un año por adelantado y le había dado de plazo hasta la semana siguiente.

La joven cocinera pasaba la mayor parte del tiempo en su cuarto, entre sueños en que se mezclaban los rostros de Rafel e Iskay. Se decía que los había perdido a los dos, que con el primero había sido demasiado dura y al segundo solo le había ofrecido la cobardía de la niña incapaz de decidir por sí misma. Confiaba tanto en Antoine Champel... ¡Él sabía cuál era el camino a seguir!

No la sorprendió que Àgueda entrara en su cuarto sin avisar. Últimamente lo hacía a menudo con alguna excusa. Se quedaba mirando a Constança y le soltaba una retahíla de maldiciones y reproches por su encierro. Pero esta vez tenía un motivo que removió los temores de la joven.

—Ya le he dicho que no quieres recibir a nadie, pero esta mujer, Isabel Lobera, insiste en verte...

—¿Isabel? —repitió con extrañeza.

—No sé qué clase de negocio tienes con ella, pero no me gusta la gente que se oculta, y esta lo hace de todos y de todo.

—¿Por qué lo dices?

—Ha venido a pie y bien cubierta, como si no quisiera ser reconocida.

¡Isabel! La joven casi la había olvidado, pensaba que ya estaría muy lejos de allí, quizás en el palacio madrileño del que solía presumir. Curiosa por primera vez en muchos días, Constança se cambió de vestido y bajó al patio, donde le habían dicho que esperaba la dama. Parecía como si hubiera encogido bajo las ropas y la capucha verde que la cubrían.

—¡Celebro veros, pero os hacía muy lejos!

—No tengo nada que temer. Ya sé que no me delatarás, y es verdad que me voy muy lejos. He decidido hacer el viaje por Europa al que siempre me he negado, aunque lo deseaba. Pero no pienses que es una huida, en todo caso quizás intento huir de mí misma. Quiero entender lo que he vivido últimamente para olvidarlo después.

—Os comprendo —respondió Constança—. Yo tengo sentimientos semejantes.

—Pues... Lo he meditado mucho, y finalmente pensaba que no te lo pediría, pero ahora me das pie... ¿No quieres venir conmigo? Tú y yo podemos llevarnos muy bien, tenemos el mismo carácter. —Lo dijo sin mostrar el aplomo de otras veces: la peca oscura se hizo presente en un parpadeo inusual.

—No estoy tan segura... Además, hay gente que me necesita y espera mucho de mí —respondió la joven, y echó un vistazo al interior de la casa.

—En ese caso, me limitaré a desearte suerte. Ojalá encuentres lo que buscas.

Isabel Lobera se mantuvo en silencio unos instantes. Después cogió del brazo a la joven e hizo que la acompañara hasta la puerta.

—Estimada Constança, te debo un favor por tu silencio, pero creo que empiezo a conocerte un poco y no me será fácil pagártelo. No obstante, ¿me permites preguntarte si necesitas dinero?

—Os lo agradezco, pero Pierre era una persona rica y previsora. No me faltará de nada. Las cosas no han salido como esperábamos, pero ya no hay vuelta atrás.

—En eso tienes razón, tendremos que llevarlo para siempre sobre nuestra conciencia.

Se quedó pensando por qué se había negado a aceptar el dinero de aquella mujer. ¿Se podía invocar la dignidad cuando podían echarlos de la calle Carbassa? ¿Dónde irían a parar todas aquellas mujeres que parecían haberse entregado para siempre a Monsieur Plaisir?

—Ya veo que no me necesitas, pero te haré un favor, y no quiero nada a cambio, solo por tu lealtad... —dijo Isabel Lobera antes de despedirse para siempre—. Sé que estás preocupada por Rafel, pero se encuentra bien. Se oculta en casa de su amigo Abel, aunque te costará romper la barrera con que se protege.

—¡Rafel! —gimió Constança, y el corazón le dio un vuelco—. ¿Cómo lo sabéis?

—El dinero abre muchas puertas. Quizás algún día lo compruebes...

—Pero ¿qué sabéis? ¿Qué os ha llevado a seguir su rastro? —preguntó Constança atropelladamente.

—Lo sé todo, pequeña. No puedo dejar rastros que me comprometan. Ese chico salvó la vida del virrey, y él necesitaba saber los motivos. Entenderás perfectamente que yo dudara de él, ¿verdad? No fue difícil localizarlo cuando puse en marcha mis contactos. Y sí, en un primer momento pensé en hacerlo desaparecer, pero después me pareció innecesario.

—¡Virgen Santa! —exclamó la cocinera con el rostro contraído por el dolor.

—No te aflijas. Por amor se hacen las mayores locuras. Él quería protegerte, pero es torpe. Quizá solo sea joven y esté enamorado...

Al decir aquellas palabras, la arruga que un día Constança le había descubierto junto a la boca pareció acentuarse.

—¿Puedo haceros una pregunta? —pidió Constança con un hilo de voz.

—¡Claro! Si está en mi mano responderla.

—Yo creo que sí. Vos siempre os habéis creído capaz de cualquier cosa, ¿verdad?

—No, Constança, no. Solo que, con los años, pierdes los dientes con la misma rapidez que los sueños.

—Pero ¡vos sois poderosa!

—Es posible, pero todo mi poder no me ha ayudado a encontrar la felicidad. ¡Ya lo ves!

Isabel se alejó en dirección a la puerta y Constança no la siguió. Esperaría un momento antes de correr a la casa de aquel estudiante, quizás el último lugar donde habría buscado a Rafel.

Pero le preocupaba más el porqué de su silencio. Lo había tenido a unas calles de distancia durante todas aquellas semanas...

¿Cómo se podía estar tan cerca y, a la vez, tan lejos?

Constança le pidió a su sirvienta ropa vieja. Quería pasar inadvertida cuando transitara por aquellos callejones llenos de inmundicia que rodeaban la calle Milans, una travesía de la calle Avinyó. A pesar de que no dio ninguna explicación a Eulària, ella trató de disuadirla por todos los medios.

—¡Ay, señorita Constança, no es necesario tentar al demonio, que ya tenemos bastantes desgracias! —suplicaba mientras la veía cubrirse el pelo con un pañuelo raído.

Salió de la casa con un fardo a la espalda. No levantó la vista del suelo y solo los vómitos y las defecaciones que embadurnaban la calle hicieron que aminorara el paso para esquivarlos. Cuando llegó a la calle Ataülf, para no pasar demasiado cerca de unos guardias se detuvo en un portal.

Al parecer, algo no iba bien. Pidió al cielo que Rafel no tuviera nada que ver. Por los comentarios que iba oyendo, un hombre se había escapado y tal vez lo habían herido. Constança se acercó a un grupo de gente que parecía estar informada.

—¿Cómo es posible que haya sobrevivido con una argolla al cuello y grilletes en los brazos entre cuatro paredes? —decía con aspavientos una vieja vestida de negro.

—¡Y cómo ha podido aguantar comiendo solo mendrugos de pan y agua! —exclamó otra más joven pero igual de desdentada.

—¡Cuatro años son muchos años! ¡Pobre hombre!

La cocinera respiró aliviada al oír aquello. Por lo que pudo entender, se trataba de un fraile alemán al que habían retenido en el convento de Sant Josep. Aquellas mujeres explicaban que mientras el lego que lo cuidaba se había ausentado para vaciar el orinal él había aprovechado para huir hasta la sacristía. No le resultó difícil salir por la puerta de la iglesia, ya que los frailes estaban en el coro y el joven sacristán, que no sabía nada del encarcelamiento, creyó que se trataba de un pobre del hospicio al verlo descalzo y con harapos.

El fraile fugitivo llegó a la Rambla y después entró en la Boqueria. Dos mujeres, al descubrirlo, lo condujeron hasta la catedral y, desde allí, por orden del vicario general, el ilustrísimo La Vega, al convento de Sant Francesc.

—¡Estoy harta de tanta miseria! —musitó Constança casi sin mover los labios.

Nada la detuvo hasta que encontró la casa de Abel y llamó a la puerta. Al estudiante le costó reconocerla, pero al oír su voz la hizo pasar.

—¿Dónde está Rafel? —preguntó ella mientras se quitaba el pañuelo de la cabeza.

—Ha salido —respondió el chico de las gafas.

—Necesito verlo. ¿Está bien?

—Sí, está bien. Yo ya le digo que no tiene por qué ocultarse, que él no ha hecho nada malo, en todo caso al contrario. A él también le alegrará verte. A ver si consigues...

—¿Le alegrará, dices? ¡Hace un mes que espero sus noticias! ¿Es que no tiene sentimientos? Se ha criado como una bestia y está acostumbrado a hacer lo que le viene en gana. ¡Es un desgraciado!

No tuvo tiempo de añadir nada más, pues Rafel entró por la puerta justo cuando ella daba un puñetazo sobre una mesa carcomida. El joven la miró con una amplia sonrisa, pero cuando se disponía a decir algo, Constança se arrojó a sus brazos. Abel supo que lo mejor que podía hacer era dejarlos solos, así que cogió su capa de lana y salió a la calle.

Solo una cortina de saco separaba la única habitación que había en la casa. La joven pareja hizo el amor con desasosiego, como si les fuera la vida, y tan solo cuando el esfuerzo mermó los movimientos de los cuerpos recuperaron la palabra.

—Gracias... —dijo Constança con un suave murmullo.

Rafel la miró y enarcó las cejas, como si aquella sencilla palabra exigiera una explicación.

—No me habría perdonado ser la causante de la muerte del virrey. Me dejé llevar por mi propia insatisfacción. Quién sabe si él tuvo algo que ver con la muerte de mi padre, tal vez...

—Pero tu Pierre no tuvo tanta suerte —la interrumpió el joven, muy serio.

—Eso fue un accidente. Yo no quería... Lo siento mucho, no merecía morir de aquella manera. Rafel, quiero marcharme —dijo de golpe Constança, con lágrimas en los ojos.

—¿Marcharte, dices?

—¡Quiero comenzar de nuevo, ya no soporto esta ciudad!

—¿Cuándo acabarás de huir, Constança? —preguntó Rafel con frialdad.

Ella lo miró, muy seria. No era eso lo que necesitaba.

—¿Es que no lo entiendes? Me resulta insoportable volver a poner en marcha el negocio como si no hubiera pasado nada. Isabel me ha invitado a viajar con ella por Europa, allá hay cocineros de gran prestigio. Quién sabe, tal vez París...

—¡Otra que huye! ¿Allá, qué? En todas partes hay malnacidos, en todas partes encontrarás motivos para quedarte y también para marcharte. ¡Nunca se comienza de nuevo! Por otra parte, la ciudad que dices no soportar tan solo es la que tú has creado, hay muchas otras posibles. ¿No te enseñó eso tu amigo Iskay?

—¿Acaso estás celoso?

—Dejémoslo correr. Pronto cumplirás veinticinco años y pareces una criatura malcriada.

—¡No tienes derecho a decirme eso!

—¡Sí que lo tengo! Ese es tu problema. Nadie te ha plantado nunca cara.

—¿Y tú lo harás?

Constança estaba sorprendida. Con los ojos bien abiertos, no daba crédito a las palabras de Rafel. Dispuesta a marcharse, cogió de un tirón el pañuelo y el hatillo que había dejado sobre el banco, pero antes de que llegara a la puerta él le cerró el paso.

—Aún no te he dicho todo lo que quería, y esta vez tendrás que escucharme.

Después de forcejear un poco, Constança quedó sentada sobre la mesa, atrapada por el cuerpo de Rafel. Los ojos de ambos se encontraron a escasa distancia, enfrentados.

—Es en esta posición que nadie nunca te ha plantado cara, de igual a igual, Constança. Pasaste de vivir bajo el amparo de tus padres a tener la protección de Antoine, y después de tus abuelos...

—¿Mis abuelos? ¿Cómo te atreves? ¡Me trataron peor que a una criada!

—Las criadas tienen un lugar donde dormir, comen cada día, no necesitan robar para saciar el hambre.

—Pero yo...

—Tú pensaste que llegarías aquí y que Barcelona se arrodillaría a tus pies, que en cuatro días tu habilidad en la cocina te llevaría a la cumbre, ¿verdad? No basta con ser buena, la vida es dura. ¡Mira a tu alrededor, tu último hallazgo fue esa casa de Pierre Bres, o Monsieur Plaisir, como quieras llamarlo!

—¿Y tú mientras tanto qué hacías, eh? ¡Tú y tu maldita revolución! No lo has pensado, ¿verdad? ¿No has pensado que tal vez también se trata de una huida? —replicó Constança plantándole cara con los ojos encendidos por la rabia.

Entonces Rafel la levantó en brazos y la puso de nuevo en el suelo.

—¡Esa ropa que llevas te sienta muy bien! ¡Vamos!

Rafel no le dio ninguna oportunidad de revolverse, ni siquiera de preguntar adónde la llevaba. A empellones la sacó de la casa y, cogida del brazo, hizo que lo acompañara sin que la cocinera opusiera resistencia. En la parroquia de Sant Just estaban de fiesta los arrieros de la plaza y los carreteros de mar, y en la esquina de Bonsuccés celebraban los peleteros, que tenían al glorioso santo por patrono. Pero ellos no se detuvieron. Rafel caminaba como si el mismo diablo lo hubiese imbuido de energía y ella lo seguía con dificultad.

Al llegar a los muelles, el chico le mostró cinco grandes embarcaciones.

—Míralas bien. Son holandesas y traen treinta mil cuarteras de trigo, además de judías y otras legumbres... ¡Es comida!

—¿Y qué quieres decir con eso? ¡No entiendo nada!

—Hay otras noventa mil cuarteras en los Alfaques y dicen que las conducirán a Cádiz. El precio de la carne y la sal va en aumento y la dificultad de encontrarla está llevando a mucha gente a la miseria. Solo debes salir a la calle para ver que los impuestos hacen estragos entre la población. El precio de la guerra contra Inglaterra y los saqueos por mar son cada vez más frecuentes. ¿Cuánta gente piensas que puede comer con lo que nos llega por mar? Yo te lo diré: ¡los de siempre! Deja de mirarte el ombligo, pues, y observa lo que pasa a tu alrededor.

Rafel la cogió por la barbilla y le dirigió la cara hacia una mujer que llevaba un niño de pecho al cuello. Descalza y sucia, daba puntapiés a un perro famélico para quitarle de la boca un pájaro muerto. La cocinera puso cara de asco y se llevó las manos al estómago.

—Esa es la cara del hambre, sus voces no se oyen en los palacios de tus nobles. Ni un solo grano de los que transportan estas naves les será concedido, Constança. Si es preciso, yo y todos los que creemos en la justicia las tomaremos al abordaje. No pienso mendigar lo que por derecho nos pertenece.

De golpe, los ojos azules de Constança adquirieron una luz muy especial y sus labios articularon una sola palabra que Rafel no logró entender.

—¿Qué pasa? ¿Qué dices? —preguntó el joven, sin comprender su cambio de actitud.

—¡Me parece que ya lo tengo! Sé cómo podemos ayudar a todos aquellos que, tal como dices, pasan hambre. Convoca a tus hombres, al atardecer os espero en la calle Carbassa. ¡Traed azadas y sacos, que yo pondré el carro!

Mientras Rafel y sus hombres enfilaban la calle Carbassa, los bostezos de la *Oleguera*, precedidas por el repiquete de la campana de las horas, daban aviso de que ya oscurecía en la ciudad.

Constança bajó la escalinata descalza, con paso firme y decidido. Llevaba una falda de color esmeralda, de tela ligera, larga hasta los tobillos. Era la misma que se había puesto nueve años atrás, el día que había subido a la fragata *La Imposible* en Cartagena de Indias. La blusa era blanca, con un escote amplio, y sobre la piel morena lucía el amuleto de Iskay. Unos pasos detrás la seguían, como si se tratara de su corte, Cecília, Àgueda y Eulària.

Abel, el estudiante, se colocó con gesto torpe las gafas que estaba limpiando, y tanto Josep como los demás hombres se dejaron de cábalas sobre lo que se proponía la joven cocinera para admirar lo que se presentaba ante sus ojos. El corazón de Rafel se disparó irremediablemente. Aquella sensación de estupefacción no la provocaba solo una indumentaria tan alejada de la moda del momento; se habían quedado perplejos porque el cuerpo de Constança irradiaba una fuerza que hasta entonces no habían tenido ocasión de captar.

Bastó un gesto de su mano para que los hombres la siguieran hasta el huerto. Algunos habían encendido antorchas, pero eran del todo innecesarias con la luna llena de aquella noche de finales de mayo; a pesar de la claridad, los portadores avanzaron con cautela hasta el lugar que Constança les señaló.

—Mi amigo Iskay la denominaba Madre Tierra —dijo la joven con firmeza, al mismo tiempo que hincaba los pies entre los bancales—. Decía que no entendía la vida ni la felicidad sin una relación íntima con la tierra. ¡He estado tan ciega que no lo había pensado antes!

—¿Se puede saber de qué hablas? ¿A qué viene todo esto? —preguntó Josep, a quien le gustaba ir al grano y comenzaba a inquietarse.

Tras un breve silencio, la cocinera cogió los escardillos y, con la parte posterior de la hoja dividida en dos puntas largas, comenzó a desterronar la tierra. Entonces, una a una fue tirando de las plantas y desenterrando los tubérculos para mostrárselos como quien exhibe un trofeo.

—Pero... ¡si son patatas! ¿Nos estás tomando el pelo? —refunfuñó Josep, aún más nervioso.

—¡Dejadla hablar! —ordenó Rafel, cada vez más curioso.

—En Lima las llaman papas, y hay de muchas clases diferentes. Es uno de los alimentos básicos para el pueblo.

—¡Tú has perdido el juicio! —le espetó Grau, el hombre procedente de Albons—. Aquella gente son salvajes, están por civilizar. Eso que tienes en las manos es comida para cerdos, la iglesia ha dicho que no debe comerse...

—Incluso hay quien afirma que puede provocar la lepra... —interrumpió Josep y, lanzando los sacos al suelo, inició el camino de vuelta.

—¡Espera! Todo el mundo dice lo que le conviene que creamos, o lo que le hace decir la ignorancia. Yo lo he visto, he visto plantaciones enteras de colores y medidas diferentes.

—¿Y después de nueve años nos vienes con esta historia? —preguntó Rafel, que ya no sabía qué creer.

—¿Qué querías que hiciera? ¡Era apenas una niña! Veía las flores en los jardines, sí, pero... En casa de Monsieur Plaisir nunca entró una, él no lo habría permitido. ¡Cocinábamos para los ricos!

—¿Y por qué las plantaste, entonces? —preguntó Josep.

Constança se quedó cortada. No podía responder a esa pregunta sin hablar de la preparación del veneno.

—¡Como decoración! —se adelantó Àgueda—. Las hizo plantar Monsieur Plaisir, sus flores lo fascinaban.

—¡Escuchadme! Nos necesitamos. Juntos...

—Tú lo que necesitas es una buena temporada en un sanatorio —dijo despectivamente el Tuerto.

—¡Yo las puedo cocinar, puedo hacer un plato muy especial! Dejadme que os lo muestre. Si consigo enamorar a la nobleza, si las pongo en su mesa sin que sepan lo que son, convenceremos al pueblo. ¿Por qué no me creéis?

Una voz desconocida, salida de la oscuridad, respondió:

—Yo te creo, Constança, y quiero formar parte de este negocio —dijo Pedro mientras la llama de una tea le iluminaba el rostro.

—¿Se puede saber quién le ha dicho a este que estábamos aquí? —dijo Abel frunciendo el ceño.

—Se lo he dicho yo —respondió Cecília—. Me pidió que lo tuviera informado el día que se llevaron presa a Constança, y yo no falto a mi palabra. Gracias a él...

—Ya está bien de halagos —la interrumpió el joven—. Ya sabéis que mi intervención es interesada. Además, últimamente, me aburría mucho. Di lo que tengas que decir, Constança.

Aquel chico esmirriado nunca dejaba de sorprender a la cocinera.

—La gente tiene hambre. Nosotros no podemos pagar lo que nos piden por el alquiler de la casa y yo quiero llegar muy alto haciendo lo que más me gusta. En este trozo de tierra podemos encontrar una respuesta, una esperanza, si queréis, que permitirá que cada uno de nosotros haga su propia revolución.

La cocinera siguió hablando un buen rato, lo tenía todo pensado: la manera de prepararlas, diversas recetas, la forma en que las presentaría, cómo la gente iría acostumbrándose a aquel tubérculo, y las plantaciones que salvarían a mucha gente del hambre. Les repetía una y otra vez que, trabajando cada uno en aquello que sabía hacer, lo podrían conseguir.

Más tarde, cuando la luna estaba en el centro del cielo, cinco hombres llevaban un carro de sacos hasta el almacén de la casa. Delante iban Constança, Àgueda, Eulària y Pedro.

Epílogo

Barcelona, diciembre de 1780

Querido Iskay:

Hace mucho tiempo que no sé nada de ti y tampoco estoy segura de que hayas recibido mi última carta. He sabido que el día 4 de noviembre tuvo lugar un alzamiento contra el virreinato. Los mensajeros explican que fue liderado por un indígena de la tribu quechua, un mestizo que se hace llamar Túpac Amaru II. Te conozco bastante bien para saber que no podrás mantenerte al margen, dado que tu pueblo ha sufrido durante generaciones más de lo que se puede soportar. Solo espero que el derramamiento de sangre no sea estéril y que tú, amigo mío, te encuentres bien de salud.

Curiosamente, el mismo día que se proclamaba la rebelión en Perú, murió Vicenta. Te he hablado mucho de ella, ¿recuerdas? Era aquella mujer que servía a mi abuela en la droguería y que nunca me perdonó del todo que me marchara. A veces, cuando miro el cielo, pienso que, ahora que ya nada se interpone entre nosotras, podrá entender por qué motivo di un paso tan importante.

El día que asistimos a su funeral, Ventura me entregó una cajita de nogal con algunas pertenencias del abuelo Pau. De repente, un torrente de recuerdos me llevó de nuevo a aquella primera infancia vivida a tu lado. Al echar un primer vistazo, reconocí la cazoleta de su pipa de caolín y, una vez en casa, me concentré en recuperar, de lo más profundo de mi memoria, el aroma de tabaco que siempre lo acompañaba.

También estaba aquella peonza de madera que él lanzaba con habilidad delante de mis ojos de niña. Pasé un buen rato revolviendo el contenido de la caja. No faltaban las tabas ni un par de canicas de cristal, a menudo presentes en los juegos que improvisaba para entretenerme. En un rincón, envueltas en una bayeta negra, encontré unas estampas que, según me explicó Ventura, pertenecían a su madre...

Aquel mismo día, después del funeral, me llevé a Rita con nosotras. ¡Ella lo había esperado tanto! Me parece que llegará lejos, tiene buena mano para la cocina y ya es toda una mujercita.

¡Tengo muchas cosas que contarte, Iskay! Me gustaría hacerlo al oído a la vera del Rímac, como cuando éramos pequeños y de cualquier cosa hacíamos una fiesta. Añoro tanto tus silencios cómplices, tus palabras, tu compañía... Quiero pensar que aún queda algo de la niña que fui. ¿Sabes?, cuando cocino me siento muy cerca de la infancia, la curiosidad se mantiene intacta y cada plato me lleva a un nuevo descubrimiento.

No se trata tan solo de un trabajo que me permite ganarme la vida, es una manera de dar libertad a lo que siento. Me da vergüenza decirlo, pero a ti no puedo ocultarte nada, amigo mío. Muy a menudo, cuando me encuentro delante de los fogones, cuando preparo un plato nuevo, experimento una emoción profunda. He descubierto que esto es lo que más deseo. Y necesito percibir que también soy capaz de transmitir esta emoción a los que se acercan a mi cocina.

Debes de pensar que un océano nos separa, pero a veces, cuando cierro los ojos, me reconozco en aquella experiencia tan tuya. La vista ya no te permitía captar con claridad los detalles de las cosas y te concentrabas en los demás sentidos, procurando que te informaran de lo que tenías entre las manos. De esa misma manera he aprendido que no hay demasiados ingredientes de un solo gusto, salvo el azúcar y la sal; el resto son mezclas de gustos y aromas muy diversos.

Ahora sé que si una comida se sirve caliente, tibia o fría, esto influye decisivamente en el resultado final, ¡cambia del todo la sensación! Cuando añado sal, o la empleo para conservar alimentos, aún tengo presente que, tal como decías, simboliza la hospitalidad. Entonces te sonrío. Sí, me gusta pensar que puedes percibir mi sonrisa a pesar de la distancia. Pero no quiero ponerme triste, ni que tú tampoco lo hagas. Para ser fiel a la realidad, he de decir que también me han sucedido cosas maravillosas.

Pierre Bres nos dejó, otro día te explicaré los motivos... El caso es que su ausencia ha desencadenado diversas situaciones que no tenía previstas. Ahora soy quien de verdad lleva la cocina, sin intermediarios. Tengo un grupo de personas que me ayudan; creen en mí y serían capaces de seguirme a tientas. He aprendido a descubrir las habilidades de cada uno, a valorar sus sugerencias y, sobre todo, a confiar en ellos. ¡Y no es fácil! Ya sabes cómo soy a veces de tozuda y exigente.

Pedro, aquel joven al que tildaba de extraño e incluso de repulsivo, nos ha ayudado mucho. Eso sí, tuvimos una conversación de tú a tú y le dejé las cosas bien claras. Tuvo que oír que ni él ni nadie tiene suficiente riqueza para comprar mi libertad, que no pensaba someterme a ninguno de sus caprichos y que tampoco su dinero le daba derecho a disponer para quién ni cómo debo cocinar.

Se desternilló de risa y me respondió que no esperaba menos de mí. Este chico es desconcertante, pero intuyo que finalmente me caerá bien. Su madre se ha marchado a América y se ha casado con un viudo reciente, Francesc Fuster, que ha hecho fortuna en empresas mercantiles, importando tejidos y exportando aguardientes a los mercados del norte de Europa. Su hermana se ha ido con ellos, pero Pedro dice que a él no se le ha perdido nada por aquellas tierras.

Aún no he acabado de explicarte cómo fueron las cosas, cuál fue el verdadero motivo por el cual invertí de golpe mis prioridades. Como no podría ser de otra manera, tú tuviste mucho que ver, Iskay. Inesperadamente, aquella abundancia de flores blancas y lilas que conformaban un paisaje tan conocido en Lima cobró sentido.

Te sería muy difícil entender que vuestras papas sean un alimento rechazado en Europa, pero me he propuesto convertirlo en una comida exquisita para la nobleza y que permita paliar el hambre del pueblo. Nadie me creía cuando lo propuse, y habrías tenido que ver sus caras de desconfianza, la expectación cuando se sentaron a la mesa. Pero a medida que iban probando los platos, la expresión de Josep, de Grau, del Tuerto y de todos los reunidos hablaba por sí misma.

Comieron con deleite y avidez las patatas estofadas, y también el puré cremoso al cual añadí manzanas e higos macerados en vino. No quedaron ni las sobras de otro plato aromatizado con trufas y una pizca de pimienta que acompañaba carne cocida al horno. Ahora, el recetario ha crecido y ya preparamos la tierra para una plantación mucho más grande. Hemos acondicionado dos estancias enteras en la calle Carbassa para que comiencen a germinar en enero y se puedan plantar para San José.

Con todo esto, también Àgueda ha salido de su amodorramiento. Bien, no es tan solo eso, ha tenido mucho que ver que el verano que viene se celebrará la boda de su hija Cecília con un joven muy avispado que tiene un café en la Rambla. Le estamos organizando el ajuar y Eulària, la criada que ha cuidado de mí como si fuera su hija, ya está impaciente con los preparativos. ¡La idea es que el banquete sea digno de una princesa, que bien que se lo merece la chica! Tendremos la oportunidad de invitar a personas importantes a nuestra casa. Ya te puedes imaginar que las recetas girarán en torno al fruto de la flor blanca, que pronto cubrirá nuestras tierras como una delicada nieve de primavera.

Por otra parte, parece que la suerte nos acompaña. Me han llegado noticias de que un tal Parmentier, un estudioso francés, también está trabajando en este tubérculo, con muy buenos resultados, y que incluso ha escrito un libro en el que habla de él. ¡Estoy segura de que saldremos adelante!

Ya ves que me dejo para el final hablar de Rafel... ¿Qué te puedo explicar de este compañero de vida que me he buscado? Hemos tenido altibajos de toda clase, y no siempre estamos de acuerdo en la manera de ver las cosas, pero lo amo por encima de nuestras desavenencias. Nunca me permito decirle cuánto admiro su entrega a las causas que defiende, más bien tengo la costumbre de tildarlo de soñador. Como puedes ver, ¡tenemos una manera de relacionarnos muy peculiar! Tendremos que encontrar un punto de equilibrio entre los dos si no queremos hacer un incendio de cualquier situación. Pero también tengo que decirte, y sé que me entenderás muy bien, que apagar estos incendios es una de las sensaciones más placenteras que ahora me regala la vida.

No me despido, ya sabes que no me gusta. Estoy al final de esta carta y ya querría recibir tu respuesta, saber cómo van las cosas por Lima y, sobre todo, tener noticias de cómo transcurre la vida de la persona que más quiero. Si esta carta llega a tus manos, por favor, no me las niegues.

Mientras tanto, en la espera, tu amuleto seguirá acompañándome todos y cada uno de mis días y mis noches, y, con la flauta que me regalaste, ahuyentaré los fantasmas y convocaré a la mesa a los buenos espíritus del bosque.

Tuya, siempre,

CONSTANÇA

Nota de la autora

El proceso de escritura de *La cocinera* ha puesto a hervir la olla de mis recuerdos. Mientras la escribía notaba el peso de las trenzas delante del plato de gachas que mi hermana y yo tomábamos cada mañana antes de ir a la escuela. Durante la redacción, he recuperado el aroma del chocolate a la taza que nos preparaba la abuela todos los domingos y las meriendas de pan con vino y azúcar. Pero la cocción de esta novela me ha llevado también a nuevos descubrimientos y reflexiones que, en forma de ficción, he querido compartir contigo, lector o lectora, que hoy tienes el libro entre las manos.

Profundizar en temas culinarios es forzosamente hacerlo por la cultura, por las tradiciones y las maneras de hacer de un pueblo. A pesar de tener las raíces en el siglo XIV, la cocina no admite fronteras y nos nutre de la diversidad de la gente que se ha instalado en un territorio, que lo ha recorrido, que se ha quedado a vivir. La cocina evoluciona día tras día y es viajera por naturaleza.

He aprendido que hay muchas maneras de mirarla. Podemos hacerlo, claro, de una manera geográfica, pero también en relación con los colores, las texturas, los olores, los sabores... Todos ellos, a buen seguro, ejes vertebradores propios de las grandes cocinas.

Constança, la protagonista de la novela, ha caminado por estos senderos y ha explorado sus posibilidades. Lo ha hecho guiada por buenos historiadores y profesionales como Glòria Baliu, Ignasi Riera, Jaume Fàbrega, Mariona Quadrada, Josep Lladonosa... y tantos otros que han querido dejar constancia de la sabiduría y el arte que han alcanzado junto a los fogones.

Sin ellos, y sin la colaboración de muchas otras personas, *La cocinera* no habría sido posible. Es por eso que quisiera agradecer muy especialmente a Carme Ruscalleda el tiempo que me ha dedicado en Sant Pol, su paciencia y su amabilidad, unos rasgos que la hacen aún más grande.

También a Rosa Gatell, que con sus aportaciones y sugerencias me ha ofrecido una opinión sincera sobre la novela desde la perspectiva de los lectores.

Y no me olvido de mis editores, Ernest Folch y Carol París. Gracias a ellos y a todo el fantástico equipo de Ediciones B, que ha confiado siempre en mí. ¡Es agradable sentir que estás en buenas manos! Ni de mi agente literaria, Sandra Bruna, ni de los amigos y amigas libreros, verdaderos héroes en los tiempos que nos ha tocado vivir. Agradecida a más no poder por el trato recibido y por construir puentes entre nosotros y los lectores.

Es de justicia mencionar a mi familia y a los amigos, los cuales han padecido de cerca esta gestación. En especial a mi compañero y maestro, Xulio Ricardo Trigo. Nada habría sido igual sin su complicidad.

Y a ti, lector o lectora anónimos. Muchas gracias por leerme, por la confianza en mi obra y por tu tiempo. ¡Tú haces que todo merezca la pena!

COIA VALLS
Tarragona, enero de 2014